黄裳集

创作卷XIV

来燕榭文存

山东人民出版社·济南
国家一级出版社 全国百佳图书出版单位

黄裳晚年与外孙（右）等在家中合影

《来燕榭文存》2009 年生活·读书·新知三联书店初版书影

来燕榭文存

《来燕榭文存》，散文、题跋、杂文集，2009 年 1 月生活·读书·新知三联书店初版。

今据初版本编入。

目　录

辑三

辑一

凤城一月记

小引

一九四九年底，我随《文汇报》总经理严宝礼赴港洽商购纸，勾留约一月。乘船北返。我不耐海行寂寞，在烟台先下了船，乘火车经济南到天津。津沽是我旧游之地，睽隔多年，不忍即去，因而留连了几天，才到北京。这册旧日记，从一九五〇年元日开始，时历一月，全部照录，只于各别文字少加修饰，事实并无变动。其应加说明处，别加按语，以便观览。

一月一日

在天津。寓利顺德饭店。

早起，雪霁。泥泞满街。而天不大寒。出，至“运通”，访马君，不遇。即至《进步日报》访孟秋江兄，谈至十一时半。仍至“运通”取款，至正阳春饭。此余十余年前曾到之处。入夜，灯明如雪，大师父持刀片羊肉之光景依稀如在目前。至“劝业”“天祥”观书，买明本《会稽三赋》、清初精刻桃花纸印本《谦谷集》及万历本《杨道行集》（残）等三种。

至北大关访故居。见四叔、四婶及震昌皆在，困苦不堪。四叔见余来喜甚，即沽酒同饮，话旧事。念“今夕复何夕，共此灯烛光”之诗，觉老杜之伟大。夜七时许辞出，又到南市，访姥姥、老姨，亦均好。出而去“小梨园”，客满；至“大观园”，亦客满。乃复至“天祥”观书，见嘉靖刊《李杜合集》《容斋五笔》等，均不恶，系周叔弢旧藏售出者，议价未谐。出而至“劝业”三楼吃茶，十一时归旅馆，震弟同宿。

一月二日

晨八时起身，与震弟去“天祥”后门茶肆吃早点。又到南开，荒凉得吓人。走进中楼，到花园，真是“举目无故物”了。在×斋看见任启南，叩门入访，坐谈移时。此当年舍监先生，现已白发盈颠了。

冷得很。到东门里，有两家书店。都进去看过。都可谈。购得旧抄吴兔床校本《沈下贤集》及琉球纸印阮元朱笔题记之金石书一册，价十一万元。

又见万历本《郭美命合并黄离草》三十卷，甚罕见，只《千顷堂书目》有之，但仅作十卷。索泉五十万元。又见吴骞批汲古阁本《贾长江集》，谈周叔弢等天津藏书家故事，颇畅。

回“梨栈”午饭。饭后去“天祥”，看明黑格抄本《盛世词林乐府大全》，半页九行，行二十字。分子丑等十二集，以中吕宫等分类，杂抄各曲牌，索二百四十万，价昂惊人而书不恶，此等书必询郑西谛始能知良否也。

四时去三北码头，又返起士林吃咖啡蛋糕，又返码头，九时始接到。去“小梨园”小坐，即归寝。

得“未名丛刊”初版本《小约翰》一册。

一月三日

带严、任两位到“文利号”早餐。昔常来此处吃冰，已久违矣。吃炸元宵及清汤小包，殊不知后者类似春卷，汤一杯，似红茶，几成笑话。

访秋江，遇施克。

午秋江约在一川菜馆饭。饮酒少许。畅谈。去张庄大桥，从墙子河边过，经小孟庄，遥望永兴里一号，不禁引人遐思，此地之柳荫河畔，皆当年游钓之地也。

访书不得，即回旅馆。赵伯南（红叶）君在座。伊任《天津日报》采访部主任，约去“克林”晚饭，系俄国大菜，亦有清汤小包及包子鸡、牛肉火锅、铁扒十锦等，皆未曾吃过之新鲜花样。

夜在旅馆沐浴休息。避寒不出。如明日不行，将往访周叔弢先生，不知能否一见“自庄严堪”主人否？

今晨未起，东门里贾人即送阮元手题之《钟鼎款识》及《沈下贤集》来。“天祥”贾人送来元刊本《千金方》，热闹之至。

买罗振玉《大云书库藏书题识》一册。理发。

一月四日

晨起，在“起士林”吃早点。整理行装。嘉尧中午离此返沪。

下午往访周叔弢丈，谈藏书诸事颇畅。本拟去“自庄严堪”观书，会其今夜有约不果。周丈说好书如女子，刻版精如先天身材好，印刷好则后天好也。有名人印章藏记则如燕支脂粉，有好装潢则如衣锦绣，更加名人批点，则风神绰约、举止可人矣。其论甚妙。并劝买书应首重精品，如一年只收三五书，虽出价少昂而实不浪费。佳书一部且胜劣书十百也。又告其平生藏书经历，甚妙。如能多聆雅论，所得当更不少。周丈更以名片相赐，至平当往访赵斐云，一观天禄琳琅诸书也。傅沅叔弃世亦自周丈处得闻之。

李厚方君约在美丽川菜馆饭，吃烤鸭。

夜复冲寒至宝林堂，以《沈下贤集》易得刘燕庭抄本柳开《河东集》两册，又获《白石诗词合集》精刻本两册，系乾隆陆钟辉刻，印颇精。谈两小时。又闻津估藻玉堂自吴氏获水浸宋本《通鉴纪事本末》及季沧苇藏宋眉山本《陈书》，又宋本《诗经》诸书流传掌故。

“天祥”某估人告有宋本《周濂溪集》，约金一条可得。以此观之，天津书尚不少，如有力正不患无书也。

[案] 周叔弢“藏书五好”之说，流传一时。有多种版本。传闻异词，这是我亲闻最早说法。其买书贵精而不在多

之谈，也是名论。看他毕生聚书而藏书目仅一小册，比瞿、丁诸家皇皇数十册者大异。而目中无一非名品，可见其选藏之旨趣矣。叔弢先生儿子杲良和我是南开中学同班同学，因此以世交晚辈礼相见。天津一别后数十年始再见于北京，他时年九十一矣。耳目聪明，谈书不倦，后数通书问，多道藏书事，未几逝世，逝前一月尚以自刻《屈原赋注》一书相寄。

一月五日

今天离津去京。十一时十分自东站启行，下午一时半抵京。熙修、静远来接。即去中旅社。去东安市场东来顺午饭。烧羊肉、炮三样皆至佳，饱餐。买冰糖葫芦。至灯市口办事处小坐。静远为买明夜戏票，系谭富英的《渔夫恨》。又到东安市场小游，买书两册。在一处吃咖啡，与静远长谈。

回旅馆。宦乡来。稍谈即去。

至前门外鲜鱼口夜饭。即去祖家街访仁渊兄。欢然道故，围炉畅谈，十一时归。

月明而不寒。下午一时许有风沙。

[案] 日记只是流水账似的记事，没有细写初抵新都时的感受。简单地表述，可用兴奋、激动之类的字眼，但这是远远不能表达的。也许可以说，人人都是以“胜利者”的激动心情踏入国门的。不同的人物，包括对建国献出了大小不等的功勋者，也自然包括了饱受反动统治者残酷迫害，一直以种种不同方式挣扎抗争的群众。他们都是“胜利者”，同

样踏着豪迈的步伐走进了新都。五十多年后想再追忆当日的心情，是不可能的。我想抄引当日自己在《新北京》中写的一段话，或可多少保留旧时的观感。“怀着无比兴奋的心情，来到了新都。车子过了永定门，远远看见哈德门的城楼，北京城笼罩着一层雾，太阳探出头来，雾慢慢给澄清了。金黄色的阳光照耀在路上，路上走着牛车、骆驼。太阳光照在红墙绿瓦的庙宇上，发着闪烁的光亮。心里有说不出的冲动。”

蒋仁渊是我的好友，大学同学，抗战中同做“翻译官”，同住在印度兰伽。他是蒋梦麟的儿子。在昆明、重庆、南京、北京，我们都是亲密的游伴。

一月六日

早晨在前门外大街吃杏仁茶，多年不曾吃了。

到琉璃厂，跑了两三家书店。看了装在大内档案的麻袋中捡出之宋元本残叶，在富晋书社买抄本《痴婆子传》一小册，饭于泰丰楼。

午后去隆福寺看书。周游书店五六家，见残宋本《苕溪渔隐丛话》，刻甚精。约三四十万元可得。又傅沅叔旧藏之王状元本《苏诗》，印刷不早，约在宋元之际。为周叔弢旧藏，因易书而归傅。

到修绠堂访孙助廉。见最初印之彩印本《程氏墨苑》，即郑振铎所诧为国宝者（此是另一部）。价约二百四十万。买《静嘉堂文库书影》《近畿旧本图录》《文求堂书影》及明善堂旧藏明刻《童蒙训》等四种，用二十三万元。

又于他肆获旧抄《影梅庵忆语》。夜六时许辞出，返灯市口办事处，同去“惠而康”晚饭。有烤鸭甚美。座中有范长江、宦乡、徐盈、子冈等。

饭后去“民主”，观谭富英、杨荣环改良《四郎探母》，无大改动。夜深返旅舍。

一月七日

晨静远来，同去看马老（叙伦），未遇。又去北海团城访郑西谛，尚滞沪未返，只一看玉佛而已。去漪兰堂吃肉末烧饼，颇佳。见女学生溜冰者甚多。

返寓，去厚德福午饭。

午后至辛寺胡同访马老夷初，较在沪时苍老多矣。谈移时辞出。返前门外，又到玉华台饭。王思曙、杨培新等皆至。菜甚好。饭后去东安市场散步，买豌豆黄归寓食之。

一月八日

晨十时仁渊来，一起出去散步，到琉璃厂去看书。先到来薰阁，有残书一屋之多，其中颇有旧本，有暇当来拣选若干。得董康刻《燕子笺》，系马隅卿“不登大雅堂”的故物。书前有王孝慈手抚女主角郦飞云、华行云像两叶，工丽绝伦，与原刊无异。泉四万五千元。（黄、王、马都是小说戏曲收藏家，尤重插图。此书虽只近刻，然汇三家于一书，殊难得。）闻主人新得万历刻《水浒》，甚得意，已付影印，且有毛主席题字，云将以原书持赠主席。继至文禄堂，晤王晋卿，坐谈移时。见中统本《史记》及桃花纸印《渔洋精华录》，夸为孤本，又云有天禄琳琅旧藏宋本某书半部，已以四十万元让归故宫。又有宋本《古文苑》及《记纂渊海》二书在待售中。

午饭于杨梅竹斜街，饮酒微醉，返旅社。

与静远去清华园，晤林徽因、李广田、袁震（吴晗夫人）、张奚若、钱锺书。张公谈锋甚健，送我等至门外，又立谈京戏十分钟。张告今夜怀仁堂有招待戏，唯“戏提调”不佳，如梅之《别姬》甚劣，而不得不观之类是也。谭富英有老毛病，然在毛主席前必不敢懈怠，亦可称赞。谈到程砚秋，说简直像妖怪，面如雪盆，身如五十三加仑汽油桶，俱可发噱。又称此种招待戏为“供奉戏”。至于马彦祥等之禁戏若干出，则邓叔存所最痛心者。此老谈风之健，真令人佩服。

晚上在东来顺吃涮羊肉，与静远共吃七盆，饱极。饭后仍去隆福寺观书，携嘉靖刻《三谢诗》返。又在修文堂见《王状元注苏诗》，实宋元之际刻。贾人又告彩印本《墨苑》进价实为十万元。

蕴珍、巴金来信，即复。

闻张菊生丈中风之讯。

［案］在京期间我为报纸写了几篇通讯，后来收进一本小书《新北京》里。可惜两次最成功的访问都未能作专题报道。一次是访钱锺书，一次是访张奚若。两次都是长时间的畅谈，而且是无话不谈，言无不尽。张先生是陕西人，钱先生是无锡人，两位都畅所欲言，慷慨论事，无保留地评论人

物，但风格不同。一位是“大江东去”，一位是“晓风残月”。但其尖锐则同。张先生的客房里挂着黄晦闻（节）写的对联。他俩都是老同盟会员，因此相熟的吧，我猜。黄晦闻是我爱重的诗人。我在通讯里曾介绍过他几联有名的断句。但最重要的名句却遗漏了。那一联是“敢谓邦人无父母，空看党局付儿孙”。晦闻的《蒹葭楼诗》中也不收。他的遗集是汪精卫出资刊行的，哪里肯收这样戟指痛骂的诗！

张先生的谈话，只剩下保留在日记里这一点。

“戏提调”是旧时代安排堂会剧目等事务人的专称。建国初有一次在中南海招待起义将领的晚会，“戏提调”竟将《战宛城》安排在大轴，因欠妥而受到了批评。细想岂止是“欠妥”，实在是大大的不妥。可见此一工作，看似简单，其实是很不容易担当的。

张先生谈到了梅、程，《别姬》原是生旦并重的戏。自杨小楼死后，就没有过一位合格的霸王。金少山也罢，刘连荣、袁世海也罢，都不够分儿，撑不起半边天来。杨小楼对刘宗扬说过，《别姬》这出戏没什么，就是霸王得有足够的分儿。不过四十岁别唱这出。（据朱家溍文）杨小楼所说的“分儿”，是对《别姬》里霸王演员最重的要求——身份品格。只剩下虞姬独支大厦，靠“夜深沉”伴奏的剑舞，到伏剑而死作结。成了一出失去平衡的舞剧。而观众震于过去的盛名，偏爱此剧，梅先生晚年的“梅八出”里以《别姬》最受欢迎，被视为名作。在内行观众中是另有看法的。

至于程先生的身体状况，更是值得同情的不可抗拒的自然现象。这些都不允许出现在报道中。荀、尚虽余勇可贾，但嗓子都退化了，致有“低音大合唱”之讥。总之，建国之初，京剧就已经露出颓势，亟待新一代的演员挺身而出，继承发展。初不待田汉、马彦祥出来禁戏，才陷于手足无措。

邓叔存是邓以蛰，是张先生的挚友，著名美学家，邓石如的裔孙，两弹元勋邓稼先的父亲。我写《念小翠花》，开篇就引了邓先生的一段话：“蒜瓣儿就凉水儿，凉水儿就蒜瓣儿，我是这样想你！这几句戏词，若用小翠花的嘴讲出来，越发干脆，没有挽回的余地。”就凭这一段话，就足以掂出这位美学家京剧欣赏的分量来了。

最近读了一册有意思的好书——何兆武先生写的《上学记》。特别感兴趣的是他写“西南联大”的部分，只可惜他写得太少了。我虽不是“联大”出身，可是有许多同学、朋友在“联大”读书或当助教。抗战中来往昆明，往往就借住在“联大”教员宿舍里，打地铺。所以对“联大”也有颇深的感情。

《上学记》为张奚若设有专章。把他定性为“自由主义的改良主义”者，并认为他是主张共产党未必不能通过合法的手段取得政权的，这是长时期听课所得的印象。张先生文字矜贵，没有留下多少著述。从《上学记》里又知道一九四五年的“政治协商会议”，张奚若先生被选为无党派代表，是共产党提名的。可见在一九四三年民主运动中张先生转向以后，反国民党反得厉害，并否认自己是国民党员。

《上学记》这以后就没有记张先生抗战后期直至解放的

言行了，据我的印象，在“联大”，从学生到教员心目中，张奚若都是进步力量旗帜般的人物。从吴晗这样激进的教授和同学，提起张先生都持尊重、崇敬的态度，每有活动都必听取他的意见，可见张奚若在学运中的旗帜地位与作用。

一月九日

九时许隆福寺书贾送宋本《苏诗》头本来观，中有“建安书塾”牌子；又天禄琳琅宋本《孙子》三册，浙刻本，少有水湿，有“乾隆御览之宝”及“古稀天子”等三印。前者讨二万斤小米，后者金子一条。

一天风。寄蕴珍信。十一时许与静远、严公共去缸瓦市砂锅居吃酸菜白肉。堂倌否认他们的二百多年的原汤，但说那口锅是有两百多年历史的。

去办事处与浦熙修谈今后报纸改进计划。去沙滩访冯至、费青，长谈，至天色昏黑始辞出。又返办事处订请客计划。去开明，买精装本《干部必读》二册。

与严公去全聚德吃烤鸭，甚佳。唯价则殊昂，约较他肆贵一倍余。饭后在前门大街闲遛，九时返旅馆。

一月十日

天气晴好。上海有电报来，催严公速归。九时许即至办事处议今明请客事。旋即去沙滩北大红楼晤向觉明、费青、曾昭抡诸君，又去罗常培家，未遇。各留请帖而归。

午饭时宦乡来，约去欧美同学会，谈报馆事。归旅舍即写说帖一事。去东四八条三十五号访叶圣陶，未遇。至萃华楼。费孝通已到，快谈。同席者有李鸿礼、杨重野、程光锐、王思曙诸兄。

夜复去叶圣陶处，坐谈。十时始归。

[案] 宦乡是解放前《文汇报》的副总编辑。找我谈的是《文汇报》改组为中国青年团机关报事。谈得甚融洽。我立即将谈话要点写成说帖，以供报社领导参考。此后与宦乡还有几次接触，谈的都是此事。李、杨、程、王诸位都是旧“文汇”的同仁旧友。叶圣老已移居东四八条，直至逝世，都住在这里。

一月十一日

整日为报馆事奔波。

晨九时到市政府，与辰伯长谈至十时许辞出。即去玉华台。中午客纷纷至。有叶圣陶、马叙伦、吴晗、罗隆基、邵力子、钱端升、费青、老舍、罗常培、冯至、闻家驷、许德珩、向达、宦乡、樊弘、曾昭抡等，群贤毕至，真盛会也。吃酒不少。

下午在东四松竹斋洗澡，推拿甚可满意，五时许返旅馆。饭后与静远至老钱局西库司八号（乙）宦宅，宦乡尚未归。读《毛选》谈江西五度“围剿”事甚妙。九时到灯市口，又赶回旅馆，议报馆事。决定暂不提出，严先生返沪得一决定后，再返京办理。

[案] 报馆宴客名单，系我与浦二姐、静远等商议决定。

当日宴会情形，日记未记。我只于《老舍在北京》一文中少少涉及。报馆前途，因严先生无权也不敢下定论，只好由他返沪商定后再做处理。

一月十二日

一早晨呆在旅馆里。

严公十时许回来，会商后定午后返沪。

中午去找（李）德伦。先会到李珏，是很好的一位小姐。在他家坐了一会。这座房子原是萧振瀛的住宅，他们的卧室内还挂着两幅齐白石的画。德伦回来，一起去东来顺吃涮羊肉，又溜市场书摊看书。分手后到隆福寺看书，得祁氏淡生堂旧藏明人别集一部，是残本，然书名极生，《龙云先生文集》，安成刘弇伟明著。残存卷七至十六。黑口，双栏，十行，十九字。看刻工，似在成化中。有木犀轩图记。又得《图书寮宋本书影》及《论语秘本影谱》等两册，皆日本影印本。

[案]“木犀轩”是李盛铎藏书室名。李的藏书后归北京大学。其藏书印流入市肆，估人每以之钤于旧本书上，以增声价，实皆非李氏藏书。

一月十三日

晨起，即去西总布胡同访浦禹峤，谈至十时许辞出。到东安市场，买棉鞋一双。

返旅社。静远来。共移行李至南小街羊尾巴胡同二十七号潘宅。潘老伯置酒招饮。

二时许到故宫博物院，访张庾楼先生。得参观天禄琳琅宋本书。站在冷清清的大殿内看书，共见宋本约二十四种，精极。毛抄一种，毛子晋钤印之精，令人惊叹。其《周易本义》一书，七行，十五字。白麻纸，宋印，精极。观之心目俱爽。《扬子法言》书后有牌记，系书肆宣传品，用白话，有“专用上等好纸印造的”云云，值得注意。有名的宋本，如《经典释文》《群经音辨》《资治通鉴》《四明志》等，皆得一一展观，可喜也。

离故宫即驱车至琉璃厂翰文斋观书。见旧抄本《绀珠集》，甚佳。得残宋元本零页及残明本书多种，用六万元。又在对面一肆中买墨一丸，“方寰氏监制”之“漱金家藏”墨，一万五千元，约道光前后所制。夜饭于一天津馆，驱车返寓，已十时许矣。

［案］建国之初，国家博物院、图书馆仍恪守旧规，看书不难。我以一记者身份，即能得到亲手抚摩参观国藏善本的便利，绝无困难。绝非今日变为“藏珍楼”的图书馆所能想象。非但见书难于登天，所见也只能是微缩影本，又倡“创收”之新例，复印也计叶论钱，有如市肆。使读者视上图书馆为畏途。难怪人们视在国外图书馆所见、所历为奇观。重观旧日记，不免慨然。

一月十四日

九时起身。

十时许到北平图书馆，访赵万里，方去沪，未见。即下库观海源阁旧藏书。所藏“四经四史”，一一寓目。《史记》有抄配，《汉书》最佳。又见《宝晋山林集》尤好。见黄跋两三种，匆匆未全阅也。有冀小姐相陪，即冀叔英。

访仁渊。同去后门一带古董铺闲逛。得端砚一方，泉二万五千元。继去雍和宫，观喇嘛唪经及欢喜佛。摄影数张。返祖家街。仁渊取得月薪，乃共去“烤肉宛”大吃。有绿衣少妇，共立围炉，火光照耀，面晕浅春。在上海无此习俗。

遛西单商场，买小书五册。

去长安戏院看尚小云之《墨黛》。尚之扮相在“四大”（名旦）中尚属不恶，唯嗓音坏极，且唱中时时作态，使人作恶。

夜归祖家街宿。室内暖极。薄被犹觉其热。

一月十五日

九时起。与仁渊出游。在北河沿地摊得残明支那本《景德传灯录》多册。飘雪花，东单市场尚未出摊。

在东来顺午饭，遇吴清友及其夫人。

去琉璃厂，在通学斋晤孙殿起，即《贩书偶记》作者。谈移时。得《人境庐诗草》一部，八千元。

又到来薰阁，晤陈济川。买残明本甚多，用泉十四万元。中有《宋文鉴》之嘉靖刻本一叠，与余旧藏残本可以配合，唯尚缺序目一册耳。残本白棉纸印，阔大，有世学楼藏印，莫友芝手写书签。又有曹楝亭藏明初黑口本李白诗残卷，亦佳。

归羊尾巴胡同饭。夜理书，并作题记。

一月十六日

清晨即起。与静远到故宫门前乘清华校车去清华园。九时许到。先去西园十二号，吴辰伯先生在家。坐谈终朝。吃葡萄酒。午饭吃山西杏花村汾酒不少。

饭后去看梁思成先生，谈他的新北京计划。四时许访张奚若先生，大谈京戏。移时金岳霖、邓叔存俱来，仍坐谈。奚老兴致奇佳，大谈掌故。如北平解放之与邓、傅，又新国旗之形成、金箍棒等，皆秘史也。

七时在吴宅饭。又饮酒不少。饭后出去。与辰伯先生访冯友兰、吴景超等。已夜深。辰伯说，有一人不可不见，乃又到美教授温特家，长谈。十一时返寓，即寝于西园十二号。

［案］吴晗是接收清华的主要负责人。仍住在旧居西园十二号，还是过去分给三等教员的宿舍，平房。钱锺书是新聘的教授，就分配到教授住宅一处。夫妇两人住在空落落的大房子里，没有家具也没有陈设，也没有什么意思。吴晗家里也没有什么书。客室里窗台上放着两瓶朋友送的汾酒。我们两人一下子就一气喝光了。酒后去访问教授，吴晗说，温特不可不看。于是我写的通讯里就有了一篇《温特》。吴景超的访问是和冯友兰写在同一篇通讯里。吴、冯二位给我留下的印象是不同的。吴景超是典型的旧知识分子，老实的书呆子。冯就不同。一九四六年在重庆我就访问过他，留下了

两篇访问记。现在不同了，吴晗突然醉醺醺地带了一个记者来访问，不知道是什么路数，于是首先就捧出毛泽东写给他的一封短信给我们看，有如护身符，很有意思，也真实地显示出他当时的处境与心情。

更有意思的是梁宅的谈话。梁思成兴致高昂地谈他对新北京建设的构思蓝图，却绝不会料到后来碰到如许挫折，而以一顶“大屋顶”设计师的帽子作结。日记里没有说到林徽因，其实她是在场的。不过是偃卧在短榻上，没有说话。就在榻后墙上挂着一幅她盛年的着色照片，使人怀疑两者是否真的是同一个人。

一月十七日

早晨六时半起，吴辰伯七时许去市府。我取过案上一部《五十万卷楼藏书志》来翻看。文字实在不高明，但所著录的书我也有几种，读来似乎少有趣味。与吴夫人袁震大谈，颇了解了些清华的情况。

十时许去图书馆，见吴景超，作了一小时的访问。然后去书库看“善本”。实在没有什么好书。但有刘半农旧藏书不少。其中贯华堂本《水浒传》，即中华影印的底本。

午饭后与静远去颐和园，是骑自行车去的。看了西太后的寝室等处，从前似都未曾留意过。上排云殿喝茶，大谈其京戏。直到茶馆的人来催，才离开。

到海淀，买莲花白一小瓶。

在朱德熙家晚饭，饮酒薄醉。然后去看费孝通，未遇，访邓三爷，亦未遇。乃转到钱锺书处，谈两小时。大谈文人种种。夜宿朱家。

［案］关于访问钱锺书的经过，三十年后我才写了一篇《槐聚词人》，副题是“一篇积压了三十年的报道”，收在《榆下说书》里。三十年过去，记忆残留的不多了。两小时中他的谈笑，已全忘记。还出现了错误。我说二人对坐在两把椅子上对读，其实坐的不是椅子，是两只竖起的木箱，权当椅子。这是默存后来自己指出的。

一月十八日

昨夜几二时始就寝，今晨八时即起身。去看费孝通，为《文汇》约好了一篇《清华一年》。费更托买 Parker 一支，费太太托静远买华丝葛四尺，此盖亦一典型人物。

访冯友兰，不遇。到图书馆看书。有元板书一部，清华“善本”，止于此矣。《善本影谱》，长泽规矩也编。只第一辑。有元刊本四种，尚可观。其余皆日本朝鲜活字本及抄本。

中饭仍在德熙家吃。饭后登车，四时许到城内。取照片。为吴晗所摄一帧甚佳。到青年会对过之某池洗澡，六时半返潘宅晚饭，仍饮酒三杯。

阅报，知周叔弢当选天津副市长。

一月十九日

早晨到北大图书馆看书。仅看了李氏木犀轩藏书的一部分，而马隅卿书则未能翻阅也。李氏所藏书多残宋本，而皆为精品。所见凡数十种。其中以《说苑》等最佳。海源阁故物亦有数种，与北平馆所见之《史记》皆为“四经四史斋”中物，不知何也。

中午访德伦兄，同返其家午饭。饭后访白云生、侯永奎、侯玉山、赵金蓉、田菊林等，详谈甚畅，为摄数影。四时许访金紫光同志，人甚通达，畅谈至夜，留饭。

晚上去“凤凰厅”听杂耍。末场之“新探亲家”颇佳。

［案］当时向觉明是北大图书馆馆长。看见他一个人穿了大衣坐在办公室里，冷得很。说想看看藏书，即便答应，随便进书库去，无任何手续，也无人相陪。记得第一本拿到的书，是元刻许浑的诗集，有黄跋，被黄丕烈误题为宋刻的。回忆旧事，真如梦寐。这和今天门禁森严的“藏珍楼”实在是天差地远了。

一月二十日

一早就到北大图书馆去看马隅卿的旧藏书。颇读了几种猥亵书，如《杏花天》等。多为木刻本，但都草草刻成，无一精本。又见有将《燕子笺》衍为故事者。天一阁旧藏的《雨窗欹枕集》也见到了。最佳者为万历本百二十回《水浒》，有图精极。十一时出来，到隆福寺，于文奎堂得残明翻宋本《诗人玉屑》，存卷一之十六。书甚佳，泉二万元。

午饭回来吃。饮酒。二时许去北京饭店访老舍。坐谈，约下星期二去拿鼓词的稿子。

到西三条鲁迅故居瞻礼。

又到八道湾看周作人，谈了一会。回西单，吃包子。一看书摊，买得旧抄本《玉井樵唱》，系元人尹廷高的诗集。

得风子、巴金信。

［案］全国以收藏猥亵书著名的南有周越然，北有马隅卿、傅惜华。周书未见，不详。马、傅两家书都曾浏览。傅惜华曾约我到他的“碧蕖馆”看书，在书案上陈列了数十百种，不只是书，还有明刻版画，都是这类东西。看过马、傅两家藏书，不禁胃口大倒。谁要找公式化的典型作品就在这里了。要说这种书有无收藏价值，却也不好说。至少在性心理、民俗学的研究上，它们是有非凡的价值的。近见有人称赞潘光旦译霭理士的《性心理学》如何出色，理由就是译者所加的几百条小注。可惜潘先生虽然博览，但所见只是常见的笔记小说之类。他如能得见马、傅两家书，堪作附注的材料，真是俯拾即是。不过要先埋伏一笔“但书”在这里。也可能潘先生也多少见过这种材料，因顾忌不敢引用也说不定。

回想自己买书多年，架上却少有此类猥亵书，这不能不归功于在北京开了眼界，受了教育。算来算去，虽不多，也有四种。一种是《杏花天》，偶然遇见，有如故友重逢，就留下了。另一种是大大有名的《痴婆子传》，也是此番在北京买的。另一种是“人文”影印的附图本《金瓶梅词话》，“文革”初被造反派指名掠去。“文革”后单位查找此书，还引起一场不大不小的风波，不久此书与《痴婆子传》就一起发还了。第四种是图，名《叙情案》，明万历刻白棉纸印本。这是罕见的版画书，通体圆图（俗称“月光图”），此种刻法起于何时，在美术史研究界向无定论。有人说清初始有，有人认为明末即已开始流行。作为断代研究的实物，此书自有其重要文献价值。我设法得到了影印本，与其他明代版画放在一起。“文革”中全部藏书俱被抄没充公，被存于一家大图书馆里保管。两年前我据查抄当时的底目，写信给图书馆，请求查找补还。得到一封公文式的复信。后按该馆要求，按程序办理，几经周折，并经市委负责同志批示，要求予以重视、妥加处理。但至今音信渺然。写信去问，也置之不答。请求发还书中，有见于《中国古籍善本书目》者，著明原书确在该馆，本来一索可得，也不予理会。一种扑面而来的衙门气，使人不知所措。抄家物资应予发还，国家早有明令，而同为文化机构，在执行时却采取双重标准，也是难以理解的。

上世纪三十年代，希特勒治下的德国，曾发生大烧性书事件，将世界著名的侯施斐尔教授的性学院收藏全部焚毁，曾引起周作人的注意，撰文评论。焚书之际，并高声欢呼：“日尔曼之妇女兮，今已予以保护兮！”今日我国部分文博单位的处理方法进步多了，性心理研究虽未成显学，但书籍、文物不加焚毁，只是禁锢。但视科研与扫黄为一事的陈旧观念，依旧未变。

一月二十一日

大风，严寒。

早晨去办事处小坐。下午仁渊来。同去北大图书馆看书，四时半出。去隆福寺，得旧纸一束。又在修绠堂得残明黑口本《梦溪笔谈》三册。

夜归。朱德熙来谈。

一月二十二日

今日仍为风天。晨到德伦处谈。午返寓饭，复饮酒。仁渊来，同去天坛。在三轮车中睡去。抵天坛后，大风作寒，几令僵冻。无已，避于祈年殿中，始少好。此建筑成于明季，为我国历史上最美丽建筑之一。

去天桥。因大风扬尘故，意兴全无。入一茶园听清唱，歌女如鬼，此平民娱乐场所状态。不能久坐，转去门框胡同吃豆尺糕。又于一明季开设之肆中买牛肉，果不恶。又至六必居买酱菜。并观钤山堂严氏所书匾额，乌金字，甚美。

夜至帅府园，看德伦他们的演出。有《游园》《夜奔》《嫁妹》等折，俱不恶。于今日为广陵散矣。

一月二十三日

晨到车站，十时许车到。严、徐、高三位同来。即赴中国旅行社。

中午在厚德福饭。中州菜颇美。下午去办事处小坐，仍归旅馆。晚上在“都一处”饭，吃面食。

夜与徐公到三庆听戏。有新角张金波，唱《连环套》，能唱唢呐腔，殊不恶。唯身段僵硬，不理想耳。十二时许步归。

今日午后仍到北大图书馆，阅马氏书。读《迷史》残本三卷毕。所写尚不落俗套。又录得其所藏色情小说共十七种。《奇缘记》《蕉叶帕》《迷史》《花阵奇》《比目鱼》《桃花影》《定情人》《醉春风》《牡丹奇缘》《觅莲记》《意外缘》《归莲梦》《杏花天》《绣屏缘》《警寤钟》《催晓梦》《双缘快史》。

又有铅活字《如意君传》四大册，题“第一快活奇书”，然书中并无违碍语，不知何也。

一月二十四日

晨十时许，陪三位到办事处。中午去玉华台小吃。午后去看吴辰伯，坐谈。商《观察》《新建设》及《周报》《民主》合并事。

晚饭于萃华楼。宦乡来，谈报社大计。夜归旅社，由余缮好交新闻总署信。此为《文汇报》改变方向之历史文件，深可纪念。

一月二十五日

晨一行四众到大栅栏一家店的楼上吃牛骨髓及咖啡。诸公坦白畅谈，各述平生所见女性之美者，又对审美观点及平生经历，种种奇遇各述一番。

拿了吴晗的信到韩家潭春艳院生产教养所参观。一位女同志领我们到另一院去。正好，那里的妓女是苏州人。她们本来学习得好好的，见我们进来，又是乡亲，就一齐说“坐嗻”！据柯灵后来说，“这将那严肃气氛全给破坏了”。

中午赶到萃华楼吃饭。座中有费青、储安平、张志让、吴晗、静远。谈四刊物合并事。吴晗说，不妨更名为“新民主建设观察周报”，亦有趣。

去看冯至与卞之琳。又到北海，照相多张。在冰场上溜了一会。

晚上去看圣陶。吴晗曾来过电话约吃饭。但并未来。见宋云彬。

早归，洗澡。写蕴珍、钦源信。

[案]《上学记》也为吴晗立了专题。可惜只记了三件小事，无关宏旨。一件是做二房东，一件是逃空袭张皇失措，一件是清华为他立铜像。此事已在吴身后，他已无法表示意见了。我与他本不相识，因读了他在《清华学报》上发表的明史论文，觉得风格一新，有异于传统古板论文架子。听说是得到朱自清的支持，才登上了学报的。回沪在报社工作，主动写信请他写“旧史新谈”在报上发表。随后又认识了他的学生静远。报纸通过他们得到北平知识界、学界的种种动向。其时昆明以联大为中心的民主堡垒已移至北平。其中起积极活动与组织作用的是吴晗。

一九四八年吴晗避祸南来，始得相见。他是个热情的人，一见如故。善饮，与郑西谛都是好酒量。记得当时民主同盟的张澜、罗隆基被国民党软禁在虹桥疗养院，警卫森严，我曾陪吴晗前往探望。他俩密谈了许久，罗隆基将一封密函交给吴晗，转给沈钧儒，要求沈老代表民盟向中共中央提出三个条件，着重提出与中共关系中的独立性，不惜使民盟成为在野党。一九五七年的吴晗已是民盟中的左派，他说罗隆基此函荒谬，没有将此信交给沈老。

建国初期，吴晗是十分活跃的人物，出任北京市副市长，是接收清华大学主要负责人，还关心文化战线重要舆论阵地的重组，步步紧跟，逐步放弃了独立思考。在北京的城市规划、建设问题上，和老朋友梁思成也发生了矛盾。其重要表现之一是《朱元璋传》的撰写。

“朱传”的初稿名《从僧钵到皇权》，撰于抗战中。后来几度发愿改写，特别是在西柏坡与毛泽东讨论此书后，更是立志重写，今本的《朱元璋传》与旧作已是面目全非了。

此书初写无疑是以蒋介石为批判对象的，包括吴晗当时写的多篇历史论文、杂文，都有相同的写作风格，在那时是被视为战斗檄文的。时移世换，却得了一个不光彩的新名号——影射史学。离开了时、地、人际关系、政治大局评说具体作品，是极易达成这样的结论的。

遍观历史传承下来的正史、野史，无论是官方作手还是独立撰作者，完全脱离时代、个人的影响而面对史实秉笔直书者，可谓绝无仅有。贤如司马迁，在《报任安书》中就发了好大一通牢骚。历数文王、孔丘……一大串历史人物的不幸遭遇，指出他们的著作都是有为而作，饱含了他们满腹牢骚的成果。鲁迅说《史记》是“无韵之《离骚》”。楚骚是怎样的作品，无人不承认它是发抒了政治斗争、个人处境而成的伟大诗篇。问题只在作者手腕之高低，成果的良窳。不宜不分青红皂白，而一律称之为“影射史学”。更无论别有用心者的曲解与构陷了。

我给李辉的信里，说到吴晗，有几句话，“他一直是紧跟，而缺乏自己清醒的思考，这是他的缺点。历次运动，直到反右，他只是以一个忠顺的政治棋子活动。……直到《海瑞罢官》，陷入自己也莫名其妙的政治漩涡，终于死去。真是个悲剧”，可以作为对故友的浅薄而简单的认识。

一月二十六日

早晨到琉璃厂粹芬阁看杂志。买《剧学月刊》零本四册。又到同古堂。

中午返旅舍饭。偕严、高到烤肉宛吃肉。在对门肆中得季沧苇藏汪文盛刻《前汉书》一册，有季氏五印，俱佳。

访仁渊不遇。出而之琉璃厂，得印章二方。又得寿石工所藏乾隆旧墨二丸。到来薰阁翻旧书，选得佳本不少。因索价昂仅得数册。中有嘉靖刻道家书一种甚好。中有《兰关记》一种，题韩若云（署瑶华帝君）撰。颇似小说，罕见。又见东洋本《白氏文集》一部，缺一册。即《四部丛刊》影印底本。

夜到东四八条应叶圣陶、宋云彬约，饮酒甚畅。

一月二十七日

晨十时与季琳到韩家潭，看了两个院，与妓女谈了两小时。以其中一人所谈颇有内容，真故事，感动人。将为文记之。

午后去东安市场闲遛，访东单小市，得镌佛像之端砚一方，甚佳。去看老舍，取得文稿一份。闻国剧改进局约王瑶卿、王凤卿、金仲仁、萧长华、马德成、尚和玉、谭小培等为名誉教授事。

夜到煤市街找致美斋，已关门歇业。即在泰丰楼饭。饭后与季琳去东四头条看茅盾。住在一所很漂亮的小洋楼中。小坐即辞出。去东安市场“吉祥”听杂耍大会。演员有侯宝林等。至夜十二时，未终场即归。

一月二十八日

晨与严、徐二公去太庙闲游。见清代诸帝、列祖列宗之神主及皇座。在太庙外长凳上闲坐负暄，极舒适。

下午到办事处与静远、熙修谈报馆诸事。即返旅舍。夜去大众剧场听谭富英的《渔夫恨》，不佳。谭不卖力气，无可观。

有一位李一平，系前云南省参议会议长，一起在全聚德夜饭，酒后大发牢骚。此公与吴瞿安（梅）至好，吴即病逝其家。

［案］建国初，北京京剧艺人皆心神不定，力图表现进步，如改《打渔杀家》为《渔夫恨》，最先将公堂一场改明场处理，萧恩受责后且当场演说抗议，词皆新编，富英演来颇感不伦不类，甚尴尬。再演即仍改回暗场。演艺界一般情况类此。

一月二十九日

他们今天去颐和园，我则去隆福寺。在带经堂见卢抱经批《读杜心解》、桃花纸印《带经堂全集》。余以五万元得残本旧抄《九灵山房集》三册，鲍以文校，张燕昌藏，又残弘治本后山诗一册。

看沈从文，相谈甚欢。又到老君堂访俞平伯。古槐书屋颇有阴森之感。拿到他的一首词稿。

到羊尾巴胡同潘家，留饭，饮酒，夜到大众剧场听谭富英之《定军山》与《阳平关》，皆谭门本派戏，虽不甚佳，然尚可听。

一月三十日

晨去团城看郑振铎。适他到局办公，即约今夜在惠尔康晚饭。

去北平图书馆访赵万里。看傅增湘书。无甚佳之本。见万历刻丛刻本《李义山文集》，刻印殊好。玉溪生诗明刻罕见，只存一二丛刻本。余只有嘉靖刻六卷本，即《四部丛刊》所用底本。今能得见明刻别本，自是欢喜。又见《洪范政鉴》及《通鉴》，即傅氏“双鉴楼”之双璧也。前者有周叔弢印，前在津时他曾说及此书。

访仁渊，下午出游。在北沟沿地摊上，以廉值得明刻《子华子》，盖称斤之物也。只一千五百元。又到琉璃厂看旧纸，颇多佳品。此是经营旧纸之专卖店。藏品多自故宫流出。

又到来薰阁小坐。

夜到惠尔康。座中有老舍、罗隆基，谈到九时归寓。

[案] 当日之海王村真不愧为一大文物博物馆，新旧书外，纸笔墨砚、雕版、治印、装帧，小器作、南纸店（专营文房用品，如荣宝斋），碑帖铺，古墨都有专营店铺。张（子高）、叶（恭绰）、张（絅伯）、尹（润生），《四家藏墨图录》中所收精品，大半得于此时。盖买者绝少而价复奇廉也。沈从文也颇注意旧纸，曾向我介绍海王村的旧纸店，说大可一看。说实在的，琉璃厂实在是一座伟大的博物馆，既可看、可学习又可买的去处。在建国之初，此一特色还保留得好好的。

一月三十一日

晨与铸公去琉璃厂闲行。晤陈济川，据他说山东聊城乡下尚有黄荛圃手跋书多种。只记得其一为唐《李卫公文集》，系明初红格抄本。尚有明初黑口本某书，书名失记。又清初刻本之有黄跋者不少。皆海源阁经劫后流出者。

下午与季琳去生产教养院看妓女演出之戏，极佳。生活体验至深之故。又得郭君自述文一纸。

晚到民主（即开明）听荀慧生的《花田错》与《战宛城》双出。

二月一日

早起，推窗外望，天阴欲雪。九时起飘雪花。唯天气仍暖，至地即化。

十时，访辰伯于市府，小谈，十一时辞出。到隆福寺，买《白川集》及《观海堂书目》等两册。宋本苏诗价已跌至四百万元。

至静远家，理行装。饭后到旅馆，即赴车站。四时二十分离京赴沪。新京之游，至今适为二十八日。

车中遇臧克家君，系去济南开会者。

后记

前些时为《文汇报》“笔会”六十周年纪念写了一篇《〈磁力〉漫忆》，朋友读后见面时都夸我记忆力好。其实许多内容都是从旧日记里抄下来的。朋友们又说，这段日记想来一定颇有意思，劝我抄出来发表。我的日记记得十分简单，只是些人物来往、信件收发之类的流水账，只有一九五六年川滇之游，记得少详，也已整理发表过两次，青城之游与滇西纪行，因准备写旅行报道，所以记得少详。此外都是草草记事，毫无可观。这一卷上世纪五十年代初的北京日记，虽也同样有草率的缺点，但留下的人物印象、风物观感、书肆见闻，虽只一鳞半爪，读来倒另有一番趣味。五十年来，“年光逝水，世故惊涛”，人物的起伏升沉，风景的巨丽改换，读旧记时不免引起许多感慨。举一个例，我初访北平图书馆，看书时相陪的是冀叔英，日记里还误作季小姐，是一个年轻的小姑娘。几十年后已成为著名的版本专家，已在几年前故去了。日记中所记人物也几乎全部离世了。老杜诗“访旧半为鬼，惊呼热中肠”，用字不免过于严谨吝啬，今天读来，已经不合时宜，过于“保守”了。这就是虽然简略，还值得重抄一次的意思。因为简略，我又添写了几则案语，这是写《舞台生活四十年》时，与许姬传商量新创的写法。可以补充说明一些事实，也顺便说点意见。章实斋倡“六经皆史”说，其实岂止“六经”而已，凡有著作，都多少具有文献的价值，也就都是史。即使是“代圣贤立言”的官修史书，也还保留了可供参考、考订的史料。何况是出现于民间的“私史”几乎无一不是出于带有浓烈个人情感的作者之手。其撰写的倾向性与叙述的真实性都是鲜明而可贵的。加之以“影射史学”的认定，是过于偏颇了。

可以看出，这一卷日记中，是洋溢着欢快气氛的，新国初建的大欢乐处处呈现在篇页之中。这是必然的，无可掩饰的。在我全部记者生涯中，这是值得珍重不可或忘的一页。在发还的旧日记中，都曾经过审查，本本都被画满了红杠杠，只有这本最少。大都是画在我买书的记事之下。那用意是显然的。在北京我度过忙乱但快乐的一月，难怪我给李先生和蕴珍的信里说，北京的生活比上海有意思多了。大有“乐不思沪”之意。

二〇〇六年十月十七日

因抄原信一段，以当补遗。一月十四日信说：“天气好极了。晴暖，无风沙。外面走走，开心之至。今天搬到潘家来住了。太阳满室。看看书，写写信，实在比上海生活来得有意思。晚上去听尚小云新戏，大概不灵。谭富英《打渔杀家》公堂一段，大讲新词，连他自己也脸红了。妙甚。”

又“潘家”系静远（潘齐亮）家。在羊尾巴胡同。

二〇〇六年十二月五日重校记

五十年前的十月

十月一日

晨七时即起，步行至四川路参加队伍，为国庆游行。

在北京路坐候三小时许，十一时始启动，在大马路、二、三、四、五马路之间穿梭来往，甚倦。至下午二时始毕，疲不可言。

在太平洋吃汽水及冷盆，劣极。归寓后小睡。

十月二日

晨十时许到巴家，坐谈移时，即返寓。饭后丁力来，同去DD'S小谈，约西禾来。

到知味观饭，饭后到馆。得光耀信及蔚明信，又寄回《新谈》原稿。

与丁力到会芳园，看打二十一点者，其速有如汲筒抽水，可惊也已。夜沐浴后早眠。

十月三日

早写光耀信，寄《新谈》稿与均正。

午刻到馆，与饮源到杏花楼小坐。传薪买书数种。

买静嘉堂宋本书影一册。

夜到馆。开始写《新谈》，广播。

十月四日

开始写自传，颇有趣。

下午与巴公等在 DD'S 吃咖啡，谈光耀事，未获结果。

遇小彭于路上。

夜早归寝。

十月五日

午刻到馆，领一二两月升工十万元。

下午读书，未做一事。发静远、曾祺等信。

杭州陈估来，无一书可观者。

量血压，一百二十五度。告以少高，或系每天饮酒之故，亦未可知。

与叶冈饭于成都味。同至人民大舞台应文杰之约，看盖五爷“血溅鸳鸯楼”“醉打蒋门神”，其实未佳。田老大等滥捧盖五武松戏，可谓无目。

与采臣七重天谈光耀来沪任职事。

宗江来信，言将行矣。

十月六日

雨终朝，暖甚。

整日写自传，已写至南开时代。

看土改展览会，甚丰富，然尚仅江南一隅。如为全国性者，不知更当如何丰富也。

于地主家抄出文物中见旧抄《来鹤亭稿》（吕敬夫集）一种，不知系何人藏，但极佳。竹纸抄白甚旧，在明中叶，有彩锦函。

早归。丁力来，计划“新影剧”发刊事。

十月七日

雨仍未止。晨在床上读毕 H. De. Balzac：Albert Savarou，写激情如此，使人心悸。

夜至源来家吃蟹，甚快。

十月八日

晨雨，晚到。

写自传数页。

下午与际坰至国际书店看德文书。购得 Leo Tolstoy 及 Lamutov之小说精装本二巨册。

又得焦循藏书之精刻本《伊园诗存》一册。

在浴德池浴，小睡。六时许到馆，八时许出。在霞飞路一小咖啡馆名 Home Cafe 者饭。与丁力谈。十时归。

十月九日

听夏衍报告。

见古香楼汪氏藏嘉靖刻《李白诗类编》一部，甚佳。系石麒之书，当得之也。汪氏印“千岩道人”，此前所未知者。

与丁力到《新民报》发稿，又到报馆，见光耀来书，告十四来沪，喜甚。

饭于成都味。看“光辉灿烂”于皇后，早归。

十月十日

早到新华书店买“毛选”，知仍未发售。

午刻到馆领薪。电巴金，约晚上往谈，五时许访之于霞飞坊，共去老大昌吃咖啡及面。又同至平明。

为许源来事交涉良久。

光耀来信告不来沪。为之焦虑，即复一信。

得曾祺信。

十月十一日

晨寄光耀信。

石麒示以旧书多册，颇有佳本。最佳者为旧抄刘蜕集，古香楼、二老阁藏印，冯柳东跋。又有嘉靖刻《吟窗杂录》，《宦辙联句》等亦佳。又闻有《边防考》《酉阳正俎》二书，已售归程守中，书皆佳，可惜也。

下午早归，理书。

晚到馆。得光耀父朱生白先生书，告已派人去禾与光耀偕来，望其能返沪也。即复之。

又得均正信，玉芬信。

十月十二日

“毛选”第二册出版，排队购之。

下午丁力来发稿。

石麒来，约明日付之一百万元，允之。

夜与郭根饭于成都味，早归。

十月十三日

雨，发薪。

石麒来，付一百万元。伊将去甬上收书也。

下午发稿。与丁力吃茶。七时，到辛笛家，吃蟹，十时归。

十月十四日

很早就醒了。在想今天是不是要去嘉兴。

报来了，说今天可能有飓风。

看书竟日。下午四时许到《新民报》，晤文杰，谈移时，即赴兰心听了新捷克斯拉夫音乐演奏会，很好。Overfure“Barfered Bride”，中译“交换新娘”和 Symphonic Poem，好极。感情为之激动。

回家吃饺子。在《人民日报》上读了爱伦堡在记者座谈会上的发言。虽然译文如此拙劣，但是，好极了。马上就有了冲动，要给朱光耀写封信了。

信写好，发出。运用了文学语言。

十月十五日

光耀来信，意颇决绝，此事恐将告一段落了，即复之。

早晨赶好一文，甚得意，即去《新民》发稿，为“三改随笔”的第一篇。

文杰约饭于成都味，嘉树亦在。

晚在馆写“捷克音乐”，十时归。

丁力来，共吃红茶。

拟译“Puppetry in Czechoslovakia”，成一小册，Dr. Jan Malik 所著。

天琴来信。

十月十六日

早去新闻出版局开会，至九时尚渺无一人，询之亦不知开会之事，废然而返，亦怪事也。

写“三改随笔”，成千五百字。

买得钱氏述古堂残抄本《能改斋漫录》半部，又潘氏《须静斋云烟过眼录》一册。

下午到《新民报》发稿。

到兰心开会，为纪念鲁迅先生事。请大家写文章，到者寥寥而黄源主持又说不清楚，临时请签名撰述，有如绑票，亦可笑也。

夜归。写杂谈，请三弟送至报馆。

始识如花，在一月廿八日，而今已矣。正八个半月，日记也写有一叠了。噫！

丁力来，饮咖啡于DD'S。

十月十七日

写小文，仅得六百字。

中午到温知，观日本人印书影三种，皆颇佳。又《访书余录》二函，为李木斋旧藏本。又见明抄《考功集》（残）、《三宝太监西洋记》及《道藏目录》。

四时许出。到《新民报》看大样后到馆，写短评后与郭根饭于摊头，吃水饺、片儿汤，甚美。

早归。夜丁力来。

“三改随笔”始刊于《新民报》。

十月十八日

天奇暖。

下午访源来，取归梅畹华《舞台生活四十年》自序，为删易之。

到巴家吃蟹，谈至九时始归。闻西禾令弟谈其老兄佚事，可笑之至。结婚诸细节，皆需考虑，真不知将如何解决之也。

天琴来信。

十月十九日

复天琴信。

早九时去大光明开鲁迅先生纪念会。舒同讲话，黄宗英朗诵，放映先生葬仪纪录片。

与火子同看捷克展览会，约端苓共饭于成都味。

下午发稿后到馆。得德熙信。

钦源约饭于冠生园，同去中国听赵燕侠《大英节烈》，已较前年所见较胜，不如是之肉麻矣。

摄影取得，尚可满意。

十月二十日

迟起。抵办公处已九时。

致王瑶信，约写鲁迅研究文稿。

在来青阁见明刊《琵琶记》，有精图，与李卓吾评本《西厢记》图同。唯颇敝坏，索价百万，还以八十万，未知能成交易否。另有香雪居本《西厢记》头本一册，图全。

下午开会。

五时许在DD'S遇丁力。

六时半到厚德福，与郭根、际垌诸公饭。饭后访老巴，十时归。

十月二十一日

晴。李萌来，与谈诸事，甚悉。后同去访浩然，不遇。

即到馆。三时许到剧专看天琴，散步于虹口公园。饭于凯福。早归，观书。

十月二十二日

雨终朝。

晨写小文《杀嫂》。

午刻与宝礼、克信、文华等去一潮州馆子吃饭。诸公大说其笑话。

晤丁力于 Maxium，发稿。

夜到馆，写短评。

买得万历尊生馆本《琵琶记》三卷，又见黄荛翁题兰花卷子跋，不似真迹。

十月二十三日

晨到来青阁，遇石麒。携归书十数种，有古香楼旧藏抄本等。

下午早归，在家理书。

丁力来，饭后同到 DD'S 小坐，谈光耀事，劝仍写一信去，“以观后效”。

八时许到馆。写小文论“英杰烈”之本质，十时许归。

骤寒，夜凉如水矣。

十月二十四日

早起，到办公处测验，如儿戏也。

午刻去蜀腴，平明宴萧乾，到者有西禾、辛笛、家璧、老巴、健吾、靳以、浩然、际垌等。二时散。

三时在外滩公园开会。日色甚美。到馆，写短评后早出。

访益均，方开刀，小坐即出返寓。丁力来，同去看斗鼓后到DD'S，吃咖啡、蛋糕，杂谈甚快。

天琴来信。

检旧信见珊子一函，甚美，可念也。

今晨又写光耀信，盖所谓美丽而荒唐的信也，又寄书一册。

十月二十五日

晨宴起，至《新民报》取稿费。

丁力来，同饭于成都味。去来青阁，取归《书史会要》洪武本一部，印尚佳，惜书品劣耳。访孙助廉，见《澹生堂目》残卷，已售之文管会矣。此书为石研斋秦氏藏本，有顾千里跋，前曾在京见之。

又见《庾开府集》一册，嘉靖丛刻零种。有黄荛翁校跋，颇不恶。到馆领薪后赴许源来家，坐良久，取归梅传稿一部分。

十月二十六日

晨石麒来，以《雪韵堂批点燕子笺》一册见售。前有精图六番，作圆形，清初刻也。

下午去严阿毛许，闻奉化旧纸联购处有旧书六屋，将次第化为还魂纸。中多白棉纸书，可慨也。

到实君处取归书二种。《玉山草堂集》崇祯刻本，有吴枚庵、李明古藏印。

DD'S遇巴公夫妇，丁力亦在。晚到巴家谈，吃蟹。巴公对天琴事亦不谓然。西禾在座，小谈而去。谓近读杜诗，颇参禅悦，一笑。

十月二十七日

与源来通电话，谈梅传事。

下午到来青阁，付去书款二十万元，并鲁迅日记一部，易得万历刊《琵琶记》，可谓豪矣。

四时许丁力来，到馆。

去浴德池浴，饭于四川味。夜丁力来，画样子。

十月二十八日

天晴好。早骑自行车出游，甚快。

午后在严阿毛处得《平妖传》一部，又东壁图书府本《王右丞集》二册。

归途遇巴金、靳以、方令孺，同去DD'S小坐。

到巴家坐谈，即归。

陈徐坤来信，即复之，约光耀来沪。

夜以朱笔点读《爱日精庐藏书志》。

十月二十九日

忙碌不堪。

晨写毕“鲁迅先生与戏改”，得千四百字，是为解题。

当选为副小组长。

下午与采臣谈编辑诸事。访允详于科普协会，在凯司令与丁力谈。到馆，九时归。

编好“新影剧”。

十月三十日

写“三改”一篇，八百字。

晚去际垧家会餐。萧乾、巴金、辛笛等皆至。饮酒颇畅。十时许归。

到丁力家，议发稿事。

十月三十一日

晨十时丁力来，同去《新民报》发稿。

取版税三十万元于平明。

得光耀信。

午刻在河南中路观鸣野山房沈氏书，主人沈仲芳也。马令《南唐书》有余题记，前年所得又为之索回者。又选得《西吴里语》残本二册，有序一页为余藏本所佚。黑口本《革象新书》一册，旧抄《严思庵集》一册，旧抄《未筛集》一册，旧抄《宾退录》之谦牧堂藏者，《枢莞草》等，约明后日取书。

写光耀信，凡四页，即发出。饭于知味观，允详亦来。

夜在馆，写短评后即返寓。

上海手札

两年来，我曾经用方兰汝的笔名给“彩色版”写过些《上海手札》，文章非常芜杂而零乱，只希望多少能传达一点苦住在匪帮控制下的上海以至江南的人民的期待解放的心情。这样的通讯，前后一起也有了几十篇。大上海终于在今年五月解放了，我又回到报社工作，《手札》就不曾续写，最近更有机会路过香港，遇见了不少各方面的朋友。一见面以后，总是问我一些解放以后上海的种种情形。根据几天以来的了解，十分惊奇上海和香港，竟是如此的隔膜。于是我就感觉到《上海手札》似乎有续写的必要。在对新生的祖国的了解上，香港人是更需要正确的报道与阐释的。

香港有那么多的报纸，有比日报出版还要早的“晚报”，有各式各样的“内幕”新闻，更有上海风的小报，在这些五花八门的出版物上，充满各式各样的谣言。破口大骂式的谣言倒还不可怕，因为读者一看就彻底明白了那背景，再也不会上当；可怕的是那些摆出一面孔“公正”的东西。编造不好，那真也不高明，是旧的“手法”，所谓“第三方面”的“姿态”，在新中国里老早就给人们扔在茅坑里的东西，在这里居然还可以堂堂的出现。更“聪明”一些的，说了一大篇谣言，然后先自己加以反驳，把十条驳倒了九条，都说不可靠，但是剩下来的一条，他就说，“这未必不是真的呀”，好一副“大公无私”的面孔，好阴险的伎俩。长期呼吸在这种有毒的空气里的人们，实在亟需正确的报道与阐释。

其次，在接触到的一班朋友的问题中，也常常会使人发生这样的感觉。“呀，这还成问题么?”然而不然，只要仔细一想，也就会明白，自己原来也是在这种情形下面过来了的。自己认为当然的事情，在还没有经过现实的学习的人是很可能感觉异样的。在回答与解释这一些回答中间，更清楚地回忆了一下解放以后个人改造的过程，觉得这样的经验，实在值得多介绍。

我所接触的朋友当中，文化界的要比较多一些，尤其是戏剧电影界的朋友，就戏论戏就产生了这样的问题。有人自己对过去的修养成就以至气质……都发生了怀疑。在新中国里面，在为工农兵服务的指标下面，自己是不是还有工作的资格?换一句话说，他们是在怀疑，新中国到底还要不要他们?想出力，想做事，是不是还“有份”?

最初接触到这样的问题，真不禁会大吃一惊。这还成问题么?然而细一想，问题就不那么简单。在上海解放之初，的确就有多少朋友发生过同样的怀疑，经过了同样的痛苦的矛盾与改造，他们现在都坚定了，都有了最大的信心和热情，大踏步地为建设新中国而服务了，然而这结果并非突然，有一段值得记忆的斗争过程在。

让我先叙述一段故事。解放之初，全上海的剧影工作者兴奋极了。他们在解放之前的一个月，就已经有了地下的组织。他们组织了多少工作队，预备在大上海解放以后马上就进行盛大的庆祝与宣传的工作。一解放，问题就来了。怎样庆祝？怎样宣传？拍一部电影，当然是缓不济急；在舞台上演戏，也不对了。过去的观众是数百人数千人，现在的观众是几万人几十万几百万人了，剧场太小了。最后想到“活报”上街头。

一些戏剧工作者在一起谈，活报，这是一个新形式，对长期生活都市的剧影人而言，实在不知道应该怎么下手、怎样安排。但是不能不干呀。热情的鼓舞，观众的要求都不允许迟延。打开报纸，有了活生生的题材。在大上海解放以前，匪帮在宋公园又欠下了一笔血债。一批青年给特务押到刑场枪决了。特务走后，地上一片血污，一堆尸首，旁边站着一群睁着愤怒的眼睛的人们，看着这反动屠杀的恶果。

忽然在这一堆殉道的尸首中间，有一个蠕动了。“瞧，他还没有死！啊，在动了，动了。……好兄弟，你疼呀，咬住了牙……起来呀，在你家里母亲还等着你回去，啊，别怕疼，咬紧了牙，你起来呀！……啊，他起来了，小心，别往那里走，那边有特务，这边，这边……”

多紧张，多沉重的俄顷，老太太，公务员，学生，女孩子，这一批“观众”都提起了心，逼紧了呼吸，用全心的爱鼓励他，那个受难的志士。可是在这时候，警卫军的警号又响了，特务又走了回来，跳下来，那些万恶的刽子手又打了几枪，然后凶狠狠地看着那些“观众”一眼又滚了。

全场静寂，剩下来女孩子的哭泣，工人的冒了火的眼睛，和观众（台下观众）的燃烧起来的愤怒的心。

我很抱歉，我叙述的事，却叙述了舞台面。原来这一形式并不是这样容易就形象化了的。是经过了许多影剧工作者，大家集体执笔、集体讨论而成功的。全场用哑剧的形式，由一个人在扩音机里报告那一段故事，紧张的口气带了感情的调子，控制了整个的剧场。——不，不是剧场，还是广场，能容纳几万人的大广场。

这剧在上海的几十百家工厂学生社团里演出，看过的人没有一个不愤怒，每场闭幕，台下都发一片哭声。军官会给以崇高的评价，说这是最具煽动性一场戏，是谁创作了演出了这一个成功的从未尝试过的“活报剧”？是留在上海的剧影工作者，不是某一个人，是大家集体的力量。要是你有为新中国，为人民服务的决心与热诚，你不用怀疑，不要顾虑，你不会失败，更不必担心你不被接受。上海的剧影工作者就这样打下了他们工作的信心。

创作的对象，也曾经成为热烈讨论的对象过。在报纸上，有一个时期，揭开了关于写什么的激烈的论战。是啊，这是一个大家都关心的问题啊。过去，人家都生活在都市里，在那个小圈子中间。悲欢离合，身边琐事。大家所能表现的不过是这一套。现在时代变了。一个伟大的号召出现在前面，文艺作者的笔要为工农兵服务，可是不熟悉呀，怎么写？杜撰么？像写传奇一样地来那么一个空中楼阁的故事，再绕上点教条么？不成，一大部分作家搁下了他们的笔。舞台，摄影场上产生不出新的剧本来。

现在可不比从前，有了问题放在自己的肚子里面。要拿出来讨论。没有保留，没有避忌地提出了这个问题。热烈而诚恳地讨论了。讨论的结果可以用潘汉年副市长（文协委员）在上海文协成立大会上的演说作为一个总结。他劝大家放心去写，为工农兵是以工农兵为对象，写出东西来给他们看，并不是一定要以工农兵为题材。这是一个立场的问题。作家只管写他所熟悉的东西。

夏衍先生也就电影的制作给了说明。题材不限制，只要不是反民主、反新民主主义的都行。

这不是说大家都可以苟安，就写身边琐事；写积极的健康的东西是当然的要求：不过限度是宽的，大家不要顾虑，好好运用你的笔吧！

提到生活，恐怕更是一般朋友所最关心的问题。多少朋友向我问起国营电影制片厂的待遇问题。也还有几位小姐关心到她的衣服，是不是还可以穿出来。这问题是很容易解答的。在朴素节约的空气中，大家都趋向简朴是一个事实。这次我在路上遇见一位四野里的同志，他对我说了一句话，使我非常感动。他说：“出身于小资产阶级知识分子的朋友们，刚一参加革命阵线，是难免有多少矛盾和情感上的不协调的，所谓‘闹情绪’。然而看见革命队伍中间的战士的种种表现，马上就消灭了个人的小情感。”他举了很多例子，这里来不及复述，很简单的一句话，面对着新时代的那么许多动人的事象，我敢保证，个人的小利益，真经不起这个冲击，一定会给打得云消雾散了的。

多少动人的事实，告诉了我，献身于人民效忠于人民的热情，产生了智慧，产生了力量，克服了多多少少的困难。新中国的儿女们，不要游疑，不要顾虑，来吧。新生的祖国拿无上的热情来欢迎你们，会给你们最热烈的拥抱的！

一九四九，十二，十八　香港

（香港《文汇报》1949. 12. 20　P8 彩色版）

滇游日记

——从昆明到大理

序

一九五六年的秋天，我到四川、云南一带去旅行，前后三月，写下了一册日记。本想回来后一一写成单篇的通讯，但一直抽不出从容整理的时间。没有多久，就连发表的可能也一下子通通失去了。于是这日记就一直压在箱底，直到一九六九年的冬天，才被“英雄”们“发掘”出来当做宝贝拿去，从此落入某种人的手里。经过仔细欣赏、研究、分析、归纳，又终于从中提炼出了他们急于得到的某种东西，以为这下子总算从眼镜蛇的毒腺里挤出了剧毒的汁液来了，那高兴是可以想象的。

一九六九年的冬天是出奇的冷。那时我正在干校做苦工，挑着百来斤重的粪桶给新种下去的花菜施肥。一去就是半天，晚上回来吃饭时，汗水已经湿透了棉袄。西北风吹在身上也一点都不觉得冷，反而异常舒服。这时就能看到裹在黄色厚棉军大衣里、偎在宿舍门口小凳子上的某种人的身影。说他们在孵太阳是有些冤枉的，他们其实是正在履行神圣的“革命”职责。从他们手里一下子就能认出，那正是我的日记；从他们嘴边漾出嘲讽的微笑又可以悟出，不是发现了什么把柄，那就是被日记内容吸引住了。我想这两者是兼而有之的。从后来发还的日记上可以看出，当时某种人对它确是读得非常仔细，几乎每页都有密密麻麻用红笔画下的着重线，此外还有许多夹签。这是对做整理摘录工作者的指示。现在随手抄几条在这里，有不少是画了三个叉、两个圈并标出“重要”字样的。批语中有：“反动的‘无冕之王’的自白”“在川与反动诗人流沙河呼应”“攻击制度，说鱼米之乡没有肉吃”“对资本家刘鸿生怀念，是个十足的走狗！”……因为只是随手摘抄，反映不出全部批语的深度与广度，但也多少能说明那钻研的方法。流沙河是在成都作协约集的一次饭桌上见过一面；日记中又曾说到过一处抗战中由刘鸿生迁川的小厂扩建的工厂。真的只不过是一些平平常常的琐事，但到了某种人眼里就是焕发着奇异光彩的“要害”。但那时他们耐心地一个字一个字看下去，也实在有点稀奇。不是把我看做特种的神秘人物，就是我的日记还有着某种吸引力。

有着这样非凡眼力，能化腐朽为神奇的人才是难得的。难怪在“四人帮”被粉碎以后，立即被同路人请了去主持“笔政”了。这是完全不值得大惊小怪的。据说中国因为固有文字的方块字特点，几乎成了文字游戏的国家。对对子、八股文、灯谜、联语，至今还有人兴趣不衰。这恐怕是的确的。因为兴趣多半集中到字面上去了，所以和内容以及这内容所赖以存在的人的思想品质……有时就脱了节。发展下去就出现了所谓没有阶级性、倾向性这样的品种。仿佛他们都是机器人的苗裔，只有本领没有立场。昨天能为“四人帮”抬轿子，今天自然也能为“四个现代化”鸣锣开道。我想这是一种奇怪的、也是危险的“理论”与逻辑，理由无庸赘说。但看来这种“理论”的日子恐怕也并不会长久。这里记下一笔，权当“立此存照”。

下面的日记是从离开重庆时开始的。在重录的时候，做了一些剪裁，文字也进行了少许润饰。有些地方也添上一点新材料。

一九八四．十．六．

十一月十日

早晨天还黑着就给隔壁的人声吵醒了。看表还只五点，但也不愿再睡，起来洗漱，到楼下去吃茶，这时是五点三刻。朝寒殊甚。

七时出发，满城大雾。车子离开两路口以后，菜园坝一带全是一片白蒙蒙。只是在山崖壁角偶尔看见仅仅露出梢头来的树木，真是非常奇丽的图画。车过大坪、歇台子，一直在雾中行驶。稍稍爬高以后，就看见了脚下的一片雾海。在凤鸣山一带又看到了另一派奇妙风景。远树，是黄桷树、皂角树、松杉、丛竹和一些落尽了叶子的枯枝，飘浮在云海的顶上，只是一片墨黑的粗笔触，活生生的一幅水墨画。这样的风景，用水彩画来表现是困难的。沿路看见新建的房子，依旧带着传统的风格。在木结构上涂了黑漆，墙是白的，盖着瓦顶。真是移易不得的中国水墨画中的形象。这正是米虎儿、石涛笔下的烟云。

初日，在春城没有看到的，不料在这里却碰上了。朱红的一轮，但在上端三分之一处却缠着一条黑丝带。没有一个画家敢这样落笔，画了怕也要被人看作“未来派”。车子在山路上回旋着向上爬，于是就有机会一次、两次、三次地看这初日。它从朱红变为橙红，这时忽地有一棵松树的枝梢在它面前拂过，留下了清晰的黑影，像点缀着挂树的一轮满月，不过是橙红的。第三次车子爬得更高，这时初日已挣脱了浓雾的包围，真的变为耀眼的火红。

在重庆，像这样的好天气是难得的。像这种真正表现了“雾重庆”特色的也实在少见。

到白市驿机场后又吃了一顿早餐。九时起飞。这次乘的依旧是一架伊尔–14 型。上次飞机上遇到那个胖胖的助手又见面了，但正副驾驶员都换了。更添了一位女服务员，穿了一套灰咔叽制服，胖得像只小猪（朱笔批：诬蔑劳动人民服务员）。她先拿了一杯红茶来，接着就是糖、橘子、广柑。广柑还没有吃完，已经到了昆明了。

真是意外的幸运。渝昆线飞行，在进入云南以后，因为海拔转高，空气稀薄，机身大起大落是常事，十之八九要把肚子里的东西折腾出来。但今天的天气实在是太好了，就像睡在家里的沙发里一样，不知不觉地就到了。

不过地面上的风景却什么也没有看到。又遇到奇妙的云海。飞机就像在一个大大的堆满了棉絮的盘子里滑行。云也真变幻得出奇，有几处突然高起像小山，很像照片上看见过的北冰洋的冰山。

一下飞机，满地秋阳。天上是朵朵白云，绿树青山，又来到了可爱的昆明。这是巫家坝机场。

把行李寄放在民航局，漫步走进城去。在冠生园吃中饭，价格和四川相去不远。走了半日才发现这就是柘东路。走到了桥边，但联大工学院宿舍的影子却完全没有了。

又闻到了烧木炭的那种奇怪味道。整个城市都充满了这种气味。

到盘龙路市委，还没有办公。就到金马碧鸡坊下的一家茶馆里吃茶。卖的是下关的沱茶，二开以后沁出了极为甘洌的味道，这样挨到下午二时。市委把我介绍到省委，又从金碧路一直走下去，过了靖国桥，找到省委，拿到两封介绍信回到翠湖边上。疲倦极了。天又热，浑身是汗，越走越没有尽头，翠湖也望不见，不料曾经十分熟悉的昆明，现在竟已认不得了。

终于借到了车子，取回行李，住到翠湖宾馆里。房子是新修的，和北京饭店差不多。房间壁上挂着影印的宋画院团扇小景。

这次重到昆明，是在暌隔了十二年之后了，应该在此记上一笔。

十一月十一日

早晨从窗外看到一朵乌云，可是不多久就给朝阳冲散了，依旧是满天艳丽的秋阳。

早点有小包子，已经冷了，但依旧可以尝到过去的那种风味，昆明就是连包子也有它的特色。

早晨出去闲走，沿华山西路青云街一直走下去，在一家旧书铺里买到一册《畹芬录》，是姚安张根培的著作。就是在莲花池畔给陈圆圆立过一块画像碑的。上面有他写的《圆圆事略》，十年前我曾在《昆明杂记》中引用过。原来把他当作了一位“古人”，将《畹芬录》也看作是一册“古书”，不料这书的初版却在“三十八年十一月”，那正是解放前夕。

坐在茶馆里，翻阅一过，这书实在并无可取，只是摘抄了一些人尽皆知的故事。但也有一二记事值得注意。据说那座“娘娘坟”原来在“二十九年五月十七日”就被人掘开，同年七月十五日改葬于莲花池畔。

在茶馆里打听了一下那个什么楼，在我的印象里这楼的四周总是放满了花的。回答是，楼早已拆掉了，现在改成了大花园。走出茶馆一直走下去，不久果然看到了那个花圃。四周的建筑和店铺都还是原来的样子，只是楼没有了。不过名称还在，公共汽车的站名牌上就写着“近日楼”。

南屏路上也有许多新建筑，又走上晓东街，抗战中这里挤满了形形色色的拍卖行，是昆明最“繁华”的所在，现在则荒凉冷落得不堪。

下午去圆通山，看了唐继尧的墓。石雕的墓门倒也颇精致，墓表上写着“南天一柱”四个大字。还刻着中山先生的电文，黎元洪的授勋令……读了墓表，才知道这位唐蓂赓死于一九二七年，只活了四十三岁。

登上圆通寺的最高层。在这里看到了一块抗战中松山之役阵亡将士的纪念碑。战役开始时我在昆明，结束时我已到了印度。后来经滇缅路回国，路过保山，听说路边还有未曾掩葬的战士的遗骸。今天看了这碑，不禁有些感慨。

十一月十二日

早晨到省文化局，见到一位副局长，谈了些云南文化界的情况。听说白族自治州成立大会即将在下关、大理举行，就要求搭车同去参加并采访。

回旅馆的路上又经过那家旧书铺，买了一本康熙时人的诗稿，作者名李含和，号金沙，与阚东白有交往，卷前有作者名印二方。诗集中有大量咏云南景物名迹风土故实的诗篇，倒是一种难得的地方文献。这是此行买到的第一种善本。

[发还的日记里为某种人添上了大量的红杠子，这中间绝大部分又画在买书记事上面。这里看到有“善本”二字，更是引起了注意。某种人又不是版本目录学者，为什么对这些事如此注意呢？原来他们最初是想把我先搞成投机倒把的古书贩子（据称是根据了康生的“批示”），然后再从这“突破口”进一步向纵深发展。他们把这看做“进货账”了，当然不能不发生兴趣。还曾问过我为什么只有书名，没有“进

价”？可见这正是他们心目中最好的原始“进货底账”。至于“善本”，在他们看来就是宝贝的别名。其实这本诗集，不过是一位清初云南不知名诗人的手稿，除了云南图书馆，怕也没有人承认它是“善本”。也正因为这缘故，这书和另外买到的一些云南地方文献，临行前就一起送给了图书馆。其中有一种雍正刻《云龙州志》，虽是残册，却是“孤本”。国内各图书馆的目录里都不载。我国边远地区的地方志一向就稀见，旧刻尤为难得。这种清初刻本的方志，在云南就已经可以算是地方古志了。]

又买到两本《峡江图考》，光绪二十年上海袖海山房石印本。图极工细，从荆门虎牙滩起，直到重庆，上下正反详细画出了峡江两岸的风光名胜，并附有详说。京江国璋序。书极罕见，是江行必不可少的参考书。

下午到省委、省人委，又拜访了云南日报社，借到一叠云南志书。有铅印本《大理县志》，不全；又马子华《滇南散记》、赵银棠《玉龙旧话》等。

夜浴，枕上读今天所买所借诸书，早眠。

十一月十三日

五时半起身，携行李出门。文化局刘同志来接，同去云南大学门首，即上车。七时出发，过马街子、西山龙门，望见了滇池。这一带都是十多年前来过、住过的，不胜感慨。

坐在卡车上面，风极大，颇冷。车上装着电影放映器材和汽油，带来的一部影片是《流浪者》。

十二时抵广通县的“一平浪”。这是个怪地名，如不到这地方，是不会懂得那得名因由的。这实在是个特别的地方，在丛山围绕之中出现了那么一小块平地。有盐场，好像也有笕竿，但比起自贡来，规模是小得多了。

在饭店午餐，供应红米饭，吃了两大碗。饭后登车，在颠簸中把《滇南散记》读完了。

又下起雨来，身上更冷了。吴铭道在《滇海集》中有《雨过镇南》诗，其中有两句是“天搓云作絮，袅袅上鞭丝”，写得不坏。

六时抵南华县的沙桥镇。住在这里的“天香饭店”里。这是一座三层楼，下层在地下。我住在楼上，一室二床，木板上铺草垫。租来了两条被子，其硬如铁。木窗棂外面挂着红红的干辣椒。

在点着两根灯草的油灯下记日记。

十一月十四日

五时起，没有洗脸就开车了，开了头灯爬山，山极陡，满山都是雾。爬到近山顶处正看见东方初日的朝晖。真远，远在天边，只是金黄色一线狭狭的光带，这金色的彩带前面出现了近山松林的黑色影子，远山青翠透明的影子，就像一座宝石雕成的笔架。旁边是一湾清澈的湖水，宛如砚池。车子爬到更高处时，初日的金光又被罩在重重迷雾中了。

八时不到爬到了“天子庙坡”，这是滇缅路最高的地方，海拔二千六百公尺。

这里山路两旁满是松树，都是些幼松。姿态十分奇特，它那雾里的枝条看起来就像是剪纸画。

古画里常有“抚孤松而盘桓”的场面，一个老头儿站在那里呆呆地抚着一棵孤零零的古松的下干，想想真是够可怜的。现在的情形是“抚万松之巅”，因为车子过处，路边有迎面不断飞来的古松，它们都植身于涧底，只要伸出手去，就能随时摸到它们的树冠。

车子抛锚。正好走下去看风景。白云、青山，这些在四川也并不缺少，出奇的是，无论如何也比不上这里的清澈、明净。云是那么白，云下的山峦是一片迷蒙，但耸出白云之上的一角青山，却像装在水晶盒子里似的那么清明。这样的山和云，也只有在云南才能看得到。

在这里照了两张相。

这时初日在峰顶被云层遮住了。但它仍企图努力透过那暗黑的云层。这时就出现了六七道辐射的霞光，虽然太阳本身依旧不见。回头看时，一层层白色云海，白得透亮，耀人目睛。在云海中间是一座座黑色的岛屿——峰头。

车下“天子庙坡”时，看见路标上写着，这坡全长三十五公里。地属祥云县。

十一时抵云南驿。十多年前经过这里，没有晚饭吃，向农民买了十几枚鸡蛋生吞下去的往事还如在眼前。记得这里有过一个大广场，还可以降落飞机，现在没有了，只有一个小停车场。卖鸡蛋的人还不少，这里的鸡是多得出名的。

阳光是那么艳丽，天空是那么蓝得透亮，有两只老鹰在天上缓缓地打旋，它们也是那么安闲。

到了下关。在地委没有找到宿处，招待所全部客满。他们介绍我与一位《云南日报》的记者同往，门锁着，把行李放在门外就上街去闲走。穿过小街，走上一条石桥，过桥上坡，迎面是一座城门，门额没有了，背面也已镂空，中间嵌了一尊佛像。这就是下关的上城门。

生活在这里的白族妇女都参加沉重的体力劳动。有许多人背着极重的东西爬坡。她们弯着腰，纱布大包就安放在背上，里面是两百匹细布。从她们迂缓艰难的脚步里可以知道那分量。纱包用两根皮带兜住，全部重量总共由一块粗厚的麻布承当，这麻布就兜在她们的前额上。

在茶馆里看见有两个上了年纪的汽车工人在下棋。他们是北方人，说下棋不过是为了骗茶喝，其实是“屎棋”。二十个水饺二两白酒下肚以后，就到茶馆里坐一会，杀一盘。看来这里还没有给人们工作之余进行活动和休息的场所与设施。

这里茶馆里卖的“烤茶”，别处是吃不到的，有一种别致的焦味。

没有找到旅馆，自然也就没有被褥。急中生智，只好在百货公司买了一条重庆毛纺厂出品的绿色毛毯，价三十一元。这厂本来是刘鸿生创办的。抗战中在重庆当穷学生时，曾想买这个厂出的一块平价粗呢料而不可得，现在却无意得到一条毯子。刘鸿生最近逝世了，盖了新毛毯睡在床上读《新观察》上的刘鸿生自述。

还没有睡着时，同室的一位回来了。异常神气，皮鞋踏得山响。他用打火机点燃一支香烟，坐在那里写什么东西了。只听得几次三番地把稿纸撕掉，撕得很响。

又听见他拿起瓶子来，骨突骨突地喝了一气，喝的大概是放在窗口的药酒，浸着“三七”什么的。

好不容易此公睡下了，但我却突然觉得冷了起来。那毯子毫无用处，背上、腿部时时都感到有冷气侵入。爬起来穿起了毛衣，无用；后来连长裤也穿起来，还是不行。就这样一夜也没有睡着。下关的秋夜真冷得可以。

挨到五时就爬了起来，奇怪，应该是十分疲倦的。但却不，走到院子里，看见满天繁星，今天又是个好天气。冷气袭人，忽然想起“如此星辰非昨夜，为谁风露立中宵”的诗句，自己也不禁哑然失笑了。

十一月十五日

八时不到就跑到昨天喝茶的那家茶馆去，他们刚开门还没有开水。

站在街头，买了两个大包子吃了。看着走在路上的少数民族代表，他们身上奇丽的服装，很值得一看。

因为昨夜挨了冻，所以满街去找棉絮。但都卖光了，说是下午四时可能有货送来。

漫步登山，一直走到山的绝高处。从“玉龙书院”一直走到文庙。现在这两处都已改成小学校。站在文庙前面，洱海和远山仿佛都在脚下，真是奇绝的风景。拍了几张照，小学生们都跑来围着看我照相。

高处可以望见像玛瑙屏风似的远山，一湾凝碧的洱海，和那个两侧各有一个小山头的“海湾”。“海水”就从那里流出来，在苍山前面流过，把下关山上的旧城和新市区界了开来。新市区里的一簇簇新房子，翠柏扎成的彩坊，都在眼前。滇缅公路从对面的小山坡下迤逦而来，在市区里打个回旋就又向右面甩出去了。

文庙外面有两棵大树，大约有几百年的树龄了，枝叶茂密，从主干分出了五六条粗壮的分枝，张开来正像一把大伞。不知道这是什么树，向小学教师打听，他在我的笔记本上写下了“酸杷树”三个字。这大约是土名，也不知正确与否，小学生也都这么叫。

文庙破落得很。有康熙、嘉庆、咸丰三块旧匾，还有一座题着“文明”二字的石坊。一间房子外面挂着“斜阳小阁”四字木额，咸丰乙卯马恩溥书。看《大理县志稿》，知道此人就是向朝廷上了许多条陈建议消灭杜文秀的。

慢慢走回来，在专署前面发现了一家“花园茶社”，有一个小院子，一座茅亭，还有扶疏的花木。窗明几净，主人非常好洁，看他在用水洗桌子，又用刀来刮，用稻草擦，最后是用水来冲。这里也卖烤茶，吃茶中间把四天的《人民日报》读完，郑西谛又在谈“分书”了。没有吃午饭，买了几块甜点心吃。

下午总算买来了一床七斤半的棉絮，又买绳一根、油布一张，共用去二十元。想不到走到下关才置办了全份铺盖卷。

自己提了回来放在床上，大为安心。

又去茶社吃茶，读《人民日报》上纪念中山先生的文章，有谢无量的一首五排，甚佳。末二句云：“空惭旧宾客，重到一凄凉。”

晚上大会秘书处送票来，去看滇剧《望夫云》。这是个大理有名的传说，但经过改编，味道就和《梁祝》差不多了。主角是一个樵夫，他和公主的恋爱也写得颇为草草。原始的传说里把宫中的女子摄到玉局峰巅的是妖怪。后因女子畏寒，妖怪从老和尚处盗得穿了冬暖夏凉的袈裟。“僧觉之，以咒厌怪，溺死寺西水中，化一大石坪。俗呼为石骡子。女望之不归，遂郁死。精气化为云，名望夫云。每每岁冬重现，即大风狂荡，有不将海中之石吹出不止之势。”（据《大理县志稿》）这是志书里记下的传说轮廓，如在人民口中，就不知道还更丰富、生动多少倍。不用说，这比今天的戏中情节美得多了。看这原始传说，和《白蛇传》是有些相近的。同样也有个造成爱情悲剧的祸首老和尚，同样有袈裟出现，只有女妖与男妖的不同。难道妖怪就不能塑造为可爱的人物吗？为什么传说一改就变成公式化的东西呢？

[按，这里在打了红杠杠的地方批道：“说民间传说一改变成公式化了。”]

十时，不等戏完就出来了。明月高悬，风又大起来了。下关的风确是有点特别。

[贵池吴铭道康熙中游滇，撰《滇海集》六卷，诗题有云：“四月十五日，夜下二鼓，起步庭院，见点苍山雪绵亘如

练，与月色相丽，数十里不断，光景奇绝，不欲就卧。”又有《大理偶书二首》，题注云：“将至下关，风极大。马逆之却行数丈。屋声如震而不入屋。虚窗烛影，荧荧自若。”诗云：“疾风撼土旦旦，人马怯惊坠桥。屋瓦怒如猛战，窗灯静不轻摇。”很能写出下关风的特色，风是大极了，但绝不飞沙走石。“风花雪月”一直被看作下关大理一带极有名的物事，这是毫不夸张、确有特色的。]

今天晚上盖上新买的棉絮，暖极。一直睡到第二天早晨八时。

十一月十六日

早晨到茶馆吃茶，在这里听见人说“万人冢”就在专署旁边的天宝公园里，跑了去看。白族民族歌舞团的演员们就住在这里，她们正在草地上练习歌舞。找到一位大理文化馆的同志，他告诉我女演员们正在练习“绕三灵”。这是为纪念唐天宝中一位南诏王的。每年四月廿五日，白族人民都到神都的圣源寺里来祭祀歌舞。唱的曲子直到现在还叫做“大白曲”，是从代表送丧的“大白”演化而来的。哭丧棒一变为二，上半变为“霸王鞭”，下半变为笛子。笛子是既可吹又能舞的。送葬时焚烧的扎着白纸钱的“摇钱树”，现在则化为柳树枝，上面扎着彩纸。歌舞形式依旧是从一问一答演化出来的一唱一说。本来说给死人听的一些吉利话改成了歌子。哭的遗痕也依旧保存在“民家调”中，其中有许多就近于哭声的调子。至于端祭品的盘子，现在则化为八角鼓。

“绕三灵”一作“绕三年”，那自然是“三年之丧”的意思了。又说当作“绕桑林”，因为圣源寺后面有好大一片桑林，四月廿四日人们来祭扫神都，就在桑林里绕着，晚上就宿在这里的原故。

此外还有一种“双飞燕”，那是从另外的一种传说衍化出来的。南诏王的儿子娶妇，新妇婚后羞涩，手里拿着白族的手巾，一面走一面低着头揩泪。另外一批演员唱一种“吹工腔”（由丧乐演化而来的唢呐腔），是演述杜朝选的故事的。

给她们照了相，为一位老作曲家和演“大本曲”“全家送礼”的少女照了相。又给刺蛟英雄杜朝选和近似龙灯的“蛟”照了一张。

至于那个万人冢，是在后面的院子里，一个大圆坟，四周用石块叠起。前面有一块十多年前立的新碑，又重刻“同治十二年抚滇使者岑毓英”的碑记。正面的大块大理石碑上写着“大唐天宝战士冢”。

唐天宝十年鲜于仲通率兵八万征云南，十三年剑南留后李宓又率十道兵来攻，两次的结局都是全军覆没，一共战死二十多万人。李宓还是被捉住沉在江里死掉的；鲜于“仅以身免”，当时唐朝的宰相是杨国忠，还要“以捷闻”，真是天大的笑话，说明唐玄宗的昏愚已经达到了怎样的程度。唐朝的中衰不可避免了。南诏的领袖阁罗凤把唐兵战死者丛葬在这里，这就是“万人冢”。

这地方在“龙尾关外、洱河之滨，隶凤仪西北部”。据说“风雨晦明，恒闻鬼泣，万历副总兵官邓子龙诗以吊之”，鬼声才阒寂了。这首诗的原刻石岑毓英还曾见过，现在没有了，只能从岑的和诗前小序中读到：“唐将南征以捷闻，谁怜枯骨卧黄昏。唯有苍山公道雪，年年披白吊忠魂。”邓是武将，“丰城人。其镇姚关时，战功特著。而诗笔雄爽，不愧名将”（吴铭道《滇海集》“永昌问邓将军战处”诗注）。邓子龙的诗，和他的身份是一致的。比起白居易的《新丰折臂翁》来，简直是一个大倒退，使人不能不感到白香山终于不能不是头脑清醒的伟大诗人。岑毓英的和诗就更坏。诗碑立于光绪十三年，立碑者是“提军赴榆受篆”的黔西蔡标。他也有一段小记：“自西林夫子嘱磨更此碣，于今七年。其间西南伏莽，窃发不时。旁午军书，几无暇及之。而夫子归道山又五年矣。”记中又说：“记壬申岁驻兵龙尾关，杜文秀犹死据郡城。日日攻之，朝去暮来，数月乃克。”然则这个蔡标又是镇压杜文秀的一个小头目。原碑杜文秀三字还是后来磨去重书的，悬想原文大抵是“杜逆……”之类。

就在这座“万人冢”前面，住了许多白族代表，青年儿女，一片欢歌曼舞的热闹景象。一切都改变了，完全彻底地改变了。

在饭店里吃了中饭，就到西大街口去乘马车。

这里的马帮真多，一大队一大队的，是高级合作社派出来的，车上插着黄边的三角小红旗。也有只一匹马的“单帮”，运的是梨子、木材、药材和扎牌坊用的松枝……什么都有。二十年前还只是个小街子的下关，今天已发展为有相当规模的市，商品集散的中心。

马车上有三排座位，一定要坐满了九个人才动身。车票每张八分。

这是到保山去的公路，峰回路转，洱水就在两山之间流着，看到了“天生桥”，其实是人力凿开的一个石洞。路上还看到利用水力的厂房，但不知是什么厂。

这座“桥”是有名的，在前人的诗集里常能看到吟咏它的诗篇，吴铭道集中称之为“天桥”，题下注云：“点苍之冲，洱水泄处，有石梁曰天桥，望之股栗，人不敢过。”说得未免有些夸张。

温泉就在左侧的山崖上，是一个小村落。温泉所在有很漂亮的新建筑，有几个房间，有双人浴的大池，也有单人的小池，都用大理石砌成浴缸。水温甚高，据说鸡蛋放进去三分钟就能煮熟。已经加了许多冷水，还是热得很，比重庆的北温泉温度高一倍还不止，这才可算得真正的“汤”。洗过之后，就在院子里休息，这里有扶疏的花木，有大理石制的圆桌石凳。太阳好极了。听着虎虎的风声、泉声，仰视瞬息万变的蓝天、白云、苍山，负暄记日记。

晚上地委举行宴会，庆祝白族自治州的成立。我们这一桌是记者席。有一位下关市的副市长相陪，向我们介绍了一些大理地区的情况。他说洱河里产一种“飞龟”，有大鳍，有时跃出水面，往往被误认为飞出。它跳到断岩绝壁上就贴在上面，不容易捉到，因此也就异常名贵了。

席面上有“乳扇”，这也是滇南的名物。其实就是牛奶皮子，中间有豆沙馅，炸了吃的。又有一种在雪梨里夹了糯米、红枣的甜食，吃起来大有蜂蜜味道。

席面上还坐着穿了黄袈裟的鸡足山的老和尚。“鸡足”因担当和尚曾经驻锡、徐霞客也有过介绍而驰名，每年有从西藏来的大量教徒朝山。解放初曾经遭到破坏的山上寺庙，现已作了修整。

晚上看民族歌舞，有“全家送礼”“花灯——十二月花”“会情郎”及彝族舞等。最妙的是邓川高寒山区演出的“白鹤舞”。一只扎成的色彩艳丽的大仙鹤，一个戴着绝大面具、白须飘拂的南极仙翁，在唢呐、鼓与小锣的伴奏声中舞蹈，仙翁用金丹做诱饵想收伏白鹤，但却被鹤啄了。带有浓郁地方色彩的舞蹈点染了轻快幽默的色调，在看惯了狮子舞的观众是特别感到新鲜有趣的。

十一月十七日

今天和《中国青年报》的记者同志一起到大理去，作陪的是大理团地工委的一位二十一岁的青年同志。

八时到车站。在等车时听一位大理师范的李老师谈大理史地种种，有如上了一课详尽的地理课。

李老师说，苍山要算是比较年轻的山，只有四十万年的年龄，是火成岩。洱海则是个陷落海。苍山山石含碳酸钙最高，山顶的洗马潭其实是个火山口，死火山积水成潭，就成了今天的样子。忽必烈是没有这样的好兴致爬到山顶来洗马的。这是苍山的最高处，海拔四千三百公尺。山顶的树都极粗，但又极矮，那是因为山风太大的原故。罗汉松最多，至少也有二百年以上的树龄，也有原始森林。他曾爬上去看过，不过气压很低，呼吸困难。

洱海本来就在苍山脚下。现在的大理城的地下就是海底岩。苍山十九峰的山溪年年冲下的沙石越积越多，海边也被愈推愈远了。从著名的“三月街”的历史考察起来，也可以证明这推测是有根据的。这个物产交流集会的历史很久远了，在大理还没有形成以前就已存在。《水经注》和《唐书》上都有记载。直到今天“三月街”的地点始终固定在山坡上的一块地方，没有下移。

从李老师那里还听到火把节、望夫云等故事。又谈到回族英雄杜文秀的事迹。

当年杜文秀驻兵大理，命女儿守下关。和杜文秀一起起义的马如龙投降了。清朝给了马一个云南提督的官，其实是假的，真的提督是岑毓英。马向杜女劝降，她回大理与父亲商议。她一离开，下关就被留守的叛将献了城。清兵进至七里桥，大理被围。杜文秀嘱咐家小，不可受清兵侮辱，就亲自到七里桥来见岑毓英和杨玉科，他提出的条件是不得杀大理城中一人，他自己的生死是无所谓的，其实这时他早已服了孔雀胆，到大帐说完上面的一节话后即陷入昏迷，随即死去。岑毓英斩下他的头，装在木笼里送到北京。皇帝又从北京带来一碗汤元赏给杨玉科。杨是把这碗发酸的汤元吃掉了的。

清兵当然没有遵守诺言……

关于杜文秀和岑毓英在七里桥相见时的对话，据说是这样。

杜在大帐外下轿，岑毓英到帐外迎接，说：“你是做了十八年大理国王的人，我应该以礼相待。”

“只要不杀老百姓，我的心就安了。”杜文秀把手一挥，从此就再也没有说话。

上车以后，一路上看见蛇骨塔，南诏碑，远处山脚下担当上人的墓塔，这些都只能等待回来路上再去拜访。那座有名的南诏德化碑已被放倒用砖砌起来进行保护，只开了一个小小的窗口，我张望了好半日只看见了一块石头。其实碑上的字迹早已残泐得厉害。后来在昆明书肆买得阮福的《滇南古金石录》才能读到残断的碑文。

到大理是十一时半，先到县委放下了东西就出来在一家饭店里吃饭。吃了一条洱海的小鲤鱼，还放了辣子，价一元四角。

到文化馆去看陈列的文物。有阚祯兆的字幅，字写得不坏。另外就是钱南园、袁嘉穀的字。还有一块在松明楼旧址重建的“文献楼”的旧额已经油漆一新。上四字“文献名邦”，康熙四十年辛巳“提督云南全省军门偏图题”。又明代杨化云的玉带、纱帽，都已破旧不堪。

在文化馆后面的茶社里吃茶。院里有一株山茶，只开着一朵小小的白花。大理是有名的花城，来得不凑巧，过了花时。看到这朵小小的茶花，也算是“慰情聊胜”了。另外还有些映山红、映山白、丁香，都是小花。

到大理中学。这里原来是杨玉科的“宫殿”，门首雕着八个凤。被一位乡绅向朝廷告发，皇帝大怒，就让他出去作战。杨玉科很识趣，捐出这座府邸作为“西云书院”的院址。他到了镇南关冯子材军中，在与法国侵略军作战时中炮而死，结局倒还不错。

这座府第共有五进。修了走马转角楼，从第一进起，可以不必下楼从楼上回廊一直走进去。花园里有一座“桂亭”，亭中有不少刻石，从刻石上可以知道杨云阶的封号是“二等男”，追赠太子少保。

从这里走出，到城外的三塔寺去。中间一座塔十六级，高四十八丈，又称“千寻塔”。旁边是两座小塔，照谢在杭的说法：“中者高三十丈，外方内空。其二差小。……云贞观六年尉迟敬德监造。开元初，南诏修之。”现在的塔已非唐时遗物。照我看，倒是两座小塔来得更古朴些，塔身有浮雕，美丽得很。

转到塔身前面去看。有额，大书“永镇山川”四字；又乾隆辛亥知大理府事铁岑杨长桂的《重修崇圣寺塔记》。

谢在杭说这塔是造来“以厌龙”的，当地人也如此说。三塔正好压住龙头，大塔压龙头，二小塔压龙须，远处一塔寺的塔压的则是龙尾。下关有“龙尾关”，当和这传说有关系。吴铭道说，三塔寺有黄华碑，“碑在林庐山，金学士王庭筠书，黄华老人其自号也，李中溪摹刻于此”。诗云：

“寺古飞云开玉镜，山高挂雪护寒林。半窗风竹青留客，不遣西堂废叶深。”

“西寺林西日夕黄，半天寒叶古祠堂。千年台栋无人住，可道青山护佛王。”

可见康熙中，这崇圣寺还没有全毁。

从三塔寺回来，走到大理城门处等马车。等了半天还不来，看看好像没有希望了，在傍晚时分终于等到了一部。车子旧得看看要散架，马也老得很，坐上去都有些担心。太阳就要落山了，冷了起来。马车走得极慢，颠簸着，走走停停，这十七公里路足足走了两个半小时。可是一路上的风光美极了。在车上看到苍山上的积雪，看到开采大理石的峰峦，看到了鸡足山的一角和山顶的金塔，看到了夕阳影里变得红、紫、黯蓝的远山。自然还有一望无际的澄蓝的洱海。这一切仿佛是艳丽色彩的堆集，瞬息万变，简直就是万花筒中的世界。

在天色完全黑下来的时候到了喜洲。把行李寄放在一所中学里。这学校规模不小，而且有电灯，是本乡自己发电的。后来才知道这学校是有名的云南少数民族工商业者建造的。他们都是白族，都是喜洲人。好像已经成为一种常规了，有钱的人许多都有“造福乡梓”的念头。

吃完饭我们到四位民族工商业者之一为他父亲建造的海心亭去。

月明如洗。穿过乡下的石板路，看见不少“进士第”“翰林院”的牌坊，原来很久以来这地方的“文风”就是极盛的。

［以下是两三处空白。原是预备后来补记的，但终于没有

记。现在只记得曾在有好月色的夜晚，在洱海中泛过舟。]

十一月十九日

预购回昆明车票。

饭后又到温泉去，在一只供二人用的大池内洗浴，浴后又在院子里抄《大理古代文化史》。今天太阳不大，风却不小，没有上次好了。

晚饭后去看京剧《望夫云》。一开幕就出来一群樵夫，其中有段赤城在内，说了半天，只是意在说明段过去没有打过老虎而已，又大唱四平调。但布景是美丽的。

等段赤城夫人出场我就先回来了。看见那位记者，他说要写一篇大理的情况介绍，到现在还写不出。只想好了第一句："一层层白白的银雪，轻轻地覆在苍山顶上。"问我好不好，还向我打听：这两天苍山顶上到底有没有雪？最后恨恨地说："本来要另一位同志下来的，忽然不来了，这担子就落在我的头上。他妈的！"

十一月二十日

一早就起来，天还不曾亮。

马马虎虎把我那个大得不堪的棉絮被包打好，请一位白族妇女拿到车站。

坐在车子最后一排的座位上。车子走走停停，途中看见一位新娘子在山路上走，穿了一套新做的宝蓝缎衫裤，戴着黑绒帽罩，帽檐镶了一条红边，胸前挂了一块颇大的长方形镜子。

后面跟着一个汉子，挑了一对竹筐，放着簇新的大红被子。

下午二时半，车过姚安的普淜。

在爬天子庙坡的时候，忽然有一头小豹子从车头前面蹿过去，跳到山顶上去了。车里的几个解放军大叫起来，车停下，两三个解放军飞也似的跟上了山，可是没有赶上。我还看见那豹在山顶的密林中跳跃了几下。在深山大泽里的动物，看起来比关在动物园里到底有生气得多。

傍晚在蒙蒙细雨中抵南华县。这地方本来叫“镇南”，是个穷苦的小县城，只在汽车站对过有一座城楼，上面有“龙泉门”三字。走进城门去找旅馆，唯一的一家“大旅社”原来就在横街对过。一楼一底，三大开间。跑上楼去一看，黑洞洞的屋子里用木板平排搭起了一座大通铺。每间都挤得满满的，全少睡三十个人。好容易找到一个空当放下了行李。

下楼去吃面，每碗两角。只有寥寥几根面条，面上放了鸡枞，这是云南的菌类名产，但泥沙还没有洗净，一点都不好吃。

街上的小摊都点着松明。又有三四家茶馆，屋小如舟，摆了几把破椅子。一灯如豆，人影幢幢。没有吃茶就回来胡乱睡下了。

十一月二十一日

昏黑中起身，七时出发。

今天又在公路上看见两条獐子跑了过去。

中午在禄丰的董户村吃饭。这里的食堂干净得很。吃了一盆炒菜花。一路上客饭都是四角一份，一菜一汤，米饭馒头任取。

这里的民居建筑也是很特别的。公路边就有三座新起的楼房。房子用土坯筑起，有二层楼高，但没有台阶，也没有楼檐。只是那么长长的一条，上面覆着瓦，下面开一个狭长的小门，上面一面极小的窗。每两座房子之间有一个低低的马厩，也盖着瓦顶，与两屋腰部相接。在厩顶放着一张活动的木梯，通往楼侧开出的一个洞里。登楼时得先爬上马厩才行。

这里的名产是刀剪，买了一把很好的小刀，价七角。又买了把中等的剪子。

这两天在车上把鲁迅先生的《故事新编》又读了一遍。又看到《文艺报》上关于此书性质的争论。有人说是历史小说，有人说是讽刺小说。其实我看都不是。这书与《魏晋风度及文章与药及酒之关系》是同样性质的东西，只是采取了小说速写的形式。总之，想用“文学概论”里的定义来套是不行的。

下午五时过安宁，很快就爬上西山的背后，转过来就是滇池。一转眼就到了昆明市内了。

嘉兴去来

在睽隔了几十个年头以后，有了重访嘉兴的机会。匆匆过了两天，来不及遍访许多名迹，却到了过去没有到过的名所。这是聊堪快意的事。在动身之前，就向嘉兴友人提出到王店一游的愿望，就在到嘉兴头一天的下午，驱车出发了。王店是嘉属的一个大镇。朱彝尊的故居曝书亭就坐落在镇上。

朱竹垞早年过的是贫困流浪的生活，行踪遍及山右、粤东，又曾久客山阴，和祁氏兄弟等图谋故国兴复之业，未必能在故乡建造园亭。这曝书亭想是晚年归隐故乡所构。小小庭院，有堂有池。今天已辟为居人游乐之处。时当五一假期，游人蚁聚。年轻人在小池中泛舟。老人们随处坐憩。园中有石刻朱彝尊像，与传世竹垞著书砚上一幅相近，是仅存的旧迹了。又有嘉庆二年阮元石刻联语："会须上番看成竹，何处老翁来赋诗。"康熙刻《梅会诗人遗集》中的徐在《演谿诗集》，有《过潜采堂题赠朱竹垞检讨》一诗："传家故相有文孙，载笔清时重史臣。归赋小山偏得地，扶轮大雅更何人。杯当明月黄甘酒，梦断秾花紫禁春。好听萧萧千个竹，此中意味自相亲。"

徐诗正是竹垞晚岁乡居时所作。潜采堂当亦此中一境，不过匆匆走过，不曾看见。徐诗尚有“酝舫听雨次韵”等两题，这酝舫却在，小小屋宇，有许多游人在打台球，也有不少老人无言地枯坐。我们就在这“舫”里坐下休息。竹垞早年也是反清复明的义士，飘零湖海四十年，终于到北京做了清廷的小官，以检讨的身份参与修史，不久废弃。辑所作诗为《腾笑集》，不自讳晚节颓唐的自责心情。但是还不能见谅于故友和并世文士，很得到不少讥嘲。与行辈较先的诗人吴梅村出处颇有相似之处。归田以后，筑曝书亭于故里，著书终老。晚年编辑自己的诗文集，在《曝书亭集》中保留了与青年时期共图故国兴复的友人倡和之作，山阴祁六公子班孙与朱、钱诸人都是遭清廷捕杀流放者，竹垞敢于辑入文集不少讳避，所以后人有“朱十亦是君子”的感叹。这样，竹垞晚年的心情殊不平静可知。他是藏书家，所以有曝书亭的名目。其实他并没有多少惊人秘册，所见都是竹纸抄本，大抵是从同时的藏书家传抄来的。他的藏书往往有明善堂的藏印，可见身后不久就流散入京了。在今天的曝书亭里，人们虽然看不到一册他的旧藏，但成为人们喜爱的游乐之地，正是极好的事。

离开曝书亭，又来到一处新建的揽秀园的所在。据说是利用拆下的旧建筑材料建成的。一色浙西风味的坊巷，游人稀少，颇有静趣。街头有一座石桥，是文星桥，颇陡峭，走上去看，眼前是一片迷蒙烟水，南湖就在眼底了，阵风吹来，颇有高处不胜寒之感。天色阴沉，想起周清真词“芳草怀烟迷水曲，密云衔雨暗城西”，眼前景色约略似之。朋友见告，这眼前的一片废址，就是吴昌时的勺园故址。因为我曾写过吴梅村的《鸳湖曲笺证》，所以特地带我到这里来看一下故迹。吴梅村又曾作《南湖烟雨图》，图中所绘景物却与烟雨楼不相干，分明是南湖一角的光景，与眼前所见，约略相似，只是建筑物已百无一存，只剩下森森古树而已。朋友说这地方不久将新辟为风景区，将有许多楼亭出现，那将是一派崭新的光景，不再是劫后风光了。

从文星桥上下来，又到勺园遗址去看了一下，这里原有的房舍已经拆去，留下了一片瓦砾，几株老树，错落地分布在那里，可见这是旧园的废址。勺园是晚明嘉兴的名所，祁彪佳在日记里提到过它，柳如是曾暂住在这里，钱谦益为它留下了几首诗。吴梅村为之作长歌，并制图。可见此园的煊赫。吴昌时是晚明复社的一员干将，在张天如策划指挥之下，倚仗了首辅周延儒，把朝局搅得一团糟，昌时自己掌握了吏部重权，指挥任意，赃私狼藉。引起了朝廷上的政争，最后落得与周延儒同时弃市，而明朝不久也覆亡了。

昌时在故乡烟雨楼畔起造勺园，作为招接友人有点像招待所那样的所在，诗酒是流连，更重要的是政治活动的据点。这是勺园不同于一般私家园林的特色。难怪时移事换，曾在此园勾留过的老朋友依旧不能忘情，他们怀念的不只是勺园的风物和好客的主人，复社的政治斗争，几频胜利而终于破败，才是他们心目中难以消失的痛楚，这些隐藏在诗篇背后的情感，是不易察觉而常被忽略的。

一九四六年春，我工作的报纸被封门后，为了逃避黑名单的追捕，和朋友躲到了嘉兴，初访烟雨楼，在楼头吃茶的往事依然如昨，转眼已是五十六年前的旧梦了。此番重游，得乘游艇在楼边盘旋了一转，重登烟雨楼，古木参天，湖光如镜，依然当年旧貌。可惜时已傍晚，茶摊收歇，不能从容啜茗，小作流连，是可惜的。

康熙刻《梅会诗人遗集》中有缪泳《荇溪诗集》，作者系明清易代时人，集中有“檇李杂诗”，凡十一题，都是嘉兴名迹：鸳鸯湖、徐偃王墓、檇李城、胥山、西施妆台、范蠡湖、倾脂湖、朱买臣墓、严助墓、落帆亭、苏小小墓。这是清初的记录。其中现存的尚有不少。其范蠡湖一名至今犹存。

“高城落日影参差，吴苑秋风满绿池。今夜扁舟人不见，五湖烟雨闭空祠。”

范蠡湖今天仍是极好的游赏去处，湖面狭长，临湖有水榭，凭槛遥望，可见湖滨有垂柳覆水，游人垂钓。园中有“陶朱公里”碑，万历辛巳四明董渭题石。此处宋时为岳珂著书处，就是所谓金陀坊。清初曹溶就原址治为别业，藏书其中。取岳珂字倦翁之意题为倦圃。《荇溪诗集》有《饮曹司农倦圃作》诗，有句云：“高冈带崇墉，逶迤秀林薄。”“虹梁俯幽涧，密筱侵前阶。清阴历松桧，倒景凌苍崖。”这是康熙中倦圃的光景，数百年后，竟无太大差异，实在是难得的。乾隆中秀水诗人万光泰《柘坡居士集》有一题曰“游金陀汪氏园即曹秋岳侍郎倦圃”，可知康熙后期此园已转归桐乡汪氏，是著名藏书家裘杼楼古香楼的后裔。曹朱汪都是清初浙江著名的藏书旧家，此游得以前后访其遗迹，正是一种巧遇的书缘，得为重访嘉兴的纪念，是值得高兴的。

二〇〇二年六月

雨湖

国庆长假的第二天，我们到杭州去。

火车票不好买，我们走的是“沪杭高速”。天阴阴的，唯恐下雨。车过嘉兴，忽然发现天边出现了难得一见的一弯彩虹，这是放晴的预兆，非常高兴。可是到杭州时，雨又下起来了。

我们住进了新落成的一家酒店，就在湖滨。要了一间临湖的房间，忙不迭地推窗外望，只见眼前是一座水泥的大屋顶，湖面只能看到左右一角。这也好，西湖只是一片烟雨迷蒙，好像“元四家”哪位画师，用蘸饱了水墨的画笔，狠狠地横扫过去，就成了眼前的光景。湖上漂浮着一两只艇子，六公园路上有稀稀落落的撑着伞的行人，寂寞得很。

饭后稍稍休息，就想先去张苍水墓看看。说不准地点，下到大厅向服务台讨来一本导游小册子，印制十分精美，但找不到张苍水的名字；向服务台打听，也不知道张是何许人。究竟是星级酒店，几经问讯，得到一纸传真，说张墓在南山路2–1号，还附有苍水的传略。这是值得满意的。

不料问题却出在出租车驾驶员身上，知道了确切地址，还是说找不到。又说杭州不许空车在路边停放，下客后必须离去，再想叫车可就难了。没有法子，只好请他在湖边随意转圈。过去的印象，南山路是车辆无多、幽静得很的路段，今天不同了，不但堵车，交通也杂乱得可惊，雨天如此，晴天可知。可见市政交通管理有多少难度。不许空车停驻，实在是不得已但必要的手段。杭州的道路，两侧多有参天的大树，扩展路面，更是不可思议的事。于是走走停停，我们只能看到西湖边上的游人，也偶尔幸运地看到新建的雷峰塔塔顶，和忽然从地下钻出来的苏小小坟。想想胡乔木咏西湖的名句“土偶欺山，妖骸祸水”，曾几何时，又得请这些“土偶”“妖骸”来点缀湖山了。这样胡乱想着，车子转到里西湖。雨下得更大了。只好下车，躲进了“大宅门”酒家。

这是一家新建的酒家，是在古刹招贤寺的遗构上改建的。听说有一副对联“居临（疑或当作邻）葛岭招贤寺，门对孤山放鹤亭”，就更引起了我的兴趣。五十多年前我曾在这地方附近住过两个月。为盖叫天老先生编写他的舞台艺术纪录片。那时从住处推窗远望，就正是放鹤亭。

在“大宅门”吃了一席美食，丰腴而精致，尤其可喜的是重遇了多年旧友。上世纪七十年代困难中到杭州，陪我遍览湖山胜迹的垂髫少女，今天已是女主人。我向她说了访张苍水墓不得的事，她答应明天借一部车子给我，保证我一偿宿愿。

第二天早晨我们乘车重过南山路，很容易就找到了张苍水墓，是和章太炎纪念馆在一起的，不收门票，但进门时又发生了新的麻烦，车子不许停放在院内，人进门后，车子只能在外面兜圈子，用手机联系，参观过后好来接。这样就不但增添了道路上的拥挤也浪费了汽油，碍于功令，也只好如此。

太炎先生的头衔是“国学泰斗”，但鲁迅却说他是有学问的革命家。太炎先生和夫人的墓并葬在左右，黯黑地局促在屋子里，离苍水墓的局面差得远了。

为什么我念念不忘苍水墓呢？环境好、游人少是一个原因，过去来杭州，和内人总要到这里徘徊一会。上世纪八十年代重修过的墓址极好，清洁，素朴，三座坟并列在石台上，二十多年前来游时是只有一块光光的水泥平板。现在墓顶已长满青青的芳草，好看多了，过去那些东倒西歪、缺头断腿的石像也重新竖立起来了。

张苍水墓居中，左右是两座同死随从的墓。苍水的墓碑是新立的，上有乾隆五十七年陈仲鱼（鳣）和咸丰八年重立的两题。碑面大书“皇清赐谥忠烈明兵部尚书张公之墓”。前面六个字只起保护色的作用。张煌言别有南明赠谥，这里所题他应是不愿领受的。

清朝皇帝在这里做了一件聪明事，给抗清死难的明遗臣以崇高的荣誉，而将洪承畴、钱谦益之流降清者列入《贰臣传》，视为不齿于人类的狗屎堆。既表现了恢宏的气度，也安抚了遗民群的心，并宣示只有忠顺于我大清者才是值得肯定并效法的好人，是一箭双雕绝顶高明的好主意。

张煌言（苍水）是力战不屈被俘不降，终于就义的南明重臣。他写过一首诗，《忆西湖》，有句云：“高坟武穆连忠肃，参得新坟一座无?”武穆是岳飞，忠肃是于谦，他的遗愿终于得偿，岳坟、于坟、张墓，正好成为一个等边三角，而苏堤则正好成为一股。

张苍水临刑前望着南屏山说了一句“好山色!”简短的三个字既是对美好湖山的赞美、告别，也是对土地人民沦于异族铁蹄之下的悲愤与忧思，寥寥三个字，包容了多少深情。

杭州自南宋以来，历元明清三代，只有这个“三角形”是它的脊梁，杭州人而不知道张苍水，实在是应感到惭愧的。

中华人民共和国是个多民族组成的国家。历史上多有征伐争战之事。可以借一句俗话来解释，“不打不成相识”。汉族与少数民族之间的战争，无论杀得怎样死去活来，成败如何，总是文化较低的部族，向往、喜爱、逐渐同化于较高的汉文化，逐渐融合、认同，最终成为一个团结的共同体。回顾历史，绝少例外。今天我们大可不必只着眼于今天的现实，而对历史上争战产生的民族英雄用怀疑的目光另眼相看。曹雪芹、纳兰性德都是清代的天才作家，没有谁会因他们是旗下人而区别对待。慈禧太后喜欢京戏，《探母》中的公主、太后、国舅、小番都一律以清装出现，她毫无意见照看不误。连《南北和》这样的宫廷戏也出现在晚清的舞台上。慈禧平生功过自当别论，她偶尔露出的这种宽容气度也不容忽视，因为这是造成和谐社会的重要条件。

在苍水墓前默坐久久，看墓后参天丛树，郁郁苍苍，笼罩在一片浓绿之中，想想这真是一处“佳城”，细雨如尘，别无访客。这是寂寞么？恐怕是永久的寂寞了。

此后即到满觉垅，今年气候异常，不但没有闻到些微桂花香气，一路有许多拦车请喝茶的人，也没有引起勾留之意，只匆匆绕场一周而过。偶忆故友唐弢有诗云，“春雨凄迷满觉垅”，时令虽不同，却有同感。又不远，就是“虎跑”了。

这也是旧游之地，数十年来，不知曾到过几次。旧时印象，此山并不算高，没几步就到泉口，可以坐下喝茶了。这回却不同，山路遥遥，休息了几次才爬到一处。以为到了，走上一看却是李叔同纪念堂，不免有些失望，鼓勇再登，终于到了可以坐下吃茶的“揽翠□（?）”，想想奇怪，何以记忆有如此差异。一路上游人如织，摩肩擦背，多半是青少年男女，才悟出其实是自己上了几岁年纪的缘故。想当年游虎跑，何尝不是背了背包，健步而登。这并非受了记忆的骗，而是岁月蹉跎、人生易老的缘故。但自己终于爬到了高处，也不免高兴。

坐在雕漆的椅子上，随即送上用盖碗泡的茶来，是虎跑泉水泡的龙井新茗，每碗二十五元。这哪能说贵，胜地秋游，饮啄例不应廉。茶的确好，不是坐在家里能够喝得到的。我不是茶客，不能细说品茶妙处，只是不至空赞一声“热得好!”聊以免俗而已。

茶室内有表演台，有古琴编钟等乐器，有演奏者五六人，登台奏乐，而听者只我等数人，不免奢侈。茶博士来谈话，并不宣传虎跑神话（其实这个传说也是很美丽的），却告诉我们许多有关虎跑水的常识。她还说起某大人物来此品茗的故事，说此间别有一条山路，小车可以直达茶室，可以不必辛苦爬山。我却觉得挤在游客群中登山，别有佳趣，比冠盖游山要好得多。

在茶座中偶然想起，近来荧屏、报刊上连续刊出“抗日英雄谱”影响甚巨。联想所及，杭州也有一位郁达夫，曾留学日本，却毕生对日本持批判态度，晚岁流寓南洋，一直坚持抗日宣传，最后死于日寇之手。他无疑是一位“国殇”，而且是文化界中死于寇难的代表性人物，是应列入“英雄谱”而无愧的。何况他于杭州有颇深厚的情谊，他的故居“风雨茅庐”仍在，是应该重整恢复为纪念馆的。不知杭州当局以为如何。

离开杭州之前，到名店奎元馆吃了一碗虾爆鳝面，店面装修得堂皇富丽，远胜当年，但虾爆鳝却已不是昔时味道了。

附记：

胡乔木的《沁园春》词，词题是《杭州感事》。写于一九六四年十月。收入他的诗集《人比月光更美丽》，人民文学出版社出版。书前附手稿影印二页。此词经毛泽东修改，并作批语：“杭州及别处，行近郊原，处处与鬼为邻，几百年犹难扫尽。今日仅仅挖了几堆朽骨，便以为问题解决，太轻敌了，且与事实不合，故不宜加上那个说明。至于庙，连一个也未动。”毛批写于“文化大革命”发动两年之前，而“破四旧”之意早已预示无遗。是为研究“文革”史重要文献。

二〇〇五．十．四

常熟之秋

——关于柳如是

二十年不到常熟了。其实上海离常熟挺近的，早晨出门，八点过后已经坐在破山兴福寺的庭院里喝茶了。寺院整修得很好。庭院空阔，虽然已经坐满了茶客，但一些都不显得拥挤。这在国庆长假中尤为难得。到底二十年不到了，不免牵记当地的许多胜迹，就向隔座吃茶的一位老先生打听，柳如是的墓，有名的“王四酒家”……是否还在？老先生让我安心，这些名所不但全然无恙，而且新加维护、重建，面貌全新了。这就使我安心、放心，从容喝茶了。茶座侧边正好有一株挺拔的高树，日光从树冠泻下，散落在茶桌上，不禁想起唐代诗人常建的诗句，“清晨入古寺，初日照高林”，诗人多少年前所见的景色，竟与今日无异，真是奇迹。

破山兴福寺的得名，多半也靠了常建这首诗。诗收在《又玄集》中，仅次于杜、李、王维之后，原题是“题破山寺后院”。这首诗太有名了，且已大字写成标语样式树立寺内，这里就不必重抄了。顺便想起了《唐人选唐诗》。汲古阁刻有九种，而《又玄集》不在内。唐代是诗的朝代，很有点“人人都作诗”的气势，在文学史上诗的成就也最高，从官方考场，到旗亭画壁，无处没有诗的踪迹和歌咏声。在这种“举国若狂”的形势下，社会上对诗的选本的需要是迫切的大量的。我看，《唐人选唐诗》简直就是唐代的《唐诗三百首》，《又玄集》的编者韦庄就在序文中说道：“总其记得者，才子一百五十人；诵得者，名诗三百首。”此外，在明代书坊翻宋刻《河岳英灵集》前留有数行宋刻坊本的“广告”，可证这些唐人旧选到宋代依旧是畅销读物。在唐代，这些选本是陆续出现的，入选的作者和诗篇也各个不同。这就说明在不同时期，当红的诗人和名篇都有很大的变化。早期选本没有杜甫的名字，因为他还没有出现，后来李杜并选，而李在杜前，到了《又玄集》，成书已在晚唐光化三年（九〇〇年），是唐代最后的选本了。排名已是“杜、李”。这就说明了诗坛的易帜。像这样作家、作品的消长变换中可以清晰地看出读者对诗人评价变化的痕迹，自然也分明地显示出“初盛中晚”的划分，不同时期诗风的变化。是最可靠的诗史研究原始资料。可惜文学史家都忽略了未加注意，是一种遗憾。选本尽管有许多缺点，但自有其本身的价值，不应忽视。

最近偶然读到台湾《清华大学学报》谢正光先生的一篇论文，知道钱牧斋家族曾是兴福寺四代的大檀越。就像《红楼梦》中贾府与铁槛寺的关系一般。在牧斋晚年发生了与钱氏同宗别支钱朝鼎争夺寺产的一场激烈斗争，在《有学集》中收有牧斋两通争产的信件，措辞激烈哀切，显然处于下风无奈状态，争产的结果不可知，两年后牧斋死去，钱氏家难继起，而挑起事端、终至逼死河东君的对手方正是钱朝鼎和他的马仔钱曾（遵王）。陈寅恪先生在《柳如是别传》一书中记钱氏家难甚详。不料事前争兴福寺一事早露端倪了。一为待死之降清贰臣，一为新朝之显贵，又同为地方上的豪族乡宦，其沥血厮拼初战之处即为清净禅林之兴福寺，又哪里是今日游人想象得到的。

离开兴福寺后就到“王四酒家”午饭。寺前空地上有上百部小轿车停放着，可见游人之盛。更出意料的是，“王四酒家”早非当年一角小楼、几副座头、壁间悬着翁叔平木刻嵌绿小联的原样，已化为金碧辉煌、海上风格的酒店，门首高悬着阳澄湖大闸蟹上市的通天招贴，提醒我们此际正是持螯赏菊的时节。不过时间迫促，只点了旧有印象的“叫花鸡”“血糯”等几样小菜，草草杯盘，随即登车离去了。值得一记的是“酒家”收费不高。与上海同级饭店较，仅三之一而已。

还是按照二十年前的老经验，车出西门，沿了虞山山麓向下驶去。买了一张地图，公路上的著名景点，都一一标出，可惜路边没有显著的标记，只能在疑似的部位来往寻觅，最后是在一处临时搭建、出售蒲桃的摊位前停下打听，女主人不屑置答，只将嘴角一努，原来河东君墓正在摊位后面。她仿佛经历得多了，竟有不少游客，频频打听这个三百年前女人的遗冢，回答得厌烦了。赶忙下车，转往摊后，只见二十年前光秃秃的一堆土馒头，已被茂密的丛莽包围，连举步都难，河东君的遗冢在杂乱的杂树包围下，只能约略窥见新树的墓碑，想走近去更是困难。在一侧的钱牧斋墓情状略同，新添的是各有一座碑亭，亭柱各有一副嵌绿对联，词句新雅，但含义迷离，不易索解。也不能走上去细看，不知可有碑记。钱柳下世迄今三百余年，遗著多已重刊，更有陈寅恪为撰《柳如是别传》，于钱柳生平出处也已有一定的共识，我想是应该有一座简明的碑志，给游人以理解的帮助。照目前的情形，虽已努力绿化，但似乎缺少修整，落得眼下荒芜不治的状态，未免可惜。

二十年前初访柳墓时，觉得奇怪的是钱柳两墓何以均逼近公路侧边，却不想到这里原来即是拂水山庄的遗址，后来修公路，即穿园而过，钱柳两墓幸得保存，未被平毁。当时公路对过山麓还堆存了许多废弃的建筑石料，曾跑过去看过，不知是否是钱园的余物。今天自然是荡然无存了。

四十年前于吴下书坊偶得康熙刻《小方壶存稿》十八卷，《文钞》六卷。休阳汪森晋贤著。刻于康熙五十六年，是作者手订的全集。《文钞》卷一有《自桐川抵虞山记》一篇，记朱竹垞推荐虞山钱氏藏书甚富，劝其往观。遂于康熙丙寅（二十五年）由王石谷作介于钱遵王，前往观书。此文记游踪极详。碧巢也是著名的藏书家，有裘杼楼。富而好事，喜刻书，朱竹垞的《词综》即晋贤所刻。其藏书路数与虞山派不同，自然不为钱遵王重视，其记云：

> 至三里桥，过遵王别业，竹树萧然，池水萦带，堂中所列悉宋元版本，余无他籍。语次，索其藏书目录，

云寄宛平公矣。次日，招饮。出宋钞《国语》及陶诗示余。纸色书法知其非近时物。饮散，复出香奁诗及舆地图，装制颇精。

看情形钱遵王是看不起浙派藏书家的，认为他们不识版本，对藏书精品不能赏识，书目也托词不拿出来。难怪汪碧巢在文末说："若钱氏之藏书不能尽观，未免有遗憾焉。竹垞其谓我何！"竹垞是想搜集宋元人秘集，为《词综》补遗，更希望能多见未见书，无奈把任务委托给一位外行的藏书家，计划不能不落空了。朱竹垞艳羡也是园的藏书，以致书林中流传着关于《读书敏求记》的故事，是不奇怪的。

汪晋贤在常熟还游览了拂水山庄遗迹，他说：

至拂水岩……至山麓，舍舆而西，经花信楼，楼为乡先辈程孟阳旅居：孟阳与牧斋交甚笃，牧斋筑耦耕堂于拂水山庄，与孟阳读书其中，亦足以见两翁之志矣，循楼而南，为石径，多古柏老榆，下皆茭田，田之上即拂水山庄。皆乔木深竹，门以内为秋水阁，娄子柔所书额也。阁下有石桥，桥北为明发堂。堂东西多曲房邃宇，涧壑树石，人迹所罕至。其东北书室尤僻寂，风从虚牖入，作窣窣声。其中则牧斋及河东君二殡在焉。余与诸子凄然感之。

钱柳死于康熙三年，至丙寅已二十余年，尚未葬，这是世未前知的佚事。晋贤写书室双殡，阴森可怖。可见钱氏家难后后裔凄凉惨戚情状，二十年后仍未葬，不能葬或不敢葬，其中情事，悬想可知。至拂水山庄未圮前之情状，所记极详，绝非后人悬揣以意为之的图画所能及矣。

昔年为重刊山阴祁氏《远山堂曲品剧品》曾通读祁彪佳日记，此书抄稿本今在国家图书馆，我所见的是活字排印本。读来深感趣味。他是澹生堂主人祁承㸁的儿子，与诸兄世守藏书，但他自己并不热心收书，却是一位典型的“戏迷”。偶过书肆，所买的大都是政治方面的新书，兴趣所在却是坊间俗文学，特别是流行的曲本。远山堂所藏曲本极为丰富，见于其子祁理孙《奕庆藏书楼书目》。又极喜观剧，到处观场，都一一记在日记里，我曾将他所观剧目一一辑出，大致可以看出晚明剧场流行上演的是哪些戏文，有如一篇晚明流行的大戏单。看戏之余，他还将剧场、家乐中演出的传奇杂剧一一著录，加以品评，写成“曲品、剧品”，开戏剧评论风气之先，并为我们留下了一部珍贵的戏曲史料。对俗文学他也有浓厚的兴趣，他出任苏松巡按时，与冯梦龙有深厚的交谊，趣味相投，全在通俗文学方面。

祁彪佳的兴趣是多方面的，他在崇祯十二年己卯日记前有小序，他说：“予自乙亥乞归，至此已五载，不为不久。杜门不预户外事，不为不暇……乃碌碌土木，迄无已时。”乃命此卷日记为《弃录》，这又是他的别一种兴趣所在。他与当时著名的造园叠石名家张南垣关系密切，花了许多精力营造他的“寓园”。他的亲家张宗子（岱）也是讲究享受的贵公子，来往密切。同赋《寓山仕女春游曲》。他的师友有刘念台、倪鸿宝、杨龙友、谢三宾、钱牧斋、毛子晋、汪然明等。牧斋曾向他借澹生堂书，“予以先人之命，不令借人，但可录以相赠，因托德公兄简出诸书”（崇祯十二年二月十八日）。“作书致钱牧斋，以抄书十种应其所索。又作书致毛子晋，索其所携《余苑》。”（同年五月初九日）这一两年中，与汪然明过往尤密，书札不断。如崇祯十一年三月二十日日记：“与汪然明魏行之放舟南塘，抵城。共访张燕客。……余送汪然明抵梅市田坂方别。舟次然明剧谈王修微女侠状，可下酒一斗。”汪然明是徽人而客杭的富商，平生喜与侠妓名姝往还，常为她们排忧解难。世所共知他俨然是柳如是的保护人与经纪人。柳如是其时正寄居湖上汪家别墅，选婿待嫁，汪则为她寻觅合适的对象，供其选择。祁幼文是在苏松巡按任上卸职闲居的贵官，不可能不在汪氏的目光之内。果然，在祁氏崇祯十二年日记《弃录》三月二十九日，就出现了下面一条，时彪佳在湖上。

> 张介子、汪彦文过访，晤汪然明及柴式榖之郎君。归寓。介子操舟，邀予小酌。至吴弘文寓，访柳如是，获晤。又与吴弘文访张深之。……

如是时年二十二岁。以名伎身份居杭。声价甚高，常人不易得见。以前苏松一带地方最高长官往见一位名女人，祁幼文下“获晤”一语，可见“嘉会”之难得。汪然明只在背后操持，当时并不在场。此次晤面经过，幼文并未详记，但可证如是己卯春确在杭州，同时知道她周围的一些人物。她在己卯春的诗集《湖上草》最后一题是“题祁幼文寓山草堂”，也是题赠彪佳的。

悬圃凉风物外姿，石楼丹栋总相宜。
家通洛浦琪云接，人倚湘君放鹤迟。
花满晓临珠盖拂，莺啼春入玉衣吹。
伊余亦有怀园引，笛里青霞渺桂旗。

此诗列于《别汪然明》诗后，为《湖上草》压卷之作。看来似是题画卷诗，河东君未必亲至寓山。诗是写景，但处处不离对祁氏家风的钦慕，尾联更别有深意。总起来看，如是对彪佳是留下美好的感情的。赏画题诗，初晤以后必有更多接触，可惜日记中别无记录，只留惊鸿一瞥而已。

此后有一阵子彪佳日记中记与汪然明书简往还甚密，他们能商量些什么呢？彪佳正当盛年，论门第、文采、习性、官阶，都不下于陈子龙，更无论谢三宾辈。汪然明的眼力是不错的。后事如何，记载缺然，不能详知。而祁、陈后来都殉身国难，归宿如一。都能令牧斋愧死。

祁彪佳为官从政却另有一番风度。他是否东林或复社的成员，查吴扶九《复社姓氏录》，无彪佳名，而豸佳、鸿孙、骏佳俱在录中。总之，他是属于“清流”的，深知民生疾苦，任苏松巡按，撰《按吴政略》，深悉民隐，尽调查研究之能事，他常携书手数人自随，所有公私文牍必抄存副本，因此保存文献最多。他和吴昌时是朋友，却能在崇祯一朝最后一场政治大斗争中挺身而出，揭发参奏，使周（延儒）、吴俱被诛死（周玉绳是赐自尽）。南都弘光一局，他是拥立之一人。后辞官家居，清军南下，破杭州。清帅必欲彪佳赴杭相见。乡人亲属多劝他一见，便辞官归，亦不丧失名节，而可保一方平安、家族无恙。彪佳没有接受此种“人文主义”的“第三条道路”，写好遗书，深夜自沉于他辛苦修治的寓山园池中。被家人发现时，遗体端坐池中，水仅没顶而已。

以上两事，陈先生《别传》，都未说及，写此聊当补遗。

二〇〇七年四月二日

伤逝

——怀念巴金老人

十月十七日晚饭后，我正在电视机前观看神舟六号飞船胜利返回的新闻。电话传来了巴老逝世的消息。我没有吃惊，依旧平静地看完电视。可是上床休息却一夜无眠，六十年来与巴老往还的往事，纷至沓来，次第上心，不能自已。真是没有法子。想想只有将这些如尘的记忆片断，捉到纸面上来，作为对老人的纪念，才能获得心的平静。

我最早见到巴金，是一九四二年冬，在重庆。当时我只身入蜀，举目无亲，只带了他的三哥、我的老师李林的一纸便条，把我介绍给他。便条上什么都不敢写，只报告平安而已。巴金的话不多，但却热情地接待了我。记得曾介绍我去吴朗西在沙坪坝开的一家寄售商行，卖去了一件大衣，作为生活费。他还将我所写的旅行记事散文，介绍给《旅行杂志》。得到在重庆的第一笔稿费。

我们见面不多，不过两三次。谈话也简短。这以后，我就走到军中，当一名翻译官。在昆明、贵阳、印度都曾收到他的来信，都是商量把我发表过的散文收集起来的事。他也真不怕麻烦，为一个年轻人做这些琐碎的事。最后编辑成书，就是由他以编委身份，收入中华书局的“中华文艺丛刊”的《锦帆集》，时在一九四六年。这是我的第一本书。没有他，我不会走上文坛。

这以后，就是编入文化生活出版社的“文学丛刊”的《锦帆集外》，他是出版社的总编辑。取回原稿一看，着实令我吃惊而脸红。那些零乱的底稿，一一都由他用红笔改定，连标点也不放过。例如我喜欢写的“里”字，也一一改成“裹”字。从此我才懂得做编辑工作的责任与辛苦。当时他已是名作家，却肯埋头做这些“小事”。想来从他身上受到的教育、影响又何止此一端。他是大作家，又是伟大的组织者，从他手中推荐了多少新人，为文坛添加了如许新生力量，这许多，都是在默默无言中完成的。

一九四六年后，他定居上海卢湾区的淮海坊五十九号。这时我已成为他家的常客。因工作忙碌，我不常回家吃饭，经常在他家晚餐，几如家人。饭后聊天，往往至夜深。女主人萧珊好客，五十九号简直成了一处沙龙。文艺界的朋友络绎不断，在他家可以遇到五湖四海不同流派、不同地域的作家，作为小字辈，我认识了不少前辈作家。所谓“小字辈”，是指萧珊西南联大的一群同学，如穆旦、汪曾祺、刘北汜等。巴金工作忙，总躲在三楼卧室里译作，只在饭时才由萧珊叫他下来。我们当面都称他为“李先生”或“巴先生”，背后则叫他“老巴”。“小字辈”们有时请萧珊出去看电影、坐DD'S，靳以就说我们是萧珊的卫星。我还曾约他们全家到嘉兴、苏州去玩过，巴金高兴地参加。一九五六年我重访重庆，在米亭子书摊上买得巴金祖父的木刻本诗集，回沪后送给他，他十分高兴。巴金是喜欢旅游的，不只是对杭州情有独钟。

巴金也喜欢坐咖啡馆，随意聊天。没有什么郑重的话题。他没有宣传过什么“主义”，对文学批评也并不看重，虽然他和李健吾有深挚的友谊。他也偶尔对某些作品作些评价。我问过他，最出色的译本是哪一部，他脱口而出地答道：“鲁迅译的《死魂灵》。”他还说过胡适的白话文写得好，一清如水。他对徐懋庸是有意见的，但从未听他背后的议论。

巴金也有激动的时候。一次他和吴朗西、朱洗等在家里讨论什么问题，大概是有关文化生活出版社，大声争论，我枯坐一旁，听不懂也无从插嘴。

他还关心过我的恋爱生活，出谋划策。后来先室之丧，在告别仪式上，我发现有一只署名“老友巴金”的花圈，着实令我感动，其时他住在医院已好几年了。

为李林墓碑设计，我曾提出请马夷初写墓碑，被他立即否决了。后来是请钱君匋设计的。

他喜欢买书，也喜欢赠书。我陪他走过不少西文旧书店，店伙都和他熟识，有好书都留给他。他的版税收入，大半都花在买书上。他喜欢将新出的书送给朋友，不论是自著还是别人的作品。因为经常见面，所以得到他签赠的书很多，有些是新刊的小册子，后来很难搜全了。至于大部头如“全集”“选集”，更是高兴地持赠，仿佛是夸示自己新生的孩子似的递过来。他的译文集曾有香港三联版，印得很精致。后来又出了台湾版，大本精装一叠，又欢喜地取来相赠。最后是“人文”本的译文全集。他实在又是一位出色的、成果累累的大翻译家。我最喜读的是他译的赫尔岑的《一个家庭的戏剧》，是一部难得的译品。我喜欢搜集亲近师友的著作，力求其全。不知何以不为某些人理解，加以讥嘲，真不可解。他迁居武康路宅时，我曾帮他搬过书，一束束洋书，搬上二楼他的书房，吃力得很。他真是位大藏书家，浩如烟海的卷册，生前多已捐赠各大图书馆。他还有个遗愿，想完成一座“尧林图书馆”，纪念三哥。我多次看到新华书店按时给他送来新出的图书，一次就是几十、上百册。可见他爱书的豪情。

有人认为，巴金当了好几届政协副主席，又当了多年作家协会主席，就认为他当了官。其实我觉得他对当官毫无兴趣。虽然在医院病房门口总有几位战士在卫护，出游时有车队，浩浩荡荡，对这些他都觉得没有什么意思。平常闲谈，也从不涉及官场。在我的记忆中，只记得他曾提起周扬曾劝他入党，也就是闲谈中的一句话，没有深论。他多次去北京，也会见过高端政要，他都没有细说，只有胡耀邦请他吃饭，他说得较详，也有兴趣。

他喜欢西湖，晚年曾多次到杭州休养。一九八三年秋，还从杭州到鲁迅的故乡绍兴去过一次，我与内人陪同前去，黄河清（源）也同行。他的兴致好得很，虽腿脚不便，也还到了禹陵；在三味书屋坐进鲁迅当年读书桌的小凳子，顽态可掬。在百草园照了相，是他晚年最从容、最健康也照得最好的一帧。

一次单位搞个人鉴定，我请他给我提意见，他指出我“拼命要钱”是大缺点。这批评是确切的。因为买旧书，钱总是不够用，于是预支版税算稿费，编书也要编辑费（如“新时代文丛”），无所不用其极。为了买书，一次还向萧珊借过三百元，自然没几天就还了。可见他对我的批评也是说真话的。大型文学刊物《收获》一直是他主持着，80 年代我给《收获》写稿，没有一次退稿。但有两件小事可以看出他的处事风格。我有一篇《过去的足迹》，是写吴晗的。篇末有许多文字被他一刀砍掉了。还有一篇当中有对老友不敬的话，也被他删去了。两次都没有同我商量，只是由编辑转告，对第二篇的处理，说明将来编集时可以补入。我非常佩服他这种处事风格。觉得有如在大树密荫之下安坐，是一种幸福。

他总是劝朋友多写，多留下些东西。他苦口婆心地劝曹禺完成剧本《桥》，在病房里也是如此。他对我也总是勉励，每次见面几乎都希望我多写。回思往事，至今不敢懈怠。

他晚年完成的巨作《随想录》，在香港《大公报》的副刊《大公园》连载，曾引起一些流言飞语。我也在《大公园》上写了一篇读后感（收入《榆下说书》），他曾当面称赞我说得好。这是少见的夸奖。不是说文章写得如何好，只是可见一时舆论风气而已。《随想录》陆续发表，不同意见也层出不穷。一时风云雷雨，作者的感受就像在太空飞行的航空员一般。但我在闲谈中从未见他有任何表露，沉着得可惊。所有细节我都是从侧面了解的。

写到这里，来了一位记者，问起许多古怪的问题，小故事，关于巴金的“小故事”，我回答不出，手足无措。好容易送走了客人，拿起一本《随想录》来读，随手一翻，翻到一篇《大镜子》，读罢身心通泰，写得好，是上好的散文，也是上好的杂文。文章中有这样几句话：“我不需要悼词，我都不愿意听别人对着我的骨灰盒讲好话。”好像正像两天前他讲的话。我记起他曾对我说，《随想录》就是当作遗嘱来写的。当时着实吃了一惊，觉得刺耳，也手足无措过。现在想来，他并不曾说谎。《随想录》就是一本讲真话的书，虽然有的人读了不舒服，但她要存在下去，直到谎言绝迹那一天为止，她也就自然灭亡了。

“文革”后期我陪黄永玉到武康路访问过一次巴金，这是睽隔了十多年后第一次相见，使我出惊的是，他的头发全白了。永玉是带了沈从文的问候来的。他一家都住在楼下的客厅里，别的房间全封了。萧珊不久前过世，他的神情落寞得很，话更少了。我们坐了一会就告辞了。得以从容访问长谈则是八十年代初期前后。

巴老逝世，是中国文学界的大损失，损失了一位领军的人物。他享年一百零一岁，但依然站在时代前面。记得过去谈天时，我曾对新出现的作者文字不讲究，不够洗练、不够纯熟而不满，他立即反驳，为新生力量辩护，像老母鸡保护鸡雏似的。他是新生者的保护者，是前进道路上的领路人。他的两项遗愿，一是现代文学馆的建立，现在已初步建成，日益壮大；另一项是“文革博物馆”的实现，虽然八字还没有一撇，但倡议确已得到广泛的拥护、认同。应可无憾。匆匆急就，写此小文，以为巴老纪念。搁笔惘然。

二〇〇五．十．十九

外一篇

书缘小记

写完《伤逝》，又想起一些琐事，补记于下。

十多年前，一次去看巴老。他正在整理藏书。他那时虽已衰老，脚步却还能对付。他缓慢地登楼，又蹒跚地从书房下来，手里拿着一部旧版本书递给我，问是不是我多年前借给他的，忘记还了。

我接过来一看，原来是一部明刻唐诗选集。书名记不起了，是万历刻本。白棉纸，初印，相当漂亮。这种明代的“马二先生”编刻的唐诗选本，就像今天市上多有的《唐诗选》似的，是当时的通俗读本。市上常常遇到，算不得“善本”，价钱也不高。因为精刻精印，颇可爱，就买了回来。照例盖上印章，收起来了。

后来与巴老闲谈中，知道他喜欢读古诗，许多唐诗名篇，如白傅的《长恨歌》《琵琶行》，他都能全篇暗诵，一字不遗，就记起了这部万历刻选本唐诗，想送给他闲时翻阅。字大便于老眼，比新出铅字排本好得多，是个好主意，就拿来送给他了。

年深岁久，他也忘记了旧事，因为书上有我的藏印，怀疑是我借给他的，因此动问。我看书上又有他自己好几方印章，鲜红可爱。他在漳州的朋友送给他几盒当地名物印泥，他分给我一盒，我一直用着。由此可见他也喜欢这部书，就说明原委，他随手将书放在一边，接着谈别的闲话了。

巴金喜欢买书，但从不买也不藏线装旧书（朋友送的不在此例）。他送了我许多许多书，其中并无一册线装本。我还赠他的书可太少了。但只要自己有新书出版，必然持以相赠，那是怀着小学生交作业似的心情的。《文集》六册，明知他已不能翻阅，也还是跑到医院病房中送了去。告辞时他握着我的手，久久不放。我明白他的意思。此后往探，就只有相对无言了，哀哉！

忆施蛰存

施蛰存先生是我的前辈。上世纪三十年代他在上海轰轰烈烈地编辑大型文艺月刊《现代》时，我还是一名耽读该刊的中学生。多年后得以识荆，并进而成为忘年交的后辈，虽然过从并不怎样亲密，但总算厕身于小友之列了。近年来写些回忆前辈师友的文字，总苦于措辞的困惑，循旧例称字为敬吧，又往往觉得口气中失于狂放；处处称先生吧，文章又失去了亲切。真是无可奈何。今天下笔写此文，亦同有此感。先生名舍，以字行。就还是称字为敬吧。

与蛰存初识，似在抗战胜利后的一九四六年。当时他与周煦良同编《活时代》，命我投稿。这是一份由上海出版公司出版的短命刊物。今天知道的人怕不多了。此际先师李林先生新殁，留下未完成的译稿有《奥勃洛摩夫》。他本有译冈氏全集的意愿，冈察洛夫的小说不多，另有《平凡的故事》一种，巴金要我来译出，算是继承李林先生遗愿的一点意思。可是原本却难得，后来托蛰存从某大学图书馆借来一册一八九四年版的 Garnett 夫人的英译本，得以断断续续译成，交文化生活出版社出版，为“译文丛书”之一。原书留在我处很久了，始得归还，真是不好意思。

这中间，有时晤面闲谈，我却总不敢打听他与鲁迅先生那场纠纷的始末，他也总不提起。记得黄永玉和我谈过此事，极口称赞蛰存敢与鲁迅论辩的勇气。我想此事的由来大约与当时文坛京海之争不无关系。上世纪三十年代由林语堂倡始，上海忽地兴起了一场晚明小品热。太阳社成员、过去曾批判过鲁迅的阿英、施蛰存等都编选过晚明作家的小品，蛰存还编印了一套晚明、清人别集，还请周作人为原书题签，在鲁迅看来，是一股京海合流的“逆流”，就找机会加以批评。却放过了阿英，抓住了施蛰存。这就是“庄子与文选”之争的来由之一。

今天看来，这似乎算不上一场有多大意思的论争，但就前面说到的斗争全局来看，就并非小事。在当时也确是一桩激烈热闹的风波。而蛰存因此背上了一个“洋场恶少”的嘉名而终身蹭蹬，真非始料可及。

其实，庄生的文字是为鲁迅所爱重的。鲁迅主攻的方向是《文选》，他说得好，想从《文选》汉赋中寻出词汇来以为今日作文之助，也真不免是笑话。这场论争，看起来似乎是打了个平手。鲁迅手头无书凭记忆误用了《颜氏家训》的故实，被蛰存抓住了，鲁迅后来做了更正。问题是当发现对手是鲁迅时，蛰存依旧不依不饶，说了些尖刻的过头话，那就不能不说是年少气盛的出格举动了。

其实蛰存对鲁迅一直是尊重、敬佩的。鲁迅纪念左联五烈士的名文《为了忘却的记念》，写成后无处发表，是蛰存冒着风险在《现代》二卷六期上发布的。不幸“庄子与文选”的论争就发生在六个月后。蛰存后来还在拜谒鲁迅墓后赋长诗，诚挚沉哀，远较徐懋庸在鲁迅丧仪上所做的挽联为诚厚。蛰存还在什么文章中说过这样沉痛的话，鲁迅是从抄古碑的生活中走向革命，而他自己则从革命走向了抄古碑(原话不及查找，大意如此)。蛰存与鲁迅的关系，大抵如此。

我知道他和浦江清是童年起的好友，就托他转请浦先生写字，不久就寄来了。上世纪八十年代我曾去过一次香港，归沪后送去朋友托带的雪茄烟，他非常高兴，他是不用卷烟的。一次，我们几个人还一起到旧书店的仓库里选书，他兴致很好，选购了一批旧书。他和几位老朋友每周在陈兼与老人家里聚会谈天，因为住得近，介绍我也去参加，曾去过几次。一次他来我家看书，见了一部嘉靖本辛稼轩词，叹赏不止，因此知道他喜欢读词。又从我的书架上发现一册香港印的《三草》，借去读了，大加欣赏，撰文介绍，发表于《读书》，这怕是较早高度评赏聂绀弩诗的名篇。

一九五七年蛰存在《文汇报》上发表了一篇《才与德》，因此贾祸。其实这是一篇正确的针砭时弊的好杂文。其时风雨如晦，报社急于认错，痛改前非。当时我还是个编委，在被揪出以前，还得写社论，写依照宣传口径的各种文字。当时有“还债”之说，凡在鸣放中在本报发表的“毒草”，都得一一批驳、消毒。《才与德》是名篇，这批判的任务就落在我的头上。于是胡说八道一通以应命。这是我对蛰存口诛笔伐的一段公案。其实蛰存的杂文是写得非常出色的。上世纪八十年代初，他曾在广东的《随笔》上发表过几篇杂文。记得有一篇是就“天下兴亡，匹夫有责”的名言反其意而论之的“匹夫无责”论，深刻痛切，不愧名笔。可惜不久就辍笔了。人们也都不再记起这位出色的杂文作者。

蛰存对时贤，也多有评论。对钱锺书，曾有议论，记不清是怎么说的了，大抵是觉得他过于炫才，且对同时侪辈过多苛评詈。我曾作文介绍郭绍虞先生关于杜甫《论诗六绝句》的辑订本，觉得编得不错，蛰存特写一信来，表示异议，且论及郭老对中国古代文学评论论著的一些不同意见。夏承焘是著名的词家，也是蛰存的朋友。夏的《学词日记》就是先在《词学》上发表的。夏对姜白石词研究用力甚深，有《姜白石词编年笺校》，一时推为名著。蛰存撰短文《筝雁》在《文汇报》发表，对夏氏在白石《解连环》词中“小乔妙移筝，雁啼秋水”句的点读，提出批评。论证详明，从乐器的阮咸与琵琶，说到如此点读的根据，与宋代词人同调词作的句法，以及“筝雁”并用的句例，驳夏的“移筝不误”说。主张此句应作“小乔妙移筝雁，啼秋水”。此词点读从来是个难题。康熙中先著作《词洁》，此词即九字连读为一句，也许是较早采取模糊处理的一例。此文可作蛰存对学术问题从不马虎、敢提出自己见解、诚直对待朋友的一例。

蛰存曾仿《花间集》例，选清人词作之类似者为《花间新集》一卷。书印成后以一本相贻，嘱作读后感。我以为《花间》为词体初成时词人的词作选本，放笔而成，绝无束缚，生动天成，显示了开启一种新的诗歌形式的气势，不是清人拟作所可并论的。而且专趋侧艳一路，品格不高。写了一篇“读后”，隐约言之。蛰存见之，说有言外之意。一笑而罢。

新时代以还，他的新作迭出，其实多是存货出笼，都是他在“闲寂”日子里积累下来的东西。唯一新撰的大书是《唐诗百话》。书出后佳誉如潮，连巴金都向我借了去读过。此书好处在新见层出，敢说自己的话，取传统的唐诗评论一一检讨，分期、作者、风格变迁、名篇解析，都有自己的见解，读之如遇一部崭新的唐人诗话。所见不必尽是，但确是一本崭新的文学评论。

一时他的新作如林。一次去看他，向他讨一本《北山集古录》，恰好案头有一本送给朋友的书，已经题好字了。他取过一张纸条，写上我的名字，就贴在原题上面，递给了我。他做事的通脱，就是如此。

他喜欢“诗余”，当他在资料室“闲寂”的日子里，就抄写历代词总集前后的序跋，后来印成一厚册。我向他建议，清初以还，词人刻集，不但前后有序跋，而且每词之后，多附评语。历来词论，多是三言两语，甚少长篇。像这些词后的简评，除了捧场话外，多是简要的词论，从来无人收拾，加以辑录，从中可以看出词风词派形成消长的消息。是个好主意。

他又创办了不定期刊《词学》，是继抗战前开明书店《词学季刊》而重起的专刊。每出一册必以相赠。我们都喜欢收集词籍，我曾写过一册藏词目录，并不完整，他借去读了，回信说所收乾隆以前刻本专集都可贵重。可见彼此收词取舍相同的标准。

其时重要词籍收藏家林葆恒逝世，藏书散出。上海各旧书店都有所得。林氏词籍绝大部分得自南陵徐乃昌，但精本并未全归林氏。一次秀州书店朱惠泉收得林家遗藏一批，送来我处。议价未谐取归。其中有三种是我不愿放弃的。记得有清初刻《幽兰草》，康熙刻《罗裙草》，都是精本。第二天跑去看时，三书已为蛰存买去，懊悔无已。蛰存是买他的乡人著作，陈子龙等都是松江人。《幽兰草》我后来还向蛰存借来读过。

他因病住院许久，常向我借书闲看。我有一部康熙刻的钱谦益尺牍，内容相当丰富而有趣，如给毛子晋、钱遵王的信都有好几十通，从中可以看出他们之间交际情形与彼此的矛盾。还有两通谢绝王渔洋请柳如是和他的“秋柳”诗的信，与常熟地方官的应酬信，虽然都说的是“官话”，也透露了一位乡宦大老结交官府的种种。我随手在书头写了些读后感。他读后还书，请一位他的学生送来，附一笺要我对来客就钱牧斋研究说些意见，这可是无从说起的难题。他的信就写在医院伙食单的背面，可见随随便便。但他也有很讲究的一面，如用陈小翠的赠画印成贺年片和便笺，就精致得很。

蛰存晚年喜欢收些碑帖拓本，收集得不少。其中不无名品，但到底不如专收精本的富商大贾，所收不尽理想。他印成的《唐碑百选》，用了不少心思，细心考订，可惜原拓质量关系，为之减色。鲁迅当年跑琉璃厂买碑帖拓本，也因财力所限，同有此憾。读书人与收藏家的区别，大抵也就在此。

读他的《闲寂日记》，常有卖书纪事。如一九六四年岁末记：“卖却西书四十六本，得四十元，聊以卒岁。”次年除夕记：“今日除夕，怀中仅余二元。昔罗瘿公甲子卒岁仅余一元，余已较胜之矣。”我当年每隔些时，也总挟一包旧书去书店卖掉，用以维持“资产阶级生活方式”（“文革”中造反派批语），读蛰存纪事，不能无感。

蛰存还有一本《云间语小录》，是关于故乡（松江）琐事的笔记。多年陆续写成，分三辑。所记有人物、风俗、土宜、掌故种种事物。这是一册别致有趣的小书。难得的是作者保持了多年的浓厚兴趣，零碎积累，始终不渝。这是对故乡的挚爱，扩大来看，也是对祖国的挚爱。至于其成为新修地方志的参考资料，更是无疑。历来此种地方小志，所在多有，唯不为藏书者所重，往往散佚。此书写得又多风趣，尤为难得。

蛰翁往矣。不再能听到他高声谈笑，但他留下来的著作，尚能使我们聆听到他纸上的声音。他说平生治学，开了四面窗，他的著译也已等身。他是教授，却不知是几级。想来他因有与鲁迅争执的旧案，肯定不可能评得甚高。我想我们不必称之为大师，因为目前因“通货”膨胀，大师的声价已日趋贬值，不值钱了。又眼下每逢名人去世，人们往往有一个时代终结之叹，以后继无人为忧。我觉得也不必如此，进化论虽已不时髦，但我仍坚信，后来者未必不如前人，而必将在品格、风骨、学养上超过前人，这简直是必然的。也就是说“江山代有才人出”，在缅怀逝者、追想前徽时，我们应该采取这样的态度。

二〇〇六年三月十四日

附记：

偶检书丛，得剪报一纸。一九九八年六月二十六日《新民晚报》副刊载施蛰存《我有好几个“自己”》一文，有云：“最近我给自己拟定了一块墓碑题字，是‘钦定三品顶戴、右派分子、牛鬼蛇神、臭老九、前三级教授降二级录用，施蛰存之墓’。”

这节话解答了我前文的疑点，也说明了我对蛰存知之不深，不禁感愧。附记于此，以当补遗。

二〇〇六年三月廿一日　春分

俞平老杂忆

抗战中从沦陷的故都北平传来消息，鲁迅先生留在故居的藏书有出售的传闻，藏书目录已在琉璃厂书肆出现，时已落水的周作人也想插手其中，企图选取藏书中部分精粹。这就使留居上海的先生家属焦急万分，传闻扑朔迷离，莫知真相。许广平夫人亟需得知实况，以便挽救。遂请友人于一九四四年以游览故都为名，赴平探望先生遗属，顺便了解售书情况。赴平游览者之一是唐弢。结果不错，先生的遗书手稿得不散入市肆，其中重要部分终由许先生携归上海，这是后话。

唐弢他们于慰问先生在平家属、商量保存遗书之余，遍访先生在平故友，其中就有苦住故都的俞平伯先生，并请求手书墨迹，返沪后裱成条幅，悬之斋壁，为我所见。平伯所写为褚河南的《枯树赋》，笔精墨妙，令人意远。此际唐弢斋中留有当年鲁迅选辑《北平笺谱》弃余残叶，我就选得数张，贸然致书平伯先生求字。得到复信并诗篇不少。其一诗作于“丁亥九秋”，丁亥是一九四七年，诗意凄恻，可见作者当日心情。这是我以晚辈与平老论交之始。

解放初我到北京，访问俞先生于老君堂旧寓，顺便组稿。那时平老尊人阶青先生新逝，家境拮据，心情很不好，亟愿写稿，俾得稿酬济急，苦无题目，我就建议旧作《红楼梦辨》绝版已久，读者亟愿得读新篇，何不就此改写，当为读者欢迎。平老欣然接受，于是《红楼梦研究》的开篇几章就陆续在《文汇报》的副刊发表。记得原稿是随便写在废纸背面上的，用行草写成，不计行格，排版颇不容易。而屡屡催问稿费，可见当时的困窘。岂料此书后来竟成批判重点，为解放初文字大案之一。我虽噤无一言，但心存惶愧，悔曾有此一建议。平老后来在通讯中也说“此书之成，全为经济，无关政治”的话。可见当时对运动的认识，不过如此。

平老对平生著作，极注重装帧。从最早的诗集《冬夜》（一九二二年）起，《忆》（一九二五年）、《西还》，一直到一九四八年的《遥夜闺思引》，莫不精心设计，别出心裁。《冬夜》是扁长方开本，封面书名左侧有圆形弹琵琶仕女图，幽雅别致。《忆》则是丝线穿订的四十开小册，全书手写影印，出作者手笔。有朱自清跋、丰子恺插画十八幅，其中八幅是彩色，如此装潢，可谓前未曾有。一直到《忆》问世后二十三年出版的《遥夜闺思引》，更用作者手书的绝妙小楷珂罗版印行，道林纸本，用丝线订。更是难得的善本，前后两版总共印了三百余册而已。

他的散文最早由开明书店印行的《燕知草》，也是线装本，中有作者手写之页，有丰子恺彩色插画，有旧笺纸的插叶，有湖楼摄影，彩绘缤纷，动人心目，是新文学书刊中难得的善本。“良友文学丛书”中收有平伯的《燕郊集》，有两种版本，其一是黄道林纸，假皮面软精装，一时视为精品，其实十分俗艳，充溢洋场气息，关于流行一时的“米色道林纸”，当时周作人就批评过，认为这在日本，不过用作广告、招贴，质脆而薄，哪里可以用来印书！平伯大概在知堂座上，得闻此论，因此《燕郊集》就有了两种版本，于“硬领皮靴”本外，别有一种白道林纸本，封面自写书名，朴实无华，与充满洋场气的通行本，崭然别出。可见其注意装帧，有如此者。

平伯以说词名世，早岁喜说清真词，晚岁更有《唐宋词选释》之研究力作。他自己也作词，早岁有《古槐书屋词》，木刻本，许宝騄（俞夫人宝驯弟）手书上版，卷首大题下不著撰人，依杭郡词人旧例，只钤二朱印：“平伯所作”与“德清俞氏”耳。此书罕见，戋戋小册，更易毁失。我偶得之于来青阁，以为帐秘。庚申（一九八〇年）端阳，平老更以新刊《古槐书屋词》二卷见赠。此书叶圣翁题耑，扉页后三行牌记：“俞平伯著，古槐书屋词钞，庚申刊于澳岸。”首平伯手写叶遐庵旧序，正文二卷，皆许宝驯手写。卷一末有“岁在癸丑（一九七三年）中秋节姐宝驯书于京郊新寓”跋。略云：“闲若七弟早岁临池，于十三行颇有会心，曾为平伯写此词，刊本流传甚稀，瞬阅四十载，家中仅存一红印本，虞其遗失，顷重摹之。抚迹追思，百端交集。”卷二尾有宝驯一九七九戊午腊八跋，后钤“耐圃老人八十后所作”白文大方印。跋略云：“其卷二昔年清本佚于丙午（一九六六年），零篇四散。其年月先后，均无次序。平经友人敦促手定，余亦自告奋勇，愿为重钞。”

《古槐书屋词》发行者书谱出版社（香港），承印者文集印刷所（澳门），定价港币拾元整。套朱精印。余有跋：

> 七日前游京师，谒平丈于三里河寓，告已以此册见寄。前日归沪，见此小册，印制殊精，亦近时善本矣。所附诸跋，俱有情致。可知许俞两家故实，亦读《燕知草》之一助也。漫记卷末。庚申五月二十七日，黄裳。

新时期来，平老每有所作，辄以相寄。庚申二月，又以影印本《如影》一册见赠。首有自记云，杂稿今存香岛外孙女处，书名取“书者如也”之义。所收为一九七七年后手书诗词杂稿。时“文革”初罢，余悸犹存，颇有谴责前朝权要之作。如一则先写李商隐《隋宫》一诗，继解题云：“一九七八年七月四日，偶读新闻，戏套袭唐诗。昔人谓义山诗多被西昆诸公抄袭割裂，若兹俳谐，弥可愧也。七七日记于京寓。”诗云：

> 背人颜色冷红霞，鹏鸟来时日影斜。（贾生赋云，庚子日斜兮鹏鸟集予舍。怪鸟鬼趣，皆恶道也。）十二巫峰啼蜀碧，青衣江水即天涯。（沫若二水，青衣江，皆蜀中川名。）空闻秦火销余暖，不见燕京噪晚鸦。（北京昔有老鸦，今寂无闻。）地下若逢真武曌，岂宜重问女皇家。

平伯涂。

诗语诙诡，难得确解。旧诗妙处，恰在疑似之间。此诗是也。亦有明白无隐者，如下一首：

前闻有将景印骆宾王集者，后因故中止。一九七八年四月二十四日，晨枕偶忆，口占六言云：

陈琳檄愈头风，宾王讨曌辞雄。遗集真堪吓鬼，文章天下之公。平伯耄矣。

此则明白如话，不劳考证辩难。“文革”中常闻有大字本书出版，便老眼也。然常人绝不得见，印数恐亦无多。否则今日拍卖场中何不一见。市人重清宫刻本，即极无聊之书亦得善价。如有“大字本”出，岂不远胜武英殿、扬州诗局本乎？《如影》中尚有怀旧友朱佩弦诗，情感真挚，故人情重，见于缃素，读之兴慨。

又有《感禅宗六祖事》一诗。诗云：

“金轮女帝当阳日，一衲天南旨弗遵。谁谓空门忘节操，花开五叶道弥尊。”后有注云：“《旧唐书》云：慧能住韶州广果寺，神秀奏则天，请追慧能赴都，慧能固辞曰：吾南有缘，不可违也。竟不度岭而死。天下乃散传其道。己未（一九七九年）端节于北京。”

此则不知何指，有熟知掌故秘辛者，望能解此惑。有疑为故友陈寅恪作者，差近似，亦未敢定。

平老喜作书，每问必答，我处尚存遗笺数十通。编全集时未见征求，遂成“集外”。平老晚年亦偶作小文，但不欲发表。来信每说我近又偷写一文，但惮商榷，遂不见于报刊，但每以原稿复印见示。时我方写文论陈沅事，他即有两文谈梅村《圆圆曲》，谈言微中，饶有趣味。此文只就其平生著作版本少加疏解。别有阐说，当俟异日。

二〇〇七年十月二十五日

忆吴晗

《吴晗全集》将要出版了。从编者常君实先生来信中得知这个可喜的消息十分高兴。同时又听到一个不免“荒唐”的建议，要我为《吴晗全集》作序，理由是和吴晗相熟、适合写序的人，已经没有了。因此才想到了我。读罢黯然。吴晗长我十岁，他是前辈，彼此论交在师友之间，也比较托熟。他惨死于十年动乱中，至今已有三十九年，明年又逢他的百岁诞辰，《吴晗全集》出版将是一种最好的纪念。回想前尘，历历如昨，写几句话，为故友纪念是不可推卸的责任。因此不管是否僭越，就这样下笔了。

我开始注意吴晗，是在《清华学报》上读了他的明史论文之后。一股清新的文风扑面而来，全然不同于习见的学院式论文。面目一新，十分喜欢。听说论文的发表是得到朱自清的支持，才打破了大学学报悠久的规范。

后来几度路过昆明，知道他在云南大学教书，几次想前往晋谒，匆匆未果。等到一九四五年，我成为一名记者，在《文汇报》编报，才又想与他联系。当时昆明以“西南联大”为基地的“民主堡垒”已经转移到北平，而吴晗正是其中的核心人物。得到他的热情支持，在报纸版面上出现了他以“旧史新谈”为题的一系列杂文，而以文字矜贵著称的张奚若，在吴晗学生静远的努力下，也在报纸上发表了辛亥革命回忆录。当时我们都在《文汇报》和《周报》上发表文章，声应气求，成为一条战线上的战友。不久我又改编副刊《浮世绘》，辟了一个专栏“旧戏新谈”，取笔名“旧史”，显然是从吴晗的文章而来。连载获得北平朋友们的注意、欣赏，后来出版成书，我请吴晗为之撰序，此序叙述彼此相识相知的过程颇详，情感溢露，令我不忘。至此时彼此还不曾谋面。通信时为避开检查，多由吴晗夫人袁震出面，多述及北平文化界思想斗争情况，直至《文汇报》被封，他是支持报纸最重要的力量之一。

一九四八年九月，吴晗飞来上海，本拟转道香港，会合“民盟”领导人，去解放区。抵沪后始知国民党官方宣布飞港机票出售种种严厉限制，走不成了。只好在王艮仲宅暂住。一日，我接到他一封信，署名“旧史”，约我到王宅相见(此信我仍保留着，原件影印于《珠还记幸》中)。这才是彼此的初晤。吴晗热情如火，握手欢然，不是通常套话“一见如故”所能尽也。

吴晗索居无俚，郑西谛以新印成的《玄览堂丛书》相赠，因所收都是有关明史的罕见书，可销永日。又约他作姑苏之游，同行者有叶圣陶、郑西谛，叶老有日记记事，在叶老的《全集》中。当时“民盟”的主要领导人张表方和罗隆基被国民党软禁在淮海路上的虹桥疗养院，吴晗亟欲往晤。

我陪他买了一束鲜花，前往探视。医院中密布特务，恰好罗有女客在座，监视少弛，女客旋即辞去，我就躲出走廊，留吴晗与罗隆基密谈他们的“民盟”秘事。一九五七年批斗所谓“章罗联盟”的大会上，吴晗取出当年罗隆基要他转交在香港的民盟主要负责人的密信，其中有坚持民盟自主、不受中共领导的意见。这一揭发给罗以最沉重的打击。也是人们认为吴晗整人手段狠辣的一例。罗的原信是吴晗认为欠妥，并未转交而留在手中的，也就是一九四八年在虹桥疗养院所得。

从《吴晗自传》中知道他是胡适的学生，并曾得到胡的赏识和帮助，也曾有过团结、争取胡适的愿望，但终于不能不决裂的始末。后来国内大举对胡适批判，广大知识界几乎全体上阵，成书五册之多，吴晗却未加入此一大合唱。说他是念旧情殷可，说他未能划清界限也未尝不可。此例与上举对罗隆基的揭发批判正可相与比观。

建国之初，我以记者身份到京，吴晗是清华大学军管会的副代表，陪我到校内访问。曾到梁思成、林徽因家，座中有张奚若、金岳霖、邓以蛰诸位，谈笑甚欢，绝无拘束，可证吴晗对上层知识分子的团结工作做得不错。未几他当选北京市副市长，不过问清华了。不久听说因北京旧建筑如牌坊的拆改存废问题，在会议上与梁思成拍案争论，好朋友成为路人，可见一登仕版不可避免带来的变化。梁思成对北京保存旧城、另建新区的设想与建议，终遭否决、废弃，与将北京由消费城市改造为生产城市的主要指导思想息息相关。登上天安门城楼，一眼望去，烟柳万家即将变为烟囱林立，工厂成群，是多么辉煌迷人的远景。这种缺乏远见的朴素愿望是可以理解的。却不料今天要花大力气搬迁“首钢”。作为北京市的副市长，不得不放弃历史学家的信念，紧跟国家政策的步伐。吴晗作为书生从政的内心痛楚，是可以想见的。

开国伊始，继一系列运动之后，新事物接踵而来。小如除四害、打麻雀，还有少数科学家提出不同意见；批马寅初的人口论，就群起而攻，少有异议。至于亩产若干万斤之类神话竟自产生了粮多无处放，希望大家敞开肚皮来吃的“奇思妙想”，还有少数“科学家”举出科学数据，为之呐喊助威。再至于大炼钢铁，小高炉漫山遍野，日夜火光烛天。对此种种，凡少有基本常识者，无不以为荒谬绝伦，但在一言堂的巨大压力下，人人噤不敢言。只能一起忍心参加破坏祖国大好河山的荒唐大闹剧，事之荒谬，至此而极。

包括吴晗在内的由知识分子晋升为现任官员的“三家村”诸君子，是难甘缄默的。他们在《燕山夜话》《三家村札记》《长短录》中发出了微弱、隐讳但强劲的抗议，直至被抓住把柄，迫害，直至灭亡。真是一场大悲剧。

过去我曾和朋友说起吴晗，大意是“他一直是紧跟，而缺乏自己清醒的思考，这是他的缺点。历次运动，直到‘反右’，他只是以一个忠顺的政治棋子活动……直到《海瑞罢官》，陷入自己也莫名其妙的政治漩涡，终于死去，真是一个悲剧”（致李辉信，见《来燕榭书札》）。简单说来，大致如此。吴晗本质是一个书生，研究明史，至晚年仍不失兴趣。

他有一次出国，途经上海，还抽暇来我家匆匆看了几种有关明史的旧书。在北京，有一次带我去看他的新居，还叹息说何时能有一室图籍，坐下来好好读书、研究……对忙碌无聊的开会、接待……官场生活表示厌弃。可是他又那么积极地赶任务，一听风声，就赶写海瑞的长文，最后还跨行染指戏剧，写了《海瑞罢官》，一头钻进死亡之网，真是怪事。但他还是勤奋的，写了有关《国榷》和《皇明经世文编》的长文，还抽暇编了《中国历史小丛书》等普及读物。在本职工作之外，做出了成绩。

《吴晗全集》收入了《朱元璋传》等几种底稿，最为有识。几种初稿、改稿中，我还是喜欢《从僧钵到皇权》，虽然有人评之为“影射史学”，但吴晗早期的许多论文、杂文，都可以说是“影射史学”，其实是战斗的檄文，是作者作品的重要组成部分，也是掩盖不掉的光辉。

纸短情长，言不尽意，谨以此为故人纪念，临风怀想，唯有“斯人难再得”之感而已。

二〇〇八年一月十八日

忆梅畹华

——梅兰芳与《文汇报》

一九四六年我在《文汇报》当记者，刚从南京回来，正当梁漱溟发出“一觉醒来，和平已经死了”的感叹之际，国共双方谈判濒临破裂关头，国民党打下了张垣，兴高采烈，宣布即将举行所谓“国民大会”，并开大会庆祝，邀请全国名伶参与盛会。共产党和民主党派采取了坚决反对、抵制的态度。《文汇报》理所当然地站在同一立场。被邀请的首席名伶自然非梅兰芳莫属。当时我在《文汇报》编娱乐版“浮世绘”，开辟了一个专栏，发表了一篇《饯梅兰芳》，不用笔名“旧史”，旨在劝阻梅先生不去蹚这潭浑水。文章不好写，话不能直说，但梅和广大读者读后是心里明白的。最近黄永玉说起这篇文字，他说：“《饯梅兰芳》一文的历史背景和几十年后重翻波澜的情况就不赘述了。”“想想看，当年的黄裳才不过二十几岁的人，有那么深刻的胆识，那么宏阔的气势，敢面对大权威作好意委婉的规劝，文章是那么漂亮，排解得那么清晰，遗憾归遗憾，谅解归谅解，事情却是铁板钉钉，大家看完，大大舒了一口气。”（见《黄裳浅识》）我不喜欢重述或引用吹嘘自己的文字，这次是破例。因为永玉是真能读懂得我的意思的一人。不是吹捧，几句话把纠缠不清的问题都说清楚了。

这是梅兰芳和《文汇报》发生关系之始。

后来我和梅先生认识并进而熟识，彼此都没有提起过这篇文章，就连梅的子女和“梅党”老辈、后生也都不曾说起。恰在此际，《文汇报》有改版计划，提出四大连载，其中之一就是梅兰芳的自传。而这次约稿任务恰好落在我的头上。这可是个烫手的山芋，不折不扣的艰巨任务。事前已经料到，必碰软钉子无疑。果然，首次拜访约稿的结果正是如此。梅说他演出甚忙，更加京剧院的行政任务，实在抽不出时间执笔。这也确是实情。我只好没话找话，说您今后演出、行政、社会活动只有更忙，不见缝插针，完成此一开辟性的工作，那可太可惜了。（这些话都见《舞台生活四十年》梅的自序）还是从长计议，别图良策为好。结果留下一条尾巴，不了了之。

我想，要想攻破此一坚固堡垒，必须别寻出路。我知道梅的不少老朋友，对此一提议是不无兴趣的，必须发动他们的力量，从旁促成。效果比我这陌生记者的约稿，力量要大得多。其时正好梅葆玖率梅剧团到苏州演出，我就赶到吴下，找到了梅的秘书许姬传，商量此事。姬传是个好相与的人，一见如故，我就请他从旁说项，发动“梅党”老辈推动，并提出可以考虑由梅口述，许作笔录的方式。同时说明报社不惜人力物力，加以支持的态度。果然，坚壁就此打破，助力从旁而来，梅的老朋友兴致颇高，答应尽力从旁协助，以供咨询，梅的家属也无保留地拿出珍藏的早年照片，交由王开照相馆翻拍以供插图之用。后来几次在梅花诗屋与梅商讨写作方式，他在演出余暇，口述往事，由姬传笔录，寄来上海，由姬传的弟弟源来整理加工，交我阅定付排。许氏弟兄都是旧家出身，写的是桐城派古文。记得最早得到的手稿，只是几条速记的素材，不成文字。这就给我们出了一大难题。怎样使这干巴巴的条文化为报刊文字，着实花了很大气力。许久以后，来稿方渐合规格。姬传后来写了不少《梅边琐记》之类的文字，是得力于梅传写作的锻炼的。这也是我与梅氏的一段文字因缘。

《舞台生活四十年》在《文汇报》发表后，果然引起很大的反响。连载发表前我曾写过一篇介绍文字，提出对此书的整体规划与希望，可惜限于条件，未能充分体现。读者的反应，大部分是赞赏，反对者也有一些。如嫌文字陈旧，与时下文风不合；有的读者不满文字偏重传主生活描述，如养鸽、学画……而非舞台表演教程，质量不高，等等。这些意见，我都顶住了。姬传的文字虽与时风有别，但也别有一番风趣，不必强求一致。作为第一部艺术家的传记，并非艺术学校的教程，而艺术家的生活，处处都与他的艺术创作息息相关，不可视作闲文。这些意见，都得到文坛前辈如夏衍的支持。

《舞台生活四十年》在《文汇报》连载经年，成书两册，先后由平明出版社、人民文学出版社印行。“三集”的记录者增加了朱家溍先生。最近又有新版印行。推源话始，此书之成，是《文汇报》的成绩之一，是文化建设的一件大事。

最近发生的一件有关梅氏公案，是《南方周末》上出现的一篇有关梅兰芳幼年生活的文章，它根据无根之谈，妄说早岁梅氏的入班学戏进富连成借台演唱的经过，对出身寒微的幼年梅兰芳艰苦奋斗做了远离事实的揣测，轻薄为文，毫无同情之感。对此，我写了一篇《关于“梅郎”》，发表在《文汇报》“笔会”上，回忆往事，说明梅氏立身处世，自有不可撼动的自我主张，以见一位表演艺术大师德艺双馨的崇高格调，足为后来者的楷模。则又一事也。

二〇〇八年一月四日

关于“梅郎”

在《南方周末》（二〇〇七年二月一日）“往事”版上看到一篇考证长文《梅郎少小是歌郎》，为之吃了一惊，文章题目写得出色，恍如旧识，是久违了的只能在上世纪上海小报上才能见到的标题，似乎与《南方周末》的一贯格调不太谐和。附刊梅氏一幅照片，看样子至早也在上世纪五十年代后期，或称晚年，选用的说明也出于长文作者的原话，指为中年形象，恐不确。并称之为“当时颠倒众生的‘超级男声之一’”，好像也不大合拍。今天文坛上的新奇事物多矣，不过选题为难，只好像“白头宫女”似的，说说“玄宗”，倒不妨事，编者的苦心读者也多少能够理解。以上只是闲话，真正使我吃惊的，还不在此。

说起来已是五十多年前的旧事了，《文汇报》要改版，想出了一些新点子。其中之一是请梅兰芳写他的自传。那是解放之初，不像今天大小明星、社会名流，争相以写自传为时髦，何况又是身居演员首座的梅。想出这个点子的副总编辑柯灵的奇思妙想，值得佩服。约稿的任务又偏偏落在我的头上。一开始，自然是得到梅的婉拒，后来几经努力，到底得到初步同意。但怎样写、怎样在他忙碌的旅行演出中写作、怎样寄稿、保证在报纸上不脱期地连载，都是问题，而且是难以克服的问题。一天，在马斯南路的梅花诗屋里商量对策，稍有眉目以后，梅先生见座中无人，郑重地对我说出他最担心的顾虑。只简单的几句话。他说他身边的朋友、助手都是从旧社会过来的，笔下难免带有陈旧的气息，千叮万嘱我要把好关，尽量避免出现不合时宜的文辞。他的最后的一句话是“不要再梅郎梅郎的了!”五十年过去，言犹在耳，今天在报端又见“梅郎”字样，这当然不能不使我吃惊。

今日回想，他这一番话是经过深思熟虑的，也带有往事回忆的沉重负担和适应新社会读者的考虑。果然，当《舞台生活四十年》将付印成书时，就遭到严刻的批评，“笔墨陈旧”。这其实是他早就预料到的。

当此书初写时，我曾有过一种奢望。我觉得这应该是一本“大传”，当然不只是一本舞台艺术教程，如某些人所希望。我认为梅是经历了千奇百怪、纷繁复杂的几个朝代，几多世变，无数人物，交满天下、誉满天下而没有谤满天下的人物。遇见过几多风险，闪躲腾挪，终能全身而退，成为真正的“德艺双馨”的梨园班头。这是不容易的。评价一个人应从大节着眼，不可着重于被侮辱损害的历史细节，应看到人物在不可抗拒的恶劣环境中的挣扎、抗拒。男旦或男色在中国历史上不是新奇的事物。从近处说，明末出版的《弁而钗》，到清中叶的《品花宝鉴》，到张江裁编辑的《清代梨园史料》，都充满了这类东西。梅身边的“名士”，如黄秋岳、赵尊岳、易实甫，都是写“梅郎诗”的好手，如加意收集，将有几卷之多，不只长文中所列戋戋数例。而其中却引用了日寇投降之日、伪满康德十二年刊的“僻书”的材料，都是一流货色，真伪不可知亦不必辩，道听途说而已。重要的是使我们知道历史上曾有如此丑恶的现象，增加人们对旧社会更深刻的认识、理解。尤为重要的是怎样对待这些“史料”，是对被损害、侮辱者的同情和激愤，还是作为有趣的佚闻加以复述，这就有落入易实甫同党的危险。

说梅兰芳一生交满天下，并非夸张。党、政、军、军阀、反动统治阶级、日寇、金融家、流氓、地痞、特务、梨园行，和自己打对台的学生、文化界的“名流”，真正是三教九流、五花八门。处处遇到险滩，稍有不慎，就会身败名裂。可是他从容应对，一一闯过来了。这可有多么不容易，如将这种种关目细节，选其具有典型意义的一一写来，这就不只是一本艺术家传记，而是一本描述广阔历史场景，呈现传主真实生动面貌的“大传”。

人民是识大体的，知好丑的。上世纪五十年代初，梅兰芳赴京出席文代会，一路上每遇车站停车，万头攒动，争看伶王；在北京下小馆子，饭罢出不了门，都是来看梅兰芳的，他们不管他少小时是不是“歌郎”，没有谁想过这些。

长文中又引陈寅恪论柳如是为陈子龙作“男洛神赋”事，陈氏说：“历三百年，迄于今日，戏剧电影中乃有‘雪北香南’之‘南洛神’，亦可谓预言竟验矣，呵呵!”遂指所譬为梅兰芳。颇费疑猜。何不引陈寅恪一九四九年秋诗，“报载某会中有梅兰芳之名，戏题一绝”。诗云：“蜂户蚁（音娥）封一聚尘，可怜犹梦故都春。曹蜍李志名虽众，只识香南绝代人。”此诗明指梅氏，用不着猜疑。其爱重之意，更为彰显，可与过去多种“梅郎诗”作一对比。其差异何如！过去那些烂名士、小报记者得到这样的题目，无异中了头彩，哪能不卖尽气力，铺张扬厉，语不惊人死不休？因此对待此种“史料”必须倍加小心，慎重审读。有寅恪先生诗在，可见诗格相去竟有如此差距，可不慎哉！

一九四四年前后，巨奸梁鸿志嫁女于朱朴，在上海举行盛大婚礼。有人写了一篇详尽的报道，来宾中竟有梅兰芳，见者惊异，蓄须明志的梅，怎会出席于这样的场合？这正好作一个好例，说明在险恶的环境中，梅所碰到大大小小的难关，是如何化解的。他的底线是不登台、不唱戏。其余都是小节，可不予计较。这是处于当时那个日伪环伺时代正直的人处世的原则。时移势异，在今天看来就不免有些难于理解，是不足怪的。

解放后梅受到非凡的重视，出任戏曲研究院的院长。不久在天津演出时接受记者的采访，针对当时“戏改”的现状，发表了“移步不换形”的意见。一下子惹恼了主持“戏改”的田汉、马彦祥辈，责令检讨。滞留天津许久，经过阿英的反复协调，最后以对记者谈话的方式得到解围，始得离津返沪。从此再不见他对戏曲改革发表新的意见。身居院长高位，本应对戏曲改革方向、方式多有建白，但只当了个甩手掌柜，实权交给马少波等打理，挂名院长的他只抓紧时间到全国各地旅行演出，不忘本业的实践，在环境允许下尽力完成一个演员的本职工作。这是梅在新社会碰到的一次挫折和他的应对之道。归根结底，他的行动都是积极，而并非消极的，真不负陈寅恪“只识香南绝代人”的称誉而无愧。直至病重，在病床上仍念念不忘他的观众，深以未能远赴边远地区使热爱他的观众在舞台上亲睹他的现身为忧。这才是真正的“德艺双馨”，可惜此一崇高的徽号，今天已经贬值、异化到如此地步，并旧事重提，从垃圾堆里搜寻、“考证”，加以“歌郎”的可疑“桂冠”，事势之奇，竟至于此，想再说些感想，终不免是些“闲言语”，只得就此罢了。

二〇〇七. 二. 十二

卞之琳的事

一九八一年七月，得之琳从北京寄来张充和写的字，卞信如下：

黄裳同志：去秋访美期间，在充和家里，听她说起，三十多年前你曾托靳以请她写几个字留念，现在她在西德短期旅居中把字写了寄来，托我转给你（内附她给你的信和靳以过去那个信的复印件），昨天问到了你的通讯处，特挂号寄上，请检收。祝好。卞之琳。七月四日。

附来张充和的信如下：

黄裳先生，奉上拙书一幅，想来你已忘记此事，因靳以四九年的信尚在，非了此愿不可。我的字时写时辍，不成“体”统，并请您书赐一幅，作为纪念。但不要等三十年后就好。多年来因不知国人友朋下落，前之琳来美，谈及此事，现在就托他代转了。

附上靳以信影本，一叹！

我在德，七月底返美。专此即祝康乐。

一九四九年前后，正是我发愿收集师友字幅的时候。从从文处知道充和善书，还得到沈从文、杨振声、张充和在颐和园霁清轩中写的长幅书件，三人同写章草，几乎看不出不是一人所书，从文还在后面记下某几行为谁的手笔。从此得一印象，因将充和也列入求书行列。难得的是靳以还为此写了信，更难得的是这戋戋一叶短笺，充和竟保存了三十年而无恙。这使我感念非常，写了一篇《宿诺》，收入《珠还记幸》中。我知道卞诗人与充和的关系非比寻常，但也只是听来的一鳞半爪，更不便写入文字。忽发异想，何不求证于本人，因而写信给之琳请教。这自然是一种愚蠢莽撞的举动。自然是久久不报。直到一九八一年冬，才又得之琳一信。

黄裳同志：

今夏转奉充和在西德所写字和当年靳以旧信复印件后，曾接手书，因我照例又忙又懒，迄未作覆，至歉。昨天接到一封要我转交从文的信，从信封上看字迹，猜是你写的，今天转送到他家里，果然不错。

关于充和情况，今年九月香港出版的《八方》第四辑所刊她的"少作两篇"前的编者案："原籍安徽合肥，在苏州长大，擅昆曲，三十年代初期在北京大学读过书，三十年代中期用各种笔名在报刊上发表过散文小品和短篇小说，后来只偶尔写写旧诗词，现居美国，在耶鲁大学教书法。”所说简明扼要，大致不差。今年八月随汉思（Hans Franke）在南德明兴（慕尼黑）客居三个月回到美国新港（New Haven），发现田园荒芜，手植菊已被草掩盖，连根都找不着，写信给我说，松还可以，菊何能存。辛笛在你家里看见了她所写字后，再转托我向她求字，十月中我接到她应命所写一幅小楷，当即转寄上海，从此就没有再接辛笛信，因寄挂号，想不致遗失吧。

《八方》第四辑上所刊充和的两篇少作，是我得她本人许可而转去的。一九三七年秋冬间我刚到成都，从大学图书馆的旧报副刊上，抄录下她这样的散文二三十篇，她是知道的。去年在她家里谈起，我回国后找找，只仅存这两篇，纸破字残，我清抄出两份，她看后指出其中一处，“城隍庙”原系“城墙垛”的误排，在香港发表，未及更正，而且还新增了两处小错字，她当年在靳以编的《文丛》第一期上还有一篇《黑》，忘记了署名什么，你如能在上海什么图书馆找到此刊，把这篇短文复制一份寄给我看看，就非常感激了。

我自小从没有学过字，后来由用毛笔到用钢笔，到用自来水笔到用圆珠笔，再加若干年来手抖，无法再写墨笔字。去年我从文学研究所的《开卷》某期看到你所藏我给《文学季刊》的《春城》原稿，简直叫我不相信是我写的。去年在充和家里，她逼我在一本留念字帖上留几行墨迹，手不听指挥，真无可奈何。后来她陪我逛纽约唐人街，在一家国货公司的书报部发现了《开卷》这一期，就买下送给了她。我还得谢谢你。

《雕虫纪历》印数不多，想不到一出版就销售一空，我自己也没有能买到多少本，无法遍送朋友。现在再版无期，香港三联书店却一直要我让他们出新版，我现已交给他们一本增订版稿，听说已付排，明年上半年可出版，届时定当奉赠一本。

我最近去荷兰住了十天（十一月二十二日至十二月二日），是应邀去参加莱顿（Leyden）大学授与一位荷兰学者（Lloyd Haft）博士学位的隆重典礼。这位博士用英文（他出生美国）写了一本相当厚的专著（现印了一些试行本，修订后将正式出版），题目是我。

近年来见你笔头甚勤，可喜可贺。

祝好。

之琳

十二月十一日

这封长信是对我的提问的回答。可以说是答非所问，但实在是最好也最可满意的回答。历久不衰的钟情，珍惜对方的文字留痕，千方百计地搜寻并张罗印出；对方的一颦一笑，都永不会忘记，值得咀嚼千百遍的温馨记忆永远留在心底。这一切，都在淡淡的言语中隐隐约约地透漏出来了。

《春城》的原稿，是巴金给我的。后来找出来还给之琳了。是用毛笔写在大张稿纸上的，恭楷，飘逸而娟秀，像是出于女作家之手。

其实作者在《雕虫纪历》的自序中，也早已提到了：

> 同时，私生活中的一个隐秘因素也使我在这个阶段里写诗另外有了一个具体特点，写了像《无题》等我以前和以后从不写的这样几首诗……但是后来，在一九三三年初秋，例外也来了。在一般的儿女交往中有一个异乎寻常的初次结识，显然彼此有相通的“一点”。由于我的矜持，由于对方的洒脱，看来一纵即逝的这一点，我以为值得珍惜而只能任其消失的一颗朝露罢了。不料事隔三年多，我们彼此有缘重逢，就发现这竟是彼此无心或有意共同栽培的一粒种子，突然萌发，甚至含苞了。我开始做起了好梦，开始私下深切感受这方面的悲欢。隐隐中我又在希望中预感到无望，预感到这还是不会开花结果。仿佛作为雪泥鸿爪，留个纪念，就写了《无题》等这种诗。

这说得够直率了。我本不该再写信去请教，难怪他压了几个月才写了回信。他说的是《无题》的续篇，余音渺渺，余味不尽，恰可补诗序之不足。诗人已去，而遗篇长存，我这里也算是写了一篇新诗话罢。

二〇〇三年十月二十七日

附：张充和的信

黄裳先生：

老早收到《山川·历史·人物》。不仅是看了，别人借看又还了。游记怎么都能如此写法便好了。其中不少是我去过的，尤其是第二故乡的苏州，一九七八年回苏州也有许多杂感，但却写不出一字。书铺、古董铺、说书茶室这些最使人忘返的地方都没有了。我是一九七八年十月去的，所有园中字画仍是缺然，最近有人说又挂了些，当不是旧的，想是近代人的。

前几日（一周前）之琳寄来您手抄《黑》。这个笔名再也想不出如何起的，内容似曾相识，可值不得您家亲为手抄。之琳真是好事之徒。可是我仍没有您的毛笔字，但也“知足”了。

从一月起“外勤”，直至现在才稍定，去夏威夷、Colorado演了四场戏。最近由南部回来，去看世界博览会的。大家一致认为中国同美国是最好的，中国是以“人力”胜，但出来各物都是华贵的商业品。手工艺方面，十分惊人的麻烦（如三十六层象牙球），却在艺术上无甚可观。景泰蓝、瓷器工料，设计都差。还有店中（每馆附设一店）所售各物的陈设还不如中国镇的好商店（如做得极丑的瓷观音，摆上几十百个）。我站了很久，竟无一人经过住一住脚。总之是自己国家的文化，明知可以更好得多，未免失望了。但洋人看了出奇入胜，便都满意。

暑中仍然有一处“江湖”要走。应该是“封箱”时候到了。但正如我祖母当时的行动，与我们这一代大不同，虽然年龄相近，我仍是“一脚踢”。专此再再道谢。即祝

撰安

张充和上

一九八二年六月二日

关于佐临

上海书店出版社最近印了一本《往事点滴》，是为佐临百岁诞辰作纪念的。一本纤巧玲珑的小书，图文并茂，内容是佐临自述平生琐事，但又并非自传，是一册别具一格的有趣读物。

想当年佐临在上海从事话剧活动，俨然一方重镇。我和他所率领的一帮“徒弟”相熟，日常混在一起，其中如“苦干剧团”的骨干，“话剧皇帝”石挥也是天津人，后来成为中央乐团总指挥的李德伦等都是熟人，所以也以晚辈的礼数相见，当面称之为黄先生，背后则直呼之为佐临，于尊重之中别有一番亲切的意思。

建国以后，见面的机会却少。佐临的专业是话剧导演，长期任上海人艺院长，与北京的“人艺”南北双峙，是两座并耸的高峰。话虽如此，但他对京剧也是非常注意的，是个有浓厚兴趣的戏迷。有时谈起京剧的现状与前景，观点大抵也是相近的。他还曾说起，话剧舞台表演，颇有可能借鉴京剧的固有程式，如没有锣鼓点相配的身段、节奏，可以加强表演的力度……这种“奇思妙想”，都是令人吃惊而不能不佩服的。这许多都是后来出现的京剧现代戏的萌发因素，又如北方京剧演员如高盛麟、裘盛戎辈因长期与周信芳同台演出，受其影响，不知不觉间在观众中竟产生了“麒派花脸”之类的评论，都是应予重视的不同剧种、不同行当、不同流派互相交流、彼此影响而产生的新鲜事物。

佐临很早就发表过他的写意戏剧观，后几经考虑，比较提炼，写成一篇大文章，发表在《人民日报》上，对世界舞台艺术理论几大流派进行评估，他总结说：“斯坦尼斯拉夫斯基相信舞台上有第四堵墙，布莱希特则要推翻它，而对梅兰芳，这堵墙根本就不存在，没有推翻的必要。”话只有几句，却很像佛家的言语，正如《红楼梦》中给贾宝玉那几声棒喝，使之大彻大悟的“本来无一物，何处染尘埃”！可惜文章发表得不是时候，没能引起多少反响。如此论早些年发表，可能使从事戏曲改革的新文艺工作者多少有所领悟，也不会演出那许多闹剧兼悲剧了。

自上世纪三十年代以还，论文化人的分野，有京派与海派之说，却从未听说有个“津派”。其实倒是有的，不过人数少，后来又各自为政，远走天涯，不在天津工作，因而被忽视了。天津自有领军人物，孙犁。不过他是“白洋淀派”，属于另一范畴。津派可以举出三位，那就是黄佐临、杨宪益和曹禺。

简单地说，“海派”大都是亭子间作家，但后来却演出了一番大阵仗。“京派”多出身于清华、北大，毕业后出国镀金，回国后做大学教授或从政做官。虽然情况各个不同，五花八门，但大致不差。只有“津派”两样，黄、杨两位都出身豪门富家，以大少爷的资格，漫游欧陆。（他们那时候，留洋以英法日首选，美国是数不上的。大举留美是从清华的预备学校开始的。曹禺辈分稍晚，是出身清华继而留美的。但家庭出身则略同。）黄、杨两位的游学方式，与陈寅恪略同，不太注重学位，而以漫游访学为主。反正有花不完的“学费”，举止阔绰，见闻广博，这与他们后来的治学有甚大关系。杨宪益为人所知，大抵是他的翻译业绩。殊不知他“译余”出过两本小书，却是纯正的考证文章，视野之广阔，方法之细密，选题之新颖，都非并世“学者”所能梦见。可惜他只写了这一点，还有多少余蕴未发，而平生仅以译人为人所知，真是气数。他还写得一手好旧体诗，有《银翘集》行世。其功力殊不下于聂翁。真不知他漫游行吟之际，从何处练得这一手吟诗技巧。

曹禺的情况稍有不同。但他的植根之深，仍在天津，取材于大家庭的悲剧杰作《雷雨》不必说了，他的《日出》，写的就完全是天津才能发生的故事。与茅盾的《子夜》并读，就能感到两种截然不同的气息。那是只能发生在梨栈交通旅馆和“三不管”一带的故事，就连他笔下的恶霸、流氓，也与上海的“闻人”大相径庭。论地域色彩，这是写旧时代天津的代表作，可惜戏剧评论家绝少有人注意及此。

现在想找一本曹禺的剧本读读很难了。当前大小名人纷纷推出《全集》之际，却没有一部令人满意的《曹禺全集》，可称是一件憾事。可能因为话剧不景气，剧本少读者，这些经济考虑作梗罢。我只是希望曹禺能有一套“全集”问世。包含他的名作，以及全部有关的序跋；还有久未再印、流传甚稀的《蜕变》《正在想》《艳阳天》等，还有未完成的残稿《桥》（只二幕）等，还有建国后所撰未尽成功的《王昭君》等，使读者对这位大戏剧家有个全面完整的认识。这大概算不上过分的奢望罢。

上世纪八九十年代我曾多次在医院巴金的病房里遇见曹禺。巴老每次都劝他多写作品，少说废话。劝他把《桥》写完。曹禺也说他正在努力，还向我打听抗战中重庆的种种情况。不知怎的，有些老人或非老人总喜欢在医院里扎堆。有病的，小病大养的，避寒避暑的都有，又嫌医院生活枯燥无聊，就彼此串门聊天。我最后遇见佐临，就是他找巴金来聊天，许久不见，我发现他“发福”了，不是通常的发胖，是病态。人也两样了，失去了过去活泼的风度。他平常是沉默寡言的，但每开口总有无限风趣。这本小书里就充满了幽默的小故事。建国初有一阵子没有见面，偶然遇见，他问我“最近在干嘛?”（天津味的），我说在译《猎人日记》。他听后用纯正的英国话说：“屠格涅夫，好。”充分表现了他的绅士气。还有更早的一次，在戏院后台，有人小便急了，抱怨洗手间太远。他听了不动声色，慢慢地，一个字一个字地说道：“鞭长莫及。”我听了忍不住暗地发笑。这一类的小故事，他大概不会说，也就不见于小书中。聊记一二，以当补遗。

二〇〇七年一月廿三日

《磁力》漫忆

一九四九年五月，上海解放。《文汇报》得到党和政府的大力支持，理所当然地立即复刊了。建国伊始，国家急需大量干部，参加繁重的建设工作。反映到《文汇报》，大量老同仁，纷纷走上新的岗位。在上海，陈虞孙去主持《解放日报》；在天津，秋江掌管了由《大公报》改组的《进步日报》；在北京党政部门工作的就更多。《文汇报》留下的旧人不多了，大有风流云散之势。复刊之始，筹划版面，煞费经营。一起商量的有陈钦源、姚芳藻诸位。为了显示复刊的报纸一新的面目，副刊也换了新的刊名。《笔会》改成了《磁力》，《浮世绘》改为《锣鼓》，从一九四九年六月廿一日起与读者见面。《磁力》的主编仍由唐弢担任，我则做些协助的工作。唐弢只是“遥控”，不久也离开邮局出任华东文化部文物处副处长了（处长是徐森玉）。但他编副刊的资历长，在文坛上朋友多，影响大，一切大政方针、组稿来源还是由他掌握，我只不过发稿而已。

在这中间，我随报社老板严宝礼去了一次香港。他的任务是去商定一笔卷筒纸的合同。在旧社会办报就管理方面说，主要也就是看掌握、调动纸张的本领，其他都是“余事”。《大公报》从国民党政府得到一笔官价外汇，就设备、纸张……一切都解决了，事业红火达到了巅峰。可见为了免于“无米之炊”的困扰，报纸经营者看重纸张是有充分的理由的。在港勾留一月光景，我们由海道回国，我由烟台、天津而抵北京，从一九五〇年元旦起，我在北京住了整整一个月。这中间，由宦乡牵头（他是老《文汇报》的副总编辑），讨论《文汇报》改组为中国青年团的机关报问题。宦乡和我谈了两三次，因严宝礼不敢也无权拍板，又回上海请来了总编辑徐铸成和副总编辑柯灵，重加讨论，由宦乡代表政府方面，与徐、高两位定议，由我写好报社致新闻总署的公函（一月廿四日）。后不知何故，此议终于作罢。个中曲折，我一点都不知道。终于在二月一日，我们四人就离京南归了。此际，还是从吴晗那里得知，还酝酿过《观察》《新建设》《周报》《民主》合并出版事宜，事后也无下文。

在留京一月中，我的工作是为报纸组稿，并采访各方面人士。可举一月十一日报社在玉华台请客一事为例，那次午宴出席者有叶圣陶、马叙伦、吴晗、罗隆基、邵力子、钱端升、费青、老舍、罗常培、冯至、闻家驷、许德珩、向达、宦乡、樊弘、曾昭抡等。可见一斑。

约稿的成绩并不十分佳妙。只有老舍最积极，他住在北京饭店，我去访问，就拿到了稿子，大约就是《迎新年》。我与静远（潘齐亮）到清华园访费孝通约稿。当时吴晗参加了接收清华的主要工作，因为他又是北京市的副市长，难于兼顾，所以清华的大事都由费孝通料理。这位大管家也实在忙得可以，骑了脚踏车在全园跑来跑去。好不容易抓住他，我提出的文章题目是“清华一年”，由他来写最合适了。孝通抱怨没有钢笔，我说这个容易，到东安市场买了一支“派克五十一”给他。但文章一直没有交稿。钱锺书算是最熟的朋友，向他约稿，却只收到一封“弟诗情文思，皆如废井”的来信，不写了。其他约稿对象，或为官场新人，忙于政务；或为旧时名人，有颇重的思想包袱，如冯友兰、钱端升，不便开口。所以约稿成绩不佳。但《磁力》还是有不少好稿，如许钦文谈鲁迅，李健吾的书评，罗常培论昆曲的前途，李可染写齐白石……

在北京时，我曾访俞平伯于老君堂寓，怂恿他重写《红楼梦辨》，他答应了。在《文汇报》发表了论“红”文字和《红楼梦研究》的前几章，后来印成一册，不料为李希凡、蓝翎所见，加以评驳，终于酿成批“俞”大案。至今想起，还觉歉然。

我又从《燕京学报》上看到周汝昌的论文，深加赞赏，在《磁力》上转载了，就是他的脂砚斋为史湘云说，事后赞同与异议纷起，迄今无定论。这也是一次不小的“红”海波澜。

我自己在《磁力》上也闯了一场大祸。那就是一九五〇年四月四日发表的《杂文复兴》。

此文发表前给唐弢看过，大约因为他也是写杂文的，并没有看出什么不妥当。发表后两天，唐弢接到夏衍的电话，说此文有问题，要我赶紧再写一文更正。我遵嘱又写了一篇检讨的文章，却已来不及，已经乱棒齐下、群起而攻了。四月十日唐弢告知，明天《磁力》上就有两篇批判文字。此后上海各报都有许多声讨文章。我因无兴趣，全未细看，也未调查全国反响如何。五月十六日《磁力》上有杜高的一篇《杂文应该属于谁?》，十八日有唐达成一篇《哑吧》，当时未及细看，不知持何论点。总之，这是在批《武训传》《红楼梦研究》、批胡适之前的一场规模较小、声势较弱，但性质相同的批判运动。夏公当时是上海负责思想意识领导责任的，又是老报人，自己也写杂文，是他首先发现文章不妥，建议加以补救，事后是不是他加以控制，使批判不致陷于不可收拾的地步，我不知道。但他的好意我是能领会的。

当时雪峰也在上海，好像没有做什么文化官，但他和鲁迅的关系、在文坛上的声望是人尽皆知的。好像觉得批得还不深不透，不过瘾，亲自出马，写了总结性的长文，并在电台上向全国广播，宣布了鲁迅风杂文在新中国的死刑。我也不曾拜读或聆听，可惜了。

梅兰芳的《舞台生活四十年》在《文汇报》连载完毕，打算出版单行本，不料受到“中国图书发展公司”的否定，认为此书内容落后、笔墨陈旧，要求重新改写方可出版。出版发行大权掌握在这家公司手里，没有法，我只得去找夏公。他听罢我的申诉，打了一个电话，问题就解决了。

在报社呆久了，觉得无趣。正巧有机会参加中国人民解放军总政文工团，就想辞职他就。但报社死活不肯放行，火车票都买好了，徐铸成还是不松口。没有法，又是夏公打来一个电话，我才得启程赴京。

在总政文工团越剧团工作了些时，随团劳军到过南京、上海、松江、杭州、宁波、舟山，听过多少场“梁祝”“西厢”，回到上海。剧团即将赴朝，又是夏公把我留了下来，调入他自兼所长的“上海电影剧本创作所”。在这里我编了两个剧本。一九五六年《文汇报》复刊，夏公已调京工作，又赞同我“归队”，重返报社。接着就迎来了一九五七年不平凡的春天。

我和夏公没有什么私人交往，只在他领导下工作过若干时，但时时得到他的垂注、爱护。一九五六年我奉报社之命去川滇旅行采访，是他为我张罗了许多介绍信，给了我不少方便。我为诗人唐云旌编了他“文革”后发表的诗集《唱江南》，夏公曾表示愿意为之写序。我觉得夏公是党的高级干部中文化修养甚高，能了解、理会文艺工作者的心的一人，是懂得怎样调动一切积极因素的领导人。他自己是作家，能写戏、写杂文、写报告文学；又对古艺术品有真诚的爱好，收藏“扬州八怪”的画、纳兰容若的遗简……他实在是一位难得的文化人的知音。

上世纪八十年代，我到北京，曾去南竹竿胡同他的寓所探问，没有多少话好说，致敬后就告辞了。最后一面是在松鹤楼的晚宴上，就是李一氓老人写“何时摇画舫，一夜到苏州”那首诗的晚上，李老在诗后注曰“甲子冬日，沪宁旧友聚饮松鹤楼”，甲子是一九八四年。在席上我向夏公敬酒，曾得到他的勉励。转瞬二十二年矣。

《磁力》始刊于一九四九年六月二十一日，休刊于一九五一年十月三十一日，共得二年零四个月。查旧报，作者有茅盾、许钦文、李健吾、俞平伯、罗常培、孙楷第、周汝昌、茹志鹃（《何栋梁和金凤》连载，凡九次）、丁玲、言慧珠、周立波、老舍、孙犁等，阵容不弱。有专刊，有漫画，都是一时名手。我自己还写了一组《旧戏新谈》的连载，共十七篇，是继解放前在《文汇报》上写的连载的续篇。

二〇〇六年七月八日

辑二

寻找自我

我的开始弄笔习作散文，大约是在一九三四年顷在天津南开中学读书的时候。手头还保存着两本《南开初中》，是一九三四年出版的。那中间就有我的一篇《旅绥杂忆》，是春假中赴绥远的纪游文，文字虽然稚弱，但与数十年后所写的游记风格并无二致，可见植根之深。转过年来，在《南开高中》上就又出现了我的一篇《最近编译界的争辩》，可见年纪少长，注意力又已移向文学批评了。

到今天，我还不能忘记给我提供接触新文学机会的南开。虽然何其芳（他当时正在南开做教员）说过，南开不过是一所"制造中学生的工厂"。学校外不远处有一家"会友书局"，我是常客，在那里先后买得鲁迅、周作人、郁达夫……的著作，还有《文学》《中流》《译文》《作家》……直至胡适编的《独立评论》，可见对文化界的接触，面是广的，眼界是宽阔的。我还有好的老师，教我们英文的李尧林先生就是教给我知识以外，还给了多方面影响的老师。我从他那简单却丰富的藏书中，第一次看到《我们的六月》《我们的七月》，那是初版本，中间有精致的插页，再校本就没有了。这是我对新文学版本最早获得的知识。卞之琳编的《水星》，那狭长隽秀的封面，疏朗的编排，十分可喜，也是李先生介绍给我们的。我没有听过何其芳的课，但他的声名在同学中却有震撼性。他的获奖作品《画梦录》，奇瑰美丽，但不可能是模仿的范本，倒是这以后出版的《还乡日记》，平实深厚，给了我颇多的影响。

在南开，还有一项有趣的记忆。和我住在同室的周汝昌君，是比我大一岁而温文尔雅的书生。他不喜运动，也不大参加同学们的活动，他喜欢京戏，也爱好旧文艺。我偶然得到一部《四印斋所刻词》，就得到他非常的赞赏。此外，就是《红楼梦》，这是我们都非常喜欢的书，于是就成了经常讨论的话题，饭后到墙子河边散步时，讨论的往往就是《红楼梦》，有时也争论、激辩，总之，讨论的内容复杂得很，谈了些什么，现在可是一点也记不起了。我想，汝昌日后研究《红楼梦》，有大成就，那发轫之始，也许和当年讨论不无因缘。

七七事变，日寇的炮火毁灭了我们的学校，我从天津逃到上海，插班进入上海中学。其间偶然读到夏目漱石的《哥儿》，非常佩服了。于是就拟作，在毕业纪念册上以《我们的先生》为题，写了一篇纪念文，因为是仿夏目之作，可能对老师颇多不敬之处，内容则全不记得了。

接下去是进了交大。那时徐家汇的校址已经沦陷，就借了震旦大学上课。给我留下鲜明印象的是大楼中的图书馆，真是个窗明几净读书的好去处。在这时，我的阅读范围大大扩展了，凡能到手的书册总不肯放弃，大抵以笔记小说为主。我曾从旧书店买来的《国闻周报》里拆下了《凌霄一士随笔》，订成一厚册。在学校里的图书馆，也一部部地借出了商务印书馆的《四部丛刊》，特别着重二编三编，这是一部善本古籍的影印大全，我一册一册翻看时并不注意内容，只着重版刻风气与藏书图记，于是对“黄跋顾校”有了亲切的认识，这就为日后搜求旧本书摸到了门径。泛览之余也做些笔记摘要的工作，借出了王静安遗书一大叠，那些论古史的文章看不懂，但像《清真先生遗事》那样的篇什，却是颇感兴趣的，于是就整篇地抄下来。同时还写了一些读书记，把许多书本上的故事连缀起来，作为阅读的纪念。后来，因为筹集入蜀旅费，一股脑儿卖掉了。

四二年入蜀，回到了重庆九龙坡的交大，这是扬子江上的一个小镇，冬日多雨，整日在雨雾中过活，手中又没有什么书，只有龚定庵的一册《乙亥杂诗》。心情是枯寂的。学校图书馆也没有什么藏书，只有一部《四库珍本》，因为沾湿了在操场上摊开晾晒，偶然走过，捡得了方回的《桐江集》，翻得“每重九日例凄苦，垂七十年更乱离”的句子，真像被重拳击了似的，深深被触动了。年纪只不过二十来岁，照理不应有方回同样的心情，但乱离却一样，凄苦的天气也一样。念远怀人，无可言说，只写了几封信，迢迢寄到上海去。这就是收在《锦帆集》里的几篇书札。写信的地方是取名“凤凰楼”的茶馆和江边的野店。这是些“画梦”之作，是在无端的无奈下的强颜欢笑。

这以后就来了一个大转变，从学校出来走进了社会，而且是军中，我当了一名“翻译官”。任务是沟通来到中国进行抗日的美国盟军和中国军人之间的交往。最初是在炮兵学校里陪同美国军人上课，随后就随军上了湘桂前线，桂林失陷后回到昆明，又飞到印度，在兰伽训练中心住了八个月，训练的是坦克和卡车驾驶，最后从列多带了部队回到昆明。在这短暂的一年中，我接触了中国的军官和小兵，美军的官兵和为美军服务的人们。真正是开了眼界，领略了和学校生活迥然不同的另外一个世界的形形色色，各式各样千差万别的人物。当然也引发了自己的种种观感，真的是“心事如波涛”吧，觉得非写下什么来以舒愤懑就不行，这就是《关于美国兵》产生的由来。

翻译官遣散后，回到重庆，又住到九龙坡的学校里。想复员回上海，可是找不到交通工具。正当苦住之顷，上海的朋友创办了《周报》，于是就陆续写了几篇军中记事去投稿，后来集成一册，就是《关于美国兵》。其中的一篇《关于翻译官》却是在印度兰伽写成的，曾向《大公报》投稿，不予登载。也是写这篇东西的时候，逐渐感到用过去的散文写法不合适了，因而想到鲁迅先生的有些文字，如《病后杂谈》《题未定草》，真是嬉笑怒骂，各极其致，如此写来才顺手。因而悟到，散文与杂文之间，其实并无一条分明的鸿沟。我一直坚持着这看法，直到写《榆下说书》那样的读书记时，也还使用着同样的手法。从此，我笔下的文字是散文还是杂文就很不容易分别了。

这中间，还写了几篇读书记，因为受到当时“晚明热”的影响，文中涉及了一些晚明人物，这就是收入《锦帆集外》的昆明、桂林、贵阳三记。

一九四六年顷，在《文汇报》编《浮世绘》，这是一个娱乐性的副刊，照例应有戏曲电影的内容，找人约稿不易，只好自己动手。于是就开了一个“旧戏新谈”的专栏，每天一篇地谈戏，有时就不免谈到戏外去，不愁没有话题，而执笔的我也感到了“文思泉涌”“手挥目送”之乐。报纸被封门后，我还向《时代日报》投稿写过一些，算是一种余波。

解放之初，我在《文汇报》发表了一篇《杂文复兴》，这只不过是一篇漫谈，不料引来了一通大批判，唱压轴戏的是冯雪峰同志，这是使我始料不及、也难于理解的。雪峰的文章是《谈谈杂文》，对在新中国鲁迅风杂文判了死刑。此后，我就不再染指杂文，直至一九五六年才又多少写了一些，这以后就是二十年的沉默，直至一九八〇年前后才又写了一些，集成一册《惊弦集》，再往后几经风浪，就几乎洗手不作了。

不写杂文就写些游记和读书记，也似乎又回到正宗散文的旧道上来了，但又不然，散文中多少总带有杂文的因子，因此也并不是正经的散文。

一九四六年我在南京作记者，写过几篇通讯，访问过狱中的周作人，也访问过住在宫殿式的中央研究院里的傅斯年，这些访问记也算不得正经的散文。倒是暇日间游陆续写了些随笔，题名《金陵杂记》，倒和八十年代写的《山川·历

史 · 人物》有其相通之处。但追根问底，也还不是温柔敦厚的正统散文。

此外，历年买旧书时，我也喜欢在书前书后写些题记，用了并不古奥的文言，以期与传统的题跋风格接榫。集在一起，读起来就像是求书日录了。我平日喜读东坡、山谷、放翁的简尺题跋，也学着写一些。虽然只是简短的题记，我觉得也是散文的枝裔。已刊的有《来燕榭书跋》和《来燕榭读书记》两种。不久将出版的还有一册书简集，所收为给朋友的信札，似乎也可以归入散文一类的。

二〇〇三年九月二十四日

二十年后再说“珠还”

——写在新版《珠还记幸》重印之前

（一）

《珠还记幸》（以下简称《珠》）一九八五年五月由三联书店初版印行以后，迄今已经过去整整二十个年头了，一直没有重印的消息。慨自“读图时代”兴起以来，才陆续有几家出版社提议重版此书，并提出种种编排处理方案。不是我不想叨光吹来的这股春风，其实是考虑这本小书并无一张图片，有的只不过是一束写着字的纸片，怕够不上图文书的资格，不敢滥竽充数，因此一直没有应声。图文书是开国以来出版物的弱项，现在曙光初现，一扫过去寂寞空疏的局面，正是值得举双手欢迎的大好事，但图文书这玩意儿实在并非可以轻易着手的事物。前些时我印过一本《黄裳序跋》，编者自行删去了几篇较长的考订文字，腾出篇幅填上大量图片，相关和不相干的，打扮得花枝招展，就像大观园中的刘姥姥，经鸳鸯、凤姐打扮，插了满头花朵一样。刘姥姥心里明白这是捉弄她，但只能强颜欢笑地凑趣，共同演出这场闹剧，其处境、心情是可以理解、并予同情的。我不是刘姥姥，只得坦率地说出我被打扮后的不舒服来。这是我与图文书的第一场失败了的遭遇战。

说起图文书，在我国的出版史上并不是什么新鲜事。“左图右史”的老话不必说了，以通俗文学而论，从元代开始就有了上图下文的通俗读物，到了明的中晚期，大量附有精美插图的小说、戏曲出现了，俨然成为一座高峰。施用之广也绝不限于俗文学，举凡医卜星相、山川地志、祠庙纪功、诗词画谱，无不以木刻插图为必要的附着物。施用之广，制作之精，可叹观止。一部《西厢记》，竟出现了几十种刻本。各附有精心结撰、美妙无方的插绘，争奇斗艳，蔚为大观。这同时也说明了受到读众热烈欢迎的程度。刊于杭州的《水浒传》《金瓶梅》，都附有百幅左右的插图，在全世界的出版物中也是罕见的制作。在奉为古典小说“四大名著”中，只有晚出的《红楼梦》运气最差，乾隆中出现的程高本，也有插图，但却是拙劣不堪的木刻画，对这部名著实在是一种侮辱。直至光绪中才刻出了改琦的《红楼梦图咏》四册，多少弥补了些许遗憾。直至今日，大小出版社无不奉曹雪芹为衣食父母，《红楼梦》的异本选出不穷。挖空心思，梳妆打扮，就能弄出一种新本，销量一直不衰，新本也就源源不断。同时为《红楼梦》作图的“名手”也随之出现，可惜无论如何变换花样，还是逃不出改七芗的旧套，一人一图，宝钗一直在扑蝶，晴雯总是补裘，无一人别出心裁，取书中无数精妙场面，作全景式的描画。理想的图文本《红楼梦》也一直陷入可望而不可即的状态，真是无可奈何。其实曹雪芹的文章俱在，读者读的是曹公的文字，而不是五花八门的插图或汇评……插图是重要的，但只能是文本的附着物，这是值得重视的第一点。

（二）

“五四”以还，作家自编文集有一种约定俗成的做法，那就是将一个时期或一年、数年所作的文字，统统收拢在一起成集。二周如此，郁达夫、朱自清、叶圣陶、俞平伯等也无不如此。凡一个时期所作所译，一览无余。看起来似乎庞杂无绪，但像古人的编年集似的，好处是说不尽的。叶、俞的《我们的六月》《我们的七月》《霜枫》等不必说了，鲁迅、周作人、郁达夫等的别集则不仅收创作，连译文、日记、序、跋、演讲、考证、诗词、通信，文白不论，无所不收。俞平伯的两本散文就干脆以“杂拌儿”命名，鲁迅的文集甚至连北洋政府秘件的通缉名单也以“大衍发微”为题发表了。难怪吧儿们也说鲁迅杂文集的一条长长的尾巴最好看，指的就是篇末的“后记”。当然，在这些杂七杂八中，杂文是占着重要位置的。这种编法的好处是，读者可以从中了解作者所处的时代，当时的处境、心情，从而能更深刻清晰地了解作者及其作品，可惜这样编文集的风气已经逐渐沦没，极少见到了。

旧本《珠》为什么要将《张奚若与邓叔存》列为首篇？除了它涉及了收集名家墨迹，可以看出全书主体产生的因由以外，主要还是为纪念亡友静远。特别是写到静远替我取得胡适题字的一节。从中可以看出北大传统的风习在当时依然存在，学生可以径自跑进校长办公室和校长辩论，并请求题字。胡适的气度作风，我用了拳师对阵的譬喻，想想还不如说是禅师的机锋来得恰切，这就是胡适使用的带有他个人风格的战法。

旧本《珠》有一篇杂文《必胜》（今本已删），是为获得五连冠的女排姑娘们喝彩的。文章平平常常，与全书主体也没有关涉。可是想想，文章写于一九八三年七月，那正是三中全会开过，拨乱反正之后，全国人民意气风发，在改革开放的道路上大踏步前进之时，那么杂文所传达的信息就不仅是对女排的喝彩，也是为胜利喝彩，为人民鼓劲。也许这里说得过于夸大了，但全书有此一篇，时代气息就显然可见了。这就是“杂编法”的好处。

一九八三年秋赴京之前，去看巴老。他嘱咐我一定要抽空到现代文学馆去看看，回沪后把见闻告诉他。那时是文学馆的草创初期，暂时借住在万寿寺。我设法借了一部车子去了一趟，见闻就写在《东单日记续篇》里。设备简陋，困难重重，那真是“筚路蓝缕，以启山林”，工作之艰辛，看了使人感动。今天的文学馆之宏丽堂皇，已成京师一处名胜，可是谁能想到草创时期是那般窘迫。作为馆史之一章，“日记”是多少留下了些微时代痕迹的。

在设计全书篇目时，曾经听到过一种意见，删去所有“多余”的篇目，保留主体“珠还”部分，只留下两篇《东单日记》作为尾声。初见此设计时不免吃惊，继而失笑，不知道这算怎样的编书体例。真不愧为大手笔，“芟尽枝叶，仅留本根”。不禁想起《牡丹亭》中杜丽娘小姐说的，“似这般都付与断井颓垣”，好不凄伤人也。芟尽枝叶，只剩一株光杆牡丹，有何意趣。大约这就是极端“图文主义”的特色吧。

又有过一种意见，全部以图文部分为主，所有“无关”的文字都放在后面，有如“附录”。意在突出主干，避免“闲文”的“干扰”。

且试以《红楼梦》中曹雪芹写贾政带领宝玉与众清客验收大观园一回为例，稍做比较研究。开了正门以后，“只见迎面一带翠嶂挡在前面”，看来这就不合“图文说”的要求开门见山的主张，“园中所有之景悉入目中”才是。贾政的意见则是，翠嶂的作用正在这里，亏它挡在前面，否则一眼看遍全园景色，“则有何趣！”贾政虽然古板迂腐，不能不承认他的这番意见还是有道理的。

再说大观园的主要景点（或卖点），自然是被刘姥姥误认为“大雄宝殿”的“省亲别墅”，这是园中的主建筑，也是验收的重点，偏偏贾政没有仔细检查，只说了一句“这是正殿了，只是太富丽了些”便罢，戛然而止了。相反，对潇湘馆、蘅芜院、怡红院等处却细细观赏，评说甚详。后来写到元春临幸时，才不能不稍加点染，但使用的只是通常写景的套话，绝无情景交融的感情因素。曹雪芹没有兴趣向读者着力介绍重要景点（卖点），在安排、取舍、轻重上，他是采取了明显差别态度的。与今天编者的眼光确是大异其趣。

（三）

大约是一九四七年前后，我在巴金家里看见他所藏的鲁迅先生《立此存照》的手稿，是当年在《中流》上发表后保存下来的，十分歆羡。同时也解开了许久以来心中的谜团。先生的文字中每每有“剪而贴之”字样出现，一直不明白这是怎么一回事，现在看到手稿，才明白是用剪刀细心地从报纸上剪下，贴在手稿文字中间。这样做想来有两种好处。不必重抄那些“大文”，也可避免抄写错误。从手稿的仔细剪贴，精心勾画，可以想象先生夜深灯下工作的情景，即使是一篇短文，也绝不草率从事。想想那正是先生大病之后、逝世不久之前的笔墨，就更感到心情沉重了。巴金藏有两篇，慷慨地分了一篇给我。

鲁迅先生十分喜爱凯绥·珂勒惠支的版画，自费印行了她的选集，委托文化生活出版社经理印刷事务。先生亲自设计封面、版式，并手书书前题字，雄劲朴茂，宛如古刻。我是在文生社的积稿中发现的，讨了回来。从此我就收藏着两幅鲁迅先生的手迹，珍惜不敢付裱。回想我收集作家手迹的计划，应该是从此时植根的。这两幅手迹后来都捐给上海鲁迅纪念馆了，其实《珠还记幸》应该由它们领头开卷才对。

主意既定，就开始动手。我买了几盒荣宝斋的诗笺，放在吴晗那里，由他和静远找人写字。吴晗的客人多，抓住机会就要他们写，有时还是“强迫”的，如费孝通、张东荪的字就是这样得来的。吴晗信中说：“光旦字是当面押着写的。此公懒极，非如此不可。孝通下次来，当以对光旦之道待之。”可见他当日请人写字的情形。只有朱自清是我指名要求必得的。吴晗来信中曾说：“佩弦字今晨送来，附上。容元胎的当函促。”不料一年后，一九四八年八月十二日接到吴晗的短信，只寥寥数语：“朱佩弦今午逝世，心境极不快，不多谈。”这就是当年我搜集作家手迹的实况。

浦江清的字，是托施蛰存为我要来的。在南京中央大学教书的章丹枫老师为我约来了贺昌群的字。这样的“代理人”真有不少。

我的努力有两次是失败了。吴晗送了纸去，但张奚若不肯写，还写了一封工整的信来道歉。不过后来还是写了一张。在上海，我托了靳以，他有一封信给我：“前托之件，现始办妥。萧乾不写字，此外均办到。又随涂一张，仍不佳。弃之可也。”其实靳以的字是写得不错的。汝龙译的《契诃夫小说集》，好几十本，封面都是他的手笔。他还替我向张充和求字，三十年后才写了寄来，这事说起来又有许多感慨。见《珠》中《宿诺》篇。

梁漱溟的字是我写信到重庆讨来的。记得他还用了一块闲章，“远离·颠倒·梦想”，至今还记得清清楚楚。

更值得慨叹的是，我贸然写信给在台湾教书的许寿裳和乔大壮。他们都是鲁迅的旧友。我请许写鲁迅诗，请乔写他曾为鲁迅写过的楹帖，集《离骚》句的“望崦嵫而勿迫，恐鹈鴂之先鸣”。自以为这想法很不错。两位老人不以后生的唐突为忤，不久都寄了字来。不曾料想，没有好久就听到许寿裳被反动派杀害的噩耗，字幅就成为遗墨。许案发生后，大壮先生就拒不进食，只是喝酒，不久回国，不忘宿约，把那两句集楚辞联写成条幅寄来，字写得丰腴萧飒，题款是“丁亥始秋大壮书于白下波外楼中”，还钤了几方印，毫无异状。不料此老也于一九四八年秋在潇潇暮雨中自沉于苏州梅村桥下，于是他的手迹也成了遗墨。

一次，在巴金家里遇见胡风。据过去读他的作品印象，应该是一位严肃得不苟言笑的评论家，而且“左”得可怕。想请他写字却不敢出口，怕这种“风雅行径”会遭到一通斥责。不料预想完全不对。他笑嘻嘻地接过了笺纸，没有多久就写好寄来了。这是我和他仅有的一面之缘。

周作人的钢笔手书诗稿，是我在南京老虎桥亲自看他写下的。后出多种知堂诗集皆未收入。俞平伯见之，曾评论曰：“周出近题画诗示客，已颇觉奇。句云‘恰似乌台诗狱里，东坡风貌不寻常’，竟自比东坡，可谓奇中之奇，读之令人寡欢。”（《暮年上娱》第五二六页）

报馆封门后，在版面上制版发表的机会失掉了。手边的字幅却有了一大堆。闲时整理，在旧日记里有过记录。查一九四七年十二月七日日记有云：“至今日止，所收字共八十幅，书者五十六人。因有人写的不只一幅也。”解放初批《红楼梦研究》、批胡适时，我还沉得住气，没有想到捡出俞、胡的书件销毁，心想来日方长，批判未已，如一一抽毁，势必抽光毁尽而后已。这样一直挨到“文革”，挺不下去了，终于将胡适写的那张字捡出烧掉了。最后是抄家，全部抄去，一张都不剩。

一九八二年春，这些纸片又奇迹似的回到我的手中，零零落落，只剩下四分之一光景，用来夹存这些纸片的一大册《古逸丛书》本《梅花喜神谱》也不见了，我不知道它们在流浪中的命运，也猜不出它们经过怎样的甄别而终于放还。无论如何，总还是高兴的。于是就发兴整理，写题记，陆续发表，就是收进《珠》中的二十七篇。《珠》出版后，又续作了几篇，发表在《良友》画报上，后收入《春夜随笔》，现在连同别的几篇一起辑入新本《珠》中。

一九九八年家人重病，我素无积蓄，一时慌急无计，只好斥卖书物，急迫中就手边所存斥去，不遑细阅。身边长物，一时俱尽。幸而这一束纸片，因与《文集》底稿，一起置于乱书堆下，因得留存。记得曾与病中的妻说及，彼此欣喜，以为大幸。回思往事，怆痛何亟。

六年后张充和写赠的《归去来辞》卷忽在拍卖场上出现，为友人董桥所得，重加精裱，以之见还，这又一次的“珠还”，真使我惭感交并，不敢言谢，记此以识不忘。

二十年前写《珠》书小引时，我曾说过“作者中已成‘古人’的，亦已居泰半”的话，今天这句旧话已不再适用。算来只有年逾百岁的巴金老人与杨绛、张充和两位老太太依然健在，也都年过九旬了。想想这些前辈师友不嫌一个年轻人的唐突、冒昧，热情为我写字的情谊，还有那些帮助我搜求书迹死去的朋友，真想将这本劫余的小书尽可能印得精致些，用以纪念这番难忘的因缘。这就是我微薄但却真挚的愿望了。

二〇〇五年六月二十二日

我的集外文

一九九八年《黄裳文集》出版后，我就想收集历年所作未曾收拾的集外文。荏苒数年，赖热心的朋友相助，才粗具规模，虽遗漏必多，但到底也有了一大堆，连自己看了也不禁吃惊。当然，少时所作，不免草率幼稚，还夹杂了某些失误，但我不想修正、扬弃，一概保存原貌，因为这毕竟是我过去真实心影所寄。对旧作，我是愧则有之，却并不悔。笔墨一经付之刊印，即成公器，是洗刷不尽、躲闪不来的。同时，在编纂之余，也时时引起一些回忆与感慨，也想随宜作些记录，以便读者，并为自己留个纪念。

一

我是从小就喜欢弄笔的，更有强烈的发表欲。在天津南开中学读书时即已如此了。手头还保留了几册三十年代出版的《南开初中》和《南开高中》，其中就有我的投稿。据为南开百年纪念所刊发的几种纪念集所收或未收，知道我的投稿竟有五六篇之多。有书评，有游记，有译文，我介绍了俞平伯校刊的张岱《陶庵梦忆》，郑振铎的《痀偻集》，游记有

《忆娘子关》，论文有《五代的词》，还有一篇译文《〈诗经〉中关于“日蚀”的诗》，是 Arther Waley 的原著。这些文字都作于一九三四至一九三六年间。从中可以看出我的喜好和受到老师孟志孙先生的影响，竟萌发了研究“国故”的野心。这里只收了一篇《旅绥杂忆》，此文如与四五十年后所作的纪游文字对读，不难发现其间的香火因缘，自然，幼稚是幼稚得很的。

南开中学被日寇炸毁以后，我逃来上海，继续在上海中学就读，后来又考入交通大学的电机系。但积习难改，仍不时作些短文，向报刊投稿。因而认识了《文汇报》副刊《世纪风》的编者柯灵，随后又成为熟识的朋友。我前后向他所编的报刊，从《世纪风》起，到《大美报》的《早茶》《浅草》，《正言报》的《草原》，直至《万象》月刊，战后的《周报》和《中央日报》的副刊《文综》投稿，前后也有七八年光景。可以说是无役不与。在某一意义上也许可以说他是引我走上文坛之一人。在我写于一九四三年冬的《白门秋柳》里有一节话：

> 又想起了朋友 K 在一张报道商情的报纸上编着的一个副刊，那正是“一二·八”以后，上海几乎是万籁无声的了，那一张小报上却还经常的有短短的杂文在发表。有一次在记载电影女明星“晋京觐见”的消息之后，附了一句“不禁有‘烟笼寒水月笼沙’之感”，被嗅觉灵敏的吧儿闻到，K 就被挤下来的事。

文中所说的K就是柯灵，他本姓高，那张小报是《商情午报》。柯灵曾请我承包了一整版副刊，设有六七个栏目，用不同的笔名，还手写了如《菰蒲丛话》之类的刊头，制成锌板。前后不过一月，得稿费一百元（当时投稿的报酬每篇不过三五元）。从旧日记里查到，我写的文字有《谈赛金花》，时为一九四二年五月四日。所用笔名有“虞荔”等。这张小报各大图书馆都不藏，当然辑佚的工作也只好断念了。

我最早给《世纪风》的投稿是《玲玲》，署名宛宛。刊出于一九三八年八月四日。这是一篇“掌篇小说”，也就是今天的“微型小说”。《玲玲》完全是一篇“拟作”，范本是林徽因所选《大公报》短篇小说选中杨季康（绛）所写的《路路》。我读了以后佩服得了不得，就想照猫画虎地来一下。题目、结构、气氛都相似，只是换了新的故事而已。其余的几篇有的有事实依据，有的则出于空想。几篇散文多半是对北国风光的怀念或现实社会相的速写，总之都是些徒具形式而缺少文学品格的东西。写得倒是不少，但不是为了稿费，只是满足发表欲而已。

这时因投稿而相识的有《鲁迅风》和《萧萧》的编者文载道（金性尧）和《宇宙风乙刊》的编者周黎庵，就是写过抗日杂文的吉力。我为后者写了一篇《读书日记》，署名赵令仪。文章是模仿鲁迅先生的《马上日记》的，连笔名也是先生用过的笔名。当然又是“画虎不成”。但因此却与黎庵相熟了。《蠹鱼篇》本是给《乙刊》的投稿，不料未及发表，杂志就停刊了，向黎庵索回原稿，却回说找不到了。但事实当然并非如此。

当时是珍珠港事变之后，日寇及伪方势力已侵入租界。学校从借用的震旦大学搬到中华学艺社，教室宿舍局促在一起，又屡屡停课，开学无时。政治压迫不断袭来，交大随时有改换招牌之虞。这时我已不大听课，只是舍不得震旦出色的图书馆，经常在那里读书，借阅了差不多全部《四部丛刊》的《续编》和《三编》，并作了大量的读书笔记，记得曾抄下王国维的《清真先生遗事》等。我对旧书的兴趣是此时养成的。那时过从颇密的有南开中学老师李林先生（巴金的哥哥），经常到霞飞路五十九号他家去玩，一起遛书摊，听工部局乐队的演奏。此外，就是和南开旧友黄宗江等混在一起，经常出入于宗江兄妹所居和平村一号的一角小楼和兰心剧院的绿屋（Green Room）之间，熟人有李德伦、丁力（石增祚）亦即“荤斋”等，过着龚定庵所说“醉梦时多、醒时少”的日子。大家都觉得上海住不下去了，我是想到重庆交大去续学，宗江则希望到重庆去演戏。当时商定一行四众间关入蜀，我与宗江外还有南开同班周杲良和宋希（宋奇，亦即宋淇、Stephen C. Soong、林以亮之弟）。办法是委托“广大华行”（地下党组织）经办，要点是得交一笔旅费。杲良是叔弢先生的儿子，他要到成都的“燕大”去续读；宋希是宋春舫的儿子、宋奇之弟，都不成问题；宗江也获得了地下党的资助。只有我得自行筹措，其时父亲新逝，家境困难，当然就成了一个难题。这当儿周黎庵出现了，说是正在筹办一种刊物，已经“迷失”了的《蠹鱼篇》又找到了，打算就编入创刊号。还广泛征稿，稿费从优，并极力要我多写。在那种环境下要办一种刊物，其背景不问可知。忽然抖了起来的黎庵，意气风发，一反过去的落魄颓唐。他当然不肯说出其中奥秘，但我明白，这样的朋友是惹不起的，但又躲不开。这时，我曾写过电影剧本，托柯灵卖给他工作所在的金星电影公司；写过小说，也托他向平襟亚兜售。柯灵是我熟识于文化圈唯一可信托的朋友，但都不成。实在走投无路了，这时周黎庵正逼稿甚紧，当时年少气盛，不免有点狂，气闷之余，就想如能从敌人手中取得逃亡的经费，该是多么惊险而好玩的事。于是下了卖稿的决心。

我和宗江是在“一二·八”周年的日子离沪的。路上走了一个多月，一九四三年初到达重庆。不久得到柯灵从上海的来信，告诉我周黎庵在《古今》周年纪念号上发表了《一年来的编辑杂记》，是一篇“妙文”，其中有大段文字提到了我，但内容却不便详说。还是战后返沪才设法找来一读，现将有关章节引用如下：

在这里，我要补充一下《古今》初期那位帮忙最多的作家了。

这位作家是一个名不见于经传的脚色，我无须在这里提出他的尊姓大名，所谈的只是他的文字和他与《古今》的关系罢了。他的年龄很轻，到今天总还不满二十五吧，而且更出奇的，还是一位最著名大学中电机工程科学生，然而读书之多，文字之好，不独我自愧不如，即在今日上海文坛中，不论成名与未成名的，也很难和他颉颃。然而能够赏识他的人，却实在不多，我在《宇宙风》编辑时代，他已经用各种笔名写文章了。《古今》决定要办，我想只有他最有用处，经过几度的接洽，他便答应写了。但是条件却非常的多，稿费之类，总是斤斤较量，一些不留余地。我极力忍耐，请他帮忙。所以因为交稿付款的关系，我们常常见面，但是我们始终不成为朋友。他的行踪，似乎有些秘诡。而且我看得出，他并不十分看得起我，他替我写文，只是卖文而已，绝对没有因此而成为朋友的意思。然而我还是看重他的文章，不独私衷钦佩，而且还到处为他延誉。我自认自己是有些傲骨的，平时为人少许可，独有对于他的文章，却五体投地的自叹不如。因为多产的缘故，他有时也不免抄旧书，但也不着痕迹，其聪敏和才华，真是难得得很的。

他似乎很厌弃上海，常常说要走，但又常常不走，结果是一声不响的一走了之。好久之后，一位朋友去向他讨所借的书籍，已是人去楼空了。我觉得很寂寞，像这样奇特的朋友，在我是不曾有过的，我想起他的时候，真觉得有些茫然，好像庐山一样，我始终不曾知道他的真相。

在最近，他才从途过徐州时，给我一张名片，寥寥几个字，又不着地址，使我无从回信，但因此，方使我知道他已北上了。

他在《古今》所写文字的笔名很多，如南冠、楮冠、鲁昔达、何戡、吴咏、韦禽之类，都是他的，《古今》虽时有名角登场，但要说谁是主要的班底，使《古今》造成今日的风格，不用说，便是用这许多笔名的他了。

当此执笔写周年纪念号文字之际，南北作家，珠玉纷投，独独少了这位草创的功臣，在我心愿，实在有些异样的不妥，他虽在《古今》尚有数篇存稿，但用完就没有了。他在过南京时，据名片说，有一篇《白门秋柳图记》寄给《古今》，却不见收到，恐怕已遗失了吧。倘使他在北国有机会看到了我这篇文字，他一定不吝再行赐文，我在这里企予望之。

黎庵在这里所说，大体上还是平实的，是对彼此交往的真实感受。只是他看到我途过徐州，就猜我已北上，却猜错了。在《古今》上发表的那些文章，都是在短时期中赶出来的。初不及料，竟开了一种风气。在沦陷区，能有这样一份专谈旧人往事、掌故佚闻的刊物也不坏，等到抬出了伪府渠魁，杂志因之而更加红火，图穷而匕首见，狐狸尾巴终于露了出来，我最初的怀疑也得到了确证，原来这一切都是题中应有之义。

与黎庵数十年不相见，直至八十年代后期，才有机会在宴会上相遇，这时他已恢复了旧名周劭，彼此已没有什么话可说了。没有好久他就逝去，这一段奇异的有如捉迷藏似的遇合也就此结束了。

二

在《古今》上发表的那些文章，几乎都取材于我的读书笔记。当时在我家附近，徐家汇的一条小街上有一家旧纸铺。我从那里买得了许多新文学出版物和杂七杂八的报刊。从《东方杂志》《国闻周报》《小说月报》（沈雁冰编）到《文学》《作家》《中流》……还有《大公报》文艺副刊的合订本，北平图书馆和山东图书馆的馆刊种种奇奇怪怪的刊物，都是写有关《四库》等文的取材所自。写朱彝尊少年恋情的一篇，根据的是《马阁老洗冤录》的作者姚大荣的论文，不记得是否出于《东方杂志》，原藏久已失去，因而校读旧文时发生很大困难，终不敢保证引文有无错误。《谈李慈铭》是读了《越缦堂日记》（前期部分）的札记。谈清末政局和历史人物诸篇则是仿徐凌霄兄弟随笔之作，草草不足观，目的只在骗稿费而已。

当时曾与宗江合作，写了一本《南国梦》，是量体裁衣专为演员而作的话剧本。准备工作做了不少，读了大量野史，特别重视有关南唐李氏小朝廷的故事。剧本写成放在和平村楼上的妆台上，未及演出便失落了。但素材仍在，就用此写下了《龙堆杂拾》和《再拾》，着重写了历代王朝的亡国惨痛，说是借古讽今，也没有什么不可以。

关于周作人我在《古今》上竟留下了三篇文字。当时周作人刚刚落水，成为轰传一时的新闻人物，当然也是我们的关注所在，特别是几位从北平来沪的燕京学生，在 DD'S 咖啡馆中闲聊时也多以此为话题。我们对周还抱着“卿本佳人”的惋惜之感，特别留意他出版的几本新书。看见他怀念陆放翁的打油诗，对炒栗子故事的再三提起，觉得他很有点像吴梅村，却远不及梅村反省得爽直痛快，正如他自己所说，好像有虫在心里蛀似的。一九四一年出版的《药堂语录》中有一则《许敬宗语》，转述一件故事：“唐太宗征辽，作飞梯临其城，有应募为梯首。城中矢石如雨，而竟无为先登。英公指谓中书舍人许敬宗曰：‘此人岂不大健。’敬宗曰：‘健要是不解思量。’太宗闻而欲罪之。”知堂下断语说：“贤哲设教，唯恐人之不解思量，英雄则恐人解思量，盖如此便不易得健者供驱使，俗所谓愚民政策无他，实只是使人毋思量而已。”当时我读了吃惊，觉得知堂白天开门“从政”，夜间闭户读书，竟是两个境界。读书时头脑何其清醒，仍旧保持骂韩文公、坚持独立思考的立场，与白天的所作所为全然异趣，为不可解。一九四六年在南京老虎桥，我又问过他这个问题，他竟若无其事地淡淡答道：“白天那只是演戏。”这是对“双重人格”明白的自供。又过了若干年，重读此书，乃更大惊，林彪所号召的“理解的执行，不理解的也要执行，在执行中加深理解”，不正是知堂指出的“英雄见解”么？

综上所述，周作人是个具有双重人格的人，是不是可以说即是地道的“两面派”呢？读其书与观其人是不可混为一谈的两码事。就看他毕生终未就落水一事有过真诚的忏悔可知。

鲁迅一生反对思想统制，直至晚年还与周扬等“奴隶总管”做殊死的斗争，以维护独立的思想。而周作人则被一九二七年的血腥屠杀所吓退，在《永日集》里宣布“闭户读书”，但独立思考的宿志依然存在，提出过中国传统文化中不灭的思想上的“三灯”。后来即使被与林语堂捆在一起，成为倡导晚明小品的祖师，也还说出过不同的意见。一般读者不大注意的一次思想上的交锋，是在钱锺书批评《中国新文学的源流》时，说在历举晚明作家作品时，不该漏掉了张大复的《梅花草堂笔谈》。周作人作出了回应，认为不应将大米白面与“不知何瓜之子”的苏式零食混同看待，不失为清醒的见解，可见其对晚明小品的真知。此后即埋头于苦雨斋中发议论，直至落水以后还不改旧习，时有良知发现，写出《许敬宗语》那样的笔记。活得艰难而辛苦，真是一种悲剧。

一个是不识“大体”，被捉将官里去，坐在牢房里还是写；一个则将剑戟森严、腥臭逼人的虎狼窟穴看作安乐窝，一头扎进去，偷偷地在写。二周所走的不同道路大抵如此。

近来有研究者说，有一种异于“鲁迅传统”“胡适传统”的所谓“周作人传统”存在。还开出一张文化人的大名单，说这批人都是浩浩荡荡地默默地沿着周作人的思路前进，看情形未免有点滑稽。名单包括老中青三辈人，其中有钱锺书与孙犁在，因为钱有《管锥编》，孙有《书衣文录》，周有《知堂书话》，就觉得他们是走着同一条道路了。绝不顾及他们读的书是否相同，他们的研究方法，着眼所在是否一致，他们的文风有无差别。像这样匆遽地来作比较文学研究，可能有些欠思量吧。

此外，关于周作人的博览，似乎论者一致佩服得五体投地，绝无异辞。这一节似乎也应有一种清醒的认识。中国古文献的浩瀚，恐怕没有谁敢说是真正的“博览”，不过比较而言，知堂读书的方面较宽、见书较多而已。从知堂的自叙和书话可以看出，他晚年着重阅读的以清人笔记为多，且多为冷僻的著作。非但所见不能说广，而且如他自己所说，往往“看来看去只看了个该死”！披沙拣金，推荐过他所满意的佳作也实在无几。不但读得辛苦，收获也并不多。有人曾听知堂亲口说过，“这方面的著作（指中国笔记类），他几乎都看过”，这显然是夸大之词。有一部《拜环堂文集》，知堂得到一册残本，很是珍重，摘抄介绍了许多。此书的崇祯刻全书，我就买到过。此类明清易代著作，不知凡几，他见过的寥寥数种而已。凡此，都可以帮助我们破知堂不可及的“博览”之惑。其实，无论怎样有高明的大师宿儒，其学养都有其局限，切不可持盲目崇拜的态度。

三

一九四二年入蜀以后，写作不多。有几封通信，发表在上海的《万象》上，都已收入《锦帆集》和《集外》。在重庆，可投稿的地方好像只有《新民报》，也发生过投稿关系，记得编者是姚苏凤。文字不多，也无从搜集。此时曾写过几篇《芭蕉院随笔》，那是一九四三年的暑假，我从九龙坡的学校来到小龙坎的无线电器材厂，半工半读，工作是制图。

借住在一处种有芭蕉的小小院落，记得曾碰上日寇的空袭，炸弹就落在近在咫尺的嘉陵江里。在轰炸声中写文章，自是别有一番情趣。

接下去就是“征调”、从军、做“翻译官”。在北碚住过一阵子，听过复旦教员林秀清的课，萧珊和林是同学，因而打趣过我是她的“晚辈”。这当儿坐茶馆之余，曾写过几篇《夏坝随笔》，无从搜寻，只落得个“有目无书”。

后来到了昆明，先分配在“炮校”工作。住在铅皮屋顶的房子里，寂寞得很。托在联大的同学在图书馆借得一函《越缦堂日记补》，闲时坐在茶馆里看书。一落座就惊起桌面上的蝇群轰然飞起的印象依然在目。书还没有读完就接到去桂林的命令，一大函书只好托人送还联大图书馆。

在桂林时，有过写取名为《凤》的剧本的意图，没有来得及下笔，就又上了全县，这还算不得前线，但已没有执笔的兴致与余闲了。紧接着是“湘桂大撤退”，又回到桂林、昆明，转赴印度的兰伽，住了八个月，只写了一篇《关于翻译官》，寄给《大公报》，不用。只好放在箱子里，后来发表于《周报》，作了《关于美国兵》的后记。

回国后又分派到贵阳，原子弹落下、日寇投降的大喜讯是在贵阳的帐篷中听到的。然后是解散、复员。在重庆九龙坡的交大宿舍里又住了许久，欲归不得。此际《周报》创刊，柯灵来约稿，就开始写《关于美国兵》的连载。文章多半是在茶馆的烛光下写成的。至今我对四川的茶馆依旧怀着美好的感情。文章写得很快活，人物、故事、感慨……像开了龙头的自来水，不停地从笔端奔出，着实使我感到了写作的快乐。

不久，由柯灵介绍，我进了《文汇报》，成为一名记者。参加了政协会议、整军方案的签字仪式……最后回到上海，转赴南京，依旧是一名记者。晚上用长途电话向上海报头版新闻，白天则是跑新闻。新闻而需跑，这个字眼真是下得好，真切而生动。于是我就拿了一张地图，在南京城里走来走去了。除了必要的新闻点外，又访问了许多名胜遗迹。这也怪不得我，南京真的像是个古董铺子，无论走到哪里，总会碰上古老的、有趣的、引起遐想的去处，引起无端的感触。于是我这个记者，就又变成徐霞客那样的人物了。

不久，我又被调回上海，来编一个叫做“文教版”的版面。这时发生了一件小事。有一篇《李广田访问记》，是投稿。当时还没有请被访问者审稿的习惯，就这样发表出来了。《访问记》中涉及了抗战中戏剧运动的问题，也涉及了吴祖光的作品《风雪夜归人》。其时在《新民晚报》编副刊的正是祖光，晚报发表了对这篇《访问记》的批评，作为编者，不甘缄默，于是就写了反批评，就是那篇《关于抗战期间的戏剧作品的思想问题》。理由虽然简单，说出来时却是理直气壮的。早从鲁迅先生的文章里，知道梁实秋是什么人，而他偏又在重庆发表过《与抗战无关》的“高论”，已经为罗荪等人加以批判了。《风雪夜归人》说的是与抗战无关的故事，当然不应得到崇高的评价。何况抗议之声又出于作者所编的副刊上，更是不该了。此文未发之前，柯灵曾来劝阻，但年少气盛的我，哪里听得进。回想因此一纠纷而引起两张站在同样进步立场并肩战斗的报纸的笔战，确是一件不该发生的事。一九五四年我偕内人入京，于栖凤楼晤见祖光、凤霞夫妇，回首前尘，相逢一笑。这件公案就算过去了。

柯灵为此事大不高兴，以副总编辑身份，将我调离“文教版”的编务，转而去编新设的娱乐版《浮世绘》（这个刊名也是我建议取用的）。正是塞翁失马，在这块新园地里我写了两个连载。

副刊初创，稿件奇缺，只有自己动手。我毛遂自荐，写了《旧戏新谈》和《金陵杂记》两个专栏。《新谈》结集后交开明书店印行，印了两版，建国后又印了三次；《杂记》建国后印了两次，步入“读图时代”后又被梳妆打扮印行过三四次。感谢读者，五十年后还没有忘记这两本小书。

我的另一本书《关于美国兵》是由柯灵交给上海出版公司印行的。耽搁了许久，出版时时势大变，因而引来了《时代日报》的批判，作者何其（听说是适夷）责问出版者为什么在此时此地出版这样一本书。李平心读了要为我打抱不平，后来还是我自己写了反批评文章，就是《多余的辩解》。文章写得剑拔弩张，充分表现了年轻人按捺不下的火气、一碰就跳的特点。至于论点，到今天也依然没有什么变化。有趣的是，何其说问题在于“此时此地”出版，却不说连载当时读者的反应。还说有光荣奋斗历史的《周报》社不该印行此书。这就不能不联想到柯灵在八十年代发表的一篇记《周报》的长文，其中只字不提《关于美国兵》，连在《周报》

上发表过许多文字作者的我的姓名也不见，大约是怕因此而玷污了《周报》的光荣历史吧。

还有一件有趣的事，最近我发表了几篇《拟书话》，本以为是新想出来的题目，查旧报，在一九四七年同样的题目已在《文汇报》上出现了。那时唐弢也在《文汇报》，在“文化街”上开始写“书话”，因故告假缺席，我就出来代作几日。原来这个“新鲜”的题目，已经有了近六十年的历史了。

《文汇报》被扼杀以后，我在《时与文》等几家刊物写了些文史随笔，在《时代日报》上写了不少篇杂文，因为用了不同的笔名，查不出了。《失题》等三篇是编《锦帆集外》删余的残稿。

全国解放，我又回到《文汇报》，与唐弢同写短评，唐写有关社会问题的评论，我则写文艺方面的短评。又同编副刊《锣鼓》，唐不大到报社来，只是“遥领”，我则负责发稿。

一九五〇年四月四日，我在副刊上发表了一篇《杂文复兴》，不想引起了一场不大不小的风波。当时夏衍是掌管上海意识形态的长官，他又是老报人，看到这篇不合时宜的杂文，以为可能引起祸端，立即打电话给唐弢，转告我设法弥补。我遵命又写了一篇《再论生产救灾》，赶忙发表。不料为时已晚，补救无效，各种棍子已打上门来，围剿一阵之后，由雪峰写了结论性的批判文章，并在电台上向全国广播。终于在共和国建国之初，宣布了鲁迅风杂文的死刑。雪峰当时一面起劲地写《鲁迅回忆录》，一面又回过头来向鲁迅背上捅了一刀。此中玄机，我至今还参详不透。那阵势，颇有点像随后而起的《武训传》《红楼梦》批判的雏形。幸而没有引起高端的注意，嚷嚷一阵也就过去了。正如“风乍起，吹皱一池春水”。当然，批判似乎也没有什么长久的效果。如果一批就倒，那还是鲁迅的杂文么？

一场风波过后，我还是随时写些短文，发表在《新民报》《文汇报》《亦报》……上，用了些不同的笔名，搜寻时十分困难。这前后，曾随报社老板严宝礼去过香港，又从海路归来，到了北京，欢欣鼓舞地领略了蓬蓬勃勃的开国气象，留下了几篇速写。这当儿我正醉心于古书，对晚明版画尤感兴趣，写了一组《插图的故事》，于一九五七年顷编成一册小书，交给出版社，即将付排，不料风暴骤起，书稿退还，至今仍沉睡在敝箧之中，这里只收了发表在报刊上的几篇而已。

一九五六年《文汇报》复刊，归队的我奉命去西南旅行采访，写了些通讯。带了一束宣传部门的介绍信和巴金给我的写给沙汀等的信件上路，历时三月，只写成一组《入蜀记》，这里收存了除已收集的《浣花草堂》《新婚夫妇》以外的篇章，这是一次“壮游”，重返旧游之地的昆明，更远适滇西，历经大理、喜洲、玉龙雪山诸境，直至中缅边界，看遍了点苍山的“风花雪月”和云南少数民族的风俗、服饰，本想续写纪游的篇章，可是没有机会从容着笔，立即碰上了难忘的一九五七年的春天，是风涛激荡的另一番景象了。

一九五七年的《文汇报》故事，不可能在这里细说，只好借一组佚文略窥梗概。那是新时期以后的事了，组织上发还了一大批我写的检查、交代、认罪书……中间夹入了一册报社编印的供批判用的我写于一九五七年春的文字，据说徐铸成也有同样的一本，但未见。其中所收多半是我用笔名发表在《新民晚报》上的《无所不谈集》的短文，却未收《吴梅村佚诗》《也是园杂剧》两文，可见在主编者看来，这些还够不上“毒草”的规格，这是与“文革”时尺度不同之处。真应该谢谢小册子的编者，他为我省掉许多功夫，尤其是那些未见天日的短文，没有这本小书，恐怕免不了湮没的命运。转载时保留原状，以存一时文献，还破了不收新闻报道之例，将《解冻》也一并收入。因为这是批判的重点。

四

最后一部分是论剧文字。五十年代初，我与丁力在《新民晚报》合编了《新影剧》副刊，我在那里开了个“三改随笔”的专栏，讨论“戏改”中改人、改戏、改制的问题。同时在《文汇报》上又拾起了《旧戏新谈》的旧题目。排日看戏，开座谈会，起劲得很。记得我曾写过一篇《不许有空白》的短评，主张全市大小剧院，不同剧种，必须响应号召，配合运动，一个时期内必须上演同一主题的剧目，不许有任何空白。可见脱离实际、盲目跟风、极左倾向之严重。但在讨论过程中，也逐渐发现不断出现奇谈怪论，不能不表示异议。譬如当时有人主张在舞台上废止跪拜，说这是反动落后的封建礼节，必须清除。细细想来，如照此办理，许多传统剧目就演不下去了。如《探母》中的“见娘”一折，难道能用鞠躬代替跪拜么?

这些在今天看来纯属笑话的“争论”，在当时确实出现过。这是“戏改”初期普遍存在的现象，因此有关记录似乎也不失其文献价值。

五

一九四二年冬，为了驱遣客中寂寞，忽然写起无题诗来，前后得若干首。仿郁达夫办法，写成两篇《西行诗纪》。于诗后缀以小注，记当时经历、心情。一篇发表于《万象》，一篇发表于一张报纸。未留底稿，日久遗忘。亏得热心的朋友相助，竟为搜得，遂成完璧。查旧日记，还有未收的几首，并录于下：

莱菔生儿芥有孙（借苏句），美人秋晚怨黄昏。姿容此日成隔世，难却眉间远黛痕。

生小娇姿别样亲，花间着此似珠人。沅湘淼淼凌波逝，留绾人天梦洛神。

（一九四三年十二月作）

已迟寻梦厌芳时，此日君来岂所期。堪慰寂寥江上语，最怜凄咽露间诗。憨痴犹是娇颜色，絮语难祛比世疑。一曲当筵不堪忆，江乡摇落感秋词。

（一九四七年六月二十一日作）

野菡临水袅余香，欲取荷衣摄晚凉。行脚相将兴未已，滞人日子夏初长。怅无翠袖翩跹舞，赖有黄冠自在方。虎爪冰泉石骨滑，与持一盏共君尝。

（一九四七年七月二十日杭州作）

陌上花时遗翠钿，隔船人语倍缠绵。移舟鸟语惊啰唝，小住人疑是谪仙。笑拟芙蕖余别艳，眉似春山比更妍。相逢漫道无人识，消息还应在柳边。

（一九四七年七月二十二日湖上泛舟作）

辟地离群喜索居，才人风致近何如。鸥盟未谐湖山约，言笑都因壁垒疏。近宇梵声回晓静，迎人翠色到阶除。烹茗遗我春时茗，雪浪翻时味更余。

（一九四七年七月二十三日，灵隐道中）

腼腆（或作“婉娈”）曾看醉后姿，杜兰风里好春时。漫夸弄玉纤纤手，来点遥青淡淡眉。欲语燕然先绾笑，小持庄靓许酬私。更谁解奏江南曲，飘絮临风荡作丝。

（一九四七年十二月二十日作）

是为最后作。计始于一九四二年，迄于一九四七年。前后凡五年。此后无诗。

二〇〇四年十二月十六日写讫

《插图的故事》跋

五十年前写过几篇《插图的故事》，陆续在报纸上发表。后来辑成小册，交出版社出版。编校甫定，而一九五七年的罡风忽起，将我连同我的写作、发表权一起卷去。出版社只好将原稿掷还。从此压在箱底，迄今四十九年矣。现由上海书店出版社重排出版。

我的对晚明版画发生兴趣，是在看到董康以“忏绮生集珍”名目印成的两册《千秋绝艳图》之后。这是他搜集明刻《西厢记》插图七种，用珂罗版精印的图册。记得开明书店初印《旧戏新谈》时，叶圣陶先生和我商量封面设计，我就将这两本“绝艳图”送去，叶先生选用了王李合评本《西厢记》图中酬简一幅作封面。这是我的著作与明刻版画结缘之始。

当时见书不多，凡有所得都当作宝贝，加以著录。少后目光少广，收书渐多，于是写了《晚明的版画》，论列较详。所采用者，多出自藏，其不完不备可知。即以西厢图而论，其藏于德国科隆东方艺术博物馆的崇祯十三年刻的闵斋伋本彩色插图就是未之前见的精品。现已由上海古籍出版社并谢光甫旧藏何壁本重印。两书附图皆前未经见，可补“千秋绝艳”者。董康又曾影印崇祯壬午本《苏门啸》十二卷，前有洪国良等刻圆图十二幅，精妙绝伦，孤本仅存。此外明刻套印本《董解元西厢》图亦为董刻所未收；万历顾曲斋刻本《古杂剧》插绘亦为绝世名作，爰各取数幅，缀为此篇，可少补前文之荒窘，增读者之兴致，当此旧作复活重生之日，聊做补缀，以示欣慰。读者鉴之。

《清代版刻一隅》增订本前言

《清代版刻一隅》一九九二年一月由齐鲁书社印行，初版仅千册。阅四年于一九九六年三月重印八千册而止。

这其实并不是一本雕版史之类的著作。以“一隅”命名，意即在此。不过说明原意只是从赏鉴出发，草草巡览有清三百年雕版成绩一过，略存鸿迹而已。洪北江曾对藏书人加以品评，分为数等，而将赏鉴家与掠贩家（也就是书贾）列为最下。北江是学者，自然看不起“玩物丧志”、以书籍当古董、摩挲赏玩的人物。而《一隅》编写的出发点恰正在此，正被洪亮吉说着了。近来版本研究者对书籍属性有了较宽阔的看法，于学术性、文献性之外，也顾及了艺术性。不过洪先生已不及见，是一种遗憾。

以图录形式著录出版物的著作，已有多种。大抵以宋元刻为主。著录明刻的就很少，不过一种。顾及清刻的，在《一隅》出现以前，一种都没有。《中国雕版图录》总算留给清刻一点地位，但寥寥数通，不成系统。因此在《一隅》编写时别无援据，可资参考。因此而造成了种种缺点。大体说来，有如下数端。

此书取材，多出自藏。而个人收书，又有种种局限。如清代皇家内府刻本，晚清局刻本，仿明代凌闵刻书而拙劣不堪的清代套印本……之类，都为我所不取，因而书中缺少反映。

清初以迄康乾，实为清刻由罕传而臻极盛阶段，名作如林，所收亦最多。较之中叶、晚期，显然有头重脚轻之势。但实际情况如此，难以避免，只能于新版中少做调整。

所选以僻书为多。大家专集近来多有影印本，因避而不收。这也不免有畸轻畸重之憾。新版只能少做调整，读者亮之。

原书采用一图一文方式。说明往往失之过简，且多从雕刻精粗着眼，实在也是此书撰写初意所在。新版有所增改，少及书籍内容书林掌故，偶加评议，未必皆是，乞读者正之。

道、咸以还，版刻雕工，渐趋率易，然往往有奇书秘册，失收者多。限于学力，或遇而未收，或因版刻不精而不取，沧海遗珠，亦是一憾。

今承复旦大学出版社好意，重印此书。原书制版未精，往往失真，读者憾之。今将改作，或胜昔书。杂事丛集，勉为改定。少增新品，皆昔日匆遽成书所遗。或可一新耳目，希望读者喜欢它。

二〇〇五年国庆节

《拾落红集》后记

十多年前有一阵子很少动笔。不知何以意兴阑珊如此。但也偶应出版社之约，印过几本小书。新作寥寥，不得已只得选旧文充数，勉强成书。自己也觉得不好意思，愧对读者。不久这些书也都售罄，再版无日。有时就想，何妨将这些埋藏于“旧货”当中的“新篇”拣出，加上一些自己觉得有点意思的文字，另编一集。不敢说是“自选”，实在只是想保存旧文，免遭沦没而已。想了一个书名，《拾落红集》，以为与选编的原意相近，勉强可用。喜欢追寻原典的人，或以为取意于龚自珍诗。《己亥杂诗》第五首有句云：“落红不是无情物，化作春泥更护花。”确是好句，但与此书无大关涉。“落红”，不过是落花，不一定是名花，草花也说不定。拾者，收拾起也。原意不过如此。

全书略分五辑，首先是回忆往事之作，接下来就是几篇“故人书简”。叶沈两老是大前辈，他们晚年不时有笺札相寄，教诲殷勤，使人感念。曾祺是旧友，通讯更多随意，有如闲谈，且多嬉笑辩难。回忆前尘，像他这样毫无顾忌任兴畅谈的朋友不多，或简直没有了。不能无寂寞之感。

下面一辑都是谈戏的文字，多选自《黄裳论剧杂文》。此书初版印数奇少，绝版已久。所存诸篇都是少为人知的。我本来是喜欢谈戏的。自《旧戏新谈》开始，就谈之不已。听说有梨园行的朋友评论此书，认为是外行谈戏，评论得一点都不错。我确实是以一个外行观众的身份站在舞台旁边自说自话的人。正当我谈得起劲时，有论客送给我一顶“唯成分论”的帽子，使我耸然惊悟，自己实在与戏改专家不是一路人，不如即时隐退为宜，从此绝口不再谈戏。一直等王元化的谈戏小集精印出版，读后又引起兴趣，才写了那篇《谈剧札记》，说了一番不合时宜的话，在论者看来，是“保守派”无疑了。聊存于此，以存一时故实。《人间说戏》是上世纪八十年代初连载于《人民日报》副刊上的一束短文，作法近于《旧戏新谈》，放笔写去，甚少顾忌。记得在《战宛城》篇后，续作《思春》，编者觉得有些刺眼，为改新题，编集时被我恢复了原貌。可见编报者的心态，也算是一则小小的掌故。

《应该有这样一部传记》是梅兰芳的《舞台生活四十年》在报上连载前一天发表的，说明了撰写这部书的必要性与内容的设想、设计，说明了对第一部重要艺术家传记的悬想与希冀。由于主客观条件的限制，原有的设想多半陷于空谈。我的意思是通过一位艺术家的经历，写出他生活的时代，梅兰芳实在是独特的、十分理想的传主，而不仅是写成一部表演艺术的教程。可惜没有谁能理解这一番创意，甚至连养鸽、学画等细节也被视为题外可有可无的闲文。梅重要的“移步不换形”的主张，也不得不马虎过去了。现在梅先生的传记已出版了若干，也无一能领会此意，不能不说是一种遗憾。

下面就轮到关于访书、读书的篇章。我是喜欢跑书店的，新旧兼收，细大不捐。新时代开始以来，被抄去的书册少少归来，摩挲旧物，往往别有兴会，像看待旧戏似的读旧书，多有感触，于是就写些读书记，采用的仍是写《新谈》的方法，谈往事却不脱离现实，努力不做新时代的遗少。所作渐多，遂有以“藏书家”见称者，实在是个天大的误会。但究竟走动得多了，对旧书店与书友不无感情。总想抽暇记录一点下来。清乾隆中李南涧作《琉璃厂书肆记》，为有名的著作，兼有史实、艺术之美。今天的厂肆和海上书林，怎能与两百年前的海王村并论？但一时代有一时代的特征，作为史实，我以为依旧有保存的价值。

《花间新集》是施蛰存先生的著作，出版后以一册见投，嘱为读后感。文成，施老见之，以为有言外之意，不免惶悚。我与施老同有集词之好，常以所藏通假，故人长逝，留此一篇，聊做纪念。

下面的几篇都是杂文。杂文本另有成书，此处所收皆未入集，可作补遗观。童言无忌，读者亮之。

最后一部分是自作序跋文。

过去印书，喜自作序跋。除《旧戏新谈》因少年好事，曾惊动师友四人外，其他皆自己动手，不再劳动旁人。因深知序之难作，出题作文，更是迹近非礼也。近来连自己也怕作了，重读旧作诸序跋，竟有如许“闲言语”可说，不免自己惊叹。《锦帆集》是我的第一本书，那篇后记是在昆明的茶馆里写的，飘风细雨，人语喧哗，在如此环境中抒写自己的情怀，自有一番意趣，可为纪念。《金陵五记》的后记写得颇长，其实可以看作一篇“余淡心事辑”。自买得清初汲古阁刻余怀的几种别集后，就对这作者发生了兴趣，着意搜求其著作，零篇断简，罔不收罗。对这位《板桥杂记》的作者，多少有了些了解了。材料得来不易，为了不再散失，就借此机会，连串成文，这就是这篇后记写成的初意。

《莫洛博士岛》是我续先师李林先生未完成的遗译，是巴金交给我的任务。收入文化生活出版社的“译文丛书”中，是我开始译书的试作。一九四二年我与李林先生重遇于海上，过从甚密，不想战后归来，只能接手完成他未竟的遗译了。今年《李林译文集》出版，收入了此书。本想回忆当年追随杖履、欢笑纵谈的种种，撰文纪念。匆遽不及成文，留此一篇，或可少弥此憾。

《妆台杂记》一序，本是写给香港《大公报》副刊连载的小序，编者潘际坰兄以为不大好，还给我了。其实所写都是生活实录，也许香港读者不易接受也说不定。后来拿给陆灏兄看，却得到激赏，连书名也一并解决了。真是“不亦快哉!”

最后是齐鲁出版社的《前尘梦影新录》的前记。这是我从干校病退回沪，养疴闲居，追忆亡书的笔记。给出版社的编辑同志看见，拿去印行的。初版只印了一千册，早已成为我的著作的罕见本。

《前记》中所记的全君本是老相识，来到干校后得到工军宣队的赏识，成为“清队”的要员，不知以何因缘，被他慧眼相中，成为理想的猎物。在《关于〈入蜀记〉》篇中所说披了棉大衣，一面负喧，一面审查我的日记的也是他。至今我还保存着他的“朱批”手迹，“徐××揭，路工转述康老批判黄裳骗人”。从此，或更早，此公就成为我摆脱不开的某种浑身沾液软体虫豸，或更确切地说是“附骨之疽”。在他锲而不舍，热情关照之下，终于大获全胜而后已。我的自然主义的速写，只不过是冰山的一角，离全部真相还差得远。

有意思的是，风雨过后，天日重光，我们又偶然相遇了。欢然道故，热情非常，使我晕眩，手足无措了，真的无从应对。过去听京戏“审头刺汤”，欣赏的只是老生的大段独白，干净，爽脆；方巾丑在台上的踱方步；看川戏的“变脸”，认为是技术而非艺术。真是“外行谈戏”，不只爽然若失而已。

丙戌人日立春，飘雪。写毕于妆台之上。黄裳记。

《“哆”馀集》跋

一九五七年春，我在《新民晚报》的副刊《夜光杯》上开了一个专栏“无所不谈集”，用了一个笔名“范莱”，前后写了十来篇短文。反右开始，我是重点大户，单位编印了一册内部批判用的小册子，把定为“毒草”的我的作品搜罗在一起，以备参考。此事当时我自然一无所知。直等若干年后，单位发还我的思想汇报……旧文件一大堆，从中才发现了这本小册子，引起我颇大的兴趣。小册子中理所当然地选用了“无所不谈集”中的许多篇章，取舍之间，很可以看出当时编选的原则、用意，觉得很有意思。譬如那里有许多谈古书、古画、古诗文的文章，就一无所取，这自然是时代不同的原故。此类货色，要等十年以后才得到一举廓清的待遇，当时尺寸尚宽，因而不以“毒草”论处。

使我觉得奇怪的是，那篇《哆》竟也成了漏网之鱼，那原因很值得想想。《哆》文（一九五七年五月二十八日发表于《新民晚报》）是和费孝通的《知识分子的早春天气》（发表于一九五七年三月二十四日《人民日报》）唱反调的。等到单位编选那本小册子时，费先生已由慷慨论政的名教授化为全国闻名的“六教授”之一的大右派了。按照当时评人论事的铁律“凡是敌人拥护的，我们就要反对。……”既是与大右派唱反调的文章，姑不论其文的真实命意，选入待批判的“右派言论集”，总是有点心虚，“不合时宜”了。我想这是此文落选的主要原因。

细想当时我因何对费氏传诵天下的名文引起反感的原因，复杂多方，还是用我对一出京剧名作的感受来说明，较为方便。《玉堂春》是一出名作，四大名旦都演出过，各有千秋，但都未成为他们的保留剧目。这原因就值得想一想。原作编得确是不错，戏剧高潮迭起，唱段也安排得错落而丰富。特别是结尾的“三堂会审”一场，更富喜剧色彩。王金龙的尴尬处境，成为喜剧的核心。苏三跪在堂前，接受问官（主要是那位“蓝袍”）的审问，跪来跪去，婉转可怜。特别恶劣的是那位“蓝袍”，挑拨，戏弄，无微不至，甚至要苏三坦白交代与王金龙关王庙重会时的细节，简直就是在公堂上公开的“性骚扰”，有的苏三演员为了迎合观众的低级趣味，做出了不忍卒睹的表演（有的演员不是这样）。每看到这一场，我就时有坐不住之感，有时竟想站起来大声叫喝：“苏三，有什么委屈，为什么不站起来直说!”

我当年对费先生的名文读后感简单地说，也就是如此。

就因为这种性格，多年以来，每遇看不顺眼的事，就想站出来说两句。当然，这往往是偶然的，间断的，而通常所持的仍是可耻的缄默态度，有一段日子，甚至连说话的资格也被取消了。即使如此，多年来大大小小也闯过不少祸。现在想将此类文字选为一集，挂一漏万。因其性质，多少与《嗲》文相近，故题之为《“嗲”馀集》。缀之篇末，聊作说明。

二〇〇七. 九. 九

《劫馀古艳》序

聚书以来，每得一册，辄写题记于卷尾书头，或一句而止，或累千言不休。每与内人同署，实皆自书也。愚夫妇婚前婚后，游履所经，北上燕都，南至岭表，虎丘夜月，西湖烟雨，步履所至，暇必访书。汇所作题记观之，非止求书日录，实平生日记也，或赏析版刻之先后精粗，图绘之工美粗犷，相与笑乐，以为快事。

丁酉以还，改买书而为卖书，其得仅免于饥寒者，以此。易欢愉而为惆怅，情事迥异矣。“文革”事起，藏书抄掠略尽。老母惊疑，群儿耸伺，内人周旋其间，独支门户。辛苦百端，不堪重忆。余则羁栖干校“请室”，久不得归。母病危笃。临终亦不得归省。哀啼泣血，为生平一大恨事。内人则独立持家，重足而立，数米而炊，此非一人一家之苦难，域内之公难也。

余不能书亦不知书，笔墨稚拙，每自悔其玷污卷册。乃书卷少少归来，为友人所见，以为无妨汇跋尾而印之，留一鸿爪。因念改革开放以还，国势振兴，人民生活亦渐趋小康，以视“文革”时期，相去何啻霄壤，承平景象，惜内人之不及见也。元微之诗曰：“今日俸钱过十万，与君营奠复营斋。”每诵此句，辄为黯然。唐代官俸之制，义宁陈氏曾加考索，亦未能得确解。今昔事异，无可比类。且斋奠亦可不必，有此一卷书留一纪念，得偿私愿于百一，可少慰愚怀，乃毅然许之，不复踌躇。是为序。时乙酉立秋后一日，黄裳记。

《来燕榭少作五种》前记

这里所收，是我最早印成书本、与读者相见的五本小书。写作时期约在一九四三至四七年间，都是少作。请原谅我又援引了鲁迅先生的旧话，并非借以自重，实在是觉得他说得好。鲁迅说："我惭愧我的少年之作，却并不后悔，甚而至于还有些爱。"至于"爱"的理由，与先生却稍有不同。除了"这真好像是'乳犊不怕虎'，乱攻一通，虽然无谋，但自有天真存在"之外，也还别有自己的因由。

当我开始散文习作时，是以"五四"以还新文学前辈作者为典范的，从朱自清到何其芳，留给我的影响，痕迹显然。少年羁旅，念远怀人，年轻人的喜怒哀乐，在在可见。不久，走出学校（其实学校也并非一方净土），踏进社会，看见了更为广阔的世相。国家兴亡，民生荣悴，波涛澎湃，变化万端，如此巨大的实际接触与冲击，落实到笔下时，不能不产生巨大的困惑和思想的强烈撞击。也就是我所说过的"情感变粗了"，文字也不能不起变化。画家有所谓"衰年变法"之说，如齐白石，我想自己的创作经历，岂不是"英年变法"么？笔下的浪漫气氛的逐渐消失，凌厉气逐渐增多，在五本“少作”中是分水岭似的显然可见的。

在这里又不能不说到钱锺书先生。他是前辈，论学养更是无从企及的师辈，在上海以小友资格过从。一纸《围城》获得一片喝彩，但也得到几声棒喝，躲到清华大学去教书，韬光养晦，闭户读书，不与外事。一九五〇年初，我到北京，以记者身份访问清华园，那里大师名宿云集，我只有他一位熟人，有过一次夜访，听他慷慨机智的快谈，直至夜深。这是他认为一大喜事之一。(见赐书)

我与默存先生相识，不过三五年，我的文学经他过眼的，多刊于报刊，也多半收在这几本小书中。给他留下的印象是“笔挟风霜，可爱亦复可畏”，见于五〇年一月底，我离京前夕他给我的短笺。默存所作笺札，常有秋水轩式的客气套话，又喜作俳谐语，未可尽信，当分别观之。但其中自有老实话。即如上引的十个字，自然也含有过情的夸饰，在我看来，却着实说出了一个读者的真实感受。一眼看出了“变法”的迹象，不愧为高明的文评家的巨眼，用来作为这几本小书的评估，也是恰当的。对他给一个初涉文坛的习作者的批评鼓励，更感到非常的温暖。

我是不悔少作的，有时还怀有恋惜之感。不是为了文字，实在是怀念那种放言无忌的写作快感。那样的时代，那样的环境，留给作者的又只是那样短暂的俄顷，于是这些笔墨就更令我珍惜了。

最近从集存的剪报中发现两年前一位深圳读者评论我的一本新书的文字。他指出我的文字“都是有着杂文的因素在”，我给朋友信中曾说过“不敢言老，仍不失少年凌厉之气”的话，他却说，在他看来，“较之《旧戏新谈》，其凌厉之气已十去其九”。这些话读了都令我既惭且感。其实追寻我的“变法”的因由，是环顾时代、环境。感到过去散文的写法不合适了，得变。又从鲁迅先生的散文名篇中悟出，散文、杂文之间，其实并无一条分明的鸿沟，于是自己笔下的东西是散文还是杂文，就很不容易分别了。这是自己在碰壁之余摸索出来的道路。

正因为这些，我才萌发了将“少作”收集起来印成一册的念头。幸运的是原版初印的实物俱在，又因当年校排匆忙，颇多误字，又因下笔匆促，文字时有疵累，都曾少加修正，可以勉强算作“定本”了。编校既成，因记始末如上。

二〇〇七年十一月，黄裳记于上海

二〇〇八年一月十日重校定

《南京情调》序

记得朱自清说过，逛南京像逛古董铺子。这话说得一点不错。在南京市上走，到处都会碰到古老的遗迹，虽然多半已经了无遗痕，只留得一个个名目在，却不妨过客凭吊，遐想，想到古昔，自然也摆脱不开目前的现实。大概这就是南京一地所以留下了数不清怀古诗文的原故。

作为一个匆匆的过客，我也曾先后写过一些有关南京的散文，自然脱不开"怀古"，不同的是，几次经过，都正处在"劫后"的时会。一九四二年过南京，那正是汪精卫开伪府于金陵的时候，在日寇铁蹄下的南京一片荒寒萧瑟，古城的一切都笼罩在悲凉沉重的气氛中。一九四六年我作为一名记者重游故地，那又是另一番"劫后"的风光。惨胜的国家在敌伪与"新贵"的劫后之余，满目疮痍、民生凋敝。在这里我目睹了英勇斗争与荒淫无耻强烈对比的现实。三十年后重来，又正在十年动乱之后，在经历了历史性的灾难之余，南京人民正在努力清理被破坏、蹂躏的基址，重建家园。那动人的光景我也一一看到了。

检查一下过去所写的多半是怀古的南京游记，不能不道一声惭愧。我还不曾仅仅是把读者拉回往古的废墟里去；虽常引古书说旧事，但也时时流露不逊的言语，这是我的一种坏脾气。在冬晨的白鹭洲上，我看见一群穿了短短红绿棉袄，露出生满冻疮的小手，在不成腔调地喊唱着京戏唱词。这就是训练产生“秦淮歌女”的地方。像这样的文字是不可能被选入《秦淮广记》里的。说到王安石，也不忘记他曾被打扮成响当当法家的“近事”。在“雅人”和“才子”们看来，这都是杀风景的。总之，凡有感动、凡有喟叹，都不应是“无端”的，因之所说虽是遗址文化、典籍文化，也还少有扑人的霉味。这是我在写游记时恪守的区区“秘方”。

阳曲傅青主《霜红龛集》有《金陵不怀古》诗：

甚是金陵古，诗人乱有怀。自安三驾老，谁暇六朝哀。曾道齐黄拙，终亏马阮才。肉髀愁不鼓，伧父过秦淮。

青主是明遗民，这诗也写得十分诙诡、波俏。他的意思仿佛是说，不必乱写怀古诗文，忘却实际的奋斗，要不就是伧父。这正是对振古如斯、于今为烈的怀古诗人作者群的一声断喝。愿今天的作者和读者都记取三百年前老诗人辛辣而诚实的谆谆寄语。

二〇〇〇年五卅

关于《梦雨斋题跋》

（外一篇）

三十多年前我从干校逃回，住在家里，美其名曰“养病”，过着“闲适”的日子。书被抄得一本也不剩，只承恩放免没有字的旧纸还有一大堆，于是就利用破笔旧墨，写字消遣。写些什么呢？还是回忆被抄去的藏书较有兴趣，而且材料也多，不愁匮乏。不久就写成了一册，手自装订。最近又找出来看，所用纸是红格旧笺，版心上题“咸丰辛亥岁制”，下题《少廉氏仿古》，所收书凡四十五种。前有自写题记：

> 三十年来每得一书，辄为题记，未尝汇录也。壬子（一九七二）秋日，群书既去，乃悔之。因检其有存稿者，少少录之，成三册。大抵只三十分之一耳。然则全稿诚富矣。尚冀他日可补录而为全书。以视荛夫之题跋，不知何如。必不免为通人所笑矣。梦雨斋者，三十年前偶治一印，取玉溪诗意。印材不佳，而印人为许伯遒氏，刻元人朱文绝妙，今此印亦随群书俱去矣。甲寅冬十月廿二日，黄裳记。

卷尾有跋：

此本原订三册。今晨发兴重装，以乾隆高丽笺为衣，楚楚可爱。饭后重阅一过，虽无甚发明，然颇异于黄缪诸君，意在使故书增价者。后之览者知之。甲寅十月廿二日，严寒炙砚书。

甲寅是一九七四年。两跋对写这些跋尾的缘起、写法，已说得颇明白。跋中所记得书经过、书坊情状、板刻纸墨、个人感慨，有如日记，与旧时藏书家的著作，颇异其趣，其实只不过是另一种散文而已。就连我素来看重的黄荛圃，也明知不是一路。幸还是不幸呢，三十年后，有朋友说到拙文，戏称之为“黄跋”，不料竟引起了一位“藏书家”的“义愤”，认为比拟不伦。其实用不着“义愤”，论藏书时代、藏品质量、藏书趣味，二者相去何止霄壤。以时代风习而论，黄荛圃重视的是宋板元钞，对明代浙东藏书家天一阁几乎就不着一字。当然他更无缘看到天一阁的几度劫难、终得幸存的事实。我则幸而从来青阁民国初年积存账册中得见收购大盗从阁中盗出阁书的底册，校以赵万里所作毁于日寇的涵芬楼所藏阁书，海日楼藏书底册……并自见诸种，校成一帙“被劫书目”，虽不完不备，也不失为一种藏书掌故。这是与苏州派藏书家异趣的实例，也是藏书风气变迁的实例。

幸还是不幸呢？我在后跋中所说异于黄缪（艺风）诸君意在使故书增价的一节，后来也竟成为一种口实。我的意思是在跋尾中对书册的缺点，并不讳饰。是完本还是残本，是否经书估做了手脚，染纸充宋，割裂序目以充完书，伪刻牌记以缺为完，题跋藏印的真伪……都一一说明。当然这不是卖书的广告，何况当时藏书已扫数被“按政策没收”，即使想做广告又有何用。只是新时代以后，渐有发还抄家物资之说，这时我的一位老友就写信来关说，劝我将藏书全部捐献，后又劝说可由图书馆价购，都被我谢绝了，还请他代为说项，早日发还。这就惹恼了他，后来屡屡作文，说人的藏书有如收存珍珠宝贝，那还是八十年代初，拍卖市场尚未出现，放在今天，他的预言真不幸而变成了“真理”。

近年来写不出文章，每有约稿，无从应付，辄抄书跋与之。而承编者的宽容，时予刊载。集久成册，已有两种问世。鱼目混珠，滥竽于书话之林。且喜我在前序中所期部分得偿，今后有暇，且将续有所作，姑悬一愿于此。又前序所说为我篆《梦雨斋藏书记》印者许伯遒，治印外人称“笛王”，梅畹华演昆曲多请渠擫笛。谢世久矣。

二○○四. 六. 十七

（按：此文后用作《梦雨斋读书记》序）

记姚华小笺

十年前偶得小诗笺两盒于荣宝斋，姚华茫父所制也。每叶取梅溪词意写之。凡八种，今只存全份一束而已。此笺不可再得，原板亦早不存。其笺小样，设色亦朴素无华，遂不为人所知。鲁迅先生集印《北平笺谱》时殆亦未见。遂未得著录，亦不幸也。茫父作此，颇用心力，其小跋云“不啻鲁公书《小字麻姑仙坛记》”，是甚自喜。又自云“折衷于明人习气与荒率之间”，可见命笔之时，自有矩矱，刊之于《北平笺谱》中，亦不失为上乘之作。当日厂肆此类小笺，不知尚有何种。今只见陈师曾所拟一叶，乃草草不足观。殆不能集为《北平小笺谱》矣。

茫父于南宋词人中特取邦卿，词意亦多幽怨低回，亦时代气息使然，当时梁卓如辈多集宋词为长联，颇有佳制。亦此类也。今此种流风，歇绝已久，能会此意者，亦无其人，因为拈出。他日有作文艺史者，当取此与谭叫天之京腔、程御霜之逸调同列为旧京文物之菁英，则五十年前之官僚地主阶级文化，略可睹其须眉矣。爰著其目如次，其前数幅盖尤佳制云。癸丑（一九七三）霜降十日记。

一、谢郎日日西湖。

二、想子胥今夜见嫦娥。

三、轻尘外，双鸳细蹙，谁赋洛川妃。

四、记取崔徽模样归来暗写。

关于《金陵杂记》

在南京的《开卷》（七卷一期）上读到陈武先生的文章《黄裳的〈图文〉南京》，作为一个作者，能得到未谋面的读者如此深情的关切、期许，不能不萌生深深感谢之情。同时也想起不少尘封的往事，想在这里说说。

《金陵杂记》是一九四七年陆续发表在《文汇报》的副刊《浮世绘》上的。报馆被封，连载也被腰斩，因之只是一部残稿。报馆规定，内部稿是没有稿费的。余稿还有毛笔写成的一册，被当时的朋友沈鹏年借去，至今没有见还。沈君有一种“习惯”，久假不归。从我这里“借”去的记得起来的就有鲁迅在东京印的《域外小说》初二集，木刻原本鲁迅的《会稽郡故书杂集》、郑西谛的手稿《纫秋山馆行箧书目》和其他明刻书等。时间已过去五六十年，沈君素有珍藏新文学书秘本之好，希望诸书特别是《金陵杂记》的后半部仍有还来之日，得成全璧，不禁跂予望之。

《杂记》虽是一本旧作，建国后却曾多次重印。最早是收入《金陵五记》的一次，一九八二年由金陵书画社出版，旋即再版，后有二〇〇〇年江苏古籍出版社本。《杂记》又曾收入二〇〇〇年《凤凰台丛书》的《南京情调》，事前编者曾枉道过访，商请同意，十分郑重。缺点是没有议及知识产权问题，因为那时谁都没有注意及此，与今天的情况大异。这以后情况大变，我戏称之为“天上掉馅饼”式。事前毫不知情，更未订约，忽有一日寄来样书一册、稿费若干，才知道自己又有一册“新著”出版了。这就是二〇〇四年吉林美术出版社出版的《黄裳·南京》。这算不算是“绑票”式，我不是律师，说不清楚。样书只有一册，写信去多讨几本，也置之不理。稿费标准则是出版社说了算，自然更无商量余地。对这本“更花哨”的书，我说不上多么满意，但策划编辑，确是花了心思。印刷也不错。但照片取材只是今天的南京，看不到一九四六年或更早的古城旧貌。

陈先生大概没有注意，更早三年四川文艺出版社就在二〇〇一年出版了一册《黄裳说南京》，事同一律，也是事前并不知情，忽地从天上掉下来的一枚馅饼。这是二十六万字的一本书。除收入《杂记》外又收入我有关南京的全部新作。分成“说水”“说湖”等十二大类。没有插图，是搜罗得较为完备的我涉及南京的文字。这本书的出版方式，可以说与前一种别无二致，全然无视“知识产权”的一种做法。

说到转载作者的作品，更是五花八门，情况各异。自然最正规的是通过中国作家协会权保会，来信征求作者同意并告付酬标准。也有自动写信来的。凡此，我都一概复信同意。但因出版期相去辽远，也无从一一查对，是否履约，也心中无数。有趣的是，一个时期散文选本及报刊选收我的作品，十之八九是《秦淮拾梦记》，似乎众家选手英雄所见略同，此文似乎成了我的“代表作”，使我惶恐不安。还出现过一册“准盗版”的小书，即以此篇为书名。那是季羡林主编的一套丛书。出版后久久不见稿费寄下，写信给主编，不答。写信给出版社，复信矢口否认他们出过此书。等我将原书封面及版权页撕下寄去，才复函承认。也可说是一种书林怪现状。

至于一声不响地转载，再无下文的，老夫耄矣，耳目闭塞，无从查问。还有寄来一笔稿费，别无样刊或说明，使人莫名其妙者，也屡见不鲜。总之，在某些出版家眼中，视作者如无物，“知识产权”更不过是一句空话。现状如此，怕不是一声叹息便可了事的。

陈先生文说到《黄裳序跋》一书，还曾打听过内幕而不得要领。其实经过是很简单的，有热心的朋友，为我代编此书，还借去了原作若干册，辛苦编成，得到我的认可。不料书稿辗转到了编辑手中，就发生了使我“不舒服”的情况。我为新版《珠还记幸》写的序文，是想对时髦的图文书说些意见，原未涉及“知识产权”问题。《黄裳序跋》一书，平心而论，编者是花了一番心思的，图文并茂，颇有采芝斋茶食风度，不过图版颇多采用大象出版社版《黄裳自述》的原图，却无一字声明，这似乎也有些牵涉到“知识产权”，不知确否。有些照片都是作者自藏，首次发表的。至于“自比刘姥姥”一节，我觉得比得不差。《红楼梦》一书，写了多少人物，但正面典型形象似乎不多。刘姥姥是受侮辱、损害者，据脂评，在已佚后三十回中，是有重要作为的人物。这可不是“唯成分论”的推论。取以作譬，总比自比林黛玉或焦大好一些吧。

最近接到的一枚“馅饼”是河北教育出版社出版的一本书，共得样书一册、选入作品五篇，稿费三百余元。一时兴起，退回了“嗟来之食”，并复信说明了自己的意见。后得编者来信，方知此书操作详情。原来出版社采用的是“大包干”办法，出一笔编辑费，约几位编者，一切全由他们经办，编选、和作者打交道，包括寄稿费、送样书，都是编者的事。这办法果然干净利落，不拖泥带水，自定稿费标准，更无与作者商量的必要。想起许多“豆腐渣工程”，都由包干方式造成，不禁为之担心。这种操作方式是否将成为出版业的新创造，套一句时髦新闻用语，“将拭目以待”吧。

最后感谢陈先生对新版《珠还记幸》的关心。这本难产的书，自签约迄今，已近两年。回想二十年前此书初版，自发稿至出书，仅用了一个多月，不禁有今昔之感。我最近得到出版社的消息是“希望能与春节水仙并为瑞景盛开”，今天已是丙戌二月初一，仍未闻消息，就让我们耐心地“拭目以待”吧。

二〇〇六. 二. 二十八

《沿着塞纳河到翡冷翠》序

永玉从北京打电话来，说他的《沿着塞纳河到翡冷翠》要重印了，要我写一篇小序。近来实在写序写怕了，每逢接到“命令”，总是胆战心惊，千方百计想躲避。但这回却两样，我读过这本书，觉得写得极好，留下的印象深刻而鲜明。在新印本前说几句话，是愉快而光荣的事。赶忙从书架上找出了原书。我的书杂乱放置，要找一本是非常困难的。这次却不然，一索而得。看看题属，还是一九九五年十二月永玉过沪时相赠，是送给内人和我的。光阴似箭，转眼十二年过去，现在只能由我一个人把玩欣赏了。什么是“故人”“旧侣”，这就是了。

过去画人文士常常自己或由旁人品评自己的艺术成就，如“诗第一，画次之……”之类，往往是不大靠得住的。这有多方面的原因。也许是自谦，也许不是，内藏玄机多多，不可尽信。永玉是个“好弄”之人，木刻、绘画、雕塑、造型艺术……之外，尤好弄笔。散文、电影剧本、新诗、杂文……样样来得。在我的私见，他的画外功夫，以散文为第一。他的散文写作，也包括了许多方面。如极简短的配画的语录体短文，包含丰富的哲理意蕴；扩而广之的《水浒》人物画，题画不过简短的一两句，却能片铁杀人。如他画在五国城的大宋道君皇帝，如北宋名妓李师师，尽管她与周邦彦的故事，经王国维考证是莫须有的传说，却无妨作为画题。有时我觉得考据家往往是艺术破坏者，他们将许多美好的传说都糟蹋了。考据家破坏了多少人间好梦，但诗人画家却视而不见，任意而行。照旧说都是可以“浮一大白”的。

散文的范围极广，其中自然包含了游记一种。游记的写法也有多种，有柳子厚《永州八记》，也有陆放翁的《入蜀记》，风格各异，写法亦不同。但触景生情，其随笔所生的感慨却绝不可少。好的游记之有别于旅行考察报告者在此。这本美丽的小书也应是游记，也应该如此看待、衡量。

我同意作者对徐志摩的评价，他的极限功绩是为一些有名的地方取了令人赞叹的好名字，如“康桥”“香榭丽舍”“枫丹白露”“翡冷翠”……至于他自己，不过是一位漫游巴黎的“大少爷”而已。

关于意大利、法国，我自然是“心仪”的，但只有资格作为一个“卧游”者，随着作者的“画笔”领略一些美丽的碎屑。此外，也有些许篇章，和个人有些牵连，因而感到浓厚的趣味。如作者写他与林风眠交往的故事。

永玉记在杭州初访林风眠，那位经林夫人用法国腔国语教熟的应门小童，举止声口，真是活画。后来在上海南昌路住在马国亮隔壁的林风眠，又另是一番光景了。我是常到马家去玩的，却没有请马国亮介绍去访问过大师，仅有一次是跟朋友一起去的，见到了这位自称“好色之徒”的大画家。友人唐云旌极佩服大师的作品，但画价高昂，买不起，又不敢索画。后来我在巴金家里看到挂在客厅里的一幅林风眠的秋鹭。巴金说，林风眠在去香港前，整理存画，分赠友人。巴金说：“你不早说，他的画还送不完呢！”读原书的“后记”，发现这样一句：女儿小时候对我说：“爸爸，你别老！你慢点老吧！”

她都大了，爸爸怎能不老呢？女儿爱爸爸，天下皆然。

到“文革”中，女儿八九岁了。

“爸爸，你别自杀，我没进过孤儿院啊！怎么办？爸爸！”

我拍拍她的头说：

“不会的！孩子！”

写这篇后记时，永玉六十八岁。今年几岁了？唉！我们都老了，也都能体会到“女儿爱爸爸”这句“天下皆然”的“真理”。

希望我们都能保持“特别之鲜活”的脑子，像《沿着塞纳河到翡冷翠》中的文字和画笔似的鲜活。

二〇〇六．八．八

《芳园筑向帝城西》序

周总理说得好："不要轻率地肯定它就是《红楼梦》的大观园，但也不要轻率地否定它就不是。"这是一位大政治家对学术研究的态度，值得珍重。

上世纪五六十年代之交，是所谓"三年自然灾害"时期，那是一段艰难的日子，过来人想必还留下依稀印象。就在这当儿国家执行了"八字方针"的政策调整，并在艰苦环境中竭力倡导和谐的社会氛围。一时"神仙会"风起云涌，遍地开花。提倡一倾心底积愫，畅所欲言，实行"三不主义"（不戴帽子、不抓辫子、不留记录等，记不真切了），效果不错。同时开放高价市场，什么高价菜、高价点心、外汇券等，依次出笼。记得豫剧名演员阎立品来沪演出，与友人同往观场，朋友手执一纸前排好座入场券叹曰"还抵不上半块高价点心"，不胜唏嘘。当年情事，于此可见一斑。

恰于此际，迎来了曹雪芹逝世二百周年纪念。因缘际会，京中筹备大型纪念活动。这是一个与时代气氛谐合的好题目，并非主持诸公忽发雅兴，要倡导"红学"。对此，是应该有清醒的认识的。

既然要纪念曹雪芹逝世二百周年，那么他的逝世年份必应首先论定，于是《文汇报》就发表了周汝昌的《曹雪芹卒年辩》的长文，连载三日，这是颇为破格的做法，不同意见不少。记得林放在《新民晚报》的《未晚谈》中就提出过异议，认为长篇考辨文学不宜占据日报过多篇幅。

就在这时，报社驻北京记者发来了长篇通讯，正合时宜，少加修改就刊出了。这就是哄传一时的《京华何处大观园》，引起了读者极大的兴趣，连报社门外贴报处的报纸，也被人打碎玻璃把报纸取去了。此文作者吴柳是采访了周汝昌，吸收了他的一些意见写成的，可以说是汝昌的《恭王府考》形成的始基。通讯配了大幅的“大观园图”，占了一整版。还在报纸一版头条发了消息，大字标题是《曹雪芹卒年无妨一辩，大观园遗址有迹可寻》，对仗工整，也是一种破格的处理。报社同仁，一致兴高采烈。好像也不曾听到过什么负面的意见。但阴暗角落里的叽叽喳喳也必然存在，不过在当时大气候下，未便明说，只是等候时机然后出击罢了。

记得当时曾请驻京记者往访前辅仁大学校长、现师范大学校长的陈垣老先生撰文，谈辅仁大学买得恭王府花园的事。陈援老曾与友人游园联吟，涉及大观园故事，但几经努力，援老始终未发一言。今天看来，著名史学家到底有非凡的史识，沉默是金，值得佩服。

国家执行的八字调整方针很快取得成效，人民生活逐步得到改善。但刚吃上几天饱饭，却又蠢蠢欲动，想重拾大业了。顶着那时的压力，签发的最后一篇有关文字是刘蕙孙的《名园忆旧》。

中国知识分子一向有“经久耐用”的佳评，其实在对祖国的挚爱与对前途无条件的乐观信念之余，还带来了善忘与轻信两大失误。一九六二年短暂的“红楼热”只延续了一两个月，比起一九五七年的春天的局势骤然转换多少长了几天，而格局却是了无差异的。没有多久，从阴暗角落里钻出来的文痞姚文元就抡起大棒，宣称这是一场资产阶级的大复辟，这是毫不奇怪的。

汝昌却并不气厄，沿着原有思路，继续追寻，于一九九二年推出了《恭王府与红楼梦》，近又增益新知，重订旧作。而我只于一九八〇年重访京华时写过一篇《夜访“大观园”》，对此名园几近无知，没有插嘴的资格。周总理说得好：“不要轻率地肯定它就是《红楼梦》的大观园，但也不要轻率地否定它就不是。”这是一位大政治家对学术研究的态度，值得珍重。至于我的“夜访”，真的只是匆匆一过，连什么垂花门、游廊、水榭都没有看清楚，但这种朦胧的夜访也有其好处，什么潇湘馆、怡红院都可以留存的记忆加以补充，比真见实景还要好得多。时已夜深，遥望改做宿舍的后楼上的稀疏灯火，好像看见凤姐率领家人登楼取东西似的，颇涉“遐想”。此外，我还深信这个旧园的历史久得很，可能是明代的旧筑，清初加以扩建，历经沧桑才成为今日的恭王府的。此外，许多古老传说，也未必全是齐东野人之语，披沙拣金，自有可供参稽之处。浅薄的感想，不足当研究者的一顾。回顾旧事，聊资谈助，汝昌当不我笑也。

二〇〇五年十二月二十四日

《醉眼优孟》序

前些时收到一卷书稿——《醉眼优孟》，作者许宏泉，画者高马得，是一本图文并重、好看的书。作者来信索序。本来作序是一件可怕的事，踌躇不敢应命，后来少少翻阅，看作者的文风，恍然记起自己小时候干过的营生，正是一路；马得的画更是老相识。以此因缘，觉得似乎不妨说几句闲话。

过去我写过一篇《反封建离不开旧戏》的小文章。初意不过是说明旧戏有其认识作用，保存、记录了旧时代社会面影，像老照片似的，是人们认识旧时代不可少的资料，在今天依旧有重要参考作用。记得那是新时代开始之时，书店大量出版久违了的文学作品之际。出版社建议巴金重印他的作品《家》。巴金开始是不同意的，说作品过时了，没有重印的价值。我不同意他的意见，反复辩难。说到后来他也不免失笑了，说了一句有意思的话："有时走在街上，还会碰到高老太爷在散步。"终于同意重印《家》。

后来我又想，这种说法还不免是片面的。从戏剧史上看，从剧作家的出身、成分看，情形就更清楚些。顺便说一下，这并不是"唯成分论"，如某些论客所说。

从关汉卿开始，打开《录鬼簿》来看，杂剧、传奇的作者，几乎没有一个是社会中上层人物；也没有一位是得到封建统治者的命令、示意而创作的。自然也有如《劝善金科》那样统治者自己也不要看的“巨作”。除佚名作者外，元人以降，直至明清之交，李玉、李渔……无一不是别无出路的下层文士。作“临川四梦”的汤显祖的运气算是最好，也只是“沉于下僚”的一个小官儿。写《桃花扇》的孔尚任缅怀故明的政治立场，注定他不可能官场得意，即便他是一位圣裔也罢。洪昇的运气更坏，不只自己倒霉，落得个落水而死，还连累了朋友，“可怜一曲《长生殿》，误尽功名到白头”。虽然文字狱档里不录，那阵势也相差不远。这里说的是有名有姓的剧作家，还有更为重要的一直不被承认为戏剧作者的广大观众和台前台后的演员和他们的伙伴，都是建成这座辉煌大厦的不可缺少的人物。

观众的评判力和推动力是无形的但又巨大的。他们不写剧评，也不上台发表意见，只用行动。“台上群玉班，台下都走散”，就是一种无言而极有力的“剧评”。齐如山给梅兰芳写了那许多信批评他演的《汾河湾》，已经成为一种“佳话”，也是特例。“梅派”的形成，其中包含了多少人的贡献，梅的《舞台生活四十年》中说得够多了，但也还远非全貌。其中记《霸王别姬》的创作过程，改动、修饰，以至成型的经过，是一出戏的产生的忠实记录。尤其是记杨小楼琢磨、改定一个身段、动作的过程，更是说明一位表演艺术家辛苦追求舞台上的完美的绝妙特写。从中我们可以想象众多名家的创造实际，其能为我们所知的，也不过盖叫天等寥寥几位片断记录而已。

演员对戏剧故事和剧中人物也会发出自己的理解、判断、评论。除了京剧中的丑角在台上允许临时抓哏，随时发表意见之外。（顺便说一下，这种表演方式，似乎违反了正宗的戏剧规律，但也不妨加以容许，这实在是一种杂文在剧场上的运用。）川剧里就表现得更出格，有时在“帮腔”里就高声唱出“你是个坏东西!”这样的语句，作为观众，不但不以为“犯规”，在我，倒是举双手赞成的。

建国后一个时期，“八大拿”是绝迹于舞台上的，以致盖叫天老先生不得不把他的名作《洗浮山》改名《七雄聚义》（《水浒》中朱仝故事）才能换汤不换药地收入他的纪录片中。其实这是一场因误会而造成的喜剧。有一种传说，不知道可的确。《恶虎村》的作者是一位演员，因痛感一位同伴的负心，才写成此剧。剧中的主角黄天霸是以正面形象出现的。但处处巧妙地写出他的虚伪、狠毒、忠于统治者、叛卖绿林，最后杀兄灭嫂，斩尽杀绝而后已。在终场之前，一把火烧毁了结义者的家园，却挥泪痛哭兄嫂，被在一旁的武丑王樑埋怨打趣了两句然后下场。全剧结构紧凑、节奏鲜明，背面敷粉，立场显然，终于使统治阶级被障眼法骗过，得以上演而成为热门的绝妙的大武戏。也是杨小楼、盖叫天驰名的作品。但长期不为评论家所理解，视为违碍的有问题的作品，真是一场出奇的冤案。

最近在荧屏上又看到久违了的同属有争议的京剧《铁公

鸡》，大约是近来学人对太平天国的评价提出新见的结果。但演出中一连出现了四位演员，同饰向荣，演出他在赴会途中乘马奔驰的四场全同的场面，有如“四五花洞”方式，各自卖弄扑跌、荡马的技巧，进行比赛。而此后的场次，仅只草草交代而已。不禁爽然意尽。其实这本是一出十分有名火炽的大武戏，今天重排，大可就新的认识加以重编。戏剧史上有许多“现代戏”，都是取材近事而编排的。如明末清初表现与阉党斗争的、清代表现轰动新闻时事的……所谓“现代戏”的历史也是悠久的，绝非自今日始，其结合当时政治是紧密的、及时的。也是值得研究、继承的一个重要方面。

旧戏在文献价值与认识功能之外，后来居上，最受重视的是教育作用。这是剧人从来也居之不疑的。从来旧戏就有“高台教化”（不知是不是这四个字）之誉，我想它的来源必甚古。小孩子看戏，看小人书，看电影电视，总要缠着大人问，这是好人还是坏人，怕就是它的萌源之始。因之产生了使舞台作为教育讲台之议。而树立正面人物形象就成为重要任务。而正面人物又必须是完美无缺的，因而出现“高大全”的创作“理论”，是毫不奇怪的。但遍数舞台上的人物，这样的典型人物却难得。难道要求观众向曹操学习吗？怕不大妥当。过去曾经有过一场热闹的为曹操翻案热，郭沫若登高一呼，几乎全国史学家、文学家、社会学家群起响应，论文无数，三联书店曾搜集论文成果，编成一册厚厚的论集。结果怎样呢？曹操究竟未能成为一位够格的“高大全”英雄。

有意思的是人民对曹操的观感、态度。

鲁迅很早以前在讲演中就承认曹操是一位英雄，虽然不是毫无缺点的英雄。尽管缺点累累，人们对舞台上的这位大白脸角色还是一直抱有好感的。观众爱看他在舞台上犯错误、出洋相，在微笑中获得欣赏的满足，却绝不切齿地痛恨。人们喜欢曹操的爽直，敢说真话。他曾发表命令求才，他懂得天下没有十全十美的人物，说只要有才能就好；他只用一句话就戳穿了孙权的用心，说劝我称帝是想让我坐在火炉上；他又坦然说出了大实话，没有我，天下不知有多少人要称王称帝。《战宛城》中，他马踏了青苗，犯了自己宣布的军令，假意自刎，要了个小花招，割发代首，掩饰过去了。战胜之后，又谈起"恋爱"来，结果落得个大败亏输，可与赤壁之败媲美。

总之，观众是喜欢这张大白脸的，颇与喜欢银幕上的卓别林相似。人们起来保卫这张脸谱，不允许取消或改变它。只有某些自作聪明者把曹操的满白脸改为揉脸，作浅薄的"改良"，成为笑柄而已。

说起《战宛城》，这也是一出不大容易看到的演出了。除了侯喜瑞逝世后，没有谁能动"马踏青苗"一场，另有一道坎儿是前面还有一场"思春"。这是筱翠花和荀慧生的名作。是描写空闺嫠妇心理活动的空前仅见的创作，也显现了剧人人间关怀的广远。最近因青春版《牡丹亭》的受到重视，深闺少女的"思春"已经为广大观众所欣赏接受，而邹氏的"思春"却仍是有争议的话题。仿佛少女与寡妇之间有一道深不可测的鸿沟似的。偶演《战宛城》，也往往删去此折。其实论艺术表现的深度，论手法的新颖细腻，较之《蝴蝶梦》中庄周夫人的心理刻画，毫无愧色或且远胜之。

最后想起的是旧戏曾沾染过如许污泥浊水的问题。这实在是必然而无从避免的，也就是它具有非凡认识作用的所在。它在观众面前展开的是几千年来完整的社会相，足资人们观察、认识、批判。其无可比拟的特色也正在这里。

聊举一例。旧戏里有不少歌颂“义仆”的篇章，如《审头刺汤》之类。往往使观者不忍卒睹。这些戏大抵产生于明清易代之际，几经改动、重排而流传至今。我怀疑它的产生与当时普遍存在的社会现象——“奴变”不无关系。在明代晚期江南一带，“奴变”并不是个别现象。在正史、官书，文集、笔记中的记述是大量的。大官僚、地主、乡宦们大抵拥有大量奴仆以供驱使，自然也是生财之道。一旦社会变动，奴才造起反来，对他们的“庄园经济”的破坏可想而知。这种社会现象不可能不在戏剧舞台上得到反映。而他们必然要树立一种“正面”形象，以资倡导、学习，于是效忠主子、至死靡他的“义仆”形象大量出现了。

关于奴婢的身份构成、职责划分、等级地位、生活状态，描写最全面、详细、生动的，无逾于《红楼梦》。大观园内外主子与奴婢的关系，是密不可分、融为一体的。一出巨丽的大剧，都由不同阶层这两类人物共同演出，缺一不可。奴隶的命运，大至生存荣辱，细至婚嫁细节，无不掌握在主子手中。而大小事务、明明暗暗也无不由他们合作完成。且看曹雪芹选用不同身份的三位女奴，共同演出的一场悲喜剧，从而体现了一场惊天动地的阶级斗争。

出场的三位女奴，一位是鸳鸯，是家生子儿；袭人是贾府花银子买了来的；平儿则是凤姐陪嫁的大丫头。她们在一起讨论一桩神秘的事关生死存亡的大事——鸳鸯如何应对大老爷贾赦和邢夫人逼嫁的突发事件。

在小儿女戏谑中间，溢出了盈眶血泪、手足深情。她们结成统一战线，面对来作说客的嫂子，鸳鸯更表现出超出三姑娘面对王善保家的斗争气势，但面临重压，她们却是无力的。雪芹写出了一幅惊天动地的人间血泪图。

从档案中可见，当时的抄家，犯官家族入籍的活人往往有数十百口。其中主人不过寥寥数人，剩下的都是奴才，被统统当作“物件”拍卖或赏人了。这一笔细账，是可以看作“奴变”的补充材料的。

闲话已经说得够长，想想也只不过是“闲话”而已。我们有漫长的历史，有二十四史这样浩瀚的典籍，不过都是留给老爷们享用的。人民么，只能从所谓“小文化”当中寻求一些知识。这中间戏曲是重要的知识来源之一，而这些又往往是零碎的、错乱的。这就需要“说戏”，即使是醉眼蒙眬的“酒论”也罢。

二〇〇六．五．十九

《俞平伯散文》小引

俞平伯在“五四”以来新文学散文领域中树立了独具的色彩。他的作品不多，同伴也少，后继者寥寥，未能形成一种流派，但影响却不可忽视。

作者从创作新诗与新型散文起步，初期所作浓艳巨丽的抒情写景文，名篇迭见，以实践证明了白话也可以写“美文”，功绩显然。后来作风一变，转向玄思哲理，语言更趋简净，意境也益深厚。这是生活与社会影响的结果。貌似闲适，中实炽热，但往往不易得读者充分理解。在语言上文言分子有明显的增加。有些说诗析理之文，往往使人感到，详便详到枢处，略则略到无可再略。有简净凝练的华词，也有白到无可再白的口头语。这一切，都由作者所崇奉的真与自然的原则出发。他说：“言必由衷谓之真，称意而发谓之自然。”作者认为怎么写着合适就怎么写，什么手段最合用就用什么手段。在创作上的实事求是，使形式服从于思想、内容，成为风格的决定因素。

作者在文学领域内所涉甚广。《红楼梦》的研究，古典文学的研讨，说词解诗，旁及考证。这一切都以散文写成。

处处可见文章之美。这个选本虽然篇幅短小，却希望反映作者六十年来文学工作的面貌，更希望能借此开拓读者的眼界，使从当前流行的对散文的狭窄理解中解放出来。

散文本来是与韵文相对而存在的。社会发展，文化进步，分科细密，原是必然趋势。但亦不必作茧自缚，别立名目，另起“杂文文学”“日记文学”“考证文学”“评论文学”等等。这一切原来都是散文。

除了尽可能搜得作者已刊的散文专集外，其未曾辑集的零篇短札，虽经努力，未得尽见。选取篇目，恐多违失。希望读者予以指正，不胜企盼。

一九八四．一．廿四　编讫记

脸谱臆说

刘曾老开创性的京剧艺术研究巨作——《京剧脸谱艺概》将出版普及本，曾老赐信，命作书前小引，着实使我吃了一惊，原书前面已有名家题序多篇，阐微发隐，几无剩义，何用我这样十足的大外行来说些不三不四的闲话？回想自己听戏过程，儿时随大人走进戏园，无论旦角的曼吟低唱、老生的引吭高歌，都引不起些许兴趣，只逢台上出现了“花鸡蛋”（一种儿童耍货，在鸡蛋壳上图绘京剧脸谱）歌舞作耍，才精神一振，欢跃不能自已。也许这就是爱重脸谱的内在基因，也未可知。回忆仅有的三五年集中听戏时期，正当在天津住校读中学。幸运的是赶上了晚年的杨小楼，盛年的梅（兰芳）、程（砚秋），而侯（喜瑞）、郝（寿臣）正当如日中天，尽可能听了他们的许多杰作，煞尾的则是富连成的李世芳和毛世来，试看这简略的听歌简历，如与刘曾老相比，连大小巫的比喻都说不上，更何敢在书前说三道四，所以旬日踌躇，不敢作复。继而想起“长者命不敢违”的老话，这才下决心“补课”，抱着四大册《艺概》，从头细读，真是获益匪浅，长了许多见识，听到许多梨园掌故。到底年纪大了，读过便忘，辜负了这部精心结撰的大书。偶有所感，记在小册子上，以备遗忘，便是下面一些言不及义的闲话的由头。

刘曾老提出的一个重要观点是，京剧中，生、旦、净、丑诸般角色都有自己的脸谱。不但事实上如此，而且比翁偶虹提出的脸谱“五性”视野宽广得多。所谓“说明性、象征性、评议性、性格性、象形性”这“五性”，用以说明某一脸谱也许勉强地说得过去，但完全不具备普遍适用意义。而在儿童眼里，觉得新奇、可爱才是基本的，最重要的。无妨就称之为“童趣观”。《红楼梦》中写凤姐的女儿大姐，游园之后发烧，马道婆说小孩子的眼睛最亮，也许在园里碰见什么花妖之类了。马道婆当然是胡扯，但俗信有儿童眼目最清亮之说，却是不错的。试问谁能看穿、并直接道出“皇帝的新衣”的弥天大谎呢？

钱金福说：“勾脸不是不讲情理，但讲得太深，就没意思了。”钱金福通用的谱式，也就三十来种，以此为基础，发展变化，能产生多种模式。脸谱其实是演员和观众共同创造的。被观众认为好看，普遍接受了就成为定谱。张飞的脸谱给观众的印象是他一直在笑，就成为最成功的脸谱，能引人入胜、痴迷、爱恋，其魅力远胜于今天的“快男”“超女”，其故可深长思也。

曾见齐如山等编辑出版的一种铅排线装戏剧刊物，前附彩图两叶，系梅氏缀玉轩藏明代脸谱，记得似乎是马武，简单古拙，面部仅分上下两块不同着色，与今天舞台上所见的马武全然异样，吃惊不小。是否明代旧谱虽未敢定，其为传统老谱无疑。数百年间变化如此巨大，的是可惊，其发展变化轨迹虽不可追寻，必为历代艺人逐步加工可想而知。其进化动机无非逐渐追寻贴近人物性格特点也可知。民间艺人心目中浸透了民间俗信，耳目所及也是民间习俗艺术样式，脸谱的加工也多取材于此。于是包拯因兼理阴阳两界，就在底色上加上了月牙儿；蝙蝠是福的象征，因而出现了蝠形，随之蝴蝶、虎纹、红桃、寿字一一出现，各有因由，总之离不开民俗艺术范畴。杨小楼“别姬”的霸王脸谱出于钱金福，寿字纹样何所取义也不详。寿字横笔是几道，也没有定式，全凭演员意愿。一自杨小楼、梅兰芳的“别姬”风行天下，人们就一致认可霸王就是这般模样。脸谱的形成与确定，这是一个好例。顺便说到“起霸”的起源，想来与项羽也不无密切的关系。正如绍兴大班目连戏的“起殇”，是特为孤魂厉鬼而举行的仪式，“起霸”极有可能是因霸王项羽而创设的。人们一直对项羽这位失败了的英雄怀有不错的感情，就在舞台上用这种程式纪念他。有“单霸”“双霸”“半霸”“女霸”种种花样，是极郑重的、战前的预演，可以显示演员身段的重要节目，有时要花费较长时间，正是吸引观众注意欣赏的紧要关头，“曹八将”如此，《挑滑车》岳飞升帐前如此，大武戏开场众英雄出场时虽稍有变化也无不如此，岂能以拖沓浪费时间而忽视。

旧时艺人因客观原因文化程度多不甚高，能熟读《三国演义》的就算是“饱学”人物了。他们生活在大众文化的环境之中，远离所谓“上层文化”，习见的无非是寺庙里的四大天王、哼哈二将；儿童耍货的刀枪剑戟；古建筑的千变万化，精妙绝伦的砖雕、窗格雀替……的繁复样式，见者使人惊异。民间艺术的广阔天地，都是京剧艺人朝夕相接、感染熏习，取之不尽的艺术源泉，也是脸谱由简至繁，流派间出的重要原因。

一位名优继承了前辈的遗绪，经过多少年的舞台实践，更由自己苦心的反复摸索，最后成为一时的“定谱”。这一过程往往要经过几十年的舞台考验，才能获得观众的批准。应该说，这一成果是演员与观众合作完成的。当他勾完了脸，自己也踌躇满意之际，却不料这脸谱的寿命，不过只有几刻（旧时计算每出戏的演出时间，经常说是几刻），戏一完就立即下妆洗脸（赶场不在此例），这一精心绘就的名谱就烟消云散了，只久久留在观众的记忆中。这可是多么值得遗憾的事。现在有了《艺概》，刘曾老以九秩高年，精心考索，取证于名优，然后一笔笔细心勾勒，将脸上烟云移成纸上的幻彩。使“名谱”常在人间，供观众的欣赏，演员的学习，实在不能说不是一大功德胜事。

十多年前曾有安徽之行，在曹操的故乡亳县住了几日，也许是经济大潮尚未涌起，当地并未上演“曹操登台，经济唱戏”的闹剧，也没有新造什么假古董，遍访曹操的遗迹，百无一存。时间过得太久了，也并未感到什么失望，偶然在一处会馆的戏楼装饰部件上发现了一连串京剧三国戏的图景，有如连环画，其中大多有曹操出场。颇有几幅是演出他失败、狼狈的场面。我曾思索过，亳县人民对他们这位顶级的阔同乡到底抱有怎样的感情。

鲁迅曾经说过，曹操是一位英雄。当然不是“高大全”的特种英雄，也没有谁提出“向曹操学习”的口号，这是不可思议的。据陈寅恪先生说，曹操不是出身名门，是寒族，阉宦的后裔。在汉末，他是反对儒家世族的。他对人物的取舍，标准是才而不是道德。这在他的求才三令中看得最清楚。至于广大人民，也包括大量观众在内，对他是抱着不太坏的感情的。他们喜欢看他在舞台上不可一世的气派，也想看他不时犯错误，出洋相，但并不全然看做反面人物，而多少是有些喜剧人物色彩的，也许这就是对“有缺点的英雄”的态度吧。

以“白郝”知名的郝寿臣，平生演了许多曹操戏，记得曾见吴晓铃记录他对曹操戏的演出经验，特别对曹操的脸谱记录尤详。从“捉放”开始，到有“曹八将”起霸的极盛时期，直至晚年的《阳平关》，这张没有一点油彩与装饰性图案的大白脸上，竟有若干变化。眉间皮肤皱纹艺术化的“蝠形”，法令纹、鱼尾纹、眉间纹、抬头纹，也就是寥寥几笔墨彩，却有许多讲究。前些时有一出新编的曹操新戏，大白脸不见了，变为揉脸（?），着实令我吃惊。其实用不着大惊小怪，也许是演员研究、创新的结果。最近在荧屏上看见台湾演出同戏的曹操，依旧是大白脸，就安心了。不知哪一种化妆效果好。

为了“净化舞台”，《三岔口》的刘利华改为“俊扮”的武丑，台上对比强烈的“对儿戏”顿然大为失色。近来在电视上看北京演出的《巴骆和》，胡理还是老路，没有“净化”，十分高兴。胡理如果被“净化”了，也就等于《巴骆和》被“净化”了。

刘曾老以耄耋高年，成此绝业，以科学家之业余兴趣完成，由科学思维统帅，广征博引，言必有据，为京剧研究之大成果、大贡献。为广大演员、观众提供学习、参考、赏鉴的范本。惊喜之余，谨作跋尾，以博老人一笑。以浅学而妄论此中华文化幽深玄远之命题，实深感不胜惶惧，尚望刘曾老不弃，进而教之，则幸甚。

二〇〇七年九月十五日

（《京剧脸谱艺概》，刘曾复著，中国书店二〇〇七年版）

《艺术类稿》序

八十年代中期，子良先生一日过访，商讨《十竹斋书画谱》重刊事宜。这是一个大工程，首要的工作是寻找到原刊初印的底本。而佳本难得，他们历访上海、南京、北京、沈阳等公私藏家十六处，经过比勘、精选、配补，始得全书。这种选配工作，是极为细致、繁重的。原刊初印的书画谱，几无一部是完整的，在比勘过程中，如何认定何种是原刊初印，何种是翻刻后印，就不只需要细致的审对，还要有高明的辨识功夫，其难度不下于鉴定古书画的真伪。他们选定的重要底本，主要是郑振铎藏残本，李文信、王孝慈等藏本。

郑振铎先生是著名的藏书家。他生平所收中国历代版画名作最富，其所以能有如此美富的收藏，重要的一端是不弃丛残，不为藏书家历来信奉的舍残帙不收的教条所囿，细大不捐，兼收并蓄。这样才能保存古文献于毁灭之余，终能收集腋成裘之效，为后人留下工作的基础。王孝慈也是倾毕生精力，收藏古版画的重要藏家，所藏尽多畸零但极精彩初印的本子。他们辛勤聚集所得，终于在《十竹斋书画谱》重刊的工作中发挥了重要的作用。

朵云轩本出版后两年，台湾也出版了胶印本，前有蒋复璁序，称所据为崇祯中期的最佳印本，而以朵云轩本所据为明末清初印本。为此，子良先生曾撰长文论辩。从文字、次序、钤印、版式、印刷许多方面加以论证，定台本所据实为清刻。其本雕版粗陋，字迹损断、文字窜改、序文及画本说明多有衍误，印记更多误植。论据明确，为少见之版本研究论文，亦为海峡两岸学术交流之佳话。

最近子良先生校订编辑了刘九庵著《宋元明清书画家传世作品年表》。这是一本材料丰富、考定精确的工具书，系作者多年鉴定书画所得的积累，多经目验，不只凭信文字著录。于考定画家生卒、名号，作品真赝，多有自己的见解。子良先生于该书的删重、订误、补漏，花费了甚多精力，于此可见其工作的细致、深入与考订的功力，在在可见其治学的趋向。他不只关注画史，更着意于印人。所作考订之文，涉及程君房、戴本孝、杨龙友、乔大壮、汪东、陈师曾及女弟子江采、寿石工夫妇、王福庵等，凡有所见，即有兴趣，追根问底，务求真实，乐此不倦。更以余力，为上海西泠印社、朵云轩著成史考，使近现代重要文化企业的发展过程，毕现于读者面前。这是一个少为人知的领域，也是一种寂寞的事业，子良先生能注意发掘此种几将湮没的史料，不能说不是一种特有的识解。

朵云轩在重刻《十竹斋书画谱》之前，还重刻了《萝轩变古笺谱》，这是与《十竹斋笺谱》齐名且早成书十八年的名作。比观三谱，始可知饾版、拱花技法的产生、发展历史过程。子良先生在朵云轩多年从事木版水印工作，积累了许多经验，希望此一工作能继此而更发扬光大，不因时势变迁而后继无人。使鲁迅、西谛先生倡导的事业绵延不绝，永存祖国艺术瑰宝不使湮灭。实为关心中国艺术史者之最大期望。

子良先生年力正富，极盼继此集之成，在艺术园地中努力耕耘，获得更多新的成果。必不令读者失望也。

一九九七. 十二. 十九

我的书斋

中国读书人喜欢给自己的书房取一个典雅的斋名，于是产生了大大小小稀奇古怪的名号，为读书人自己平添了多少迷惘与麻烦。随之产生的是许多“室名别号索引”，虽几经增补，篇幅越来越长，但实际效用却仍不能达到理想的境地。也许这是一个永远交不出完整答卷的课题也说不定。

其实这五花八门的斋馆名色，一大半只不过是读书人的白日梦与空中楼阁。自然也有些实有其地的如倪云林的“清閟阁”、钱牧斋的“绛云楼”，但也已焚毁无存，只剩下一个空名，留供后人凭吊而已。其余百分之九十以上，只不过是一个名目，实际并无真正的斋馆。明清之际著名文人黄周星就有一篇《将就园记》存世，收入康熙刻《夏为堂别集》中，还在卷首附有一幅《将就园图》，倒是真正版画名作，整幅都是烟云缭绕、花木掩映、楼台殿阁、水木竹石，作者充分发挥了想象，把心目中理想的“将就园”从头脑中的幻想，搬到了纸上，着实过了一场白日梦想的瘾，这从他为此园取名“将就”，也可以知道其命意之所在了。

自从买书以来，我也曾经请名家刻过不少藏书图记，不免也想出了几种斋馆名色，聊以自娱。前后也有了三五种。当然不过是纸上烟云，并无现实的存在。最早的一个应属“断简零篇室”，倒也实事求是。我最初出手买书，就不弃丛残，限于眼光、资力，所得不过是残汲古阁刻《剑南诗稿》之类，杂以新文学书刊杂志，虽然也收了不少，但终于不成气候。

稍后，又有了一个“梦雨斋”，出于李商隐诗“一春梦雨常飘瓦”，这是我喜欢的诗句，那意境实在好，尤其契合在雨中小楼上读书的况味。

此后，就又有“草草亭”一印，取诸严思庵的旧句。取此斋名是有些自我批评意味的。我虽喜欢买书，但不善读书，劳人草草，只能随意翻阅，通读者甚少，更说不上精研。请陈巨来为治一印，是颇精的元朱文印。此印每与“木雁斋”印并用。这是一枚旧印，用犀角制成，镌制颇精，得于宣和印社。同式还有“张氏书印”一钮。后来在北京遇到张葱玉，才知道是他的旧物，为人窃出，流散市上，同得还有数枚象牙印，尚未刻成，雕钮极精。我即将“张氏书印”一枚还赠葱玉，而商他同意，留“木雁斋”印自用。这就是我的藏书每钤有此印的原由。后数年，葱玉告所还一印并旧扇一箧，俱被蚀尽。不禁感慨系之。葱玉不久也病逝了。写此一段故事，以悼故人，并说明非借蕴辉斋以增重之意。

至于“来燕榭”一名，实取诸嘉兴实境，记得是一次荡舟之际，忽然瞥见，已不记得是哪里的水榭了。这名目也是我喜欢的，所以至今还在用着。

至于说到书斋，实际却并没有。我只是在卧室里放一张书桌，说书桌其实也并不是，那只是内人的一支妆台，卸下了背后的镜子，就权宜成了书桌。若干年前因为实在困窘了，不得不把书桌卖去，随手拖来使用，迄今也已几十年了。我就在这里写字，看书，接待朋友。书么，还是胡乱地散布各处，也不曾董理，乱乱的，用起来实在不方便。找书实在是一件苦事，有时为了找一本书，不能不大费周章，往往是一场不轻的体力劳动。

坐在窗下，闲闲地拿一本书看，实在是极好的娱老之方，想想自已居然也有过这几个斋馆的名色，不禁自笑，因作《我的书斋》记之。

二〇〇三年五月四日

辑三

买墨小记

春节到了又过去了。偶然想起中国知识分子的一种传统的旧习惯——元旦书红。就是说在一年开始的时候，要先用朱墨和笔写下一点什么，据说这是会给人们带来好运气的，这种想法很有点可笑，但也有趣。前些年我就玩过这种花样，元旦清早，取出一锭朱墨来，洗净了砚台，磨了起来，随后用朱笔在几本书上，随便写下点什么，也许可以算做题跋吧。至于这一年是否真的“万事亨通”了呢？却从来没有想过，忘记了。

这里又有一个有趣的故事传说，清代著名的文士翁方纲每逢元旦，总要（不知道是否用的是朱笔）在一颗芝麻上工整地写下“一片冰心在玉壶”七个字。《翁氏家事略记》卷末英和跋说：“先生最工蝇头细书。尝用文待诏故事，四旬后元旦用瓜仁一粒，书坡公‘金殿当头紫阁重’绝句一首。六旬后又以胡麻十粒粘于红纸帖，每粒作‘天下太平’四字。至戊寅元旦，书至第七粒，目倦不能成书。先生叹曰‘吾其衰矣’，果以是年正月二十七日归道山。”

这是有关“元旦书红”有趣的文献记录，看起来似乎有点可笑，颇有“玩物丧志”的意味了。不过细想起来，一个人除了吃饭、睡觉、工作之外，总得还有点好玩的事做做才会觉得生活有滋味。而人类的文化生活就是大半因此而积累形成的。旧时代的文人，没有跳舞场可进、流行歌曲可听，他们也只能就近玩玩身边事物。“小摆设”就是他们的“玩具”。至于“文房四宝”，理所当然地就更受到重视。笔墨纸砚都是可以“玩”的，在它们的实用功能以外。

我曾玩过一个短时期的墨。那是在六十年代初，旧书在市面上已经很少见了，看不到也无从去买。上海当时还有个古玩市场的门市部，墙上挂着一些名人字画，案上堆着一叠叠的册页、扇面、碑帖，柜橱里放着各色旧瓷器。这些都是古董，好的买不起，平常的、假的又不想要，也不过是看看而已。进门处放着一个小柜台，里面放着不少墨，时代不古，大约只是嘉、道以后的东西，价钱也不贵，每锭不过数元。有时候就买两块来玩玩，就这样，开始收起墨来了。这当然是不足道的，比起藏墨家来，只不过是幼儿园的程度而已。

藏墨和藏书一样，必须看许多著录，这是入门的钥匙，在某种意义上说，也正像翻菜谱食单，能知道许多名目，但大半是不能见到的。我最先读到的是宋牧仲的《雪堂墨品》，后来又见到黄荛圃刻的万年少的《墨表》。自然还有徐子晋的《前尘梦影录》，其中也有许多古墨的纪事。这些都是极好的著录，不过万、宋生于明末清初，所记的许多墨品，都已无实物可见了，更不用说是在市场里。而且虽有记录，有的还颇为详尽（如《墨表》），但总不易揣想那真相。这就不能不想到叶恭绰等编著的《四家藏墨图录》，这是用珂罗版影印的，在拓片之外，还附有考证说明，从中可以看见明墨的真面目，是很好的一本图说，但对我的用处还是不大，就连他们所藏时代最晚的墨我也没有见过。所以也只是闲时看看而已。

后来因通讯认识了“四家”之一的张絅伯先生，他是在明墨之外还广收清代制品的，尤其重视墨史的研究。我向他借来了近代藏家如寿石工等数种藏墨目录，抄成副本。张先生还将他自著的墨录几大册见假，抄未及半，“文化大革命”开始，来信索还，从此就更无消息。张先生已在“文革”中下世，他的藏墨大约已经保存在故宫博物院里了。

墨有什么可“玩”的呢？这个问题也不容易一下子回答得出。明墨自程君房、方于鲁以降，都有极精的作品，现在是百不存一了。但从程、方两家的墨谱中还可以看出那巨丽的规模来。直到清初，这种遗风依旧保持着，而且更有发扬光大之势。那代表是集锦套墨，真是别出心裁，花样繁复。墨产于徽州，而晚明徽州的木刻名手是多的。他们刻下了大量的精美版画，用其余力雕制墨模，更是得心应手。明墨多有在图案上加上金碧彩色的，这在《程氏墨苑》的五彩套印本上可以看出，真不愧为极精美的工艺美术品，如四家之一的张子高所藏的“文彩双鸳鸯”大圆墨，就是明墨中这种富丽绝伦的标准制品。它们已经只有观赏而无实用价值，可以说是不折不扣的“清玩”了。

不过我觉得有趣的还是名人的自制墨。名人又包括了达官显宦和著名文士。钱牧斋、龚芝麓就都有这种名人制赠的墨。曹寅也有“兰台精英”墨，都是有名的精品。《前尘梦影录》的作者徐康是道咸中人，他说金冬心墨赝者极多，平生仅见真者大半段。我就没有见过他所制的“五百斤油”的真品，假的却不少，但只是光彩暗淡的墨色泥块而已。又如“轻胶十万杵”墨，面题“随园居士袁枚制于小仓山房”，我有汪节庵和胡爱棠两家所制同式二种，这是墨模易手了的缘故，当然不是袁氏原作了。这与旧书板片落入他人之手，增改序跋重印行世的情况一样，是藏墨者不能不注意的。

我曾买得“陆舫清赏”墨一匣二笏，一填金，一填蓝。题“雍正三年诚庵监制”。制作极精。据说清墨只顺治、雍正两朝有年款者绝少。因为顺治在清朝定鼎之初，制墨者大都是文人逸士，他们大抵都是遗民，不愿奉新朝正朔，再加兵燹之余，徽州墨业难免要受到影响，所以顺治年款的墨极少。雍正则只有十三年，是短促的朝代，也是少有年款墨的原因。这两笏是“新安曹素功易水法墨”，可能是曹氏第三代的出品。后以一笏分赠藏墨家周绍良先生，承他在《清代名墨谈丛》里加以著录。此墨制者不知何人，“陆舫”是丁野鹤的斋名，但时代又不相及。生于清初的丁耀亢不可能在雍正中还在制墨了。

赵之谦的墨我有好几笏。其一长方形，面题“人磨墨”三字，下双行题“芝岩氏选烟”，背题“不可同，非立异。凡百君子，顾名思义”“光绪八年正月抝翁书”，是胡子卿所制。又一笏题“二金蝶堂书墨”，胡开文制。又一笏面题“赵氏墨专之一”，背题“时令方和”四字，亦胡开文制，曾试磨，墨色极佳，磨处光可鉴人。又一笏颇常见，作碑式。面“同治九年正月初吉”，背“绩溪胡甘伯会稽赵抝叔校经之墨”，边款“和鹿角胶捣十万杵法制”“鉴莹斋珍藏”。看样子也是胡开文的制品。正书两行看来似是赵氏手笔，但周绍良先生以为是胡甘伯书。

另一笏有趣的墨是谭复堂（献）所制。面“复堂填词墨”，背“斜阳烟柳”。楼阁耸起水上，一人凭栏遥望。天上布满了浮云，落日只存其半，填金。下方是岸边的垂柳。布局、着墨都极有意思，特别是那填金的半角斜阳，更有画龙点睛之妙。在所见的名家墨中，可以算是上乘之作了。

三两年中陆续收得的旧墨，最早的是程公瑜的“尊胜幢”，汪时茂的“龙泉太阿”。乾嘉中制品所收也有一些，如汪心农、尺木堂、汪近圣、汪节庵等，都有上好的佳品。套墨有汪近圣的提梁墨，一只精致的楠木匣中，有四层抽屉，每层藏墨四笏。有“槐荫堂”圆墨，题“乾隆辛卯”，漆皮。“和州太守墨宝”圭璧光墨等。又乾隆元年曹素功艺粟斋墨一漆匣，面描金绘云影飞龙，中藏各种形式的墨十六挺，中有两种漆皮，真是富丽极了。看样子是进呈的贡品。但相比之下，还是那些文人自怡之品来得有趣。和买书一样，也总是物以人重的吧。

我的买墨前后不过三四年功夫，见闻不广，所得实在没有什么值得称说的东西。“文革”初起，抄家之风盛行。有一天深夜，不知道从哪里来了一群造反派，破门而入，翻箱倒柜，忽然发现了这一堆旧墨。带队的一位老工人（大约是工宣队员）说道：“墨有一两块用用就是了，弄这么一大堆做什么！”我真的是无词以对。看来这一发问直到今天我也还是回答不出。

一九九〇年三月

马瑶草小记

马士英与阮大铖并称“马阮”，三百年来被视为权奸，已成定论。士英能画，但流传绝罕。最早论及士英的是周亮工，在《读画录》中有专章记事：

“马瑶草士英，贵阳人。罢凤督后，侨寓白门。肆力为画，学董北苑而能变以己意，颇有可观，陆冰修曰：‘瑶草书画不减文董。……’使瑶草以凤督终，纵不及古人，何遽出某某下。功名富贵，有幸有不幸焉。可慨也已。王贻上曰：‘蔡京书与苏黄抗行，瑶草胸中乃亦有丘壑。’黄俞邰题一绝：‘半闲堂下草离离，尚有遗踪寄墨池。犹胜当年林甫辈，弄麞贻笑误书时。’贻上又题：‘秦淮往事已如斯，断素流传自阿谁。比似南朝诸狎客，何如江孔擘笺时。’瑶草为后人揶揄若此。余谓瑶草尚足为善，不幸为怀宁（阮）累耳。士人诗文书画，幸而流传于世，置身小一不慎，后人逢着一纸，便指摘一番，反不如不知诗文书画为何物者，后人罕见其姓字，尚可逃过几场痛骂也。岂不重可叹哉！瑶草名成，后人争购其画，不能遍应，多属施雨咸为之。”

傅青主有一首绝妙的《金陵不怀古》诗：“甚是金陵古，

诗人乱有怀。自安三驾老，谁暇六朝哀。曾道齐黄拙，终亏马阮才。肉髀愁不鼓，伧父过秦淮。”词旨恢诡，其意殆谓亏得马阮之“才”，才那么容易就将弘光小朝廷断送了。

清初人谈及马瑶草的还有一位江浦刘岩，他是因戴名世《南山集》案获罪的一人，有《大山诗集》，卷四有《题马士英画》一题——

福人醉不醒，幕府凯歌休。君臣鸟兽散，兹事羞千秋。断续焉中看字样，凤阳提督金陵相。尚有闲情作画师，六代山川恣跌宕。小部新翻燕子笺，吴绫细楷朱丝缠。司马填词宰相画，孝陵王气飞灰烟。吁嗟鼠子金衢走，人间尚惜迂痴手。看画君须掩姓名，画工莫问为谁某。

清初马士英的画还不无流传，爱赏者也不是没有，但看画时要“掩姓名”，不免有掩耳盗铃之憾。有人就想出了好办法，只须加添笔画，将马士英改为冯玉瑛，就变成名妓的手笔，真是两全其美的妙策。江都吉柱臣题阮大铖咏怀堂诗句云“胜他一纸佳山水，改窜青楼冯玉瑛”者是也。

乾隆中吴兴姚世钰也有《题马士英画》一诗：

剩水残山信手为，百年留得墨离离。与人家国浑闲事，那不常称老画师。

姚世钰的感慨也和周亮工一样，叹惜马士英不以凤督终，得以画家名世。乾隆诗人张埙《竹叶庵文集》卷八，有《题马士英画二首》，题下小注：“即王阮亭尚书所题诗之帧，今陆丹叔同年藏之。”

此君作画题辛未，门馆清闲消夏宜。尚是江南无事日，未曾庐凤督师时。

一般不骂杨龙友，桃叶江声骂汝多。剩水残山能几笔，六朝难画画陂陀。

王阮亭原题的马士英画册，乾隆中在陆丹叔手，又过了百来年，叶名澧的《敦夙好斋诗初编》（刊于咸丰三年）卷一有《题马士英画册三首》诗，题下小注云：“王渔详、黄俞部、尤悔庵、钱荠石诸公皆有诗。今为王蔼唐光禄玮庆所藏。”

歌管薰风殿，君王乐未休。江山余半壁，烟景不胜秋。

长板桥头路，当年画客居。青溪吊江令，寂寞只啼乌。

话到沧桑劫，匆匆十五年。飘零卷中柳，残墨尚依然。（士英自题辛未夏日画）

这是画册流传最后的踪迹了。

三十年前曾在友人藏扇中得见马士英书金扇一帧，狂草，与张瑞图、王铎等明末书家风气相近，狂纵淋漓，笔墨精能，原扇失去一行，诗云：

> □□□□□□，渐比鱼龙乡。流止同一观，湖山孰低昂。晨昏瞻蓄泄，王气聊相当。荷芰接松楸，映带生空香。夏深水鸟散，莫乱澄湖光。即事尽幽赏，蒲风生夕凉。款署“为维城词丈书，马士英”。下钤“马士英印”白文方印。

这是马士英仅存的佚诗，于题《咏怀堂丙子诗》前序中所存一联断句“深机相接处，一叶落僧前”之外，只见有此。

马瑶草挨骂了三百年，也不是没有人为他叫屈，晚近有安顺姚大荣撰《马阁老洗冤录》，为士英洗雪，出于乡谊，所说不免有许多漏洞和强词夺理之处，陈援庵说“其说允否，自有公论”，其意可知。但陈先生又说：“唯士英实为弘光朝最后奋战之一人，与阮大铖之先附阉党，后复降清，究大有别。南京既覆，黄端伯被执不屈。豫王问：‘马士英何相?’端伯曰：‘贤相。’问：‘何指奸为贤?’曰：‘不降即贤。’谅哉！马、阮并称，诚士英之不幸。易曰：比之匪人，不亦伤乎！’可为士英诵矣。”（陈垣撰《明季滇黔佛教考》）陈先生此书撰于抗日战争中沦陷的北平，虽论旧史，意在表彰民族气节，其论马士英，亦取其不降被杀的晚节，与生平行事分别论之。所引黄端伯的话，看起来有点简单可笑，但这些话是敌人的刀搁在脖子上时说的，是不能不为之肃然的。近来颇有些论者认为讲气节、风骨都不免是迂论，不如“长乐老”冯道之能为识时务的“俊杰”，如此说来，阮大铖之为变色龙，确是比马士英要更为“高明”而实用。一部《马阁老洗冤录》不够，还须添上一部《阮怀宁功罪辩》才是。呜呼！

二〇〇〇．六．六

冬日随笔

前些时我曾说过，全国大小出版社，无不以曹雪芹为“衣食父母”的话，现在悟出，不少个人也先后加入了这个行列，同样要从曹公身上，分一杯羹。无以名之，姑以“评点派”目之。论理“脂砚斋”该是此派的鼻祖，无奈有人说她是位“乌有先生”，是什么人假造出来的。没有法子，只好另寻事主，这就是资历甚久、努力甚大的一类点评家，如“护花主人”者流，却是与“脂评”全然两路的点评家。如所作“贾瑞赞”就是有名的奇文。其应隶属性心理学中何宗何派，不起潘光旦先生于地下，怕是难以断定了。

其实也不必追溯得太远，近年发生的两件公案，人们怕还不曾忘记。先说一下，权当楔子。一件是某出版家，眼光尖锐，盯住了刚刚走红的小说《围城》，使用了《水浒传》中郑屠的手法，将原书细细地切做“臊子”，并加校勘评点等香料，沿街叫卖，果然门庭若市。此时谢绝一切公私交际、闭户读书的原作者钱锺书坐不住了，面对无端凌辱，拍案而起，走上了法庭。虽有人出面辩护，搬出比较文学研究论为说，终于败诉了。读者心里明白，钱锺书打官司的目的，不是为了争回几文稿费。

还有一件是，有人盯上了一块更大的肥肉，金庸的武侠小说全集。先是狂吹乱捧，奉为无上文学极品，冠盖群伦。出马吹嘘撰文的都是有名有姓的专家、学者、教授。“经典名作”岂可无评，引导读者细细赏析，于是提出出版全集评点本的计划。吃不着肉，喝点汤水也好。作者被米汤灌得昏迷了，竟自同意。不多久，到底是“金大侠”，终于看出了其中消息，叫停了。

这些就是“护花主人”的嫡裔，都是利益驱动的产物。旁生别出的枝条更是多有。《红楼梦》不是甘蔗渣，耐得咀嚼，每次重读，都会有新的领会，嚼之不已，相应的读后感随即出现，看来《红楼梦》实在是一口汲取不尽的深井。

有意思的是，新出现的《红楼梦》研究者多是小说家。其中值得一说的是小说家张爱玲。这是一位没有功利目的，以“一掷十年”的豪情的《红楼梦》研究者。她自有一种考证研究方法，以女性独有的细心追寻小说创作的奥秘。她的书命名为《红楼梦魇》，我见过上海古籍出版社出版的本子，惭愧得很，没有耐心跟踪她的考证道路，未能终卷，因而对她的考证成果弄不清楚，也无法评论。张爱玲著作的“全集”“选集”国内出了若干种，却少有收入《梦魇》者，可见此书并无任何经济价值。“张学”已成显学，研究著作车载斗量，却无一人论及《梦魇》，可见在研究者心目中，此书并无位置。除了她的老友宋奇，连“张学”开山人物夏志清在内，都无一人顾及此书。她慷慨地一掷十年做研究，无名无利，不论成果如何，其爱重原书，全身心投入的实际行动是感人的，值得尊重。尤其是她的欣赏趣味，能极敏感地发现高鹗伪续的恶劣品格，真是罕见难得。而这正是深研曹书文本的必要前提、条件。

另一位小说家也投身《红楼》研究，获得了石破天惊的惊人“成果”。他的论文曾在刊物上发表，也写成专著出版，但声名寂然，无人理会。最近一家报纸才加以介绍，使我得知梗概。可惜只有结论，而无论证。

他的结论是：（一）三个脂本都是“伪文物本”，是雪芹身后一个骗子在土作坊里制造出来的。“脂砚斋”是骗子使用的化名，其人与雪芹完全无关，也不在一个时代。（二）畸笏叟同样也是骗子制造出来的，实无其人。（三）高鹗没有本领续后四十回，言外之意是肯定程高百二十回本全出雪芹之手。（四）考证方法不能用于小说。

这真无异于一颗原子弹，将所谓“新红学”的基础摧毁净尽，留下一片白茫茫真干净的大地。这个骗子神通真是广大，能制造三个（其实多至七八个）假古董“脂本”，安置在不同处所，留待人们陆续发现，有一部竟流到了俄罗斯。不用说后四十回的情节铺叙与前文是否接轨，对雪芹原有的作意有无扞格，单就文字风格的差异，一个敏感的读者是很容易发觉其间的差异的，何况这是天渊般的差异。但这是不能要求于所有作者的。

以上两例，与前面提到的诸例，出发点微有不同，不消细说。

最后说到以作家而涉足“红学”的是最近引起不少争议的刘心武的“秦学”。

首先必须说明，我既没有听过他在中央台的讲座，有关著作也只草草翻阅过一册《画梁春尽落香尘》，本来没有说话的资格，不过还是想发表些简单的意见。

《红楼梦》是一部未完成的著作，没有经过作者最后的审定、修订，留下的破绽不少。如人尽皆知的元春、宝玉年龄的忽大忽小，借用鲁迅先生的话，是不必文学家、数学家就能发现的。至于有些疑点，别人不曾注意，却被刘心武抓住了。如从育婴堂抱来的秦可卿，怎样就能成为贾府的“冢媳”？重视门当户对原则的宁国府为什么破了成例？秦氏丧仪排场的破格，连朝中大太监和北静王都来路祭。秦可卿睡的是坏了事的老王爷定做的棺木。……从这些疑点出发，追寻秦可卿的身世，是不无理由的，不能说全是捕风捉影。江南甄府的几个女人，鬼鬼祟祟地到贾府来寄存的是什么东西？不大可能只是金银财宝，那么又是什么？这些蛛丝马迹的疑点，值不值得追寻，刘心武抓住这些疑点，建立了他的“秦学”，本来有充分的理由。也不妨“大胆假设”，但在“小心求证”时，他做的就不那么理想了。

举一个例，他将“张太医论病细穷源”，做成了“药方细穷源”，几味中草药在他眼中成了密电码，从而付张太医以有如特务、信使的身份，看来就不免失笑。“秦学”的遭到“围攻”，起因在此。不足怪也。

至于刘心武的“探佚小说”，惭愧得很，实在不能领略其好处。不必说，离开《红楼梦》原书笔墨相距太远了。当然不该做如此过高要求，但总该比高鹗高明些吧，好像也并不尽然。高鹗是力求追踪前八十回的笔墨的，亦步亦趋，吃力得很。无奈限于自己的世界观及才力，只能落得个“画虎不成”的可怜境地。

当讨论紧张热烈之际，有好心人出来叫停了，我看也不必如此。这种论争，不论其价值如何，前景怎样，至少显示了一种平等讨论、百家争鸣的气象。就像斗蟋蟀似的，小虫关在蛐蛐罐的围墙之内，不管杀得如何昏天黑地，都无关墙外事，与大局无关。有兴趣的观众，注视于此，得以暂时躲开墙外的许多烦心事，得以些微放松紧张的神经，也不失为一种养生之道。回想一九六二年顷，也曾有过一场“红楼热”，其规模、气势、热闹，也远非今日可比。揣想当时发起、推动此一讨论者的初意，也未必是忽发雅兴、提倡“红学”。至于文痞姚文元出来打棍子，那是后来的事了。

二十多年前曾写论“红学”小文，题为《春夜随笔》，今写《冬日随笔》以俪之，并示春天不远的延伫之意云尔。

二〇〇五年十二月十日

画《水浒》

黄永玉的《大画水浒》是一九八八年在香港完成的。最初起意却在六十年代。他在后记中说："《水浒》人物原应在六十年代初以木刻形式完成，因为绣像方式，风格当较细密精致。"此话不虚。近来检视我寄周汝昌兄旧信，于一九六二年三月十九日信中有云："黄永玉拟以十年之功刻《水浒》图，人物用白描。上次曾以红楼图相询，渠答言太难。但此公创作力极旺盛，可缓缓促成之。总之，千秋绝业必由今日精英完成之，此必然之事也。"

永玉对木刻是情有独钟的。他在"自白"中说："我最喜欢的是文学，第二是雕塑，第三是木刻，第四才是绘画，但前三项爱好全要靠绘画养着，因为它们的稿费太低了。"此话也非虚。一九四六年顷，与永玉在上海相见，曾经手将所刻小如指甲大的木刻头花数十方卖给报馆，所得不过数十元而已。两年后又在香港见面，在他乡下住处看见所刻大长幅木刻，是写欢庆解放的热闹场景的，刻在居停主人大块门板上。气势雄伟，是未之前见的大幅木刻，承他亲手拓了一幅相赠，可惜早已失落了。五十年代他还未放下刻刀，每有得意之作必拓以相赠，记得有肖邦像和湘西人物小景等，可惜都未结集。曾问世者，只为汪曾祺小说《羊舍的夜晚》所作插图和阿诗玛肖像等而已。

说到《水浒》插图，永玉承认陈老莲所作为个中“班头”，他对老莲是极佩服的，将我所藏的一部《宝纶堂集》也要了去。老莲的“水浒叶子”，凡四十幅，起宋江迄徐宁。张宗子《梦忆》曾有记，是老莲二十八岁以前所制，有黄肇初所刻本，清初又曾翻刻，只人物，无点景。这是一种酒牌，上端题万万贯字样，人物侧边属题名，又评语，如宋江题“刀笔小吏，尔乃好义”之类，已透露出画家对人物的评判。此意也为永玉所承受，题词意更刻露，这是以杂文入画的创举了。与题评相匹，水彩笔墨也更狂放恣肆，多奇趣。老莲所图仅四十幅，永玉所作多至一百四十二。他推测老莲何以点到即止时说：“多年以来总以为此公兴尽搁笔所致，及到自己年来工作，才体会到梁山人物中临时拉来凑数者不少，此辈既带来引据困难，且阻挠创作乐趣，形象性格俱困捕捉，加上章侯作宋代人物，每欲表达汉代风仪，所以不免纵横受阻，这恐怕是其精选梁山人物，摘其主要欢喜者为之的原因。”我想这推测是不错的。张宗子于《梦忆》中记乡下年时庆贺，台阁中有水浒故事，精选其肖似者扮演之，观者惊叹，则是活生生的水浒英雄谱了，估计人物也不过数十人而已。

永玉又自记其创作过程：“我作《水浒》不遵循旧例。《水浒》中男女多捣蛋纵酒任性乡民，平日自由天真，自无必要将其往廊庙上拉扯，尽为余当年浪迹江湖时之朋友熟人，街头巷尾，野水荒村，信手拈来，写日常见闻经验，边写边笑，席地坐卧，旁设茶酒，或互通新闻，或指天骂娘，混沌乐陶，不觉困惑矣。”

这是极好的一节创作谈，说明画家面前虽无真的模特，却非捕风捉影，其实还是从真实中来。人物既多，也往往有充数者，如飞天大圣李衮，题曰：“上山之前，都有两下，上山之后，平平常常。”可见作画时的无可奈何。可是多选取“小人物”，却都是缺不得的关键人物，如朱贵、王婆都有两幅，宋江两幅，其一却是“杀惜”。还有几乎没有什么故事的，如宋徽宗、蔡京、李师师。宋徽宗在五国城，身上出了从未见过自然不认识的虱子，叹道：“朕身上长虫，状如琵琶。”蔡京幅题：“元祐党籍，黑名单之祖。”李师师幅题：“交朋友，一个是皇上，一个是文化名人，那谁还惹得起呢？”可见这三位虽与《水浒》关系不大，却都是少不得的，少了他们，就正是缺了典了。但全书不收晁盖，却不可说是缺了点，画家说：“为什么不画，不知道。”

《水浒》受到批评最多的是对妇女的态度，如废名所说。这本画册所收，除梁山女将外，有阎婆惜、潘金莲、潘巧云三位。画家说：“画到阎婆惜，十分美丽，我忽然发现她比潘金莲更有深度，潘金莲不过只是强烈地要求爱情自由的一个委屈的女子，而阎婆惜不单要求自由而且敢于向政治挑战，搞得宋大哥颠三倒四拜伏于她的膝下。”这里所说，不但新鲜，着实警辟。在“杀惜”一幅题道：“宋江不能不杀，阎婆惜非死不可，张文远何在?”其实阎婆惜的“向政治挑战”正是张文远策划的，不是吗?

王矮虎幅画的是宋江答应拣一个停当好的押寨夫人给他，悠然自得之状。下有“自白”曰：“老爷子说：‘世界上没有无缘无故的爱。’他不知道，有了缘故，那还叫爱吗?”这话又岂只于王矮虎为然。

作者自白：“文化极品，谁也没资格任意臧否，但有权坦白喜爱。因斩钉截铁的武松、林冲、宋江，包括爱惹闲事的石秀这帮跟我情投意合的人物，我喜欢《水浒》。”

盖叫天老先生以“江南活武松”饮誉当世，我却更喜欢他的“恶虎村”“史文恭”，画册中有金眼彪施恩一幅，画他怀中抱着一坛老酒，题曰“施恩这号人的礼最是受不得”，受了施恩的酒礼的就正是武松。这正是武松的弱点。画家对史文恭却有好感，题曰：“奇怪的是，宋江为何不赚他上山?”这也正是我所不解的。

二〇〇二年八月二十六日

跋永玉书一通

前些时听说永玉打算搜集他过去寄给友人的书札，就从书丛中找出了十来通寄去了。当然这不会是全部。我的旧存笺札总是胡乱收置的，有的就随手夹在书里，前天翻阅《龚自珍集》，就又发现了一通，也许不知何时，还会发现些也说不定。这封信是他用毛笔写在两张高丽纸上的。时间当在“文革”后期，看信中提到潘际坰被分配在自来水公司事可知。信写得颇有意思，不免引起不少回忆，似乎有些话可说，因作此跋。现在先把原信抄在下面。

裳兄：信和字都收到了。真是司马的兵来得好快！看阵势我只好把交卷期稍稍提前才是道理，否则倒真是唱空城计了。说老实话，兄是个严肃得要命的人，文章学问那么认真，瞎涂塞责我也是来得的，这样做，是对不起这近三十年友谊的，只等老天爷来一两天凉快，就动手。眼前，我身体情况终未见决定性的好，只是性格天成，不那么难过就是。正如颜之推所云“肠虽欲绝，目犹烂然”是也。我生长江湖，平生少涕泪习惯，表面是个好体魄，实则未必也。给沈公信，是我送去的。见信后，他说：“喔！我已经写字给黄裳了呀！你看，我这里又写了一张！”看样子，除了回信，大概还有一个条幅寄你。你的信的确很感动了他，他是很朴讷的，信揣在手上好久。

你给我的信，我住上海闵行时至六几年，洋洋一大册，天南海北都随身带着，还是梅溪后来处理了；你写信时不那么认真，所以极潇洒，字随文活，所以读来信时有好几种快乐。寄来的条幅，如你面对生人，颇有一板正经的意思，修养工夫虽在，却缺少一点煞泼，一点三大杯啤酒下肚的妩媚，不像黄某人原来的面孔。我想，和你聊天的经验，印象总是美好的。可惜没有听你作过政治报告，我想虽是同一个人，境界必定有级别之分，字也如此。这张字我留着，如果你手气好时，给我再来一张怎样，不要馆阁体的，思想上的馆阁体也不要。要一种书信体，一种法帖型号的。

汪兄这十六七年来我见得不多，但实在是想念他。真是“你想念他，他不想念你，也是枉然”。他的确是富于文采的，但一个人要有点想想朋友的念头也归入修身范畴，是我这些年的心得，也颇不易。

老潘入自来水公司，十姨嫁五髭须，天作之合，恭喜！恭喜。祝

双好！

弟 玉 七. 十八

“文革”后期，我从干校回沪养病，上海没有可来往的朋友，倒是和在北京的际坰、永玉通讯不少。信里不好说别的，只能说些生活琐事，他们两家来往频繁，还提到絜瑛（际坰夫人）经常与锦江老板董竹君、郑西谛夫人高君箴等打牌等琐事，但对时局则闭口不谈。从永玉信中说他的身体情况与引颜之推的两句话，也可想见处境之一斑。要想不被巴儿们嗅出气味，也只好如此。

信中大部分是批评我给他写的字。这批评虽然委婉，却极真确。我本不会写字，接到来信要我写字时，起初想给他写一副对联，词句想抄伊墨卿的旧句，“江山丽词赋，冰雪净聪明”，以为这对子送给永玉恰好。可是这副五言联实在不好写，尤其是有伊公大气磅礴的隶书在前，更不敢动手，只好写了一张条幅，什么词句忘记了。却落得个“馆阁体”的批语，真是始料不及。但他的批评是稳而准的。事实本是如此，无可推诿。他又提到我们当年放言无忌的聊天，三杯酒下肚后的姿态，真是前尘如梦。想想自己过去并不像今天的缄默。近年有人说到我，前有杨苡，以“沉默的墙”相拟，后有李辉，说与我相对枯坐，“恰如一段呆木头”（借用鲁迅先生小说语）。他们说的都是事实，也都是好意。但不能不使我思索，怎么会变成这个样子了呢？

信中还提到沈公，虽寥寥数语，但写沈公神似，写他的朴讷，也极似。《沈从文全集》中收有给我的信，但我并不曾收到过，想是写成未寄的底稿。

信中又提到他曾有我给他的信一大册，后来被梅溪处理了。此批信如存，在《来燕榭书札》中当是突出部分。近来少少搜集未成集的零散旧作，得到朋友的帮助，虽只是初步动手，竟已有了一大堆。回想平生胡乱作文，随宜写信，不自收拾，仅存佚篇，尚赖朋侪之助，得存鳞爪，不禁感慨系之矣。

永玉最后提到了曾祺。当年在上海，他和曾祺总是一起见访，一起小吃，吹牛，快活得很。他俩都是才人，所谈也都是妙事，不易忘记。曾祺到北京去了，通讯渐疏。永玉也在北京，想来他们一定过从甚密。曾祺的小说集《羊舍的夜晚》还是永玉为他做了木刻插图。想不到十六七年间他们见面不多。想来曾祺别有一个过从的圈子，我总想他们的不常在一起，无论对曾祺还是永玉，都是一种绝大的损失。曾祺在“文革”后期，入样板团，以《沙家浜》一剧名世，还上了天安门。当时我在干校，为此还挨了一场批斗，思之惘然。

久不得永玉消息，念之无已。何时有兴，能以素笺一纸见投，是所愿也。

二〇〇四年六月十五日

答董桥

董桥先生：

奉手札，读后感慨无端。数年前散去之故人书件，至今悔之。潘某商人，陆续将所得付之拍卖，我耳目不灵，不知道消息，亦无人可托，充和书件，竟归尊藏，且将以之见还，感与惭并。此件与拙作《宿诺》不可分割，此文为我着意之作，书件一时脱手而去，愧对故人。如辗转得归，实为大愿。不敢言谢，只感愧而已。念念不忘者尚有周叔弢丈所赐书轴，为其去世前所作，以之见赐，何敢忘之。不知潘某仍将付之拍卖否，如出现，我必收回，不惜费也。

足下为《我的书房》所制之序甚妙，且说及鄙人所拟斋名若干，皆少年时一时兴到漫拟者，不值一说。岂敢与当代巨公相提并论耶？一笑。

不佞今年亦八十五矣。一直不记得自己的年纪，亦未尝以老人自居。近仍不时动笔，说些怪话，以之自娱。婆娑度日，不敢言老。仍不失少年凌厉之气，可以告慰于知人。

一直喜读尊作散文，说及藏书，多是欧西典籍，愧为门外，只增知识而已。至今仍不失凌厉气势，尤令会心。旧曾得梁漱溟所赐书件（劫去已失），忆曾钤一印曰“远离颠倒梦想”，偶忆及之，似与今日与足下论交所怀相似也。

《珠还纪幸》因三联风波，搁置至今。闻明年春草绿时或可问世也。附闻，

专此覆谢，即请

近安！

黄裳

二〇〇四年十二月十一日

解密种种

“解密”，也是有种种的。

首先想到的是，新时期以来，国家开始进行规模宏大的建设，如大项目三峡工程、南水北调；下至地方建设，工业新区扩建，都不能不进行土木工程，揭开了沉睡几千百年的大地，随之发现了大量的古遗址、古墓，与大量文献遗存。虽然抢救发掘所得丰简不同，有些是盗墓者挑剩的残余，但收获还是可观的。《考古》《文物》两种专业刊物，尽全力报道也来不及。发掘所得，都是国家、人民的财富，不能不使人高兴。但随之引起了某些人的欣羡之心，为旅游利益所趋动，提出发掘秦始皇陵、武则天墓的倡议，其强烈的“揭密”之心，人们心里也都明白。

且将时代拉近来。自从俄国政府解密了苏联斯大林时代的一些秘密档案以来，全世界的史学家和非史学家一起忙碌起来，大量揭秘的研究书刊纷纷问世，成了一派耀眼的风景。既推动了历史研究，也满足了一些读者的好奇心。人们在大吃一惊之余，不免明白了原来是这么一回事。我国政府也循国际惯例，有限度地解密了部分国家档案，给历史、党史研究者以相当的便利。虽然解密了，但仍作为珍重历史文献，好好地保存着。此风一开，影响所及，全国的情况没有调查不敢说，仅就京沪两地而论，也确实引起了一些回响。只是文化机构就努力跟风，处理了一些“不值得保存”的档案、文件、重要会议记录、书刊……这些废弃物一旦落入小贩之手，立即成为“奇货”，一时造成了“潘家园”一类文化市场的非凡兴盛。机关之外，去世文化名人的后裔也有不能善保先人遗藏者，纷纷处理遗物，因而像茅盾、俞平伯的遗墨、藏书，每每现身于拍卖市场，为爱好、珍重名人翰墨者所得，一时传为佳话。其尤为瞩目的，如买得某作家的全部档案，经本人整理成完整的书籍出版问世，留下了一份可贵的历史文献。至于巴金老人捐赠国家的大量藏书竟自流落摊头，至今还弄不清流散踪迹，更是言之痛心。

某些文化机构对待这些“遗弃物”之冷漠无情，更是惊心动魄。它们用处理没有保存价值的理由，论斤斥售，扫地出门，或因大扫除，或因搬迁，竟将珍贵的手稿以及曾经视为“绝密”的档案材料，弃如敝屣。作家陈村就在出版的《日记》中记下他用手推车收得处理后的某翻译家全部译稿，闻之可惊。

此外，从小贩手中得来“珍品”的“藏书家”和“文献收藏家”，还珍藏着一些见不得天日的东西，是“宝贝”，又是“烫手的山芋”，不知如何处置方好。如作家的手稿、交代、认罪书，有关的外调材料……这些都是不能公然摆上拍卖场的。只好偷偷摸摸地向人兜售，层层加码，直至天价，但好像很难找到买主。因为这里有着一道很难迈过的门槛——知识产权。

交代也罢，认罪书也罢，无论在怎样政治环境之下，本人是否情愿，到底是亲笔手书，也即“作品”。“文革”十年，大小作家所写的这类文件，其数量之多，怕要占他们《全集》的大部分甚或倍之。自然，也有人不肯写这样的东西，但为数极少，有人也已成为烈士，如张志新。毫无疑问，知识产权应归为作者本人，即使本人已死，还有五十年版权保留期，应由后裔继承，不是鸡鸣狗盗之徒所能窃据，或用为攻击个人的材料。其他文件情况类此。

前些时，广州的《收藏·拍卖》发表了有关陈寅恪先生遗物的消息。读了令人亦惊亦喜。陈先生身后的遗物终于露面了。可惜的是“行不由径”，没有透露流传轨迹。关于寅恪先生的遗稿遗物，人们是很关切的。二十七年前我曾写过两篇小文，《陈寅恪》与《寒柳堂的消息》（收《榆下说书》），在《柳如是别传》之外，我说：“此外还有几种重要的遗稿，则前后遭到抄家劫掠，至今下落还在若明若昧之间，不能不使我们感到忧虑和关切。”后来经陈先生弟子蒋天枢的努力经营，由上海古籍出版社出版了《陈寅恪文集》，又后，由三联书店出版了《陈寅恪集》，是差强人意的明知不全的遗集。最近又听说北京拍卖陈寅恪的遗书遗物，悬价高奇，未能成交。陈先生不是藏书家，平常所读所用大抵是通常版本。其论价之高，显然是由于先生的文章操守，即如何高价亦未能体现其手泽之真价。如以知识产权论，则此种遗物，理应为流求姊妹所有，不是任何倒卖家所能窜夺。而来路未明，经何种不明不白途径到手，这在我始终是一个谜。就像陈先生在写《柳如是别传》时，只引翁同龢一诗与邓之诚《骨董琐记》一节作结，说“此俱钱柳死后有关考证之材料”。殊不知此后之事正多，斗争亦殊未已。其惨酷有非常人所能意料者。这在我都是“谜”，深望能有了解之日。这许多理应追根寻底，以告世之读陈先生书者。也是有关部门不可推卸的责任。

二〇〇六．十二．十一

第三条道路

从《读书》上读到张中行先生论读史的文章《有关史识的闲话》，有耳目一新之感。他提出的重要原则是“人文主义”，其理解为“评定事的是非（或对错、好坏），要看这事能不能使所有有关（包括受间接影响）的人获得幸福，趋向文明，能者是，不能甚至反其道而行者非”。接下去就用农民起义的张献忠几乎把四川人杀光和为周作人所十分推崇的李小池《思痛记》所反映的太平天国的残暴为例，声明自己宁可作朱氏或爱新觉罗氏的顺民、咸丰皇帝的子民，也不肯跑到四川或南京去“分享农民起义的光荣”，因为“舍不得小命，两害之中取其小，不光彩吗？人文主义要的是实实在在的福利，常常不管本性可疑的光彩不光彩”。

只此，已可见“人文主义”和实用主义已经密切相关、不可分割了。张先生又用大段文字批判了“忠君的信念”“两性道德和政治道德”，这些，都已经是人尽皆知早已取得共识的意见，是极正确、也不劳词费了的。有意思的是张先生又举出了许多明清易代的史事加以评论，却又声明“这里有异族入主问题，且放下不管”，这就奇怪了，如果撇开了这个，这一时期的历史又怎样分说呢？

我过去曾说过，旧南明史家有一条原则，凡是在甲乙之际死掉的，不管是抗敌而死或死于乱兵、死于殉节都一律列入节义传，是简单化达到可笑程度的史法，说不上史才，更不论史识。我又说过，明末、宋末也一样，在许多人心目中，皇帝只是国家的象征、符号，不能单纯理解为忠君，更重要的是对故国的怀念。崇祯是个昏愚的皇帝，明末的阶级矛盾又已达到炽热的程度，但老百姓还是忘不了他，难道真是舍不得这个“好皇帝”么？其实不过是在异族统治下怀念亡掉的故国而已。在这里可以引用一段周作人《阳九略述》的文字：

> 民国初年我在绍兴，看见大家拜朱天君，据说这所拜的就是崇祯皇帝。朱天君像红脸，被发赤足，手执一圈，云即象征缢索，此外是否尚有一手握蛇，此像虽曾见过，因为系三十年前事，也记不清楚了。民间还流行一种太阳经，只记得头一句云：
>
> “太阳明明朱光佛。”这显然是说明朝皇帝，其中间又有一句云：
>
> “太阳三月十九生。”三月十九日正是崇祯皇帝的忌辰，则意义自益明了了。年代相隔久远，东南海边的人民尚在那么怀念不忘，可见这一年的印象是多么深刻。

这个例子很好地说明这是人民的意愿，并非只是有“忠君的信念”的士大夫的念头，难道人民念念不忘的仅是给他们带来了无穷苦难的皇帝么？

甲乙之际有许多忠臣义士，并未在崇祯“完蛋于煤山”之后立即自杀殉主，他们起兵抗清，直至兵败身殉，张苍水、祁彪佳（他是不肯接受贝勒的劝降，自沉殉国的）、陈子龙都是的。陈子龙是抗清起兵，兵败被俘后死去的，“陈子龙是好样的，因为死了”，一点也不错。顾亭林的祭十三陵与孝陵，并不是念念不忘朱明历朝皇帝，他想的是已经覆亡了的故国。“旧识中官及老僧，相看多怪往来曾。问君何事三千里，春谒长陵秋孝陵。”（《重谒孝陵》）中官和老僧对顾亭林的行径都不能懂，觉得奇怪，于是他写下了这首诗，告诫后人，切不可像中官老僧那样只着眼于表面现象，要看事物的本质，这对有史识的学人怕并非过高的要求。

南都覆灭之后，柳如是劝钱牧斋清流自尽，是不明“大义”的，她看不出让钱谦益投降，就能使“所有有关的人获得幸福，趋向文明”。同一时候还有一个龚鼎孳，自称“我本欲死，奈小妾不肯何！”这小妾就是顾横波。郁达夫有诗云：“莫怪临危艰授命，只因无奈顾横波。”郁达夫在这里也脱不掉“历史的局限”，他的“忠君的信念”太强了。

张先生曾不止一次反问：“钱牧斋，除了没随着崇祯皇帝死之外，你还能举出他什么劣迹？”这一道策问太是初级的了。只要翻看《虞阳说苑》就能发现记有钱谦益许多劣迹的纪事，其中张汉儒控告钱谦益的若干条罪状，都是“基本属实”的劣迹。钱谦益和董其昌差不多，都是恶霸地主，凌虐小民，包揽词讼，无所不至，这在钱牧斋的尺牍里也留下了不少证据。董其昌是被“民抄”了的，钱谦益也被人京控，虽不曾办罪，但舆论谴责是逃不掉的。

我没有读过葛剑雄先生论冯道的文章，只从张文中读到一节结论，回答着“生在乱世的知识分子，除了效忠一君，君败亡则竭力致死和灭迹山林之外，就不能走冯道的第三条路吗?”的疑问：

> 如果有第三条道路，那就是以人类的最高利益和当地人民的根本利益为前提，不顾个人的毁誉，打破狭隘的国家、民族、宗教观念，以政治家的智慧和技巧来调和矛盾，弭合创伤，寻求实现和平和恢复的途径。这样做的人或许只是为了实现自己的价值，但他对人类的贡献无疑会得到整个文明社会的承认。……与“灭迹山林”或效愚忠于一姓一国的人相比，他无疑应该得到更多的肯定。

话说得堂皇而正大，但放在家国危亡之际来考察，就不能不产生大的疑惑。请原谅我浮想联翩，拟于不伦，忽然想到这与汪精卫“我不跳火坑，谁跳火坑”的“高论”，何其相似乃尔。回到明末清初之际，走第三条道路的钱谦益、龚鼎孳辈登高一呼，果真能感动得“一队夷齐下首阳”，随同新主子共建使全国人民获得幸福、趋向文明的大业，也许开国的清朝诸帝，用不着再费如许手脚，立即可以进入“升平盛世”了吧。

鲁迅先生早就说过，“因为卫国和经商不同，值得与否，并不是第一着也”（《立此存照》）。说得何等透辟，也正是为明清之际史事而发的。先生早在数十年前就已将爱国主义与实用主义划清了界限，不能不使人警醒。直到今天还要为这样的问题费唇舌，也不免“真是太可悲了”。

大师的偏执

买得“北大名家名著文丛”中的《邓广铭治史丛稿》，随意浏览，觉得邓先生以高年论学，处处仍不脱少年凌厉之气，是非常难得的，但有时也难免失之速断，坚持旧说而少坚实论据。如辩证辛稼轩及岳飞《满江红》词事，即是一例。

辛稼轩是爱国词人，也是邓先生用力最劬的研究对象，其爱重前贤的心意是可以理解的。稼轩曾帅湖南，寻知潭州兼湖南安抚，是方面大员，他在带湖有一所新居，是不是一处地主庄园或“只是附有小园林的一个宅院”，邓先生和罗忼烈教授就稼轩的经济生活问题展开了论战。对“稼轩”的实际规模作了详细的论证。其实这是不必过细计较的。邓先生又指出，“宋代外官，特别是知大州郡兼帅任的，除了按月有较优厚的薪俸之外，还按月有固定的公使钱”。有了这样的“合法收入”，稼轩就曾用来为友人刻书、赠送，他在帅浙东时，送给刘过一次就是一千缗，还为杜仲高开山田，为陆游修房舍，后因放翁坚辞而止。这一切都可见稼轩的豪纵，那么他为自己的园宅有所花费，也是在情理之中的。即使如攻击稼轩者所说，“奸贪凶暴”，“奸脏狼藉”，“好色贪财，淫刑聚敛”，是由于政治斗争中政敌的诬构，却可为稼轩的豪纵作一注脚，不是朱熹泛泛称许的一通书信所能掩盖的。朱熹只是说“今日如此人物，岂易可得。向使早向里来有用心处，则其事业俊伟光明，岂但如今所就而已耶”。这是从大处着眼，对稼轩作出的评价，也还不是没有保留的，虽然朱熹并不曾指出“向里来有用心”的具体内容。

关于稼轩的名作，《念奴娇 · 书东流村壁》的作时作地问题，邓先生与梁启超、梁启勋和陈志昂展开了一场论辩。梁、陈等认为此词是“东流为徽钦二帝北行所经之地，而定此词为稼轩少年时两随计吏抵燕山谛观形势，经行其处时所作”，邓先生以为此说“盖误”，认为只是“赋写闲情逸致的一首作品，而决非涉及国家民族的新仇旧恨的”。文中对徽钦北狩的路径等问题作了详尽的论辩，并对辛词“近来多少华发”中的白发是夸张还是实有进行讨论，都是很有趣的。本来为词人的作品编年，是一件困难事，除了有确证以外，多半也只能约略估计，种种异说也是允许并存的。邓先生在驳陈志昂时说：“这简直是一番梦呓语言！这在陈君有姑妄言之的自由，而在我却也觉得有请君住口的权利。”在论辩文字中确是罕见的警句，不能不为老师宿儒心雄万夫的气势惊叹。这和另一为岳飞《满江红》词争著作权的文章都有类似扑空的迹象，不论是为爱重的词人名将还是自己的旧说辩护，都离不开臧克家所说的“感情作用”。

《丛稿》中还有一篇关于《太平治迹统类》的论文，在

“由龚朱两抄本衍生出来的其他抄本”一节中，涉及上海图书馆藏谦牧堂旧藏一本，此书原为我的藏书，写有跋文，由邓先生过录。其按语云：

> 此本我们尚未得目睹，书前之题记及印章，皆沪上友人代查函告者。黄先生谓“卷首竹垞手题五行”，则似与南京图书馆所藏朱抄真本全相符，想系摹拟朱氏手迹而过录者，故黄氏断为“宛然真迹”，而不知其全为仿制品也。朱氏《题记》下钤有“朱彝尊锡鬯印”之白文方印一，当亦系伪为之者。朱印之上为一“谦牧堂藏书印”，亦白文方印，则不知是真是假。……此书如确为谦牧堂所曾收藏，则其抄成上距朱氏本抄成之年盖不甚久。

过去学人重“眼学”，就是主张“目验”，这是实事求是的优良传统。邓先生并未亲见上图本，所论就不免全凭推测，遂多疑似之词。两本手题全同，怎能说是过录，更怎能断为“仿制品”？竹垞及谦牧堂藏印，据我旧日印象，确为真迹无疑，岂能断为伪造？这都不是认真的学者应持的态度。其所以如此，盖由于先入为主地认一本为“祖本”，其他都是“衍生”。其实过去学人传写古书每有副本，是并不奇怪的事。

邓先生又谈及明《内阁藏书目录》，引朱彝尊跋文：“呜呼，设一典籍掌十万册之书，立法苟且已甚，以杨士奇之得君，且奉诏编书目，可以言而不言，其罪尚可逭哉！”之后，论之曰：“一个收藏十万册书籍的内阁大库，只用一个人管理它，则其藏书之大量丢失自不足怪。”这是误会了竹垞的原意。杨士奇不过是领衔挂名编纂《文渊阁书目》的大官，竹垞只是责备他对大库管理不加过问。一座内阁大库而不设典守员司，只交给一人打理，这是不可想象、出于常识之外的神话。

上海图书馆又藏有彭元瑞旧藏一本，邓先生著录其藏印之一为“遇读者善”，其实应读为“遇者善读”，过去读者每误读此印印文，因附记于此。

一九九九年十一月一日

忆旧不难

我跟葛剑雄教授见过两回面，说过三五句话。一次是在沈昌文为《读书》召集的座谈茶会上，而非《万象》的宴请。葛教授跑过来递给我一张名片，我告诉他我的文章是批评张中行的。他的论冯道的大文不曾读，迄今也不想重读。又过了年把，这次是真正的宴会了。葛教授来得迟了些，一落座就开始“演讲”，滔滔不绝，谈兴甚豪，旁若无人。我的耳朵不好，始终听不清他说些什么。十分钟过去了，他还没有煞车的意思。这时救星来了，朋友问我可要先回去休息，我立即同意，抽身告退了。我问朋友，这是哪位先生，在席间上大课，才知道又是他。这是仅有的两次对葛教授的感性认识。

至于理性认识，又别是一番风景，在报刊上经常碰到葛教授的文字。突出的印象是十之四五开章明义必先抬出他的恩师谭季龙（其骧）先生。整理遗著，撰写传记，确是得传衣钵的得意门生。今天而有如此尊师重道的人物，不能不令人肃然起敬。就最近发表在一月号《随笔》上的大作《忆旧之难》也绝不例外，照例请季龙先生唱开锣戏。用沈容和李慎之的纠葛引起，说到他为其先师作传时的困惑。据事直书还是“为贤者讳”，着实感到为难。事实也确是如此，困难与为难也一直存在。眼前就有好例，我也有一位先师，在中学教过我的老师章丹枫（巽）先生，也是专攻古地理与中外交通史的，中央大学和复旦大学的教授，就曾与顾颉刚一起研究创始绘制中国历史地图，其最先拿出的成果可能还早于谭季龙。我就在闲谈中听到不少属于《忆旧之难》的例证。因为外行外加少兴趣，许多佚事已成无从追忆的过眼烟云了。

其实以上说的都是闲话。《忆旧之难》的主题并不在这里。作为副题的“并谈一件往事”可能倒是真正的主题也说不定。

我的《第三条道路》一文是批评张中行的“有关史识的闲话”的。张文引用了葛教授原文中的一段话并就此展开讨论。可见张中行对这段引文的重视与钦服，不独可代表葛氏全文的精粹，并不惜使之成为论证的主干。因此评张文时就躲不开葛文。现在葛教授责我“断章取义”，其实是找错了事主。真正“断章取义”的其实正是张中行。

其实辩论并未能展开，也无可展开。所谓“过头话”也抹不掉，张中行写了一封短信，说了些“恭喜发财”之类打哈哈的“淡话”，抽身而退了。葛教授也顺势提议就此了结，不再“纠缠”。

事情并未结束，葛剑雄教授又顺便抛出了柯灵不失时机提供给他的一批过期失效的弹药，当时未能利用，虽然有些像杨修猜破曹操的心事——鸡肋，还是觉得弃之可惜。岂不辜负了有心人的苦心。

此事说来话长，很早以前就有收集旧报刊的“藏书家”，得到一册《古今》的周年特大号，从编者周黎庵提供的笔名线索，知道我曾在《古今》上发表过文章，不只一篇，而是大量的。以为秘闻，叽喳不已。我都未加理会。后来在朋友的帮助下，编印六卷本《黄裳文集》，原拟将零星旧作，包括在《古今》上的文字，统统编入。后来觉得篇幅过大，搜索更难，遂变计以已成集出版者为主，也还有六大册，几经抄家，旧作全失。将解放初出版的《新北京》《一脚踏进朝鲜的泥淖里》两种也漏掉了。古典文学研究诸作也不收。去年在更多热心朋友的帮助下，勉强印出了一册挂一漏万的《集外文钞》，将在《古今》上发表的文字全部收入，包括周黎庵漏记的一篇六十三年前所作的“红学”论文，让读者看到我曾经说过些什么话、有过怎样的观点。又写了一篇颇长的后记，附于书后。这许多葛剑雄教授全都看到了，但仍提供了我未能前知的绝非可以忽视的文坛秘闻，勇敢地踏破了《忆旧之难》，这是不能不使我佩服与感谢的。

这就不能不说到我和柯灵的交往始末，是怎样从投稿者与编者的简单关系逐步变为知心朋友、亲密合作者的渐进过程。有一件小事至今未能忘记，一次柯灵为了逃避追捕，躲到我家，脱去西服，换上先父的一袭皮袍从容离去的往事。从《文汇报》的副刊《世纪风》开始，柯灵编过许多副刊，我一直是他的积极供稿者。一九四二年离沪之前，他对我的行止也是完全了解的。《古今》周年特大号出版后，他特地来信向在重庆的我通报，对《古今》编者周黎庵颇加调侃、揶揄，此时他在沦陷的上海编辑《万象》，还不停地向我约稿，我的《锦帆集》里有些篇章就是曾刊于《万象》中的。这和柯灵向葛教授说的“前几年我在编孤岛文学资料时用了曲笔，我只说（有人），但没有点名，这是不应该的”今昔心事，何其相异如此。偶翻旧作，不免兴慨。抗战胜利，唐弢和他在上海创刊《周报》，又不断地向我约稿、催稿，我在重庆给《周报》写了不少通讯，《关于美国兵》就是在《周报》上连载的。听说颇引起轰动。但柯灵上世纪八十年代曾撰长文记《周报》始末，表彰其进步立场，不但一字不及《关于美国兵》（此书出版也是柯灵力主“上海出版公司”付印的，同时还有其他我的著作广告。可惜为时已晚，政治局势大变了）。同时在《周报》作者名单中，也删除了我的名字。大概从此时起，在柯灵眼中，我的形象、地位已经大大异于往昔了。

什么原因，复杂纷纭，加以人事变换，互为因果，连我也说不清楚。印象较深的是此前他曾与我长谈唐弢，多有攻击，出语甚重。我才知道这两位好朋友，关系已经破裂，只能默坐聆听，无从应对。“文革”中我的几本破书被抄没了。新时期来，国家明令发还抄家物资。有关方面知道我与柯灵的友谊，请他劝我或捐献或作价卖给图书馆，我不想让这些辛苦收集来的书在馆中睡大觉，婉言辞谢了。八十年代以还我写的十来本不像样的小册子，大都取材于此。这就扫了他的面子，使他很不高兴。

一九九四年夏，柯灵在《读书》上发表《想起梅兰芳》一文，大肆攻击我的旧作《饯梅兰芳》。这是一支策划周密的“冷箭”。只揭出文章题目而不指明作者，因为我在《读书》上有一个长年不断的专栏，指名不大方便。文章发表后，该刊编者赵丽雅寄来好几封小楷长信，反复解释。说明不知道被攻击的文章是我写的。我相信这是实情，以赵女士的年龄，不能要求她熟知一九四七年报纸上的一篇小文章及其作者。这是属于“君子可欺以其方”范畴之内的。我自然不能甘受诬蔑，只有起而应战，说明道理。

《饯梅兰芳》发表的当时，正值国共和谈紧张关头，张家口被国民党军攻下了。蒋介石兴高采烈，颐指气使，不可一世，立即宣布召开“国大”，并召集全国名伶作盛大演出，以资庆祝。我说这是一场“祝捷大会”，柯灵力持异议，并提出政治与艺术无关的高论，唱戏归唱戏，管你是谁家“堂会”。如此妙论，不一而足。连人尽皆知的梅畹华与孟小冬的一段关系，我偶尔提起，也被认作对梅的恶毒攻击。为了劝阻梅先生去蹚这潭浑水，在当时白色恐怖的言论环境笼罩下，文章也不能不这样写，也被说成是别有用心。据柯灵引作论证的亲临“盛会”者所说，梅还是演出了《御碑亭》。我的小文没能起到应有的作用，失败了。

柯灵精心结撰的这篇奇文，企图完成的两项任务是：一、破坏我与《读书》的关系，希望我一怒罢笔，使专栏中断。二、引起梅家对我的恶感，破坏已有的融洽关系。不能说没有多少起到所期的作用。

梅兰芳一生历经几重历史变局，交满天下却并未谤满天下。自然人无完人，不能毫无缺失，然就大的方面说，无论做人、从艺，是当得起“德艺双馨”的称誉的。这也是我向他提出自传写作的初意，也是奢望。可惜期望过高，结果远离理想。今天“德艺双馨”的徽号颇有满天飞之势，念之不禁令人慨然。

《忆旧之难》一文的另一卓绝贡献是提供了连我也一直蒙在鼓里的“秘闻”。柯灵在久攻不下之际，忽地发现了绝好的机会，想借论敌之手，给我以致命的伤害。柯灵晚年失聪，还要借重夫人陈校长的帮助，自己则在电话里亲口布置谋略，并送上参考资料。辗转联系，颇费周折。可见他对此役期望之殷。不过他提供的炮弹终无大用，而我当时的决策，在今天看来也还是对的。否则我就不可能有走上抗日战争前线的机会。

为了一件小事，浪费了三千字的笔墨，看似无聊，实却不然。因为忆旧虽不容易，只要实事求是，认真做去，其实也并不难。

二〇〇七．一．二十九

胡适的六言诗

近来读谷林的《淡墨痕》，中有《陈光甫和胡适》一文，说起胡适那首著名的六言诗，即“偶有几茎白发”……云云的那一首*。我曾写过一篇《胡适之的一首诗》（一九八五年九月十七日作），忘记发表在哪里了，后收入百花文艺出版社印行的《河里子集》（一九九四年四月版），只印了一千册，见之者不多。偶忆旧事，依稀如昨，爰简述于下。

一九四七年我在《文汇报》编报。当时的编辑部只有一大间屋子，两排办公桌并排相对，占去了绝大部分空间，进门右侧有一间小房间，就是“采访部”了，主任孟秋江在此办公。房间尽头放了一只小桌子，上面堆放着中央通讯社等杂七杂八的新闻通讯稿。通常没有谁去翻动。那天我去得较早，编辑部尚未上班，无聊得很，就去翻看小桌子上的通讯稿，偶然发现了一份军统办的铅印通讯，上面就载了胡适的这首诗。

---

* 原诗为：偶有几茎白发，心情微近中年。做了过河卒子，只能拼命向前。

当时国民党正在紧锣密鼓地筹备“国民大会”，中共和民盟等民主党派都拒不参加，并严厉批判，进步媒体也一致声讨。胡适此时也着实上演了一出“跳加官”，正如傅斯年给胡适的警告所说，“在粪上插了一朵花”，两方对峙，壁垒分明，发现了这样的好题目，岂能不做文章。于是立即赶写了一篇题为《过了河的“卒”》的短评，此时编辑部已客满，一眼看见沈同衡，马上拉来给短评配图，连同载有胡诗的通讯稿，一起发下排字房，第二天（一九四七年一月三十日）就见报了。

虽然已是五十八年前的旧事，却依稀如昨。当年我们就是这样工作的。痛快淋漓，今日回想，犹为之神旺。

那篇短评，因已收入《河里子集》，所以不能算作“集外文”了，现在只抄结尾两小节于下：

> 按象棋规则，小卒过河，势不反顾，只能杀奔前去，走一步，少一步，到底就是死路一条。
>
> 再按象棋规则，小卒过河即可横行无忌，左右冲突，自由得很，也凶得很。
>
> 这是我细按原诗考证所得的结论。
>
> 话也不必说得太多了。反正这已经是过了河的“卒”，珍重，博士。

这一束文件见报以后，评者纷起，自郭沫若以次，总有十来篇。谷林只见唐弢所作两篇，远非全貌。

胡适直至晚年，还忘不掉这件公案，在《胡适之晚年谈话录》中，一九六一年二月十日日记中有一节说：“这里下面引的（按指《徽信新闻》）六言诗，也有好几个错字。那是一九三八年作的。……我有一张照片，（陈）光甫说：‘你在照片上写几个字纪念吧！’我就写了这四句诗。一直到了一九四七年在南京选举总统那年，陈孝威要我写字，我因为这首诗只有二十四个字，就写了给他。……当时共产党把这首诗作为过河卒子‘胡适卖身给蒋介石’的话，大大地攻击我。这首诗变成我最出名的诗了。”可见这件公案给胡适留下的印象之深。

关于此诗作于何时，胡适自己说是一九三八年初任驻美大使之时，与陈光甫同时赴美，为国宣劳，取得桐油借款之时，诗写得慷慨激昂，大有放翁遗韵。照说我们应该相信作者自己的话。谷林找了好几种胡适的传记资料，考证此诗的写作年月，好像终于未得确解。八十年代中，胡适在国内声誉鹊起，大异五十年代批胡之时，有朋友就说我们一九四七年批胡适此诗批错了，时间不对。我总还有点怀疑。提笔题辞，除了敷衍塞责的以外，总多少要流露出当时的心情感触，胡适此时此地偏偏记起了这首“旧作”，怕不只是因为字最少的缘故吧。

胡适的一生经历，是复杂的。功过都有得可说。作为一位学人，自有他的贡献，新文学倡导之功，新红学开山之功，毕生坚持独立思考，不盲从，不罔信，都是值得佩服的。虽然晚年因为戴东原辩诬而研究《水经注》，钻牛角尖，与王崇民来往讨论书信有一大堆，读之使人昏昏欲睡，但他的白话文写得确是不错。记得与巴老闲谈作家的文字时，就以为胡适的文字是写得好的。但是胡适的政治生涯就难说了，遗行累累，特别是一九四七年“在南京选举总统那年”，胡适的表演确凿无疑是政治上的一大“败笔”。因之“诗案”也终究是一桩“诗案”“疑案”。

二〇〇五.五.廿三

答客问

尊攘兄：

久不见，今读为胡适的六言诗所撰长文，想近来身体不错，思想活跃，至以为慰。

其实这是个不值得往复论辩的问题。我那篇《胡适的六言诗》是在尊重作者的说法，认定诗是旧作的前提下进行讨论的。《胡适年谱》和《胡适传》都未寓目。其所以留下许多疑似之词，原因自别有所在。

胡适曾为此诗发表过谈话。说明他一九三八年作此诗、一九四七年为友人重题此诗的经过。重题时选用此诗的理由是因为它字数少。这并不重要而且说法牵强。因为字数少的还有五言绝句和“三百篇”以还，直至曹孟德、陶渊明都写过的字数更少的上好四言诗。这虽只是细节，但也说明了他的没话找话、言不由衷。

尤为重要的是，胡适在说他自己的故事（也可以看作“创作回忆”），《年谱》和《胡适传》的作者又据以重说一遍，尊作也据以发挥。按“史源说”加以检讨，则三说同出一源，即胡适的自叙。在学术讨论中，这种史料的运用，有多少价值，是值得考虑的。加以见闻寡陋，未见胡适当年亲笔题写此诗的照片，因而引起疑虑，实为憾事。同感遗憾的是，您在《解放日报》上发表的文章，我也一无所知，只能迟至今日，在这里谢罪了。

回想当年，在《文汇报》工作的，都是青年。由于严重的政治斗争形势，不免都有些“左”。对胡适、傅斯年辈都无好感，觉得他们都是蒋政权的孤臣孽子。胡适在一九四七年那场“国大”闹剧中的表现，是他平生政治生活中的一大败笔。恰当此际看到他的六言诗，不能不叹为奇作。为友人题诗，既不同于今天的签名售书，或当红明星歌手为追星族签字，胡适是抱着满腹酸辛下笔的。只欠未能猜出他是旧曲新翻，只当作当时的述怀，比阮嗣宗还要来得直白。没有套话、淡话，直抒胸臆，慷慨苍凉，大有易水悲歌之慨。与当时的政局、个人处境、复杂的心情，一一吻合。今天知道他是将旧作拿来古为今用时，就更觉得落笔时的悲壮了。我同意您的意见，这首六言诗已经可以“结案”，还应作为文学与政治总是密切相关的一个好例，提请文学史家予以关注。

二〇〇六. 三. 廿九

补记：

抗战开始，胡适就是所谓“低调俱乐部”的成员。与陶希圣、周佛海等混在一起，他们对抗战前途，一致抱悲观失望态度。后来这个俱乐部分化了。一部分人跑到南京去，胡适则接受了驻美大使的任命。一九三八年胡适作六言诗言志，有句云“做了过河卒子，只有拼命向前”，其时他的旧观念未必幡然改变，对新任务也只能干起来再说，“只有”二字，照传统诗话的说法，正是所谓“诗眼”，含有显明的“知其不可为而为之”的深意。要读懂此诗，这正是关键。一九四七年胡适重录此诗时，政局改变了，个人处境也全然异样，但其彷徨失措的心境却宛若昔时，其陡然忆起旧作，岂能无因。解诗颇不容易，此是一例。

上世纪八十年代中，胡适评价在国内产生大逆转时，有人放言，我们一九四七年批胡是批错了。这确是引发我写《胡适的六言诗》一文的诱因。这种非历史主义的风凉话，不管动机如何，总是错误的、恶劣的，必须斥伪返本，恢复史实真相。当时的批胡，实在说不上“冤了‘小卒’”，因为在一九四七年，这“小卒”的表演确是过于恶劣了。对于一九三八年“小卒大使”为国宣劳的业绩，我也是说到了的。限于短文，未能详征博引，力加颂扬，实为憾事。“小卒”在不同时期有不同表现，本来泾渭分明，清清楚楚，把功过混在一起评说，只能产生迷妄，这又有什么“说不过去”呢？

我那篇短文《胡适的六言诗》，因见闻缺漏，史料掌握不足，率尔操觚，以致产生某些遗憾，实在应该引以为戒。傅斯年说过一句话，“史料即史学”，虽然有点简单化，带有“大炮”气，其实还是有道理的。

丙戌清明前三日

关于“流派”

前些时候报上有关于京剧流派的讨论，挺热闹的。关于流派的利弊、存废，所见各各不同。我想“流派”是一种客观存在，据黑格尔的说法，凡存在的就是合理的。他说得不错。几十年前，京剧迎来了鼎盛时期，一下子出来了许多“派”。老生行有老字号的“谭派”“汪派”“孙派”，后起的有余、言、麒、马等各派。旦行则有“梅派”“程派”……四大名旦各自有派。净行则有侯、郝两家可以称派，直至今日，已有无净不裘的“裘派”独霸宇内。这种现象，我以为是好的，是一种兴旺发达之象。

所谓流派，也并非无本之木、无源之水，它们都是有继承的。在学习、实践的过程中，或由于个人生成条件的限制(最明显的是程和麒)，或因实践中别有悟入，旧框子缚不住了，于是别出新路，因而丰富了传统，树立起个人风格，正如作家有自己的风格一般，有什么可以反对呢？除了典型的旧剧评家，或江青之流，一腔一调，一招一式，都不许离开“范本”半步，那才是不可救药的“教条主义者”。

这是说流派产生的合理性和进步性。自然其间也有负面的东西。为“创新”而“创新”，走火入魔的也不是没有，不过多半遭到观众的否定，烟消火灭了。最后从荧屏上看到用歌舞形式表现梅兰芳，歌词中竟出现了“梅郎”字样，不禁想起五十年前编写《舞台生活四十年》时的往事。因为我是该书在报纸上连载的责任编辑，负有最后把关责任，梅先生曾郑重嘱咐，千万别再出现“梅郎”之类的字眼了。清初名优王紫稼，钱牧斋、吴梅村、龚孝升都特加赏识，梅村且为赋《王郎曲》，哄传一时。“梅郎”即典出“王郎”。畹华感怀身世，特恶此名，所以说“别再梅郎梅郎的了!”因为已成当时一群旧文人“名士”吟诗作赋的习惯用语，不但过时而且肉麻恶俗，不可容忍。不想这种陈词滥调，今天竟于舞台上复活，真是不可思议。

下面就该说到对“流派”的继承。

梅先生生前收过无数学生，又有没有见过梅的演出而由梅的学生执教的若干“再传弟子”。看来声势浩大，足以成军了。但梅门弟子多半所见的是晚年先生的演出，有的很用功，在台下用笔记本用心记录，一声一腔、一颦一笑，都不放过。但据梅先生的老友们说，此时的梅与极盛时的梅，简直不可同日而语。梅门弟子学习的是晚年的梅，即使学得好，也只能是晚年的歌声形象了。

学梅是不容易的。他的演出是浑然一体、无迹可循的。无论《宇宙锋》的四句“老爹爹发恩德将本修上”，还是《龙凤呈祥》的四句“昔日里梁鸿配孟光”，梅先生都使的是平常大路唱尘，没有新腔，没有花样，可是能使观众得到无上的满足，想从这中间找什么“俏头”是困难的。梅的舞台风度更是雍容华贵。而且因戏而异，因角色而异，《穆柯寨》《汾河湾》，就绝不“一道汤”，各有绝妙的细腻表演，即晚年的演出也绝不减色。

梅门弟子虽众，但谁能学得老师的一派大气，于平凡中见奇崛的表演风格呢？因而“梅派”的流传就不能不显得有些寂寞。

相比之下，“程派”却显得兴旺、火爆，那原因是明摆着的。程的唱腔是有特色的，有棱有角容易抓住的。于是学者蜂起。一出《锁麟囊》几乎成为程派戏的“样板”。可惜程门弟子演来演去只此一出，《梅妃》偶尔一见，《六月雪》《骂殿》《朱痕记》及其他本戏如《红拂传》等都久已绝响，江青还有八个“样板戏”，而程派只剩下一个“样板”《锁麟囊》，这是值得注意的。

二〇〇五. 十一. 十六

两个《四进士》

前些时讨论京剧流派问题。我的意思是流派是在京剧发展过程中必然会产生的现象，有其必然生成的土壤。主客观因素，想提倡或扼杀都是不可能的。但也不能对流派的缺点、不足与客观效果取视而不见的态度，现在想以老生行中的“马派”为例，略作说明。

马连良是名优（现称表演艺术家），在京剧界独闯一派，有大量观众和很高的艺术成就，都是不可忽视的事实，读过很多写他的文字，不禁深感同情与惋惜。特别是写到他的结束，在牛棚中领到一碗面条后，突然掷碗倒下。我想马连良当时不可能想到做身段，但作者说的情景宛如台上的“清风亭”一般，读了实在感到痛苦与不舒服。

说起来我是不怎么喜欢“马派”的。觉得他的努力与成功，多半得力于外观、形式方面。当然，这方面的重视、改革都是值得肯定的，但就表演、歌唱……全面地体现的结果，就出现了细致到纤巧、形式压倒内容的倾向，就以他所歌唱名段为例，如《甘露寺》的“劝千岁”，与《群英会》的“祭东风”，一时传唱不衰，其盛况殊不下于今天名歌手的名曲。老实说，每次听到，恰如听见“样板戏”的名段一般满身不舒服。我想这与清末民初北京满城传唱的“叫天儿”与车夫飞奔中高声学杨小楼的“闪开了！”绝不可能是一回事。

乔玄与诸葛这两个人物，在不同演员、不同处理中，会呈现不同形象，是当然的。剧本的要求，乔阁老应是一位偏于喜剧的人物，演员给予适度的夸张是允许的，但要适度，不可向丑角方向偏滑。唱段中运用适当的花腔是可取的，但在作表的陪衬下，成为一位年老“弄臣”在表演单口相声，这就距离人物少远了些。乔玄原是一位宰相、重臣，不是动辄遭到孙权的斥辱而行所无事、自说自话的人物。诸葛的成为牛鼻子老道，在京剧舞台上久已如此，不该由演员负责。他是个聪明机巧人，但同时也是一位居相位的重臣。表演时决不可忘记他的身份，过分向“妖道”方向倾斜。近来偶见有名的演员在演《失空斩》，俨然是一位“小丈夫”在台上挤眉弄眼，装腔作势，不禁想起杨宝森的沉着大气，差近真实的武侯，不禁叹息。马连良不以此剧驰名，也未见过他的演出，只是一点随感而已。

“马派”的另一特色为人称道的是台风潇洒、漂亮。这当然是一种特色、优点，但并非包医百病的万应灵药。要看不同剧目、不同人物的要求而定其取舍。最鲜明的例子是《四进士》。“南麟北马”俨然双峰并峙，但演此戏马连良去周信芳远甚，目前两家演出的音像记录俱在，一见可知。

宋士杰是个正直、豪爽、爱管闲事、退职闲居的老“讼棍”，如顾读所说，但他也有缺点，并非高大全的人物。好酒贪杯，喜欢奉承，还不时弄些小聪明、恶作剧。但世事洞明，倔强不屈，有百折不挠的斗争性。试想这样一位性格复杂、特点鲜明的人物，岂是“潇洒风流”风格所能体现？换句话说，这就叫“不对路”，说明“潇洒”的台风不是可以任意运用。

麒麟童的老辣，正是“潇洒”的对立物，也正是“双峰”各有的巅顶。戏路不同，演出的拿手剧目自然各异。以宋士杰而论，周信芳塑造的是一位老辣的退休衙门老公事。马连良的则有如新出道的、风流倜傥的小律师。对比显然可见“潇洒”并非一剂万应灵药。我看马先生的戏不多，本无资格加以评论。以上只是偶然想起有关“流派”的一点小意见，顺便说说而已。

马、周两派如今各有继承者，在吸取两家表演艺术特色时，不妨想想这个问题，加以慎重处理，广收博采，别出新声，这正是新“流派”重生的机遇。这话看来说得还不是时候，但不可不作为未来希望，努力的期望所在。

二〇〇六．十一．八

寒柳堂诗

在报纸上看到钱仲联评陈寅恪诗及因此引起的争论，觉得这是值得注意的一桩“诗案”。钱仲联的评论见于他为饶宗颐《选堂诗词集》的序文中，略云：

> 寒柳亦能诗，而功力不能与其兄衡恪、隆恪敌，亦非如其季方恪诗之风华绝代也。其名篇即挽观堂之长庆体长诗，身处共和而情类殷顽。其余短章，时羼酬应牵率，且有猥托贞元朝士之感者，皆张茂先我所不解也。

钱仲联的批评是在得见寅恪前后期诗作的总体估价，包括早期名篇和晚期感时伤世之作在内。批评重点是政治标准第一，也不放过诗艺的评骘。陈氏兄弟诗篇，我只见过衡恪的遗诗，两者确非一路。师曾的诗纯属画家诗，时见清词丽句，近于瓯香馆，且逝世早，不如寅恪之多历世变，其诗更多家国身世之感，两者实不宜并论。至于说寒柳诗多类殷顽和猥托贞元朝士之感，说的其实是同一意思，就是说陈寅恪似乎是两代“遗民”，既是前清，又是蒋家王朝的“遗民”。

这正是寒柳诗一直不为人理解的重点所在。寅恪在《王观堂先生挽词》序中指出："其所殉之道与所成之仁，均为抽象理想之通性，而非具体之一人一事。"所论虽是王国维，其实也可作为寅恪毕生行止的解释，所以"流俗恩怨荣辱委琐龌龊之说，皆不足置辩也"。

寅恪平生言论行事，颇有"遗少气"。这是胡适的话，较"殷顽"说尚少近真。看起来不大有人会把他当作前清的"遗老"了。至于是否将他列入蒋家王朝的"贞元朝士"，就难说得很。钱仲联所说也正如此。可是求之寅恪遗诗，对蒋介石和国民党，就有一九四〇年写的"看花愁近最高楼"，据吴宓说就是为蒋介石而发的。同样还有"九鼎铭辞争颂德"（一九四三年）、"青骨成神二十秋"（一九四六年）诸句，诗意显然。更不必说《哀金圆》长诗，痛斥王云五，已是戟指痛骂了。若说这都出之"贞元朝士"，岂非梦呓。又据陆键东记黄秋耘回忆，康生指摘陈诗之反对社会主义者五首，其中三首乃是建国前所作，就更是刀笔吏的无理取闹了。凡此，都是陈寅恪所说的"委琐龌龊"之说，都是不足置辩的。

我辈喜爱陈诗，可说由来已久。五十年代偶得传抄陈诗，都珍重录存，也不过寥寥数首而已。其中就有《昆明翠湖书所见》"照影桥边驻小车"一律。翠湖是旧游之地，此诗写战时昆明风景，而以燕都比照，感慨无端。诗写得风华旖旎，读之铭感至深。陈诗受义山、东坡、梅村的影响是分明的，也偶有酷似龚自珍之作，如《别蒙自》诗："我昔来时春水荒，我今去时秋草长。来去匆匆数月耳，湖山一角已沧桑。”

陈诗与吴梅村诗关系密切，正如余英时指出的，其《癸巳七夕》诗（一九五三年八月）：

> 离合佳期又玉京，灵仙幽怨总难明。赤城绛阙秋闺梦，碧海青天月夜情。云外自应思往事，人间犹说誓来生。笑他欲挽银河水，不洗红妆洗甲兵。

这与吴梅村的《七夕感事》诗风格如一，用韵前半亦相同，对比可见：

> 天上人间总玉京，今年牛女倍分明。画图红粉深宫恨，砧杵金闺瘴海情。南国绿珠辞故主，北邙黄鸟送倾城。凭君试问雕陵鹊，一种银河风浪生。

两诗同有低回宛转之妙，这是梅村诗的特色，而寅恪效之。也许这正是晚清以来风靡一世的江西派诗人所不喜，并认为诗格不高的缘故吧。关于吴梅村诗，龚自珍有“三别好”之说，也正是说明此意。虽然明知不够高标准的诗格，但因是“慈母帐下灯前”所授，所以到老不能忘情。也许这就是我辈酷爱寅恪诗的因由吧。

如果选取陈诗的一些断句，可以看出他的诗风并不囿于一隅，如“万里乾坤孤注尽，百年身世短炊醒”，“简斋作客三春过，裴淑知诗一笑温”，“万里西风吹节换，夕阳东市索琴迟”，就已近于宋调，可见他的诗的多种面目。

寅恪诗多咏史、感事之作。余英时曾有释证，大体可信。余释《丁酉五日客广州作》诗为咏反右之作：

> 照影湘波又换妆，今年新样费裁量。声声梅雨鸣筝诉，阵阵荷风整鬓忙。好扮艾人牵傀儡，苦教蒲剑断银铛。天涯节物鲥鱼美，莫负榴花醉一场。

丁酉端五正是鸣放高潮之际，寅恪先生不发一言，只咏诗一首，史家卓识，具见此中。少后《丁酉七夕》诗，则是反右运动高潮之际所作，恰可与前作合观，并为诗史。“原与汉皇聊戏约，那堪唐殿便要盟”，貌似咏史，而历史并无此事，此其所以沉痛也。

寅恪诗多凄苦之音，这与家国兴亡、个人身世都有密切关系，但也偶有欢愉之词，一九六二年作《忆燕山浸水河旧居赋此诗时为晓莹生日即以是篇为寿可也》：

> 庭院清阴四柳垂，凤城西角访幽姿。新妆病起浑忘倦，沧海人来稍恨迟。感世春山舒叠翠，倾心秋水记流漪。岭南偕隐今回首，换却长安几局棋。

这是回忆初访晓莹夫人之作。少后更有题结婚时曾农髯写赠红梅图一律，中有句云“红烛高烧光并照，绿云低覆悄无言”，写新婚洞房情事极肖似，可见寅恪心中有此不忘之记忆，遂数数记之以诗，亦其垂老仅有之欢愉矣。

诠释陈诗，确是艰难的工作，余英时的释证虽不无牵强之处，然大致是可信的。但也有未尽合理的推测，如《偶观十三妹戏作》二绝之一云：

涂脂抹粉厚几许，欲改衰翁成姹女。满堂观众笑且怜，黄花一枝秋带雨。

余英时释云："'衰翁'自是指先生本人。"此诗紧接《男旦》一诗后，都作于一九五二年初，自是讥讽赶时髦的老知识分子之作，绝非自况。寅恪的旧友陈垣，曾发表致胡适的公开信，划清界限，是旧知识分子改造的先进典型。这两位老朋友过去关系密切通信甚多，建国后遂断知闻。又一九五三年一月二日寅恪有致杨树达信，略云："援老所言，殆以丰沛耆老南阳近亲目公，其意甚厚。弟生于长沙通泰街周达武故宅，其地风水亦不恶，惜励耘主人未之知耳，一笑。"也是为陈垣而发的。此信与两诗为同一时期所作，则"衰翁"极有可能是指陈援庵也。

综观寅恪先生诗篇，其对现实的批判，绝大部分是从独立精神自由意志出发的文化批判。他不是什么"殷顽"，也不是所谓"贞元朝士"，所以他的诗处处散发着诗史的光辉。

多年前曾见到钱仲联先生的诗集，记得是编年本，中有断缺，未能细读，不能领会他的诗风家法。一九六二年顷，曾以记者身份访晤于黄浦江畔，快谈移晷，也着实争论了一通。话题是对钱牧斋的评价。他对牧斋是五体投地的，赞不容口。对牧斋的降清也多恕词。印象甚深。看来他对寒柳诗的好恶，不是没有来由的。近来时有新论迭出，有人甚至认为钱牧斋的降清，是为了保全南京城近百万百姓的性命。陈寅恪曾称道欧阳修的五代史，“作义儿冯道诸传，贬斥势利，高崇气节”，在有些人看来，直是过时的迂论。也许不久的将来，会出现为汪精卫翻案的高论也说不定。吁！

二〇〇二年一月三十一日

附何兆武函：

偶阅本年第四期《万象》载有黄裳先生《寒柳堂诗》一文。文中有云：

（《寒柳堂诗》）《偶观十三妹戏作》二绝之一云：

涂脂抹粉厚几许，欲改衰翁成姹女。

满堂观众笑且怜，黄花一枝秋带雨。

余英时释云：“‘衰翁’自是指先生本人。”此诗紧接《男旦》一诗后，都作于一九五二年初，自是讥讽赶时髦的老知识分子之作，绝非自况。寅恪的旧友陈垣，曾发表致胡适的公开信，划清界限，是旧知识分子改造的先进典型。这两位老朋友过去关系密切通信甚多，解放后遂断知闻。又一九五三年一月二日寅恪有致杨树达信，略云：“援老所言，殆以丰沛耆老南阳近亲目公，其意甚厚。弟生于长沙通泰街周达武故宅，其地亦不恶，惜励耘主人未之知耳，一笑。”也是为陈垣而发的。此信与两诗为同一时期所作，则“衰翁”极有可能是指陈援庵也。

按，数十年来海内论史学者每称“二陈”，然二人之经历、志趣与出处则大不同。抗战期间，陈寅恪《陈垣明季滇黔佛教考序》有云：

昔晋永嘉之乱，支愍度始欲过江，与一伧道人为侣。谋曰：用旧义往江东，恐不办得食，便共立心无义。既而此道人不成渡，愍度果讲义积年。后此道人寄语愍度云，心无义那可立，治此计，权救饥耳。无为遂负如来也。忆丁丑之秋，寅恪别先生于燕京，及抵长沙，而金陵瓦解。乃南驰苍梧瘴海，转徙于滇池洱海之区，亦将三岁矣。此三岁中，天下之变无穷。先生讲学著书于东北风尘之际，寅恪入城乞食于西南天地之间，南北相望，幸俱未树新义，以负如来。

其间谆谆以“未树新义，以负如来”相勖勉，颇似有感而发。而文中又特标“宗教与政治终不能无所关涉”，其实亦即是学术与政治终不能无所关涉也。

建国以后，两人之分道扬镳尤为明显。建国不久，陈垣即发表致胡适的公开信。不久陈寅恪即撰成《元白诗笺证稿》，其中作者发抒其个人感慨之一段话颇耐人寻味。原文之辞曰：

纵览史乘，凡士大夫阶级之转移升降，往往与道德标准及社会风习之变迁有关。当其新旧蜕嬗之间际，常呈一纷纭综错之情态，即新道德标准与旧道德标准、新社会风习与旧社会风习并存杂用。各是其是，而各非其非。斯诚亦事实之无可如何者。虽然，值此道德标准社会风习纷乱变易之时，此转移升降之士大夫阶级之人，有贤不肖拙巧之分别，而其贤者拙者常感受苦痛，终于消灭而后已。其不肖者巧者则多享受欢乐，往往富贵荣显，身泰名遂。其故何也？由于善利用与不善利用此两种以上不同之标准及习俗，以应付此环境而已。譬如市肆之中，新旧不同之度量衡并存杂用，则其巧诈不肖之徒，以长大重之度量衡购入，而以短小轻之度量衡售出。其贤而拙者之所为适与之相反。于是，两者之得失成败，即决定于是矣。

史学著作而意在影射，固无足取。然史家下笔之时，其思想感情又不可能不受自己的时代与现实生活之影响而形诸文字。黄裳先生以为“衰翁”即指陈垣。然则有无可能此节论元白二人慨乎言之之文字，亦有两位陈先生之身影存乎其间？寅恪先生著作中此类感触甚多，如论袁世凯之称帝，初尚以从学术上讨论共和与帝制二者孰宜于中国国情为借口，乃不旋踵即呈种种光怪陆离之丑态，令人转觉此所谓学术讨论不过是一块无谓的遮羞布而已。

自五十年代起，寅恪先生即屡遭批判，“文革”期间饱受摧残以至于死，诚可谓“常感受痛苦，终于消灭而后已”。相形之下，援庵先生则一生历经六朝，“富贵荣显，身泰名遂”。“文革”期间，史学界马克思主义四老（郭、范、侯、翦）均受冲击。郭公开表态欲毁其全部旧作。范作检讨，竟要求对自己“说得越过头越好”，而置实事求是之起码史德于不顾。侯被斗瘫痪，翦被斗自杀。旧（封、资）新（马列）史学界之代表人物几乎全军覆没，其间得以终生长乐、福寿全归者恐唯陈垣老一人而已。犹忆四十年代之初在校求学时，一次偶闻几位老北大*学长闲谈陈垣老一生行藏出处，谓先是参加清廷科举，继而任北洋高官，再任大学校长。日本占领期间以大学校长之身份接受梵蒂冈之勋章。言谈之间，似颇有微词。当时尚未及见先生战后及解放后之荣誉与风光。以视陈寅老毕生之颠沛坎坷，枯荣之间诚不可以道里计矣。

偶读黄裳先生之文，引发遐想。然而人事幽微，从来难以揣度。事实是否如此，殊未敢必。先生于陈先生最有研究，便中倘蒙指示一二，拜嘉无极。

何兆武

（此文后以《衰翁二陈》为题发表于《万象》二〇〇二年第七期）

---

* 按，一九三七年抗日战争爆发，大批在校青年激于爱国热情，纷纷辍学奔赴抗日前线。三数年后又多有返校复学者。我们由中学直接升大学者遂称他们这批年纪较大的同学为“老北大”（P 字号）、“老清华”（T 字号），我们则是“联字号”（A 字号）。

陈寅恪写杂文

近日理书，翻出商务印书馆印的《庄子补正》十卷五册，铅印线装，棉连纸印。大字疏朗，便于阅读。书印成于民国三十六年六月，时抗战方兴，印数无多，流传更罕。可算得是近时善本。说“近时”，其实也是近六十年前的出版物了。

书是刘文典作的，非常朴素，前面只有一篇“陈寅恪序”。大题下只列郭象注、成玄英疏和“合肥刘文典学”三行，刘氏别无序跋凡例。他所做的工作是“释文”，间有所见，则以“典案”述之。不过极少，所以寅恪说“先生之作，可谓天下之至慎矣”。因而“先生于《庄子》一书，所持胜义，犹多蕴而未出”。

陈先生这篇序文，早已读过，未甚留意。此番重读，不禁惊异，这不是一篇典型的杂文么？

以学者而写杂文，好像有些奇特，其实也是常事，钱锺书写《管锥编》，其中就有不少怪话，不过他用的是文言，正像“文革”中为了保存文物，人们在古碑上涂满石灰，或糊满“宝像”，用以瞒过红卫兵小将，有时也能奏效于一时。

钱先生那些嬉笑怒骂的机锋隽语，就为大人先生所不解，蒙混了过去，可算是另一例证。

陈先生在序中说“寅恪平生不能读先秦之书”，这就怪了。苟如此，又何能为补正庄生之书作序，而又痛论时下学风至数百言？或以为这是先生故作谦抑，其实不然。先生平生研治，以魏晋、六朝、隋唐中古史为重点，甚少论及上古史，此语取义或在此乎？然虽不专研，亦曾留意，不能不有所感悟，其言曰：

“今日治先秦子史之学，著书名世者甚众。偶闻人言，其间颇有改订旧文，多任己意，而与先生（刘叔雅）之所以为大异者。”

关于两种研究方法的是非，陈先生说“初亦未敢遽判”，写下去就有点不大正经了，也许这正是杂文气的流露。“继而思之，尝亦能读金圣叹之书矣。其注《水浒传》，凡所删易，辄曰‘古本作某，今依古本改正’，夫彼之所谓古本者，非神州历世共传之古本，而苏州金人瑞胸中独具之古本也。由是言之，今日治先秦子史之学，而与先生所为大异者，乃以明清放浪之才人，而谈商周邃古之朴学，其所著书，几何其不为金圣叹胸中独具之古本也。而欲以之留赠后人，焉得不为古人痛哭耶！”

图穷而匕首见，陈先生所批评的时代学风，多半是着落在盛极一时的“古史辨”派无疑。

“禹是一条虫”的佳话，已经是老得掉了牙的故事了，顾颉刚也早已放弃了旧说，但陈先生此序仍未失去时效。治学是不能放弃“疑”的，没有“疑”就不可能发现新的突破口，不能进一步窥见新天地，史学就不能发展进步。但如胡适所说，“大胆假设”之后必须紧跟上“小心求证”。仅认定历史是层累积聚而成和箭垛式人物的形成论，就一往无前地判定古代有许多“伪书”，有许多并不存在的人物，仿佛成绩极大，轰动一时。可是新时代以还，“地不爱宝”（这是过去人们爱说的一句“老话”），从地下发掘出了大量的木简和商周铜器，根据简文和铭文，证明了过去被判定为“伪书”的多种古籍的产生时代，因而得到了平反。也证明了寅恪先生的预见，短短一篇序文兼具史识与杂文的双重价值。

说到大禹，二周都有专文涉及。鲁迅有小说《理水》，周作人有散文《禹迹寺》。他俩都认定禹是确实存在的人物，鲁迅借一个乡下人的口说：“人里面，是有叫作阿禹的，……况且，‘禹’也不是虫，这是我们乡下人的简笔字，老爷们都写作‘禺’，是大猴子……”接着写“大员”“考察”的业绩，写禹太太对禹的“三过家门而不入”的不满，写禹的形象和他的“一排黑瘦的乞丐似的，不动，不言，不笑，像铁铸的一样的”随员，随后，是坚决地宣布了治水的基本原则，是“导”而不是“湮”。

知堂作文的手法离不开抄书，但在这当儿抄书则是必要的。他抄了《孟子》、《论语》、《庄子》、《尸子》、屠隆的《鸿苞》、《抱朴子》……因为这些书里所记的大禹“较有具体的事实”，能表现出“一个大政治家、儒而近墨的伟大人物”，对大禹，他不但肯定实有其人，并表示了十分的崇敬。

二周对禹的认识与评价是基本一致的。

关于刘文典，好玩的故事多多。如他说过，天下只有两个半人懂得《庄子》。一个是庄周自己，一个是他刘文典，另一个懂得一半的是日本人某。刘文典十分钦佩陈寅恪，所以才请他为自己的书写序。他在课堂上公开地说过："要讲教授嘛，陈寅恪可以一块钱，我刘文典一毛钱，沈从文那教授只能值一分钱。"（见何兆武《上学记》，下同。）这些话听起来都有些狂妄可笑。可是他有一次遇见蒋介石，蒋问"你就是刘文典吗？"他回了一句"你就是蒋介石吗？"一下子惹恼了"委员长"，把他抓了起来，几乎被枪毙。可见他不论时地、不管对象，照样说他的怪话。这就很不容易。只能说"斯人难再得"了。

二〇〇六年十一月十日

"山中一半雨"及其他

前些时从书店买得启功先生新著二种：（一）《启功讲学录》（二）《启功口述历史》（北京师范大学出版社二〇〇四年版），暇日捧读，深感兴趣。当然，启老学养深厚，涉猎多方，所论有文学、学术思想、古籍整理等许多方面，此中就有一些因浅学不能深入理解，因之而不感兴趣的部分。相反，自然也就有深深喜爱、读之不厌的篇章。回忆四十年前夏衍同志将所藏纳兰容若遗简捐赠上海图书馆，馆中随即用珂罗版精印行世，我读了前言、后记，却不说起这部天壤奇物在归夏衍之前的流传始末，只风闻曾为武进赵药农收藏，深感遗憾。于是就贸然写信向启老请教，不久就得到回信，原原本本，详告此物流传端绪，使我既满足又感谢。启老久居北京，对文物流传踪迹，所知甚多，他的肚子里实在藏有大量珍贵史料，是应该尽可能记录下来的。

《讲学录》中有一篇谈话记录，"《壬寅消夏录》与尉迟乙僧画"，就是一篇极有价值的掌故。这部《消夏录》是端方收藏古书画的原始簿册，文献价值是很高的。近阅报载，此书将由出版社精印问世，这自然是好事，但书价高至数千元，就实在令人不解。此书自然是孤本名品，但成于晚清光宣之际，实在算不得什么“古刻名钞”，何妨加以整理，出版问世，有什么必要精印精装，悬价高奇？近来出版界喜出高价书，多家出版社抢印“四库”不必说了，即一二短书小册，也必用宣纸，精加装潢，作新（假）古董状，以高价取胜，仿佛存心不让清寒的读者染指似的，真不可解。话说得远了，还是看看启老此类著作吧。他考证了董其昌的代笔人；详说恽南田记《秋山图》故事；记与《存复帖》的一段渊源……都是读了兴趣盎然不易忘记的。

启老以书法得盛名。他的《论书绝句》对中国书学的流派传承、诸家特色，介绍详密，而且时出己见，不同流俗。可以看作一册小型的书学史。我觉得没有对大字榜书加以论列，也没有提出有关的知名书家，微觉遗憾。记得过去住在北京时，每到六必居去买酱菜，必请店伙到后进点亮电灯，看一眼据传是严嵩写的那块黝黑的匾。“六、必”两字笔画都很少，安排不易，却能写得饱满严实，不愧名笔。虽是传说，到底知道榜书的作者，虽然严嵩的声名狼藉，也是这块匾驰名的原因之一。北京大肆拆改四合院、旧建筑以来，六必居这个老字号和这块匾是否还在，却不见人说起，实在使人想念。此外，遍布全国的亭园斋馆、寺庙苑囿，都留有大量榜书，且不乏名家之作，也不见人加以著录，实是憾事。启老的法书是极妙的，真有神采飘逸、秀色夺人之致。悬之书斋静室，自是当行出色。说句笑话，与悬在榆关楼头的“天下第一关”却不是一路，那五个字写得虽然拙而且重，但也只有这样写才站得稳、压得住。可惜我至今也不知道书家的名姓。

启老是国家文物鉴定委员会的主任委员，他的最得意的鉴定经验是对“旧题张旭草书古诗帖”的考辨。他从一个避讳改字看出破绽，定此帖为北宋大中祥符五年之后人所书。可说读书得间，铁证如山。他又说起一件故事。柳公权的《蒙诏帖》，他早知是赝本，但谢稚柳却认为是真迹。

> 记得在巡回鉴定时，一次与谢先生同乘一辆火车，在座的还有唐云，谈起此帖时，我对谢先生说：“你看它像柳公权这也许不错，但这次你要听我的。这是铁证如山。”他说：“好，我听你的。”但过了几天，他又跟我说：“我又看了，觉得还是柳公权的。”我也就只能随他便了。（《口述历史》一九一页）

这是很有趣的一则小故事，记鉴定经过如绘。但也反映了一种事实，一件书法重器的真伪，竟自在“你听我的”“我听你的”情形下定案，不能不使人担心国家级鉴定成果的科学性。

鉴定成员的傅熹年是古建筑研究专家，曾见他的鉴定论文，立论多在建筑构件、风格的时代差异上着眼，从而断定作品的时代。这是与旧鉴定家有异的较新的手法。记得沈从文也使用过这方法，也许还更早些。从人物服饰、器具衍化方面进行比较研究，断定古画的时代。沈从文写过不少文章，对《游春图》、唐人仕女图等时代性提出不同意见，但没有受到注意，连名姓也没有提起过。这中间难免有门户之见存在，难怪沈从文对“公认的权威鉴定家”另有看法了。

启老在谈到版本问题时，说宋本并不可盲目信从。这是不错的。他举了王维诗“山中一夜雨”的例子，钱遵王说曾见宋本，作“一半雨”，宋本实误。我并不佞宋，但又觉得宋本未必一定错。理由是“夜”“半”两字字形相差甚远，几无误写可能。此外，我曾在桂林山中亲见“一半雨”的实况。那是夏天，对面山崖半壁急雨如注，另侧则是晴天。少顷，雨脚移动，又到了另半边，这半壁又放晴了。急雨之后，山崖溪流涌起如瀑布，“树杪百重泉”，实不必在“一夜雨”后也。

《口述历史》还记有一个有意思的话题，就是一九六五年发生的关于《兰亭序》真伪的辩论。启老既在《讲学录》中“书法二讲”部分对这个问题做了正面的论断，又在《口述历史》部分详记这一场风波的始末和自己参加讨论的过程。从陈伯达授意郭老发动讨论起，郭老应命撰文，其间阿英如何找到启老，传达郭老意思，务请参加讨论、用以增强《兰亭序》为伪论方的声势。启老本来写过一篇《兰亭帖考》，是持《兰亭》为王羲之真迹论的。经过苦思，终于抓住郭老论文中一句话，接下去说“自己的理解活泼多了”，写成了《〈兰亭〉的迷信应该破除》的论文，果然得到郭老的高度评价。整个过程，曲折离奇，有如推理小说，也反映了在高压之下知识分子不得不“曲学阿世”的痛苦经历。正是“文革”时期文化人遭遇的少有的特例。

以下是随手记下的一些小意见，出于《讲学录》中。

他（王闿运）的七言古诗却类似吴梅村，其《圆明园词》凭吊圆明园，模仿的就是《连昌宫词》。他自认为这首词比吴梅村的雅一些，殊不知这正是他比吴梅村差的地方。（五十一页）

案，《连昌宫词》为唐元稹作，非梅村诗。

明代的崇祯皇帝在十多年的时间里，换了四十多个宰相。其中有一个叫吴昌时的，崇祯召他做了宰相，后来却廷审他，把他给杀了。（五十二页）

案吴昌时并未拜相，他只是个吏部文选司郎中。官虽不大，但掌握铨叙大权，势焰熏天，与当时的宰相周延儒勾结在一起，左右朝政。崇祯把两人都杀了。吴昌时与吴梅村都是复社重要人物，交往密切，因此梅村作《鸳湖曲》哀悼他。

王渔洋在明代官至刑部尚书，钱谦益赠给王渔洋的一首五言诗对他加以吹捧，所以王渔洋后来也吹捧钱氏。（五十二页）

王渔洋从未见过程嘉燧，程死时，王可能尚未出生。

（五十三页）

案所说前后矛盾。王士禛生于崇祯七年（一六三四年），明亡时年只十岁，何能官刑尚。钱、王年岁相去悬远，虽相识，但无深交。王渔洋作《秋柳》诗，欲求柳如是和章，为钱谦益婉拒。程孟阳清初尚存，程、王二人曾否相见，不详。《渔洋选诗》列程于第二位，显系受钱牧斋影响，因钱盛赞程诗。

又四十八页“瞿兑之”，“瞿”误作“屈”，是记录者不知其人，听音误记。讲者不能负责。启老讲学时，案头无书，偶然口误，不足病也。

过去读陈援庵论文集，见先生评人论事，严密不苟。评王西庄、缪艺风、傅增湘皆直书其事，实事求是作风，深可敬佩。因师其意，作此短文，非敢唐突前辈也。

二〇〇五年四月二十二日

附：黄苗子致黄裳信

黄裳老兄：

以老懒，极少给朋友写信，所以返京定居数年，一直未通只字，只大作惠寄，却一一拜读，亦时从报章杂志中欣赏大作，以为娱老之乐事而已。我比永玉长十年，阁下所藏“玉书”，如此其多且妙，拜读大文，为之羡煞。

启元白（功）兄痛于六月卅一晚辞世，而弟收到七月

《万象》，赫然发现《“山中一半雨”及其他》，竟是一篇悼念他的佳作，一何巧合乃尔。此文妙在对启老实话实说（他当年曾对我夸过“唐德刚写《胡适之在美国》，把人写得有血有肉，有优点有缺点，这种才是可读文章”。可见启老还是提倡讲老实话的）。《启功讲学录》和《启功口述历史》，去年曾蒙他送我，但舍下“书如青山”，至今还找不到。我以为他的《口述历史》还是“有血有肉”的。

兄指出《讲学录》几件“硬伤”，确实中肯。人年纪大了，记忆力不那么精确；记录整理者和编者都是他后一辈的学生，当时他的左眼黄斑病已有两三年，视力极差，即使由启老亲自审阅也不免漏误，例如：兄指出的王渔洋不可能在明朝当官，瞿兑之（上世纪六十年代与兑之相晤，他曾告诉我启老是熟人）不姓“屈”等，一般说来，启老是绝不会犯此“硬伤”的。加以无穷无尽的应付人事，已深感到力不从心，这两本书出来，令人略感不尽过瘾，然而又是难能可贵，足以传世的。使人读后对于“这一代才人”，在文化贡献方面，虽已做了很多事情，但仍觉得他有许多潜力，还未发挥出来，是弥可太息的（例如《口述历史》的开头部分，写清代皇族的生活、制度、宫廷斗争等等，别人写不出来。虽然他为中华书局点校过《清史稿》，对清史做过有益的工作，但这对启老来说，只是“小菜一碟”）。

元白于春节初一入院，即未能说话，割喉接管，插鼻输液，痛苦万状，我和王世襄兄一再商量，终不忍睹此惨状，所以未往探视。去年他借给我他珍藏多年的《八大山人法帖》，我建议把它出版，出版社印好了书（宣纸册页式装裱，楠木封面），启老十分高兴，这算是区区给他做的最后一件小事。

五十年代末，我借寓王世襄兄的芳嘉园，元白从黑芝蔗胡同迁居小乘巷（“寓舍两间、各方一丈，南临煤铺”，这是小乘巷启府上的实况；见启功《卓锥》诗序。由于南临煤铺，煤球煤灰把启府的前院堆成小山，刮风时室内全是黑人）。但那时候，正是我们最倒霉，也是能较安静下来的几年，有充分时间读读写写的时候。启老的《诗文声律论稿》，那时已七易其稿（第七稿仍是毛笔工楷写钉成册的，曾以见赠，现应还在舍下），以他治学的认真严格态度，加上天分过人，所以有别人难及的国学成就。可惜世俗只以“书法大师”糊里糊涂地给他这一顶“桂冠”。这可也是现代文人的尴尬事，陈寅恪晚年，写柳如是，写《再生缘》作者考，这不也是牛刀割鸡吗？启老这顶“桂冠”，算是“歪打正着”的。

启老是家道式微的末代王孙（可是他自己从不用“爱新觉罗”这个姓），与清初八大山人、石涛等人的遭遇接近，八大（朱统鍌）、石涛（朱若极）都是亡明破落宗室，都是书画家，这与启老出身、事业相同。八大、石涛都做过和尚，启老三岁便由祖父送到雍和宫（启功的九世祖雍正的赐邸，雍正帝即位后，舍旧邸为雍和宫喇嘛庙）当过小喇嘛，虽然很快便还了俗，但也和石、八同样出过家，过过僧伍生活。石涛、八大都在清初以书画名噪一时，这和启老的经历，都十分相像（对于书画，启老则更喜欢八大）。他诞生于民国元年，孤儿寡母，境遇艰难。不同于溥侗（雪斋）、溥儒（心畬）等阔绰贵族，逊国后还能一夜输掉一座“九爷府”的豪气。所以他只能努力苦学求出路，经历过北洋、民国和五十多年的大变革、大颠簸，心态自然和一般人不同，“惴惴其栗”几乎是历代逊国王孙的内蕴心情。首先他谦恭礼让，不敢得罪任何方面；他又聪明机警，接触面广，肚子里明白的事比我们多，但凡不应该做不应该说的，绝对避讳。大家也感觉这圆胖的“大熊猫”（他乐以“大熊猫”自居）可爱，于是声誉日隆。但深藏在心里的一肚子郁闷，尤其是在荣任章老虎（士钊，他办过《甲寅》杂志，“寅”是虎年，故世称“老虎”）、叶老虎（恭绰，号誉虎）曾当过的“馆长”那个职位以前，有时便寄托于滑稽突梯的打油诗词，叫朋友开心发笑。至于那曹雪芹的“一把辛酸泪”，他也有的。这也是他晚年要借《口述历史》，略出这口“鸟气”（这是元白的口头语）的原因之一。

“大熊猫”被打成右派，这是他始料所不及的。他自己说：不用说给党提意见了，就是朋友，我也不会提什么意见。只因为他当时曾经赞美过画家徐燕孙的画有风格，说他是“春色满园关不住，一枝红杏出墙来”，因此被人上纲上线，说启功要脱离党的领导，搞个人主义。更因为他受中国画院第一任院长叶恭绰（《口述历史》多处误“恭”作“公”，这当是记录时笔误）之邀，参加中国画院的工作，别人要扳倒叶，自然要先除去启功，于是这顶“右派”帽子便套在他头上。启老当时受此冤屈，还对哭泣着的老婆安慰说：“我是封建余孽……现在革命要抓右派，不抓咱们抓谁?”后来摘帽平反，他又乐呵呵地开玩笑：“我的帽子还拿在手里呢!”

启老从小就写王羲之的《兰亭序》，对《兰亭》的钻研甚深，并且发表过王羲之《兰亭》研究的作品。大约在“文革”前夕，时任全国文联副秘书长的阿英同志向我打听启功的地址电话，随后又对我说：上头要借《兰亭》搞运动，你告诉启功小心，不要发表任何意见。可是不久，阿英又告诉我：他去看了启功，请他写一篇附和郭沫若关于《兰亭》是伪作的文章，并说：这是康生的主意。既然阿英自己直接找过他，我就没敢过问，启老于是硬着头皮吞下一个“死苍蝇”，发表了一篇证明“《兰亭》是假的”的文字。此事他窝囊了半辈子。最近才在《口述历史》中，把当时的经过吐露出来。

上世纪八十年代以后，元白的声名日高，开会、应酬、出访、演讲、写作、鉴定书画……日不暇给，慕名来访的人，其门如市。我那时替他着急，曾在《人民日报》副刊上，写了一首长古《保护稀有活人歌》（因为当时已有法令保护稀有动物），此诗是替他呼吁，免得活活把他累死。在《口述历史》中，他把拙诗引用了一大半，都是写他在应付各方面求书画、求文章、求鉴定的狼狈相的，但后半部他删去了，我觉得不忍埋没，现在补抄呈览：

……吁嗟夫，骅骝骐骥世所少，故伯乐常有而千里马不常有，百千伯乐一骏牵，甲曰挽轭、乙曰犁地、丙曰使牵盐。马思边草拳毛动（用刘禹锡句），不料诸公偏起哄；五马分尸喻未当，尸分一马终何用？大熊猫、白鳍豚，稀有动物争护珍。但愿稀有活人亦如此，不动之物不活之人何从保护起？作此长歌献君子！

和元白的几十年交游（他比我大八个月），承他以“挚友”见称，其实我在学问上得他的好处极多；他一生笃于友道，在私谊上也深沐知己之恩。“平生风谊兼师友”，对于启老，不是几页信纸能够写得出来的。现在“启热”遍及全国上下，不想在黄钟大吕中凑热闹。读了《一半雨》，引起了一些感触，忍不住对同样服膺他的朋友吐一点心曲，这比在报屁股上写，更痛快些。想来阁下会有更大的兴趣。

苗子

二〇〇五年七月十一日

零感

在《文学自由谈》上读到子川先生的《三读〈人老莫作诗〉》，是对李国文先生该题提出不同意见的。李先生的原文不曾读过，因为我对袁才子一直怀有一种偏见，我不喜欢将“钱唐苏小是乡亲”这样的句子刻成自用闲章的“雅人”，因此一直没有买过，因而也没有读过袁枚的著作，牵连所及，谈论他的文章也不想读。因此无从比较，但对子川先生的论点是同意的。简单的理由是，国文先生将上了几岁年纪的作者的创作权给封杀了。虽然他只不过是说说，实在并无权力实施他的主张。

巧的是在另一本刊物上读到一篇论文，范旭仑先生作的《钱锺书去沪入湘时间考》。初见吃了一惊，“钱学”研究竟已如此深入、琐细，研究的目的何在，是探讨《围城》吗？好像又不是，细读之后，发现作者的考证功夫，真的不下于，甚至超越了乾嘉诸老，是一篇典型的“繁琐考证”。尤为奇怪的是，文章并无明确的结论，也无论辩的对象，好像是为考证而考证似的，疑莫能明，过后细想，其实又并非如此。

“钱学”初起时曾发行专门研究刊物，还曾向我约稿，我自揣对默存的平生业绩，所知极浅，没有发言的资格，只简单地写了几百字，少少说明钱锺书以才人而兼学人的特色，未敢深论。后来讨论逐渐深入，也就不再注意，只知时有不同意见出现，也不仅见于学刊。有时还涉及默存平生言行，人际关系……议论蜂起，颇为热闹，时默存已谢宾客，所有疑难都由夫人杨绛出马应对，不胜其劳。考证在“钱学”中现身，大概即在此时。

我与默存相识，在一九四六年顷。因翻译上遇到困难，曾向他请教。《围城》发表于《文艺复兴》，我是热心的读者，收集名人墨迹时，他们夫妇是“首选”，因为同在上海，约起来方便。后来他们进京工作，见面机会不多，只有通信。更中经变乱，音问断绝。新时期以来始恢复联系。这前后也曾有多次快谈，承以知人相待，默存意气风发，豪言惊座，绝少顾忌。给我留下的印象极深。他的妙论时出，臧否人物，绝无假借，口无遮拦，更是常事。这是他为人可爱之一端，风流倜傥的一个侧面。世传他对西南联大前辈教授的评价，对师长如吴宓的不敬，都属此类。是并无实证而事有可能的。默存不是完人圣人，其可爱正在此处。殊不必粉饰涂抹，置之庙堂之上而后已，这实在是劳而无功的帮倒忙。

默存喜欢说笑话，即弄笔亦然。他给我的信，有几通是有真情实感的，有的就是开玩笑地说顽话，奉承话，有如面谈时的随意。闲谈时听他评论别人，常常推想他在或一场合会怎样评说自己，想想也是很有趣的。

有时他也会严肃地说正经话。我有一次进京，去找他谈天，不巧他出门散步去了。后来在玉渊潭遇见，一起散步。这是我与他的最后一面。他兴致不高，有点落寞，语声低缓。他向我说：“×××是可佩服的，我们都不及他。”当时是低气压临头之时。巴老的一本小小的书简集，只因小注中提到此人，出版社不能不毁版重印。此时此际听钱锺书说此话，不禁肃然。这就不是闲谈中臧否人物的钱锺书了。他也有严肃正经的一面。

他和胡乔木的关系，为乔木改诗，可见他的书生气，也是交道中必有的现象，过分诛求，就恰好走向了反面。

我读了那篇奇怪的考证文后，忽生一幻想。仿佛有一间装修方毕的房屋，偏有恶作剧的顽童，手执竹竿。在房顶戳了个洞，一位九旬老太太，忙不迭地去补漏。补之不已戳之也不已。世间竟有如此可悲的喜剧，实在令人为之不欢。默存身后事殊不寂寞，他连骨灰都弃之不存，何况“千秋万岁名”？而后人为一二细事纠缠不已，实可叹息。

二〇〇七．二．六

萧恩的教训

《打渔杀家》又名《庆顶珠》，是传统京剧剧目中的上品，就连戏改干部也挑不出任何毛病，难怪建国之初北京名演员如谭富英等都以此剧为主要演出剧目，还曾改名为《渔夫恨》，强调其现实意义。因此我也叨光听过不少次，却是百听不厌。名家的演出也领略了许多。可惜这只是一出中篇剧作，作为大轴，分量少嫌不足，同时此剧又是生旦并重的，虽然名角都演出过，都各有精彩的亮点，但没有成为谁的代表作，是可惜的。

这是一出诗剧，由三大段落组成。先是抒情，中间插入一场闹剧，而以武场结束，归根结底，它依旧是一出诗剧。写渔家生活，写战友情谊，写渔霸的剥削，写父女情深，写江天景色，就连“杀家”前后也不忘点染未经历练幼女的娇痴，对老父的依恋，和萧恩的满腔悲愤，难以割舍的父女深情……剧作家的笔无时无地不紧贴着人物，随时点染。因此，它到底还是出诗剧。

照我旧时听戏的经验，散场后走出剧院，留下来的诗意感受，是淡淡的，只留下轻微的痕迹，似有如无，远不如教师爷表演的强烈。这有关戏剧欣赏的进境，不可强求，但也不能不有关演员表演的深度。王长林如果活到今天，总该有一百多岁了，当然应该是一位货真价实的“表演艺术家”。他吸取了前辈的经验，加以丰富提高，借鉴了《水浒传》中的牛二与柴大官人庄园中教师的形象，形成了教师爷的表演程式，至今为他的徒子徒孙所继承，有所加减，即使是“乏角”，也能获得应有的效果。这就是常说的“戏保人”。遗憾的是萧恩，虽然先曾有“老了，打不动了！”明智的声明，但终于忍受不住对方无止的进逼、凌辱，终于破戒出手了，可惜呀可惜，使自己成为教师爷的配角，对方尽情表演的旁观者。

教师爷显本领花样繁多，什么扁担式、拦门式，不可胜数，记得较真切的是练“气功”。站在台中，做运气式，良久，袒露的肚皮渐渐鼓成圆形，屏气凝神以待，萧恩走过来用手指在滚圆的肚皮上轻轻地一点，教师爷应声瘫作一团了。接着是台下哄然的笑声，叫好声，掌声，都是送给教师爷的。

萧恩即使请余叔岩出场，也没有法子，只能看身段、步法、干净、“边式”的举手投足，不过寥寥几个动作，自然也没有彩声，这一场全给王长林包了。

鲁迅先生晚年，花了许多笔墨与海上“文人”战，虽所向披靡，但也令读者有时光可惜之叹，又先生曾拟编《五讲三嘘集》，后终未成。但使人感到，先生对对手是分别对待的，有的只值一“嘘”，至于“粪帚文人”之流，怕连“嘘”也不值得。围棋赛手要分段，拳击手要以体重分等级，连斗蛐也得先用特制的小秤约过虫儿的重量，才能下场。都是有道理的。这还都是以客观条件为判断准则的。此外，也许更重要，是道德标准。虽然没有明确的准则，但更为分明，在观众眼中是历历如见，用不着花费许多“闲言语”。

鲁迅先生往矣。他的“有教无类”的批判精神，也绝响已久，追步也万万不能。只能努力领会他笔下的审慎，有理、有利、有节的考虑，庶几可勉类似。萧恩的失算，他就因匆促中将自己置于教师爷对等地位而贸然交手。“虽胜不武”，成为一场闹剧，自己也陷于尴尬境地。萧恩的教训值得记取，要紧，要紧！

二〇〇七．五．二重订于刘庄

“看不懂”论

最近这里开过一个座谈会，出席学者、教授多人。会上妙论甚多，读之解颐，颇可消暑。论题焦点之一是有些读者抱怨报刊上有些文章看不懂，于是纷纷研究索隐，对这古怪现象寻根究底，试图加以解决。据报载，有人认为一九九〇年以来，知识界开始解体为各个单一学科，随之自然就出现了“行业黑话”。而所讨论的问题对西部农村的小知识分子而言简直是“天书”。夫江湖黑话只通行于绿林弟兄之间，“天书”也只有宋公明才有福享用，怎能要求普通读者都能懂得呢？

我国幅员广大，为何只有西部农村有此现象，东、南、北部就都幸免了？这且不言，更严重的是读后感到一种森然的异感，坐在大城市名校讲台上的教授名家，著书传道，与国家正在努力开发的西部农村的小知识分子，俨然是两种不同等级的人，后者哪里看得懂前者的高文典册，更直白地说，又哪里配！“空城计”里的诸葛亮对惊慌失措的老军唱道“国家事用不着尔等操心”，就是这个意思。不过诸葛在当时特殊环境下，为了安抚军心才唱出了这种“高调”，与前面所说的“黑话”并非一事。明鉴者自知之。如此壁垒森严的阵仗，想构成“和谐社会”恐怕有点难。

以上所说，都是白纸黑字，见诸公开媒体的。但我故意不提报刊的名目，是为报纸记者着想。少有风吹草动，就有被要求撤职的危险。我虽早已退休，但到底曾经干过这一行当，不能不为年轻的同行打算。

也是从报上看来的，发出“看不懂”的叹息声的，远不只“西部农村的小知识分子”，就连创办著名刊物和鲁迅研究专家的大知识分子也不免。这一节，座谈会上无人说及，因此也就不再多说。

气温高上去了，为了消暑，找出久已不碰的《鲁迅全集》来读，在先生的《准风月谈》里读到一篇《新秋杂识(三)》。盛暑中读写“新秋”的文章，有如前人炎夏中读古画《寒林图》似的，多少也能起些空调的作用罢。先生在夜游荒场后做了两句“新诗”，觉得不雅，于是“译”成旧诗，因为用的是严又陵的译法，很有些费解，“但似乎也雅得多，也就是好得多。人们不懂，所以雅，也就是所以好，现在也还是一个做文豪的秘诀呀”。巧得很，这和刚才说到的“黑话”，似乎颇有些关涉，因而转抄在这里。此外，在二周的文集中似乎还引用过一首绍兴的民谣，记不全了。四句只记得前两句。翻书太麻烦，只好因陋就简。

台上群玉班，台下都走散。

那后两句的意思是赶紧关庙门，却只拉住了一副馄饨担。那意境实在是好，不愧名句，可惜记不完全了。

二〇〇七年七月三日作，十一日重订

辑四

祁承㸁家书跋

右山阴祁尔光家书三十二通，壬辰冬日得之郭石麒许，梅市祁氏世守三百余年之物也。凡五十许通，订一厚册，未订者亦十数札。纸用棉料，白折。行草甚朴茂。余取有关澹生堂藏书一札及诗草等四事装为一卷，已如牛腰。后更以十许札分赠北京、金陵图书馆。余札置箧中二十年未发视。近发兴录一清本，十日而毕，其中颇有磨灭及不能尽识之字，概从空阙。写毕，漫阅一过。并排比后先，知此为天启元年至四年数年中所作。

尔光初任河南宿州知州，后升兵部职方司员外，继转磁州兵道。天启壬戌彪佳南宫获隽、前后入京会试、殿试、选官、赴任诸事，所述最详，尔光于诸子中最爱六郎，作札往往数千言，宛转尽情，读之如闻家人父子絮语灯前，而晚明官场、科试、驿递、豪奴、兴造诸端，罔不涉及。其官书所不记，野史所未详者，多能于此中得其实状。又往往记东人之入侵，曹、郓之白莲教，邹、滕民变，三王之国，宿州矿工起义，此尤晚明国政巨事，所关匪细，仅见记录者。其示诸子以经营田产、兴造屋宇、垦荒机房诸事，更为详悉。地主乡宦资生之道，俱可于此中知之，又晚明经济良史料也。即嘱诸子购备衣物一札，所列土宜名色，亦颇有关系。苏州织物、凤阳角带、陆文远之黄头笔、杭州之太史纸，皆人所不记者。当日不过日用之物，无以之入著述者，日月既迈，后不更知，是可重之又一事也。书中所及当时人物，商等轩（周祚）为彪佳妇翁，景兰之父，后降清为贰臣者；此外，孙堂翁当是孙承宗；熊掌科、王葱岳、李懋明、张堂翁（兵部）、孙恺阳、沈铭翁、周爱日、邹南老、李继老、陈襄老、周春老、何昆老、朱养翁、刘芳瀛，鼎甲之文与陈，疏救杨左得罪以去之南□公，皆可于旧史中得其姓氏。而家藏群籍扫数俱去，遂不能详。尔光诸子：麟佳（廪监）为大郎，凤佳（恩贡）为二郎，何家阿姊第三，骏佳（崇祯戊辰恩贡）为四郎，豸佳（丁卯经魁）为五郎，彪佳为六郎，熊佳（庠生）、象佳，诸札中未及。三十八叔即祁承勋（选贡，后任陕西布政司都事）。以上皆见于《崇祯戊辰浙江恩贡齿录》中。承㸁特重功令文，更关心星命，笃信流年。兴造之事无论矣，即归家日期，亦必斤斤于一日之后先，可笑甚矣。苦欲诸子得男，处置孕婢，事皆庸妄，可不具论。唯一行作吏，留心民瘼，于三王之国及宿州民变诸札，可窥崖略。然心忧社稷而特避边才，笃志升迁而经营书帕，亦晚明士夫之常态也。

《宋西事案》二卷，题海滨询士漫辑，天启元年辛酉自序刻本。所记自明道至庆历十五六年间宋人制御西夏诸事。取史籍辑录，各附按语，多直指东事。入清，入全毁目中，传本至罕。祁氏亦有世守之本，唯未见。尔光自云：“《西事案》一书，都门或因书而求见其人，或托人以求其书，可见世间浪传事，不必有十分好也。”是书虽记宋事，意实在东辽。当日固风行之册也。又《宋贤杂》（下失字，当是佩字）等六种，当是《苻离弭变纪事》《两游苏门山记》《瑯玡过眼录》《澹生堂藏书约》数种，大题俱作《澹生堂外集》，余有原刻，为槜李曹氏旧藏。其藏书约一种则傅节子手写，原刻郑西谛曾收得之。是皆旷翁生前所刊，不知细目果如何也。

诸札中，以“藏书事宜书付二郎、四郎奉行”一札最可珍重。澹生堂抄本书于书林有重名，传世稀若星凤。赵谷林毕生求之，所得不过数种。今日公私所藏，通计之亦不过二三十种耳。读澹翁手札，知于中州所录书共一百三四十种，皆坊间所无，而京内藏书家所少者，意当多出朱氏万卷堂。其书于明末黄河决口尽付东流，承㸁写更流散殆尽，是书林巨劫也。承㸁论两浙藏书无逾我者，非不知有天一阁范氏，特于范氏所收书不甚措意而轻之。其言曰：“发回书共八夹，内有河南全省志书二夹，不甚贵重。”其意可知。此藏书时代风气使然，不足异也。澹翁言：“十余年所抄录之书，约以二千余本。”此后虽有增益，必不甚多。以此计澹生堂写本书，当约略近之。每本工食纸张不过银二三钱，可见当日物力之廉。澹翁慨然言曰：“只是藏书第一在好儿孙。”似预知四郎后日佞佛，藏书多为沙门赚去之事者。吕晚村《得澹生堂藏书示大火》二诗，亦似为此语作注脚也。尔光命诸子购土物单，有“杭州大样放阔上好太史纸一篓（要抄书用）”一条，是为澹生堂抄本书用纸之最好注脚，其白棉料蓝格纸究不多见。至藏书楼之兴建、书橱之制做，皆尔光自为擘画，在在以巧思出之。此楼后更无人记之。赵东潜母为祁氏外孙，于数十年后回忆梅市旧居，亦只东书堂为详，不及此楼也。家书第一通“示彪佳”，时代最早，不知何年所作。彪佳时尚在家读书，云“寄回，《南华经》一册，乃我秀才时所圈点、批选者”。余别收《易测》《老子全抄》二种，俱聊尔编录，格纸精写，极雅饬，朱、蓝二色笔圈批，前有骏佳手跋曰：“此夷度府君为诸生时手自点阅之书。”《南华》当亦此类，惜不可见也。

忆辛卯壬辰之间，山阴祁氏遗书渐出，余所得颇富而精，自承㸁祖司员公粤西奏议，至祁晋原朖所藏，数世藏书皆有之。诸书以承㸁《两浙古今著述考》稿本、彪佳《守城全书》、《曲品》稿本、祁理孙、班孙手批《水月斋指月录》、《五朝注略》，刻本彪佳《按吴政略》为最精，承㸁、彪佳乡试原卷及此家书数十通为最秘。吴县潘氏辑印《明清藏书家尺牍》，煌煌六巨册，网罗靡遗，独无澹翁一札，只以抄本一叶入之，实非真迹。可知其流传之绝罕矣。买书三十年，劫余珍物，只有此耳。迻写既竟，漫记卷尾，考证笺疏，当俟异日。癸丑中元前一日书。

癸丑夏日，手录澹生堂家书凡三十二通竟，劫余残馥尽在是矣。共历一月。立秋日跋，黄裳。

跋姜德明藏《东山酬和集》

三日前游湖上，在孤山图书馆得见如是诗及尺牍原本，系白棉纸印，刻甚秀整。后得馆中影本，笔画少肥，大失原意。又《尺牍》及《湖上草》，为黄纸印本，已为赵次侯裱成账册，旧山楼主人奈何唐突如此。十日前姜德明君以新得《东山酬和集》见示，索为一跋。其书明末刻本，九行十六字，白口单边。前有崇祯十五年二月望日吴门寓叟沈璜璧甫序，又岁在壬午孟陬之月门人孙永祚稿上之《东山酬和赋》二叶。字体与二冯集甚似，当是虞山开板。草草为写一跋，略云。

此《东山酬和集》原刻本，极罕传。当刻成于钱柳结缡之后。自半野堂初访起，讫于鸳湖画舫迎归赋催妆诗，盖老奴最得意时也。后收入《初学集》，颇经删定。同人和作亦多刊落。陈寅恪撰《柳如是别传》曾取此集详加考释，然所据似是传抄之本，颇有异字。是陈氏亦未得见原刻也。余留心钱柳故事，三十年来阅肆借人，未能见此。一日，德明自北京寄此册至，展卷惊喜，如此俊物，竟偶然得于丛残废楮中，书缘墨福，何可言耶？十日前去湖上小住，访孤山图书馆，请观柳如是《戊寅草》《湖上草》，俱明末刻本，亦只早于此刻数年，二书已付影印，如更俪以此册，则钱柳因缘案卷毕具矣。归来之日，案上置德明一札，颇道其珍重之意，不敢久留，致增贪恋之念，因草草为写此跋，无暇更加论定矣。古书善本，非必宋元始足珍重，似此种书，绝非高文典册所可并论，惜知此者少，亦幸以此得入德明箧中也。壬戌立夏前六日，黄裳记。

沈序孙赋，俱属壬午，是甲申前二年，刻成当在此时。未几而谦益携如是入金陵，百计媚阮怀宁，致使河东侑酒，移席近之。当日必有倡和诗，未续此付刻，牧翁虽颜甲千重，亦不敢也。又记。

郇斋小记

偶然得到一部《祁阳陈澄中旧藏善本古籍图录》，破数日闲泛览一过，得到许多新知与欣赏旧籍原貌的悦乐，有一些零碎的感想，恐日久遗忘，择要记之如下。

此书系由国家图书馆、上海图书馆、嘉德国际拍卖有限公司三家合编而成，在过去图籍目录类书中是别开生面的制作，也是公私经理藏书事业者合作完成的初例。而印制之精美，较之初期“中华再造善本”如《金石录》等，进步多多。采用宣纸线装，而不用一般铜版纸精装图录的通常格式，也是可喜的做法。只是封面函套，金彩炫目，大有追求内府宫装意趣，少失古朴典雅的古意，连带着影响了定价的高奇，是一种遗憾。

全书“解题”部分，用力最多。著录详明，版刻要点，边框尺寸，刻工姓名，收藏印记……一一注明，这就比《中国古籍善本书目》大有进境。对照图版，读者可以得到比较满意的认识、观赏效果。尤为可取的是在版本鉴定上，对过去著录的不少结论，颇多商榷讨论之处。这是一种值得注意的进步表现，也是此书学术价值所在。虽然所论未必尽是，但勇敢地提出不同意见，这做法是值得肯定的。在善本书的流转经过上，此书也给予了相当的注意。其表现之一，就在藏书印记的著录上。前后次序是应该郑重对待的。这方面多少存在着著录不全、前后失次的问题。例如序文第四页，论《东海庙碑》说“曾为顾湘舟、谭敬、徐渭仁等收藏”。谭为近人，不应置于清人徐紫珊之前。过去藏书家喜在藏书上遍加钤记，前有项子京，后有张蓉镜，往往藏印累累，不胜遍记，但既经著录，也只好一一录出。此外，彭元瑞有一方藏印，往往被读作“遇读者善”，文义欠通，其实应作“遇者善读”，不知可是。此外藏印中往往有些不易辨识的“怪字”，应采怀疑态度，以□表之，不宜弃而不录。

从陈氏收藏路数看，他是南方藏家的巨擘。所收多由松江韩氏、袁克文、王授珊（转从瞿氏铁琴铜剑楼出）、许博明诸家所得。除了著名的廖刻韩柳集是由宝礼堂收得成为双璧外，钞校、黄跋本多出韩应陛。道光后期，黄丕烈在苏州开设滂喜园书铺，韩黄两家有戚谊，于是士礼居的零玑碎锦都归了松江韩氏。这是陈氏所藏黄跋书独多的原因。此外，许氏怀辛斋也是个重要的藏书家。陈氏所藏数种明刻地方志，都是许氏旧藏。记得一九四八年顷，我陪叶圣老、郑西谛、吴辰伯游苏州，一夜酒后去护龙街上访书，在一家店里看到满架都是地方旧志，无康熙以后本，听店主说都是许博明的旧藏。西谛笑说：“这些书可以全部收下。”可是他当时囊空如洗，一笑而罢。郇斋所得明刻方志，可能就是这一批书中的白眉。关于许博明，书市中有许多传说，据传他最后是落到沿街乞讨，贫病而死的。关于许博明这位并非不重要的藏书家，至今不见有一篇详实的传记，时代并不是辽远，苏州尽多有心人，必应有所访寻记录，存此一段藏书史料。

陈澄中是久居银行高位要职的，又是江浙财阀叶琢堂的快婿，难怪他能一掷万金收买善本。得“南陈北周”之誉。但他到底是后辈，难怪初遇傅增湘，藏园老人就问：“君非以万金得熙宁荀子者乎?”他的收书大抵在上世纪三四十年代十来年中。但他确实有许多惊人秘笈、海内孤本，不愧“南陈”之目。经史重器不必说了，号称蒙古刻本的《李贺歌诗编》就可与周叔弢旧藏的元本苏、辛词媲美。他还藏有宋蜀刻唐人诗多种，不知是否萧山朱氏旧藏，未见说明。世彩堂本柳文诸种，都是海源阁故物，这与周叔弢所得杨氏书之富就相形见绌了。这也是南北藏家因时地条件不同产生的差异。元古迂陈仁子刻《梦溪笔谈》更是绝无仅有之书，大册蝶装而原书板匡绝小，如此印装，实是孤例。至于五代旧拓《神策军碑》，今已化身千百，家有其书，习柳书者不能不想到收藏原拓之人而寄以感谢之情。此外毛抄黄跋，累如贯珠，不可胜数，亦不能详记。

草草翻阅之余，如此大书，而校勘精审，甚少误字。偶有疑滞，辄作小记，不知是否，爰例举数则如次。

编例以刻行时代为次，固是当然。在明刻本中列有毛氏汲古阁书数种，以板刻论，未必珍奇，所重者则在批校。何妨别列抄校一类以归之，则名实相符矣。

“四九六”号《东皋子集》三卷附录一卷，清钞本。图版大题作“绿珠传”，书口同，且有“卷全”字样。卷尾有吴枚庵、黄丕烈跋，版心则题“东皋子集附录”。二者是否一书，未见原书者不易辨别。题解中似宜加以说明。

“五一八”号《滏水文集》后者录藏书印记，有“海陵钱犀盦校藏书籍”一目，“犀”疑当作“犀”。

“五二七”号《傅与砺诗集》，题“清鲍廷博校、章衔绥、沈毅题识”一条，“衔绥”字当乙转。

“五三一”号《樵云独唱》，藏印漏记一印，疑当作“西村秘笈”，不知当否？此类漏记及前后失记者尚有，不具列。

“五三三”号《松雨轩集》藏印著录有“刘好”一目，此寒云妇梅真印；未见原迹，但可定决非“好”字。又“宜兴李书勳藏书记”著录时漏去“藏”字。

“五三二”号《张光弼诗集》，著录藏印有“虞山周大辅左年藏书”一印。“左年”应作“左季”。此书中有张叔平印，事关嘉业堂藏书流散经过，为书林一大故实，可注意。

陈清华两次卖书，使国之瑰宝不流入域外，爱国之心，世所共仰。“南陈北周”之誉，也为世所共知。周氏的“自庄严堪”藏书精粹，于建国初期，最早悉数无偿捐献国家，为继起者倡。其藏品之美富，收藏历史之久，校勘用力之勤，重刊善本之多，皆非同时侪辈所及。但他的藏书，至今只有一本简本书目问世，书前虽附有少数书影，但印制草草，甚不理想。听说周氏后人曾有出版书影之议（包括明刻、抄本），荏苒经年，迄无消息。今见陈氏藏本图录，不禁想起旧事。《〈自庄严堪〉藏书图录》之出版，实为迫在眉睫的工作，其印制之质量，也必不能下于陈氏本。周叔弢丈曾是天津的副市长，国家领导人，作为津门文化代表性的人物，想有关当局必不轻忽视之。

二〇〇六. 十二. 廿六

拟书话

好几年前我在本报曾写过几篇《拟书话》，是模仿唐弢的《书话》而做的。摹得到底不大像，又因材料无多，不久就辍笔了。唐弢久已长逝，他的藏书都归了中国现代文学馆，正是物归其所，是值得高兴的。不久前又看见一厚册《唐弢藏书目录》出版，知道藏书已得到初步整理，努力可佩。可能因为编者不太熟悉新文学出版物情况，著录、分类还有不够细密之处，查起来不太方便，特别是有些善本说明过于简略，使读者不易得知其特色，也是一种缺憾。其实类似的问题在《中国古籍善本书目》中也是存在的。往往只著书名、略提版刻，至于行款、题跋、纸墨、藏印……都略而不记，使读者如入五里雾中，但见一大批《史记》《汉书》……名目，却无从知道它是哪个本子及其流传端绪，实在是杀风景的做法。国家投入如许经费，用了多少年的时光，而仍不免漏略，编成了一部不能使读者满意的大书，至今也不见有谁提出意见，实是怪事。

因此我想，写《书话》不妨稍详，甚至说些题外话也不要紧，也就是说不妨写得随便些。这正是我对散文写作一贯看法。至于到底如何，那只能写起来看了。

小约翰

这本书是一九五〇年初我在天津买到的。宛如新书，道林纸印，非毛边。封面不知谁做，海滨悬崖，一钩新月在浮云中，有小孩在海岸奔来。在悬崖下部题书名、“荷兰望·蔼覃著，鲁迅译”。扉叶题“未名丛刊之一”，“鲁迅重译”。版权页只题“未名丛刊：12，小约翰，实价八角，不许翻印”一行，其下即为“丛刊”十九种的细目，有的有定价，有的题“即出”或“在印”“待印”。后两行云：“北京马神庙西老胡同未名社发行，有*号者北新书局发行。”

鲁迅在书前有长长的译序，写得汪洋恣肆，实在是一篇绝妙的文字。可惜未收入别集，不大为人所知。此书自初译，继而出走厦门，转去广州，终于到处碰到“学者”，无奈逃进白云楼，用了一个月的时光，整理完毕。同时还不忘同译的齐寿山君，又时时说及自己语学的不足，和斟酌译文字句的艰难。并随宜提起“正人君子”的陈源教授，真是淋漓尽致地发挥了杂文的效能。

我在买到此书后，曾在扉叶上写了一段题记：

一九五〇年元旦日，重返天津。离开这个城市已经十三年。一切似乎已不再认识。从前的温馨旧梦，在冰雪之中似乎都已经融化，不再存在。重返南开，重过梨栈，重游中街，都如此生疏。第二天又到天祥市场遛旧书摊，看了几种明抄善本，这些从前只能望望然，现在则可以进而购取了，似乎是一种“进步”。然而新文学的旧本却极少，只在书摊上得此未名丛刊初版本《小约翰》，尚可满意。寒风凛冽中走入起士林，居然客满。绅士淑女，衣香鬓影，热闹之至。吃着杲良所十分称赞的蛋糕，果然不错。这蛋糕还是侍者给“匀”了来的，他说：“这是今天，要是昨天……”言外好不容易，颇有得色。于是称谢。人情温煦，亦复有趣。因记此一段。一九五〇·一·二，下午五时，在中街起士林。

在天津我前后住过近十年，我觉得这是第二故乡似的地方。从上面短短的题记中可以看出我对她的留恋之情。在梨栈左近，有好几家戏院，是我接受京剧教育的地方，我曾看过那许多名优的歌舞；那里有劝业场、天祥、泰康商场，吸引着我的是那些书店、书摊，我几乎出一本买一本新出版的新文学书本，足足有一箱，今天看来，无一不是“珍本”了，可惜给日寇一把火烧掉了。今天重翻《小约翰》，真不能不引起我说不尽的相思。

唐宋传奇集

这是上下两册毛边道林纸印本，封面是陶元庆作，仿汉画像砖的出行图，狭狭一条，横列上端。下面题书名，及“鲁迅校录”字样，扉叶有“上海北新书局印行，1927”一行，背面书“陶元庆作书面”及“1—2000”字样。以下就是“序例”“目录”，共五卷。下册程式同前，唯出版纪年则作1928，印数为2001—4000，则再版矣。下册目录为卷六至卷八又卷末“稗边小缀”一卷。上册书尾有价目，“上册实价六角，下册续即出书”；下册则作“下册实价六角，上册价目同前”，并有“上海新闸路仁济里，北新书局印行”两行。

此书编辑体例规格，全仿清儒学术著作旧式，与《会稽郡故书杂集》《古小说钩沉》并同。可见先生著述传承遗痕，是值得注意的。书前序例是一篇渊深朴茂的古文，与《小约翰》前语体译序可称双璧。对读起来，是很有趣味的。先生曾于《集外集》序中，回顾自作古文，有受太炎先生影响，古了起来的话，此序虽无难解之处，但亦时有奇字，异于常蹊，但觉文采斑斓，多呈异彩。于评郑振铎《中国短篇小说集》差误之余，更有“弥叹虽短书俚说，一遭篡乱，固贻害于谈文，亦飞灾于考史也”的感慨。其后更历数唐宋传奇发展轨迹，也是先生文论之一鳞片爪，不见于他处，不宜忽视的。于勘定已毕，更有所感，“结愿知幸，方欣已欷：顾旧乡而不行，弄飞光于有尽，嗟夫，此亦岂所以善吾生，然而不得已也”。更使我出惊的是结末的一节话：“中华民国十有六年九月十日，鲁迅校毕题记。时大夜弥天，璧月澄照，饕蚊遥叹，余在广州。”一九二七是什么时会，广州是什么所在，鲁迅“今夏失业”，困居白云楼，远处是蚊雷成阵，自己却又重新拾起“抄古碑”似的旧生活来……一切的一切，都用这十六个字写尽了。

我的老习惯，书本到手，总要在扉叶上写几行字：

三十七年一月卅日，在秀州书社买。此初版本也，仅上卷。前曾有三版者两册，已持赠弢公。归来后记。

这秀州书社是开在陕西路上的一家旧书店，主要卖线装书，但也时有新文学出版物，与今天嘉兴的秀州书局不是一回事。当时我们都起劲地收集鲁迅著作，彼此常交换所藏，有时得到初版本或书品好的本子，就剔换旧的。偶得异书，也常相夸示，以为笑乐。旧事历历，转眼五十六年过去了。

二〇〇四年七月五日

玉虫缘

周作人有一本自编的《苦雨斋序跋文》（一九三四年天马书店版），前有手写序文，有云："全稿共有七十五篇，今选取其五十三，分为两部。其第一分皆自作题记，有三十六篇，悉留存……"可见是没有遗漏的全璧了。开首就是旧译《红星佚史》，却没有更早面世的《侠女奴》与《玉虫缘》。是当时手中已无存书，还是自行删去，原故不明。

张菊香、张铁荣两先生编的《周作人研究资料》（一九八六年天津人民出版社初版）的《周作人传略》在叙及周作人一九〇五年译成《侠女奴》之后说："不久，又翻译了美国亚伦·坡著的侦探小说《山羊图》，后易名为《玉虫缘》，由小说林活版社印为单行本。”唐弢的《晦庵书话》也只著录了《孤儿记》与《侠女奴》，而不及《玉虫缘》，可见罕传。

这本小册子是我六十余年前买得的。历劫尚存，不能说不是“奇迹”。在上海王家沙北京路角有一排小房子，前有广场，排列了长长十来只书摊，摊上乱糟糟地陈列了平装旧书，绝无像样的货色，我一直不去翻拣，不料一次兴起，胡乱翻动，竟自翻得此书，大喜逾望。其罕传殊不下于《域外小说集》也。书是崭新的，封面彩印，画两人在草丛中寻找什么，在草叶上就是那“玉虫”。画法全属吴有如风，是清末出版物典型风貌。扉叶大字题书名。卷首大题下属“美国安介坡著，会稽碧罗译述，常熟初我润辞”。正文只用圈点，有时句旁有密圈，是以为得意佳句。后有版权页，题“丙午（光绪三十二年、一九〇六年）四月再版、同年同月发行。定价洋三角。编辑者小说林总编译所，印刷者小说林活版部，上海派克路福海里”。以下更有发行者、分售者两行，并有“小说林版权证”，双行套花边铅排方印。

这是再版本，可见销路不差。初我姓丁，大概是小说林的编辑，此人也是驰名的藏书家，晚年回到故乡常熟，刻成《虞山丛刻》《虞阳说苑》等丛书，搜罗乡邦文献颇有成绩。被郑西谛视为重宝的《脉望馆古今杂剧》就是他的旧藏。

书前有译者的绪言、例言，当属周氏佚文，移写如下：

绪言

天下之物。莫不各有其代价。纳价若干。则得货若干。无或出入。此贸易之道然也。惟事亦然。欲成一事。必先纳其代价。或以劳动为代价焉。或以心力为代价焉。或以一切之苦乐荣辱及生命财产为代价焉。夫而后乃各按其所应得之数。得报酬以去。而决不容徼天之倖。得无因之果。此实人事之自然而合于公理者也。夫人之贫富。天地之一大缺陷也。然而贫者必有其所以贫之故。富者亦必有其所以富之故。逸者。贫之代价也。劳者。富之代价也。纳如何之代价。则得如何之报酬。然则一事之成败。天行虽存乎其中。而人事实为之枢纽。于缺陷乎何有。夫不观之力学乎。以助力器运重者。力省则时必费。时省则力必费。二者交相为因。故交相为果。浅人不察。相惊为异。不亦陋乎。顷者碧罗女士之译述莱格兰事也。叙其以一月获百五十万之巨金。然而无足异也。彼其一月之间。绞脑汁。竭心血。焦心苦思。以探索此事者，其价值已不下百五十万金也。且此百五十万金。非彼之智慧。亦莫能支配也。故如安介坡之不屑于此事。则不得也。如迦别之不能思得此事。则亦不得也。如莱以外之种种人。或莱自已。不能解明此秘密。则亦不得也。何者。盖思索此劳苦。实为得百五十万金之代价也。夫致富。难事也。然以掘藏而致富。则易事也。既易易矣。而复有难。甚矣。天下无易事也。近者吾国之人。皆思得财矣。而终勿得。吾国之人。皆思做事矣。而终勿成。何也。以不纳其得之成之之代价故也。使读此书而三思之。知万物万事。皆有代价。而断无捷径可图。则事庶有济之一日乎。

乙巳初春萍云序于建业客次

例言

——是书为美国拔尔祛摩人安介坡所著。坡少负隽才。年三十八而卒。其诗文惨怪哀感。为一时所欢迎。顾天不永年。殊亦长吉鬼才之俦也。此书曾应斐力代而夫一新闻社小说之悬赏，当选受三百弗之赏金。其价值可想见。闻其所作大鸦之诗及泻梨（酒名）之酒桶等篇尤奇异。惜未得见。

——是书英文原本名曰《金之甲虫》。著是事之原始也。日本山县氏译本名曰《掘宝》。著事之结果也。译者不解和文。而于英文少有涉猎。因从原本细绎成此。别著其名曰《玉虫缘》。

——是书推测事理。颇极神妙。虽只一平常记事之文。而其中实含有侦探小说之意味。书系入作者口气，今仍其体例。

——书中形容黑人愚蠢。竭尽其致。其用语多误。至以 There 为 dar。It is not 为 taint。译时颇觉困难。须以意逆。乃能得之。惟其在英文中可显黑人之误。及加以迻译。则不复能分矣。(如英文“故”Cause可误为“爪”Claws。而在中文则否。不加注语便觉费解)

译者识

此书后附印诸叶，亦多有趣味，且有文献价值。如“钦命二品顶戴江南分巡苏松太兵备道袁为”的告示，就是很有趣的公文。说明早在“光绪三十一年”在出版界就已出现盗版现象了。致劳出版商呈请大宪示禁。盗版者种种花样，如“书贾射利翻印，或增损字句，改换名目，希图蒙混”。不只是盗版，像近来屡有发现的学术剽窃，竞“编”词典，争“译”名著……原来都是古已有之的老谱新翻，算不得什么出奇本事。

书后还附印了小说林的广告，别用彩色纸印，分出版物为十二类：（一）历史小说，有《孽海花》《风洞山传奇》等；（二）地理小说；（三）科学小说；（四）军事小说；（五）侦探小说，有《福尔摩斯再生》一至十集等，《玉虫缘》即在其中，此类种数最多，近三十种；（六）言情小说；（七）国民小说；（八）家庭小说；（九）社会小说，有《侠女奴》等；（十）冒险小说；（十一）神怪小说；（十二）滑稽小说。

小说林是清末上海知名的出版家，出版书籍不少，但少有研究记录其规模、编制、出版种类、运作方式的，看那广告所显示，虽以小说为主攻方向，却与商务印书馆是竞争对手。后者也注意说部的出版，周作人另一早期译本《红星佚史》就收于商务印书馆的“说部丛书”中，为第八集之第八编，看规模就远比小说林为广阔。可见当时出版界的竞争也是很激烈的。商务的“说部丛书”更收入大量林琴南的译品，影响更大。老一辈知识界中人几乎没有不受其影响的。直至晚近，仍时有谈及者。如钱锺书就写过《林纾的翻译》，叶圣陶、俞平伯两老在晚年通讯集《暮年上娱》中，也时时道及林译，在重读时都感到某种趣味。周作人译《玉虫缘》时，译笔较后来与鲁迅译《域外小说》时微异，也许幼稚些，却不那么追求古奥，更多可读性。近来周作人的译本已陆续印出，主要是后期希腊日本古典著作，其早年译作，如《匈奴奇士录》《黄蔷薇》《炭画》等，篇幅无多，何妨也收集起来，可见周氏译文的整体面貌，同时也可以看出我国译书初起时的光景及其演变的痕迹，不也是颇有意思的么？

甲申始秋

文汇读书周报编辑部：

《拟书话——玉虫缘》刊出后，拣《晦庵书话》再版本，知唐弢亦藏此书及《侠女奴》《孤儿记》，他的藏书目录中，也著录此三书。记此以彰前作之误。

黄裳

二〇〇四年十一月二日

忏余集

《忏余集》一册，郁达夫作。民国二十二年天马书店初版。封面陈之佛作。三十年代出版物中，陈君所作封面，以别致的图案风格出之，另具一格，虽繁缛而不失于琐碎，自然大雅，算得是书衣制作的上乘。版权页于“版权所有”栏中，粘方形印花一枚，用蓝色；有古衣冠人物，下缀“郁达夫著作之印”双行小字。仿鲁迅著作所粘印花而较大。此书为达夫生前自印散文小说合集之最后一种。名篇《钓台的春昼》《迟桂花》俱在集中。后附《沧州日记》《水明楼日记》两种。起一九三二年十月六日，迄同年十一月十日。

坦率地说，郁达夫的著作，我最欣赏耽读的是他的日记。《日记九种》不必说了，即以此书所附两种而论，所记无非身边琐事，然而真实，不卖弄，记游踪，记创作思路，记买旧书，还有几乎每日都有寄王映霞信的记事，可见两人之间情感的浓挚，虽小别亦系恋如此。有谁能想到三五年后的“毁家”“仳离”？这是读后不能不使人怅惘的。

《钓台的春昼》是全书中最惹眼的一篇。写得随意自如而情感激荡，似乎不是一篇记闲情的春游散记，而是有如骆宾王讨武瞾那样的一篇檄文。

严子陵的钓台确是一个好题目，历代文人（特别是清人）的集子里，总免不了有一篇“过钓台”之类的诗，其实早在明代中叶就有人编过一本《钓台集》了。说到钓台，好玩的故事真的足足有一箩筐，什么“客星犯帝座”，“买菜求益"，"先生之风，山高水长"（范仲淹《严先生祠堂记》）。谢皋羽祭文天祥的遗址西台，以及严子陵当日在山顶台上垂钓，要准备多少长的钓丝……真是目不暇接。在有的作者看来，真是眼花缭乱，来不及抄撮，背上了这一捆重载，结果弄得自己也爬走不动。弄不好还会弄出一些小小蹉跌，摔个鼻青脸肿，惹人笑乐。郁达夫则不然，他目中似乎全然不见这些有趣的故实，就连七里泷的风光，也只草草写过。他在文章的开头，就揭出他是在怎样的环境、心情中踏上征途的：

> 一九三一，岁在辛未，暮春三月，春服未成，而中央党帝，似乎又想玩一个秦始皇所玩过的把戏了，我接到了警告，就仓皇离去了寓居。

试想在这样几乎是逃亡的情形下春游，哪里还有悠闲的情趣。但他还是用了不少篇幅细写了夜登桐君山的感受，在去钓台的舟中还写了一场昼梦，"和数年不见的几位已经做了党官的朋友高谈阔论"……"和几位朋友闹得心里各自难堪"，谈论中"还背诵了一首两三年前曾在同一的情形之下做成的歪诗"，诗是一首七律，那下半是：

> 劫数东南天作孽，鸡鸣风雨海扬尘。
> 悲歌痛哭终何补，义士纷纷说帝秦。

这几句将他胸中的块垒和眼下不得不逃亡的处境说得十分

明白。

达夫在荒凉破败的严祠里徘徊，并不说及严子陵的隐士生活和归隐在历史社会学上的评价，却一直“怕在这荒山里要遇见一个干枯苍老得同丝瓜筋似的严先生的鬼魂”。

达夫在祠堂的题壁诗中发现了同乡夏灵峰的诗句，因而又联想到“南满尚书”和“东洋宦婢”来，说道“就是以骨头来称称，我想也要比什么罗三郎郑太郎辈，重到好几百倍”。全文以一声闲长而有节奏的鸡啼和船家的一句“先生，我们回去吧”作结，实在空灵婉妙得紧，也着实写出了山居的荒寂。

我曾说过，散文杂文之间，没有一条鸿沟。达夫这篇《钓台的春昼》似乎可以为我作证。其实鲁迅《朝花夕拾》和《且介亭杂文末编》中有些篇章，何尝不是如此。

达夫是参加过“左联”的，好像和鲁迅一样还是发起人。试看“左联”的作者们，在严重白色恐怖的局势下，有谁曾在文字中公开谴责过“中央党帝”，可怜幼稚的“左联”主持人竟自将这位斗士开除了。

集中另一篇杰作是《迟桂花》。这是达夫自己也非常满意的笔酣墨饱的文字。在日记中也曾多少记下创作的发意，他说：“在石屋洞大仁寺内，遇见了弘道小学学生的旅行团。中有一位十七八岁的女人，大约是教员之一，相貌有点像霞，对她看了几眼，她倒似乎有些害起羞来了。”“在南高峰的深山里一人徘徊于樵径石垒间时，忽而一阵香气吹来，有点使人兴奋，似乎要触发性欲的样子，桂花香气，亦何尝不暗而艳，顺口得诗一句，叫作‘九月秋迟桂始花’，秋迟或作山深，但没有上一句。‘五更衾薄寒难耐’，或可对对，这是今晨的实事，今晚上当去延益里取一条被来。”“今天的一天漫步，倒很可以写一篇短篇。”（十月七日日记）

短短一篇日记，把《迟桂花》写作发意、酝酿的过程说得十分清楚。连诗人的偶然得句，也说到了。一句好诗的写成，那情形就是这样。

他在十月十日的日记中又说：“《迟桂花》的内容，写出来怕将与《幸福的摆》有点气味相通，我也想在这篇小说里写出一个病肺者的性格来。”达夫译过这篇德国小说，收在生活书店出版的达夫所译短篇集里，如果拿来对读一下，可见两者之间的香火因缘。日记中还零碎记着“大约《迟桂花》可写一万五六千字，或将成为今年的我作品中的杰作”。为写小说，他还到翁家山去视察了一回。全文于十月二十日写成，共两万一千字，即寄沪。

此集中《碧浪湖的秋夜》，是写厉樊榭故事的小说，比起《迟桂花》来就差得多，写历史故事究竟不如写现实生活来得顺手，虽然这也是虚构的。达夫写厉鹗，就比不过曾孟朴的写李慈铭，那道理也是一样，就近观察，总比暗中摸索来得实在。达夫还有写拱宸桥，写南宋宫廷小说的计划。至于念念不忘的“蜃楼”，却终于未能着笔。

大约一九四〇年顷，我曾在一家旧纸铺里见到“逸经”出版社散出来的一批杂志、文件。其中有达夫《饮食男女在福州》的手稿，龙飞凤舞地用钢笔写在逸经社稿纸上，如获至宝，赶紧买了回来。可惜在离沪后失落了。十分可惜。总想能得到他的手迹，以为纪念。一九四七年在上海编报，才起意收集作家墨迹，不料达夫早两年已在南洋被东洋残寇暗暗杀害了。一九五三年，从一位书友手中买得一册词集，封面却有达夫手书的“湘弦别谱、郁达夫藏”两行字，不禁大快。书为道光刻，作者是“元和朱绶仲环”。这是作者生前刻本，后来又收得作者的《知止堂词录》四卷，则是身后友人汇刻本了。《湘弦别谱》列为卷三。我曾写有一跋：

> 癸巳三月，石麒访书越中，道出湖上，归而以祁忠敏《按吴政略》《疏草》及顾千里钮树玉手校之《庄子》遗余，更俪以清刻本词集数十种，此其一也。罕传佳本，卷前更有郁达夫识语，盖自风雨茅庐中出者，更可珍重。黄裳记。

达夫喜买旧书，但他不是藏书家，所买多为清刻之有参考价值者。也爱读词，日记中有“晚上读彭（原误鼓）羡门《延露词》，真觉得细腻可爱”。杭州新居里藏书，除线装本外，还有大量的西文书。达夫藏书不钤印记，风雨茅庐于“毁家”之后，书籍零散。多年买书，未见郁家藏本。今得此册，以有手题，知是达夫遗书，可欣幸也。

二〇〇四年十一月十一日

西行书简

上世纪三十年代商务印书馆出版了一套“文学研究会创作丛书”，共二辑，不知共有多少种。手边只保存了《你我》(朱自清)、《西窗集》(卞之琳译)、《汉园集》(新诗集，共收何其芳《燕泥集》、李广田《行云集》、卞之琳《数行集》三种)、《西行书简》(郑振铎，为丛书之第二辑)。这套丛书印得相当精致，像“人人丛书”那样的小开本，浅绿布面精装，书名烫银，各有厚纸封套。这套书建国后都未重印，只施蛰存为江西百花洲出版社重印了《西窗集》，曾经译者重订，把蒲宁的短篇《中暑》删去了，十分可惜。

西谛先生是文坛上的大前辈，我在小学读书时就读过他在《小说月报》上发表的《北宋词人》和《南宋词人》，为平生读词之始。抗战开始，移家上海，也还是读中学，打听到他住在静安寺庙弄，一天，就冒险去访问，在他家的小花园里相见。随身带了这册《西行书简》，请他题字。西谛就站在花园中，在扉页上写了两行字：“旧游之地，多已沦为狐兔之窟，何日得重游？郑振铎。”我在三十年后重读此书，也在旁边写了两行题识：“此为一九三八年余访西谛于庙弄，倩其题于卷前者，西谛立于小园中为书此两行，转瞬三十余年矣。”小园中花木扶疏，如在目前。前些时在报上看见郑振铎在沪上的故居发现了，好像是别一处，后来打听下来，才知道庙弄早已拆除净尽，不禁惘然。

这册《西行书简》，版权页题“中华民国二十六年六月初版”，书前有铜版照相二十八页，近六十幅，是我最感兴趣的。因为在这前后，我也曾在春假中到绥远去旅行过，还写过一卷日记记事，刊于《南开初中》，读此一卷书，仿佛重温旧日游踪，如云冈的雕像，大同诸寺，相传李凤姐卖酒的久胜楼……尤为可喜的是看见了在蒙古包前冰心女士和雷洁琼的合影，得见心仪已久的女诗人的留影，真是使人高兴的事。

书前有作者写于“二十三、九、八”的题记，原来这本书是他旅行中写给高君箴夫人的一束家信，他说：“但最近的将来，就将成为问题的中心的西北，其危急的情形，以及民间的疾苦，或可于此得到些消息吧。”可以看出他执笔时的心事，必将扫穴犁庭、光复故物的大愿。不想题记写成后四年，此书出版之际，已是淞沪抗战之时，此书际此印行，流布必不甚多。又过一年，他又在书前题句，慷慨激越，动人心魄。则更是这本小书值得珍重的因由了。

又过了几年，与西谛重见，已是一九四八年前后。那时他正主编《文艺复兴》，要组织一期中国文学研究专号，要我投稿，我想写一篇吴梅村《鸳湖曲笺证》。一夜，在庙弄他那塞满了唐三彩陶俑的书房里谈天，说到搜集材料不易，西谛随手从书架上抽出一部崇祯刻的《几社文选》给我，要我带回去查查，可能有关于吴昌时的材料。慨然相假，不少憾惜，那时张葱玉的藏画易手，将流出域外，西谛用珂罗版印了一厚册《韫辉斋藏画》，留个纪念。也一并取出脱手相赠，凡此都可见其豪迈气概。

一九四八年九月，吴晗从北平来沪。本拟乘飞机去港转解放区，而忽有凭照片始可登机的新规定，走不成了，只得住在沪西王艮仲家，闭户读书。西谛以新刊《玄览堂丛书》赠之遣日，因其中多收明季史料也。十月一日，西谛、叶圣陶约吴晗去苏州游散，我亦同去。此游叶圣老有日记，在《叶圣陶集》第二十一卷，唯系事后补记，不免遗漏。如同游者无周予同，只是在火车站偶然碰到，他是去社会学院上课的。看见我们就坚邀去学院演讲，而吴晗又不能出头露面，西谛就要我去应付一下，终于辞谢了。

我们一行四众，先到木渎。观韩蕲王碑后即在石家饭店午饭。秋光正好，是鲃鱼上市的时候，服务员用面盆盛了鲃鱼给我们看，圣老捞起一条，用手紧握，鱼腹渐渐鼓起，成球状，看了十分有趣。至于鲃肺汤，圣老说“实无甚好吃”，却是此店的名菜也。

此后即登灵岩，上天平，回市里晚饭后，“振铎黄裳欲访书，而护龙街书肆已关门，叩之都不应”，圣老日记如此。其实还是走进了一家，架上满满的都是清初刻本方志，是许博明的旧藏，西谛笑对我说：“这些都可以买。”其实我们都没有买书钱，一笑而罢。至于游汪义庄戈裕良堆的假山，并非在翌日上午，而是从书店出来后摸索到的。昏黑中一片模糊，什么都未看清。至于是否真是汪义庄，也不敢确说。圣老所记，必是旧有印象，偶然忆起而已。

也是在这前后，我在一家旧书店里，看到西谛手写的一册《纫秋山馆行箧书目》，说是预备出让，而且已有四川客人看过，只是尚未议定。我当时年少好事，就想设法为他保存这批书，多方筹借（“小黄鱼”加“大头”），等我提了换得的一袋“法币”去付款时，却因币值突变，没有成交。这事并没有让西谛知道。后来对旧书认识较深，才悟出这批书并非他藏书中的精粹，大半是常见的明刻本，弃之并不可惜的。

建国后他出任文物局局长，在北京团城办公。我去访问，见面后称赞这是理想的办公地方。在光线不佳的屋内，他的座后有一只陈旧的保险柜。西谛开柜取出一卷绢本旧画，打开给我看，说绢底脱落，看一回就少一回了。我感谢他的盛意，又因实在不懂书画，草草一观就请他收起了。

又一次我在来青阁买到一册宋本《尚书图》，是南宋建阳刻本，白麻纸初印，有胡心耘跋，在古版画中算得是最早期的作品。西谛收古版画数十年，著有版画史图录，不能不给他看看。于是再访团城。西谛一见此书，高兴得几乎跳起来，急问在哪里买的、花了多少钱。不容分说，就做主留下，照原价由国家收购，马上送到正在举行的雕版印刷展览会上去了。

一九五一年春西谛来上海，拉了巴金来我家看书。见到崇祯甲申钱栴辑刻的《城守筹略》，大为赞赏，认为是难得的好书。又看到一部碧筠草堂刻的《笠泽丛书》，却没有顾肇声印，没有封面，也没有印记，皮纸精印，阔大近尺。西谛说：“在杭州浙江图书馆看到同样的一本，是他们最近用高价买进的，定为元刻，真是荒唐。让我拿了去给他们看看。”

后来我在浙江图书馆的办公桌上真的又看到了此书。从这两事，可以看出西谛的豪情胜概。同时他又见到一部康熙刻张岱的《西湖梦寻》，也是不忍释手，要我送给他，我没有答应。西谛不无惘惘，后来在《劫中得书记》的后记中添了一笔，说过去以为张宗子的书没有旧刻本，现在见到康熙刻的《西湖梦寻》，才知道旧说不确。

西谛和上海出版公司有颇深的渊源。他的几种巨著都由它印行。出版方针也多由他规划。西谛工作起来有极雄大的魄力，更有非常开阔的眼光，在学术研究上，他是个开启门户的，颇有“只开风气不为师”的风度。因此也有许多未竟之业。他的兴趣是多方面的，但有时也会见异思迁。在搜集旧书时表现得尤为突出。最近在《档案与史学》上读到他一九四九年后的日记，他买书的魄力与兴趣是惊人的。为了研究唐诗，他着力收罗历代唐诗总集、选集，连汲古阁所刻的唐人集部也要搜罗无遗。他收集版画，明人所刻的曲本、杂剧、通俗书，只要有附图，都每见必收。他也收词集，曾与李一氓比赛藏品。方面既广，粗疏就不可免。我曾从上海出版公司的刘哲民处借得两册珂罗版精印的古陶俑图录，就是他的著作印好而未发行的。哲民后来急急索还此书，说是不能发行，因为所收大半是伪品。这就使我想起庙弄书房中那些唐三彩，都是他举债收得的，竟有不少是古董商人拿给他的伪品。

买书成癖，同好之间的矛盾即不可免。五十年代初，我曾与傅惜华合作编一部古版画图录，商请上海出版公司印行，刘哲民也满口欢迎，惜华还将珍贵的藏书寄来上海拍照。一切说得好好的，但总是不见实行。每次催问哲民，总是好言应付，后来我也悟出，西谛是不赞成傅惜华印这部书的，尤其是版画。傅惜华也是收藏大家，特别是小说戏曲版画，成就与马隅卿相埒。可惜“文革”中藏书扫数为康生掠去，不知下落，倒不如西谛身后藏书归国家图书馆，得以保存。原议设专室收藏，后来被打乱，无从得见原藏旧貌，是很可惜的。

此后因梅兰芳《舞台生活四十年》出版问题，西谛对我颇有意见，过从渐少。但一九五七年后，我被剥夺了写作权利，但我编剧的电影《林冲》却得及时上演。西谛曾在报刊上撰文介绍。他是从来不写影评的，这不能不使我感念。

近来读巴老《怀念振铎》文，感慨无端，其中有这几句话：“振铎是因公逝世的，后来听见一位朋友说，本来要批判他，文章已经印好，又给抽掉了。这句话使我很不舒服。”是的，我读了这些话，也觉得很不舒服。

甲申始秋

附记：

西谛与巴金，虽然在对待古书文物上，有过不同意见，但巴金对西谛重印古籍的工作，一直是热情支持的。鲁迅、西谛重印《北平笺谱》的广告在《大公报》上出现，当时我正在寒假返里的车中，读了西谛的《访笺杂记》，激动异常，想无论如何也得有一部，再看看《笺谱》的预约价，银洋十元，这却不是一个中学生所能担负的，嗒然意尽，一直惆怅了许久。若干年后，在巴老座上，看到此书，还是崭新的初版鲁迅、西谛签名本，不禁意动。想借回去细读，可是书太珍贵了，不敢开口。后来又在巴家看到鲁迅、西谛重刻的《十竹斋笺谱》，我本有此书，"文革"中肚子饿得慌了，只好卖掉。现在手头只有初印的《版画丛刊》的第一卷。西谛的《中国版画史图录》，也是极珍贵的大书，也在巴金家看到，曾借过两函，回家细阅。巴金还是西谛所编《古本戏曲丛刊》的预订者，这也是一部西谛未完成的巨作，我曾预订过一部，出到第三辑后因无钱半途中止了。但在巴老那里，却一直看见送来的第四、五辑的新书。古典戏曲并不是巴金研究的重点，但西谛凡有制作，他总是不遗余力地支持的。

西谛热情如火，死去时不过六十岁。他没有学者架子，对后辈总是那么热情地相待，循循善诱，如对春风，使人忘记他是文坛的大前辈。正如丁聪虽年登耄耋，朋友见面仍只以"小丁"相称一样。所以在写此文时，为行文便利，不别加敬称，这样会更亲切些。读者亮之。

二〇〇四．十．十二　再记

读《红楼梦》札记

从小爱读《红楼梦》，迄今仍不忍去手。常置一卷于枕畔，随意选一节读之，无不欣悦。回想多年读此书，欣赏所在，不无变易。最初读时，识字不多，记得将“贾雨村风尘怀闺秀”还读做“润秀”，可笑类此。其不能领会书中妙绪可知，难怪随手掷去了。少有知识以后，重读此书，引起兴趣的则是书中的浓词艳赋，如贾宝玉的怡红院四时闺咏、海棠社集、菊花诗等等，无不以为词章规范，至于诗句中有什么微言大义，如目前红学家所剖释，则从未措意。只有“寿怡红群芳开夜宴”中麝月掣了一根“开到荼蘼花事了”的签，却分明是刻露的一笔，逗出了“送春”的命意。不待红学家的指教，知道确是大观园落入衰歇的提示而已。

这以后，兴趣就转移到一些热闹场面，刘姥姥在大观园中的表演，凤姐、鸳鸯对她的百般捉弄，花团锦簇的场面，使人眼夺目眩。至于姥姥初进荣国府的种种，与周瑞家的周旋、凤姐接待来客的举措、姥姥眼中的府内光景，尽管雪芹细细着意抒写，却轻轻地读过，说不上尽情欣赏、领会了。

此际所激赏的片断，如葬花，自然是绝妙好辞，其后半

“牡丹亭艳曲警芳心”一节，却只不过是借汤玉茗的原词，随宜点染，并不费多少气力。雪芹这种“借景”功夫，更是所在多有，借古人名句意境，幻出崭新故事境界，活色生香，使人浑不觉其出处来历。这一节只不过是直接运用的一例而已。下面写“醉金刚倪二”一节，更是雪芹欲与《水浒传》争胜的好词。脂砚斋（也许是雪芹自说）说这一节较《水浒传》写没毛大虫牛二好看多了。其实并不如此。倪二的几句话，是雪芹花了大力气锻炼出来的，斧凿痕迹如见，就不如《水浒传》写法之干净有力。雪芹书中第一等笔墨都是真境界的白描，而非刻意经营的片段。鲁迅先生论《红楼》说“正因写实，转成新鲜”，指出的正是这一层意思。

《红楼》笔墨有极繁的，铺陈有极琐的，都值得细细读去，年轻时只注意故事，这些就往往忽略了。以“宁国府除夕祭宗祠”一章论，宝琴眼中的宗祠景色，黑山村乌庄头的禀帖账单，都是写得极详却并不嫌啰嗦值得细读的。贾蓉接过禀帖，忙展开捧着，贾珍倒背着两手，向贾蓉手内的禀帖看去，这几笔真是活画出贾珍的身份气派。每读至此处，总不禁想起京剧《法门寺》，侯喜瑞饰刘瑾，从萧长华的贾桂手中看宋巧姣状纸，几个转身，贾桂转磨盘儿倒退，展转伺应。几疑两处所写同为一事。纸上台上不同的故事，不同的表达方式，却铸就了不同的不朽艺术精品，不知道侯喜瑞和他的师傅黄三读过《红楼梦》不，是有意的模仿还是暗合，总之，两者绝非偶然的雷同。

同样还有“浪荡子情遗九龙佩”一回，细写贾琏与尤二姐故事，与京剧《拾玉镯》如出一辙。雪芹寥寥数笔，却抵得舞台上半天张致。

自来鉴赏家有望气之说，无论古玩、书画，都可凭一眼确定真赝，看来玄虚而不科学，但也不可贸然否定。望气者凭借的是经验，见得多自然积累的经验就多，因为到底是实践所得，自有其存在的价值。可惜经验并不曾用科学方法总结，留下的只是陷于神秘的传说而已。在文学鉴赏上是不是也有望气一说呢？小说家张爱玲是熟读《红楼梦》的，她的经验是，“不同的本子不用留神看，稍微眼生点的字会蹦出来”。这就是说，因为熟读文本，对作者的文字风格、用词遣字、常用字汇，以至谋篇、布局……都摸得熟而且透，一旦发现不合规范的字句，就会产生异感，觉得绝非曹雪芹的笔墨，这是合理的判断，说不上奇怪或神秘。最明显的例证，可以举有问题的第六十七回，“见土仪颦卿思故里”，写黛玉、紫鹃、宝玉、宝钗的对话，只觉得全不是那么回事，真是所谓不高明的“拟作”。有的校本还特取列藏本的文字，不想其拙劣更甚。这一节绝非曹雪芹的笔墨，当是另一人的补笔。

张爱玲还说，她从小读《红楼》，读到八十一回，什么“四美钓游鱼”之类，忽觉“天日无光，百样无味”，那竟是“另一个世界”了。她这种感觉，就是完全不同于雪芹原笔的一种异感，也可以说是“望气”说在文学欣赏上的体现。这里还谈不上高鹗对雪芹思想上的背离、篡改，只凭数节文字就可以论定，而这论定又是铁定不可移的。

可惜这种文学欣赏上的敏感，竟不能要求于粗心的读者以至作家，为高鹗唱赞歌者有之，研红专著将前八十回与后四十回一锅煮者有之。这样的论著，我是不看的，首先作者的文学欣赏趣味就可疑。

曹雪芹写黛玉与宝钗，分明是以“敌体”相待。黛玉有许多缺点，如褊狭、气量狭小、尖酸刻薄、多疑。她称刘姥姥是母蝗虫；在宝钗为惜春安排画具时，说她是开出了自己的嫁妆单子；听见宝玉奚落宝钗是杨贵妃时的得意；送宫花时给周瑞家的当面下不来台；宝玉将北静王所赠鹡鸰香念珠转赠黛玉时，她说什么臭男人拿过的，我不要他……如此等等，一直到四十二回“蘅芜君兰言解疑癖”，才解除了对宝钗的“偏见”，从此两人情感渐密，以至推心置腹，无话不谈。这转变过程是可信服的。但整体看，写黛玉抓紧的是一个“真”字。这是个天真烂漫、心口如一的女孩儿。至于作为“敌体”的宝钗，雪芹则着力突出她的特点，一个“伪”字。但并非一切皆伪，通体皆伪，宝钗自有她的“优点”，甚至似乎主要是“优点”，“伪”只是于不经意处随笔点染出来，但人物却笼罩在“伪”的迷雾之中。

雪芹写宝钗最不留情面的当然是“扑蝶”一章，人物的心理变换，急遽间采取的决策，把嫌疑者推在黛玉身上，一切都那么自然，而从小红她们的反应看，私话被林姑娘听了去可不得了了。想不到只一笔竟写出两个不同的个性，如此鲜明而不留余地。

宝钗口头的信条是“女子无才便是德”。她的行为准则是“不干己事不张口，一问摇头三不知”。她的心细得很，省亲应制时宝玉作诗用了“绿玉”字样，是宝钗提醒他贵人不喜玉字，才改为“绿蜡”。薛小妹写怀古诗，宝钗挑剔不该从《西厢记》《牡丹亭》取材，要另作，被黛玉批评为“胶柱鼓瑟、矫揉造作”。她的性子好是有口皆碑的，但也有发作的时候，她听不得宝玉将她比作杨贵妃，当场还击，连不懂文墨的凤姐都感到情势的紧张严重。她同意并主张宝玉应历练些仕途、经济学问等“混账话”，宝玉听不下去，拿起脚来走了。她虽一时难堪，但并不以为意，因而被袭人赞为“涵养好”。总的说，宝钗是一位世故极深的“道学家”。这就和黛玉形成了鲜明的对比。曹雪芹运用无数细节，用画家的积墨法细细塑成这两个不朽的人物典型，真是好看极了。据脂砚斋提示八十回后的情节，黛玉早亡，宝玉与宝钗成婚，两人婚后曾有“缠绵情话”，真不知宝玉和这位女道学有什么可说的。真不禁为宝玉一叹。

全部《红楼》，正如一台连台大戏，在大观园内外演出。论诸般角色，既有正旦、花旦、老旦、丑旦，也有小生、老生、武生、丑角，全班合作，演出了如许使观众目不暇接、花团锦簇的精彩场面。其中既有如火如荼、惊心动魄的大场面，也有极精致的小品，错落呈现于读者面前，宛如一幅活动的《清明上河图》，也就是说一幅全景式的十八世纪中国的历史画卷。其生动、巨丽、精细，都是空前的。曹雪芹着力写的是大观园内的故事，但视野并不仅限于此，他的笔实际上是触及了园外的大千世界的。在已经佚失了的八十回后的篇章，更是放笔写去，绝无顾忌，仅从脂砚斋零碎批语所提示，即可见其大凡。这正是后半部书不能流传的原因。于此可知历来将此书单纯看作写儿女柔情甚至仅是钗黛与宝玉之间的恋爱纠葛之目光如豆，把一部大书缩小、阉割、庸俗化了。这正是《红楼》被曲解、误读的深痛了。

我国古典名剧，如《西厢记》《牡丹亭》，甚至如今仍在舞台上出现的单折，也不过《拷红》《游园》等数出，《红楼》自然也不免为伶工看中而搬上舞台。以京剧论，四大名旦中只梅畹华有《黛玉葬花》、《千金一笑》（晴雯撕扇），都是单折小戏；小留香馆主荀慧生魄力不小，敢动重头戏，有《红楼二尤》之作。可惜这许多都没有流传下来。其原因也值得我们思索。梅先生改编的两折，都是小品也是精品，但作为舞台剧，总嫌单薄，不够一卖，其实《红楼》中类此精妙片断，何止二三，其不能如《洛神》之以诗剧现身者，亦有幸有不幸耳。

第二十回，写袭人卧病，宝玉回房，只见麝月一个人在外间房里灯下抹骨牌，麝月有一通不与晴雯等一起玩去的道理："都玩去了，这屋子交给谁呢？那一个又病了，满屋里上头是灯，地下是火……我在这里看着。""宝玉听了这话，公然又是一个袭人。"

八十回后，据脂批说，袭人遣嫁时曾对宝玉说"好歹留着麝月"，依红学家的说法，正是草蛇灰线的笔法了。

后来两人商量给麝月篦头。这时晴雯回房来取钱，看见了便冷笑道："哦，交杯盏还没有吃，倒上头了。"随即取了钱摔帘子出去。"宝玉在麝月身后，麝月对镜，二人在镜内相视，宝玉便向镜内笑道：'满屋里就只是她磨牙。'麝月听说，忙也向镜中摆手，宝玉会意。忽听一声帘子响，晴雯又跑进来，问：'我怎么磨牙了，咱们倒得说说。'""'你又护着。你们那瞒神弄鬼的我都知道，等我捞回本儿来再说话。'说着一径去了。"

这正是一个精妙的短篇。有人物、有动作、有环境、有对话，更重要的是有气氛，两人对镜时的对话、动作，只寥寥数笔，作家神妙的笔竟写出了一首诗。

在整部大书中，麝月只是作为袭人的副手出现的。但绝非不重要的角色，也是作家用全力描绘的人物。在"寿怡红群芳开夜宴"中也是由她结束整个盛筵，同时也结束了大观园极盛的局面。由此可以领会，曹雪芹对待大小人物都是全神贯注的，丝毫不肯放松，他是如此忠实于他的工作。

整部《红楼梦》中，像这样精妙的片段正多，难道全是作者想象得之的？如晴雯撕扇、平儿理妆、龄官画蔷……如果没有实在的事实依据，很难想象会有如此精妙的抒写。"正因写实，转成新鲜"，正因从生活中来，才能信笔写来，无不如意的吧。凡如此类章节，绝不见任何斧凿痕迹，只是如实写来就是。自然作者有那么一支生花妙笔，也是必不可少的。干净利落，得止便止，更无半分拖沓的闲言碎语，在这里又可见作者的惜墨如金。也是辨别真笔与伪劣改笔的重要标识。

全书中浓墨重彩、急管繁弦的大场面不少，一时不能细数，有一节却宜指出，在繁复的、惊心动魄的场景之后，必有精心安排的余韵。如“凤姐泼醋”之后，有“平儿理妆”；宝玉被重责之后，有黛玉的临视：都是巨浪之后的微澜，能使故事神完气足，余音袅袅。似是闲笔，却非赘余。

第四十五回，“金兰契互剖金兰语，风雨夕闷制风雨词”，雪芹写潇湘馆中黄昏风雨光景道：“不想日未落时，天就变了。淅淅沥沥下起雨来。秋霖脉脉、阴晴不定，那天渐渐的黄昏，且阴的沉黑，兼着那雨滴竹梢，更觉凄凉。”这是难得一见的雪芹细写天时、环境的笔墨。写得那么逼真而美，真当得起是“追魂摄魄”。在这之前，是宝钗来访，其时两人有过长篇推心置腹的对话，此时“知宝钗不能来”，黛玉遂在灯下写了代别离《秋窗风雨夕》。

这时，人报“宝二爷来了”，黛玉看见披蓑戴笠的宝玉，就笑说“那里来的渔翁”。宝玉细说蓑笠的来历，说“我也弄一套来送你”。黛玉笑着道：“我不要他。戴上那个，成了画儿上画的和戏上扮的渔婆儿了。”遂即想起此话与前说宝玉之语相连，后悔、羞得伏在桌上嗽个不住。而宝玉却不在意。

黛玉说：“我也好了许多，多谢你一天来几次瞧我，下雨还来。这会子夜深了，我也要歇着。你且请回去，明儿再来。”接下去是黛玉从书架上把个玻璃绣球灯取下，点了一支小蜡，送宝玉去了。

实在是舍不得，一下子抄了许多。实在这一节是宝黛之间情愫最真挚、最和谐的一幕，雪芹写得实在也太美了。

作为全篇的尾声，是宝钗命婆子送了答应给黛玉的燕窝和一包洁粉梅片雪花洋糖。并传宝钗的话说：“这比买的强。

姑娘先吃着，吃完了再送来。”

这可不是“闲笔”。

在全篇极写黛玉在风雨之夕凄苦心境之下，偏前后细写宝钗和宝玉殷勤存问的友情、恋情，恰似在沉重、哀伤的乐章中，插入数笔极鲜亮的温暖音色，遂使整体凄婉的调子更刻骨般的浓重，难怪睡下的黛玉，听见窗外竹梢蕉叶之上，雨声淅沥，清寒透幔而无声泣下了。

这是诗。也许可以说是散文诗。在全部《红楼》中，这种诗笔正多，如千岩万壑，一时也声数不尽，只得罢了。

龚自珍二三事

龚自珍是我喜欢的作者，但却没有他的诗文集的旧刻本。原因是常见的都刻得太坏。只是偶然从书店架上得到一部同治刻本，照例是极为草率的刻本，但却有南汇沈树镛的好几方藏印。沈君是著名的收藏家，连他也不得不购藏这样的本子，可见“龚集”佳本之难遇了。

现在手头用的是一九七五年二月上海人民出版社本，是校订颇为仔细完备的本子。用的还是繁体字。那是“文革”后期，书店久已不见新书供应，等我听到此书出版消息，跑到书店去问，却早已卖光了。可见当时读书界饥渴之状已经到了怎样的程度。还是旧友嘉定唐云旌送给我一本，才得以快读。过了一年多一点，此书忽然大量出现于书店的廉价部，但“重订前言”都撕去了。我的一册却是完全的，“帮气犹存”，不能不以“珍本”视之。近来讲究新书（建国后出版的）版本之风大盛，但十年“文革”中出现的出版物却少有人注意，我觉得也是一种缺憾。无论“文革博物馆”能否出现，此类文献也是不容忽视的。我以为。

《全集》后面还附有吴昌绶编的《定庵先生年谱》，和张祖廉的《定庵先生年谱外纪》，于先生平生佚事，搜罗颇备。此后又有广辑遗闻者，但仍不免漏略。临桂况周仪《选巷丛谭》卷二有四则，极有趣：

秋实轩者，羽琌山民（龚定庵先生自号）飞靴处也，轩有梧桐数株，相传唐时物，山民至扬，辄寓是轩，日夕讽咏其下。山民无靴，假于魏，所容浮于趾，曳之廓如也。客至，剧谈渐浃，山民跳踞案头，舞蹈乐甚。洎送客，竟不知所之，遍觅不可得。濒行，撤卧具，乃于帐顶得之。当时双靴飞去，山民不自知，并客亦未见。此客亦不可及。

文达（阮元）晚年恒貌聋以避俗。惟山民至则深谈整日夕，并不时周之。扬人士为之语曰："阮公耳聋，逢龚则聪；阮公俭啬，交龚必阔。"

默深先生著《圣武记》于絜园。山民书赠楹帖云："读万卷书，行万里路；综一代典，成一家言。"

山民有异表，顶棱起，而四分，如有文曰十。额凹下而颏印上。目炯炯如岩下电，眇小精悍，作止无常则。非滑稽不以出诸口。垢面而谈诗书，不屑盥漱。客扬日，默深先生给两走祗伺之。一日晨兴，呼主人急出则怒甚。曰："尔仆嬲我。吾不习靧沐，晦则不知，乃以槃水数溷我，是轻我也。贤主人乃用此仆乎！”默翁笑谢之。

虽只寥寥四则，定庵形貌、习性举止如见。是极好的速写。旧时代所谓名士风流，大抵若此，而定庵则是特出者。魏默深是定庵挚友，但对之并不客气，尝跋金石拓本云，默深曾“窃取”其藏品，近将过访，则说“盗不远矣”！定庵身后，默深为删定遗集，将文字锋芒处多所删润。则两人关系，亦非世称所谓“龚魏”也。记他与阮元的关系，也写得极妙。自珍尝撰《阮尚书年谱序》，极恭谨。又有《问经堂记》，有言曰：“今大学士仪征阮公所燕居曰揅经堂，入其室也，无杂宾，无杂言焉。”可见二人交际的一斑。而大老官居乡为避免“俗客”，伪称耳聋，也可于乡谚中见之。

定庵生平佚事，类此者尚多。如在京师日，曾拉不相识人同饮（定庵诗有“朝从屠沽游，夕拉驺卒饮”句）。在杭州时，常嘱家人备盛馔，却不召一客，至期对空空客座举箸呼名劝酒。于是朋友都称之为“龚呆子”。种种奇言异行，只不过是表面现象，其实他对世事人情，感受极深，看他给朋友的信《与人笺》可知。他更随时毫无避忌地揭出统治者的用心，如“本朝博学宏词科始发自公，将以收拾明季遗佚之士”（《徐尚书代言集序》），又说“汉有大善之制一，为万世法。关内侯是矣”。指出这种“虚爵”办法，只在表面上给予尊崇，“无兵权，无自辟官属”；并指出“我圣祖仁皇帝既平吴耿大逆”，所采用对待功臣的政策，“以汉制准之，则关内侯也”（《答人问关内侯》）。他还有一篇名文《杭大宗逸事状》，是为同乡杭世骏而作。大宗以翰林保举御史，试保和殿，试卷中有“朝廷用人，宜泯满汉之见”的话，几乎被杀头，终被赦归里。乾隆皇帝南巡，大宗迎驾。皇帝问道：“汝何以为活？”答，开旧货摊“买破铜烂铁，陈于地卖之。上大笑，手书‘买卖破铜烂铁’六大字赐之”。过了几年，皇帝又南巡，“大宗迎驾，名上，上顾左右曰：‘杭世骏尚未死么？’大宗返舍，是夕卒”。文章写得简洁诙诡，而情事毕见，无论是谁，读了都会感到一种阴冷的印象，久久不能去。

定庵著名的文字，还有《病梅馆记》，已是尽人皆知的名篇。这其实是一篇上好的杂文。放眼来看，定庵所作诗文，无不有杂文气，如所作《干禄新书自序》，就是一个好例。全篇历数殿试、朝考、保送军机处、考差……种种程式、仪制，细致如掌故书。但在关键所在，必书“楷法尤光致”“遴楷法如之”，凡五见。而自己因楷法不如式屡不及格，“乃退自讼，著书自纠”。所说都是自我谴责的正面话，就像前些时人们常写的“认罪书”一样，读之宛如英国狂生斯威夫特的杂文。其实他也不经意地说了老实话，在《跋某帖后》说道“余不好学书，不得志于今之宦海，蹉跎一生”。他的字的确不中程式，不合馆阁体的规格，因之流传极少，也格外受人爱重。

他还有许多“狂言”，如李白诗，他就认为“十之五六伪也”。他评白居易为“真千古恶诗之祖”，理由是：“《长恨歌》‘回眸一笑百媚生’，乃形容勾栏妓女之词，岂贵妃风度耶！”也不能说毫无道理。

“文革”初期，上海新闻出版系统设五七干校于奉贤海滨。唐大郎（云旌笔名）被命烧锅炉，供应全校开水，我则担任供水。当时的规矩是每周要交思想汇报一份，大家都视为苦事。一夕，广播大喇叭放送《黄河大合唱》，大郎欢喜，就以此为题大做文章，说什么写黄河最好的诗是龚定庵的“卷帘梳洗望黄河”云云。汇报交上，心里又打鼓，因为定庵这首黄河诗是在袁浦河边妓楼上作的，生怕被看出破绽引来一场批斗，不料后来却平安无事。原来这前后上头称赞了龚自珍，说他那首“九州生气恃风雷，万马齐喑究可哀！我劝天公重抖擞，不拘一格降人材”的诗写得不坏。“好诗！好诗！”于是定庵立即被晋封为法家诗人，他的无论什么话也不会错了。大郎后来又作了一首诗，现在只记得后两句：“才人嫖妓院，造反派无知。”他终于悟出，是自己犯了高估巴儿们文化水平的错误。按理说，定庵这首诗的确做得不错，可惜的是不合时宜。任凭天公如何用力“抖擞”，无奈一个个地“降”下来，都被立即送到应该去的地方去了，俞平伯搓草绳，钱锺书送报纸，人尽其才……闲言少叙，还是来看定公诗罢。

龚定庵在当时是诗名极盛的。《己亥杂诗》有句云：“赖是摇鞭吟好句，流传乡里只诗名。”自注云：“到家之日，早有传诵予出都留别诗者。时有诗先人到之谣。”请看他是多么得意、自喜。其实，他留给诗坛的影响又何止百年。我觉得在严复、梁启超出现以前，龚自珍是独领风骚数十年的人物，他的诗文确是风靡了一世的。只看他的遗集翻刻之多就可知道，虽然都刻得那么草率。

受他影响的作者也真不少。我觉得值得提出的是鲁迅和陈寅恪。从他们的诗里都可以看到龚自珍的影子。

陶潜是一直被奉为千古隐逸诗人之祖的，重要特色是平淡，代表作是“采菊东篱下，悠然见南山”。从来少有异议，龚定庵是提出了不同意见的。他有《舟中读陶诗三首》：

> 陶潜诗喜说荆轲，想见停云发浩歌。吟到恩仇心事涌，江湖侠骨恐无多。

> 陶潜酷似卧龙豪（语意本辛弃疾），万古浔阳松菊高。莫信诗人竟平淡，二分梁甫一分骚。

> 陶潜磊落性情温，冥报因他一饭恩。颇觉少陵诗吻薄，但言朝叩富儿门。

他不相信陶诗的特色只是“平淡”；他指出陶潜喜欢说起荆轲，常常触及“恩仇”的话题，不是与世无争的人物。他认为陶诗构成的因子是《梁甫吟》和楚骚。他看出陶诗虽然也提到乞食，但并无寒乞相，不像杜甫那样做可怜无可奈何状。视角独特，目光锐利，是好诗也是好诗话。

鲁迅先生在《“题未定”草》中也说到陶潜，他批判了朱光潜的“陶潜浑身是静穆，所以他伟大”说。鲁迅说：“还有一样最能引读者入于迷途的，是‘摘句’……最显著的便是上文说过的‘悠然见南山’的例子，忘记了陶潜的《述酒》和《读山海经》等诗，捏成他单是一个飘飘然，就是这摘句作怪。”先生又指出论人论文要紧的方法：“不过我总以为倘要论文，最好是顾及全篇，并且顾及作者的全人，以及他所处的社会状态，这才较为确凿……自己放出眼光看过较多的作品，就知道历来的伟大的作者，是没有一个‘浑身是“静穆”’的。陶潜正因为并非‘浑身是“静穆”，所以他伟大’。”

记得当年初读此文，就有一种感觉，这与龚自珍的意见正是一样。因为他们都采用了“广角镜”式的读书法，更全面深刻理解了作家的缘故。

还有一点，是鲁迅诗和龚诗关系的问题，论诗不同于论文，也许更多虚无缥缈之处。但我以为其中总还有踪迹可寻。

中国律诗的规矩通常是五言或七言八句，中间两联必须是两副对子。有人喜欢将开头一联也写成对子，比较罕见了；更有全诗通体都用对句构成的，就更少。鲁迅留下的诗不多，但可看出，他是喜欢使用后两种写法的。

鲁迅所作律诗《无题》（大野多钩棘）、《题三义塔》、《阻郁达夫移家杭州》、《赠邬其山》、《秋夜有感》等篇都用第二法，而一九三五年所写《亥年残秋偶作》一诗则是通体作对的：

曾惊秋肃临天下，敢遣春温上笔端。尘海苍茫沉百感，金风萧瑟走千官。老归大泽菰蒲尽，梦坠空云齿发寒。竦听荒鸡偏阒寂，起看星斗正阑干。

读此诗，不能不想起定庵的名篇《秋心三首》，今录其一：

> 秋心如海复如潮，但有秋魂不可招。漠漠郁金香在臂，亭亭古玉佩当腰。气寒西北何人剑，声满东南几处箫。斗大明星烂无数，长天一月坠林梢。

两诗的气韵、声口如此相似，不能不感到其间的微妙关系。特别是两诗的写法，竟是如此近似，更能看出其间的继承关系。当然，《鲁迅全集》中无一字涉及定庵，但以迅翁涉猎之广，绝无不见“龚集”之理，然则以上的推测，也许还是不无因由的吧。

定庵诗多艳情之作，自己并不避忌。《己亥杂诗》中有“寱词”三十余首，是四十八岁北上途经袁浦时作，皆花月冶游纪事，吴伯宛为撰年谱，有“借燕游以抒湮郁之抱，所谓‘醉梦时多醒时少’也”。为定庵回护，十分可笑。其实纳妾狎妓，在那时候都视为惯常，算不得是怎样的“恶德”。《杂诗》中有一首云：“偶赋凌云偶倦飞，偶然闲慕遂初衣。偶逢锦瑟佳人问，便说寻春为汝归。”这种对待异性的态度，是非常恶劣的。逢场作戏，随随便便，嬉皮笑脸，显露出定庵性格的另一面，早被王静安严厉批判过了。但这不能一概否定定庵也有过真正的爱情生活，也不能抹煞集中一些出色的情诗，如《暮雨谣三叠》：

> 暮雨怜幽草，曾亲撷翠人。林塘三百步，车去竟无尘。雨气侵罗袜，泥痕蜿画裳。春阴太萧瑟，归费夕炉香。想见明灯下，帘衣一桁单。相思无十里，同此凤城寒。

这实在写得美得很。地点是在北京，时间是初春雨夜，在林塘边刚把晤过女友，眼睁睁地看着她上车回去。春雨潇潇，沾湿了她的衣袜，归后想必要在炉边烘干。她在闺中明灯之下做些什么呢，只有扯不断的相思，虽然彼此相距不过十里远近。这是一首美丽的爱情诗，也许是不为封建社会允许的“私情诗”。我甚至悬拟，女方可不就是写《东海渔歌》的女词人，轰动一时的“丁香花”案的女主角西林太清春么。

这一桩公案是因定庵一首诗引起的。小道消息则是冒鹤亭得之于外祖周季况星诒。《己亥杂诗》有一首云：

> 空山徙倚倦游身，梦见城西阆苑春。一骑传笺朱邸晚，临风递与缟衣人。（自注：“忆宣武门内太平湖之丁香花一首。”）

太平湖畔的“朱邸”正是贝勒太素与太清夫妇所居的邸第。流言因此而起。孟心史（森）先生在《心史丛刊三集》

中有《丁香花》一文，即为此而作，意在为定庵与太清春辨诬，否定此一恋爱公案。此文一出，一时此案似已论定，再没有人提出异议。为古人辨诬，很久以来似乎已成一种风气，如俞正燮为李清照辨，她是著名女作家，不许改嫁。胡适为同乡戴震辨，他是著名学者，不宜有盗窃旁人研究成果的嫌疑。还有一位仪征刘毓崧先生，花了九牛二虎之力写长文为南宋词人吴梦窗洗刷他与贾似道不清不白的关系，终于说不清楚。这些卫道战士无不死守着封建道德，奉为判断一切是非的标准，而放弃了实事求是，因此，他们的成功率苦不甚高。

定庵己亥入京接眷，不亲自前往，仅派仆人经办。自己则徘徊畿南相待。《杂诗》中有二题说及此事：

> 任邱马首有筝琶，偶落吟边便驻车。北望觚棱南望雁，七行狂草达京华。（自注："遣一仆入都迎眷属，自驻任邱县待之。"）

> 房山一角露崚嶒，十二连桥夜有冰。渐近城南天尺五，回灯不敢梦觚棱。（自注："儿子书来，乞稍稍北，乃进次于雄县，又请，乃又进次于固安县。"）

这是很奇怪的。定庵何以如此惮于入都，过去有一种说法，其出都是为了"忤其上官"（汤鹏语），即使如此，也不必忌惮如此。另一种推测，则是定庵因与太清情事，怕太素仇家报复。心史先生的解释则是“定公清兴所至，原难以常理论”。这算什么理由呢，不但毫无说服力，而且驴唇不对马嘴，完全对不上号。

孟先生的另一种论点是：“己亥为戊戌之明年，贝勒已没，何谓寻仇。太清亦已老而寡，定公年已四十八，俱非清狂荡检之时。”这就更缺乏说服力。无论两人恋情事发生早在此前，即以四十八岁而论，也远未到“已到无心选梦时”（曹楝亭句）的地步。何况贝勒一死，家人立即将太清赶出府邸，孟先生称之为“家难”，其实与太清、定庵的交际密切不无关涉，此种事在清代宗室家族，视为不可容忍的奇耻大辱，是不问可知的。

孟先生还提供了不少珍贵的史料。如“太清与当时朝士眷属，多有往还，于杭州人尤密。尝为许滇生尚书母夫人之义女……定公亦杭人，内眷往来，事无足怪。一骑传笺，公然投赠，无可嫌疑”。则肯定了两家交好，确为事实。至解释“一骑传笺”为“盖必太清曾以此花（按：丁香花）折赠定公之妇”，则想当然耳。

太清才名之盛与交际之广，孟先生又于太清诗集中搜得一事：

> 太清集庚子诗有一题云：“钱唐陈叟字云伯，以仙人自居，著有《碧城仙馆词钞》，中多绮语。更有碧城女弟子十余人，代为吹嘘。去秋曾托云林［云林为德清许周生先生之长女，与太清极密。云林表姊汪允庄为陈云

伯子妇，汪有《自然好学斋诗钞》，中言太清曾托许云林索题听雪小像，效花蕊宫词报之，则太清于陈许诸家俱有闺中文字之契，独以云伯假名代作，以侈声气，乃痛诋之（按以上皆孟先生考证语）］以《莲花筏》一卷、墨二锭见赠。予因鄙其为人，避而不受。今见彼寄云林信中有西林太清题其《春明新咏》一律，并自和原韵一律。此事殊属荒唐，尤觉可笑，不知彼太清与此太清是一是二，遂用其韵，以纪其事。”

这实在是一件重要的文献。陈云伯本是一个斯文走狗，是袁子才的“风雅传人”，在京师招摇撞骗，广招女弟子以侈声气，遗行累累。《莲花筏》是他所刻的一部趣味低下的“善书”，每用以赠人，以示“高雅”，得太清此一诗题，遂使丑态毕露。于此序中更可见太清性格泼辣，事有不平，即起而抗争，绝不缄默，她虽于诗坛有盛名，但绝“不堕时流绮障”，心史是说得不错的。陈云伯的委琐下流，龚定庵的惊才绝艳正如云泥之隔，人们心里自是雪亮的。

我在这里花了许多笔墨，倒不想为二百年前的一段文坛绯闻做翻案文章，材料只有那些，想考证也不可能有更多发明，只是觉得心史先生的考证，还留下不少疑点，想提出来说说而已。

写此文竟，忽忆清初著名诗人、浙西三李之一的李符分虎，有《花南老屋诗集》五卷，康熙中刻入《梅会诗人遗集》中，高层云为撰墓表，云康熙二十八年卒于福州，年五十一。沈西雍《匏庐诗话》云："吾禾三李，秋锦而外，惟分虎足称二难。诗固抗行，词则有过之无不及。分虎客闽中某官署，其夫人亦能诗，慕分虎才，因越礼。某官侦知之，召分虎与眷属共饮。酒半，舁一巨棺，强二人入之，遂葬后园。至今土人犹呼为鸳鸯冢。"《墓表》只说是"暴卒"，未言死状。此事绝奇，与龚定庵的情事绝类。定庵道光二十一年卒于丹阳县署，年五十。也是"暴卒捐馆"，死得不明不白。封建礼教杀人，这是两个著例。两人都是诗人，都死于"行为不检"，在有的人看来，是"咎由自取"，是"活该"也说不定。仅此一事，即可见"舆论一律"是多么不容易！

二〇〇四年六月

读画录

吴骚合编

《吴骚合编》算不上什么罕见书，我就前后在书坊中见到过两三部，但不是残缺就是后印，版画线条断裂，模糊不清，不忍卒睹。大约书版刻于崇祯中，至清初犹存，展转模印，遂至如此。一九五〇年我在上海温知书店案上，得见此本，初印明丽，夺人目睛，遂携归藏之，迄今五十五年矣。书出杭州九峰旧庐王氏，又有抱经堂朱遂翔印。王绶珊杭人，以业盐起家，巨富，不知书而好聚书，由抱经堂朱氏为之经理，选书论价皆听之。朱氏亦因而致富。王氏身后，所藏精本，多归朱遂翔，藏于小楼上，秘不示人。后转营钢笔业，颇得利。孙助廉说之，请去书增资于新业，书遂渐出。余于温知案上同时见有宋杭州猫儿桥书籍铺刻《文选》残卷，乃取《合编》而弃宋本，盖当时爱赏目光如是也。

《吴骚合编》后由商务印书馆印入《四部丛刊三编》，印亦不恶。唯于插图违碍处模糊处理之，不无遗憾。后商务代印《古本戏曲丛刊》，亦有此种情况，不得已也。

《吴骚合编》四卷，极初印。蓝印扉叶犹存。朱钤双龙圆印及版权朱记皆在。前有丁丑仲春许当世序，手书上版。又崇祯丁丑骚隐居士楚叔父小序。是刊于崇祯十年（一六三七）也。后有丁丑花朝旭初氏跋，《吴骚初集》序（万历甲寅），“二集”序，“三集”序。骚隐居士《衡曲麈谭》，凡例十二则，其一云：

> 清曲中图像，自吴骚始，非悦俗也。古云，诗中画，画中诗，开卷适情，自饶逸趣。是刻计出相若干幅，奇巧极工，较原本各自创画，以见心思之异。

次魏良辅曲律，总目，目次。卷首大题下属“虎林骚隐居士选辑，半岭道人删订”。

全书共收图像二十四幅，镌者署名有洪国良、项南州（武林）、项仲华（武林）、汪成甫（古歙）。可见明代末期，新安刻手多已移居出版中心的杭州，而当地的刻手也逐渐成长，项南州尤出色，作品多多。曾见他所刻《本草》插图，多至数十百幅，亦署名，时已在清初。他是一位跨时代的艺人，曾亲历版画作风转变的实践者。全书所附诸图，刻工极工致能事，人物眉眼颦笑，神态毕现；衣袂飘举，宛若当风；楼台花树，点缀与情景谐合，宛然苏州庭园景色，可为晚明时代园林留一真相。因知“例言”所言，非夸饰也。回顾万历中富春堂曲插图之粗犷古拙，数十年中，进步何许。更观《人镜阳秋》、王李合评《琵琶》等，人物长身玉立，布景富丽繁缛，而千人一面，虽极工细，亦不耐观。以较《合编》其进境又何限。惜作图者不知谁何，每幅各取曲中断句，以画笔写之，无不情境谐合，画意诗情，展于尺幅，真堪叹赏。于新安诸黄后，推为晚明版画代表作，可无疑也。

我于此书曾作跋尾数通。其一则云：

获此书后五日，偶过市肆，遇为九峰旧庐管理藏书之顾某，谈及王氏后人窘迫之状，令人扼腕。其家共九房，有田万亩，今乃不可更问。房地产售尽，全家大小六十人，赖以为活者，故书两屋耳。尚余地方志两千八百余种，最为巨观。其余宋刊尚有《秦淮海集》《古灵先生集》等，急迫无受主，仅赖售卖家俱举火。藏家下场如此，可慨也。此书出徽郡山中，至沪上后，欲得之者颇不乏人，终为王氏以三百六十元之高值攫去，其底册犹在。余之获此，亦耗米十许石，然以视王绶珊之以盐起家者，其难易乃不可以道里计矣。书福可傲同人，书痴加人一等。辄书卷耑，以存此一段掌故焉。十月十六夜漫书。

王氏书后陆续散出，沪上诸肆，皆得染指。约三四年始尽。以温知、传薪所得最多。最后徐绍樵收拾余烬，并其家藏书柜及藏书底目俱捆载而来。其藏书底册共三册，后以之赠余。盖得书藏书底目也。详记书名、版本、册数、进价。瞿氏铁琴铜剑楼所售之宋版书诸种赫然俱在。此三册红格底目，实为近代藏书史中重要文献。“文革”中抄去，迄今未遵国家功令发还，渺无踪影。查当时造反派所制抄家书籍细目，后经顾廷龙亲笔签收移交上海图书馆者，此九峰旧庐藏书底目，两次载于目中。文证俱在，无可推诿。此又一事也。

绿窗小史

晚明刻《绿窗小史》，传本甚稀。另有《绿窗女史》十四卷一书，世多有之。《小史》著录甚少，只日本东方文化图书馆目中两本皆在耳。《小史》不分卷，亦不知辑者姓氏。其十四卷本，疑是书坊得《小史》版片，另增序目以行者。晚明书坊此种事多有之，不足怪也。此《小史》前有秦淮墨客序，序尾有印二方，曰“蕙若”，曰“白雪斋”。则与《吴骚合编》为同一书肆刊行者无疑。前有精图四叶刊刻精妙，亦与《合编》风格并同，虽未署名，当亦同出项汪辈手。旧为顾湘舟藏书，有“湘舟过眼”印。此种书籍在当时是流行的畅销书，与今天所见大量以“美女”招徕的书册杂志异曲同工，也要抬出名人来做招牌。如《金陵丽人纪》即直署王稚登撰。其实大是可疑。明代尚无知识产权之说，王百谷也无从干涉，也许欣然默认也说不定。

南宋诗选

陆锺辉以行盐致富，在雍乾中的扬州，是在文场中颇为活跃的人物。他以刻书著名，如《姜白石诗词钞》就有他的水云渔屋刻本，《笠泽丛书》他也刻过。他自己的诗词集

《放鸭亭小稿》《环溪词》，有乾隆中自刻本，诗词都不怎么样，但与扬州名士富商、如马氏兄弟等来往甚密，是一位附庸风雅的人物。但在文献流传上不无微功。他最早刻成的书是《南宋诗选》，在雍正中。我买到过一部桃花纸的初印本。十分欢喜。可惜“文革”中抄家，被拖去了四本中的一册，变成残书了。闲时展阅，感慨无端，曾写一跋：

此书为甬上估人林乔梁所旧藏，甲午春日归余。其时买书甚豪，来者不拒，同得者几二十种。大半清刻，又天一阁书数种。此虽清刻，然开花纸印，精雅之至。陆氏刻书多佳本，此所据为江湖小集，虽不言是棚本否，必非恶刻。钱默存作《宋诗选注》出，余以此册校之，以校记寄之，亦可笑也。又十年群书尽丧，而此书独见遗，惟第二册已挟去矣。其事殊不下群盗夜入天一阁也。呜呼！于此记之。

乙酉秋分前五日

南京书事

一九四六、四七年顷，我曾在南京有过短期勾留，我的职业是新闻记者，当时正值国共和谈紧急关头，内战濒临爆发的时会，记者生活的紧张忙碌是不言而喻的。但我仍抽暇访问了几处著名的藏书楼，蹓过三五家书肆。后来写了一卷《金陵杂记》，因故辍笔，因此关于书事见闻，没有来得及下笔。现在有机会回忆往事，就聊就记忆所及，补记一二。

南京最知名的藏书楼是龙蟠里的江南国学图书馆，清末四大藏书家之一的钱唐丁氏八千卷楼的旧藏就几乎全部藏在这里。使我大吃一惊的是，丁氏旧藏的善本书，劫后归来，宋版明抄就一捆捆地用草绳扎起，胡乱堆在楼上地板上，放在今天，读者有福能在玻璃橱里窥上一眼的善本，就是这样处置，没有书架安置。我访问了柳翼谋老先生，彼此叹息。但当时图书馆的管理办法和今天大不相同，也是值得怀念的。记得我曾看过一部元刻的《阳春白雪》，是绛云楼的烬余，据说是曾经柳如是校过的，有“惠香阁”小印，又有钱牧之印、“惜玉怜香”印。我曾两登书楼，仔细审视，小字细书，遍布行间，确系女性手笔，但是否确出于河东君，谁也不敢轻下判语。我的对柳如是研究产生兴趣，怕就是此时萌发的。

以发现宋本《金石录》闻名的“津逮楼”，也是我寻访过的。地在朱雀路大板巷。故宅甚大，危楼尚存。甘氏子孙杂居楼下巷中，曾导我登楼，空落落的大厅只在角落里堆了一堆破书滥纸，其中尚有残册上钤“直渎草堂”“江宁甘元焕剑侯父珍藏金石书画记”旧印。近见报上有此楼已重修开放的消息，这是值得高兴的。

在山西路口中央图书馆的“北城阅览处”里，遇见了山东鱼台老乡屈万里先生。这地方原是伪府巨奸陈群的“泽存书库”。在屈先生指引下我参观了几部“善本”。宋元本没有什么，倒是明刻《西厢记》有两部附图本。陈群的收书也与别号“垃圾马车”的甬上倪某相似，有见必收，泥沙杂下是必然的。我还顺便打听了一下汪兆铭的藏书。据说并无特异的珍本。这位“双照楼主人”喜欢陶诗，收了很不少。但并无旧本，最早的也不过是明刻而已。

以个人的经济状况论，那时是说不上收书的。但也跑过秦淮河畔的状元境，书铺倒是不少，但佳本难寻，即使有也只有望望然去之而已。有意思的是在书店中买到十多张明刻版画，大都是从小说曲本中裁下的。白棉纸印，都是精品。书估无知，才做出此等杀风景事。这些版画残页，后来都送给刻木刻的黄永玉了。

一个雨夜，走过一家旧书铺，案上放着一堆新收来的旧书。我从中挑了一本写刻本《玉洤词》，潘曾玮撰。咸丰刻本。刻得颇精，但写手的一笔馆阁体小楷实在不高明，有趣的是蓝色书衣上有泥金细字端楷跋语，为端木埰书。案上的一堆也全是端木子畴先生的抄稿和批校本，是从故居流散出来的。在这中间我偏偏只挑了一本词集，可以看出当时自己买书的眼光。战前开明书店曾据手迹精印端木埰手书的《宋词十九首》，线装，通体以极精的颜体小楷写成。前后有名家手题多幅。这书我是有的，也知道端木在晚清词坛的地位，但还是轻忽地放弃了。

以上所说都是旧话。说到自己的著作在南京印出的也不只一二种。最早的一种是一九八二年由金陵书画社印行的《金陵五记》，由傅小石画封面，黄苗子题签。未几再版。后由江苏古籍出版社于二〇〇〇年重印。这本小书后来曾不止一二次由别家出版社改编加图片重印，但其母本仍出于南京。还有一本选本《白门秋柳》是由江苏文艺出版社于二〇〇四年出版的。在我的选本中是较具特色的一种。

江苏省专营古籍出版的是凤凰出版社，其前身即是江苏古籍出版社。这是一家成绩不凡的出版社，几年前就曾出过一套大型的乡土文献丛书，网罗所及，遍于江苏全省，采用底本起于赵宋，下至明清。范围不限于地志，旁及野史、杂记。气魄是大的，眼光是开阔的。二十年前我曾写过一篇《关于地方文献的出版》，收在《珠还记幸》中，提到了“广东地方文献丛书”“八闽文献丛刊”“巴蜀史研究丛书”等，那时江苏的书尚未问世。也许是后来居上吧，成绩不输于先行者。至今我仍然热切盼望读到地方文献的新书，同时也热烈欢迎新编的地方志。后起者理应胜过前人，天一阁旧藏的地方志古本是可珍的典籍，但毕竟在某种意义上是过时的著作，不能完全适应新时代的需要。我们渴望新的著作，自然切盼出版者的不懈努力。

南京有不少旧友新知，上世纪八十年代初，曾游金陵，得识南大程千帆、周勋初、吴新雷诸先生。千帆以子苾夫人《涉江词》油印本见示，客中展读，惊其凄艳，即撰小文刊于《读书》杂志，赞其词而哀其不幸早逝。千帆后有《全清词》之辑，复征清词别集于下走，今《顺康卷》已刊成，而千帆谢世了。后数年复有金陵之游，借寓凤凰台饭店，得有机缘，得纳交诸贤者，旧友新知，一时皆在。马得老画师更为拙作京剧故事集作插绘，平添不少光彩。近已译刊在美国出版，凤凰台已成今日南京之文艺沙龙，真为盛事。徒恨纸短，说之不尽也。

二〇〇七．七．七

《书林一枝》两篇

（一）书跋

刘尚宾文集

此永乐刊《刘尚宾文集》五卷，《续集》四卷，刊刻古雅，至可爱玩。今晨书估杨某携以示余，喜而留之。近日佳书屡出，三数日来所收将近十种，而以此册为罕秘。其余如旧抄《马石田集》，竹垞旧藏，有渔洋及陈西畇手跋；又旧抄《河东集》，惠定宇、张讱庵校藏；隆庆刊《昆山杂咏》；吴枚庵手批张祖昌粤游草稿本；闵刻精图本《西厢记》，皆佳书也。辛卯春分后二日，黄裳记。

得此书后一日，访孙实君于其肆中，谈及此书，因知此本为渠得之王季玉家者。季玉为霙山赵烈文娅婿，所藏颇富，多获之旧山楼。抗战中游蜀，其家人困居金陵，无以为活，乃举所藏售之估人。精本不少。此外尚有兰雪堂活字本《春秋繁露》，鲍以文手抄校《湖山类稿》等书，《玄览堂丛书》中所印亦有数种为渠家物。此册首有郑西谛手书书名，当是书出时所题也。又谈及滂喜斋书将散出，有荛翁跋宋椠《颜氏家训》等，力不足以获之，聊记所闻于此。近日异书间出，而苦无买书钱，云烟过眼，此事殆亦不足深慨，唯积习未尽，闻之殊不能不动心也。后日估人约余往观海宁钱氏所藏，闻有柳如是手抄书及荛翁校跋《周易本义》；傅节子手抄《明末五小史》、稿本《国榷》，及劳季言所校书等，恐亦未能谐价，只能过屠门而称快而已。又闻北京有宋本《孙子十家注》为天禄琳琅书，又沅叔藏宋椠《王注苏诗》，配以元刻半部者，苏州有《弁而钗》一部，凡此皆只能姑妄听之而已。辛卯二月十七夜，坐雨书于草草亭。

海宁钱氏书终未见，只曾见一书单耳。最佳者为宋板《定浩和尚语录》，有黄荛翁顾千里吴兔床跋。又柳如是手写书，有牧翁跋。此外则《万历海宁州志》，劳校《海宁州志稿》，钱泰吉吴兔床批《周布衣诗稿》《拜经楼未刻稿》等，已倩石麒约往一观，不知能否谐价，姑记于此。辛卯三月十二日记。

十日前余为金陵之游，去城北图书馆观书。客座遇王季玉氏，快谈良久。偶及是书，知果为渠家旧物，为琐琐道其得书经过，深致憾惜。其家书多散于劫中，盖为家人所斥售也，告尚有黄跋本三数种，今在霙山家中。渠为赵惠甫娅婿，琐琐道天放楼旧事及所获旧山楼书种种。坐谈忘倦，不易忘也。辛卯端五后二日记。

郑桐庵笔记

此钞本《郑桐庵笔记》一卷，士礼居抄本。有荛翁手跋。今秋从王季烈家流出，余以厚价获之修绠堂孙助廉许，甚以为快。余获旧本不少，唯士礼居旧藏一种都无。辛苦求之，无所见。盖近来荛翁题识之书，已疏若星凤，不啻宋元矣。今乃一月中得见七本，不可谓非眼福，亦罗掘获其二三，亦不可谓非书淫也。得书后饮于酒家，归寓手加钤记，并识卷耑。庚寅九月廿六日，黄裳。

所见黄跋书尚有旧抄《东国史略》，校明本《大唐创业起居注》、旧抄《道余录》、嘉靖本《救民急务录》等五种。后二种无锡孙氏小绿天遗书也。更记。

前跋佚去《史通》一种。《救民急务录》后亦归余。今年助廉南来，复收得荛翁校跋《庾开府集》一册，当与议值归之。辛卯十月。

近闻孙助廉已破产倾家，颇为之惜。此人为书估中有识力者。每至一地，多得异书。余获善本于其肆最多。今乃不可问矣。壬辰春二月十八日重阅记。

壬辰夏秋之际，余两至北京，曾数访助廉于东四修绠堂，已无书应市矣。其人意兴亦大劣，只得鲍校一种、吴枚庵校一种于其家耳。十月初一日，小雁记。

此士礼居钞本，虽只嘉庆中物，不过去今百许年，而展卷书香自生，名家钞笈，自是不凡也。小燕记。

王季烈手跋

“此《郑桐庵笔记》一卷，荛圃先生抄自海宁陈氏。光绪初新阳赵静庵丈让归先君子。烈以乡贤遗书，先人手泽，携之行箧，护持维谨。前岁冬静丈哲嗣学南明经以新印《乙亥丛编》见贻，内有此笔记，则据霙山庞氏天石斋藏本印行，仅二十二则，此本溢出二十八则，弥可珍贵。学南明经坚请假抄，流播古籍，艺林盛事。况在两世交好，烈何敢自秘欤？时丁丑正月十日，螾庐王季烈记。”下钤“王”“季烈”联珠白文印。押角有“青箱济美”白文长印。后抄存目录，跋云：“此书凡五十条，卷耑无目录，补之于此。其加朱圈者，皆天石斋藏本所缺也。庚辰五月七日，季烈识。”下钤“王季烈印”“君九长生”两印。

御霜簃曲本二种

此罗瘿公手稿《赚文娟》《红拂传》二种，皆为程御霜撰。用猗移室黑格稿纸写，半叶八行。《红拂》一种前有手题“□□□撰曲第四卷”字样，似当日原稿不只此二册也。见之李散释先生许，介以归余。当重装藏之。乱弹脚本，每为梨园抄本，亦多不知撰人，此则近日名作，出之名手，自可珍重。惜砚秋久不演此，无从更窥妙相矣。程御霜葬瘿公事，人多知之，传为佳话。此原稿可为二君永留翰墨因缘，亦善本戏曲矣。丙申二月尾，黄裳漫书。

顺德罗瘿公为程御霜制曲甚夥，有名于时。此《红拂传》尤奇肆，忆侯喜瑞搬演虬髯公、俞振飞饰李郎，砚秋时尚未痴肥，一曲新歌。九城传诵，宣南旧事，最不易忘。今瘿公墓有宿草，而侯程近俱辍演，仅振飞尚不时登场奏曲耳。此际而得此书，亦可令人兴感。丙申四月廿七日，装成重展，漫识卷耑。来燕榭记。

天顺日录辨诬

嘉业堂书于劫中散出，先有部分归朱嘉宾，后张叔平更巧取豪夺以去，后张以事遁香港，不敢归，其书则由三马路新张之文海书店售出，余买得多种。今所见刘翰怡书之前后有朱张二印者，皆如此辗转以出者也。其抄校本有一目，余录有副本。不尽精而亦有精绝者。亦为南京某君（或云系图书馆）先取一部分去，余者庋于一弄堂书店之阁楼上。余因为西谛购赎纫秋山馆行箧藏书，得入内纵观。所余如明抄《说郛》《国朝典故》等皆不恶，而翁方纲《四库提要稿》尤为巨观。以直昂力有未逮，终乃得明抄旧抄三数种，以为纪念。此册及《吹剑录》《幻迹自警》三册皆是也。后韩估士保以金价微涨，余本已谐价付款，终乃悔约，郑氏藏书终归四川商人李某捆载入蜀矣。此事不成，甚令憾惜。今日书价日昂，而时世更非，余亦久不收书。灯下无事，辄取旧本翻阅遣闷。因漫识数语。时三十八年五月七日也。天燠如仲夏，期人民义师不至，令人闷闷。黄裳。

吹剑录

去岁冬，郑西谛质于某氏之纫秋山馆行箧书将出售，余为谋所以赎归之道。商于文海，以黄金八两议定，先付出半数，时金圆券方暴跌，翌日书贾遂悔前约，事终未成，余则于文海购取嘉业堂劫余书数种归，以抵前付之书款。此其一也。书为明抄，卷前钤印累累。其石湖卢氏家藏一印甚旧，不知谁何。适于铁琴铜剑楼书影中见宋板《温国文正公文集》后黄丕烈跋中所记，卷中（第八十）后空叶，有墨书三行云，国初吴儒徐松云先生收藏温公集八十卷，缺第九卷，雍谨抄补以为完书云。弘治乙丑秋九月望日，石湖卢雍谨记。是吴中藏书故家，卷首藏印，当即其人也。后又归王雅宜、范承谟、季沧苇、揆文端、叶名澧、结一庐诸家，皆足为是书增重。今日午后早归无事，爰记此一段故实，天气阴晦，斋居翻书，不觉移晷。一九四九年十一月八日，黄裳。

旧闻证误

此《旧闻证误》四卷，残存卷一之二。秀嵒李心传伯微甫撰。旧铜活字本。半叶九行，行十七字。白口，左右双边。副叶有旧人墨书三行："庚申八月上辛，吴郡周承明林若抚倪驯之盛子九同过徐君韶斋中，鉴定宋板。"又袁克文手跋云："旧闻《证误》残本存一二两卷，张氏书目断为宋刊。缪艺风丈为文购自常熟某氏。乍见疑是明活字，继以明初活字唐人小集相较，始觉判异。此刻字之精健，直是铁画银钩，盖为宋时铁盔活字也。况墨色浓洁，纸质坚柔，尤足为宋本之证。复历经名家收藏，益见珍奇。文藏宋本百余种，精刻外写本有元丰司天监写进景祐乾象新书，拓本有薛氏钟鼎彝器款识，法帖诸格俱备，独缺活字，今获此秘籍，可无憾矣。丙辰十一月二十二日，寒云记。丁氏《善本书室藏书志》虽定为宋刊，亦未断为活字，古活字之不易觏可知已。”下钤“人间孤本”印。

案此是明初铜活字，非宋板亦非宋时活字。寒云一跋，实好奇之过。以拟明活字《唐人小集》，固有差异，然与明铜活字《曹子建集》，则颇肖似。且卷二多为截纸所印，宋时固无此也，只明初书偶有之耳。然字画端凝精整，固非通常明活字比。书用金粟山藏经纸作面，寒云泥金端楷题书名，又“后百宋一廛续收”字样，又丁氏朱红小印“八千卷楼珍藏善本”。卷二末有精楷小字一行云“庚申中秋前三日王人鉴字德操阅一过”，德操为钱牧斋故人，牧翁尺牍中有其姓字。

书历经诸家收藏，藏印累累。“倪自当印”“韩氏家藏”二印甚旧，是明人印。“子晋”“汲古主人”二印，汲古毛氏印也。“曌雨斋”印，“爱日精庐藏书”“张印月霄”，张氏印。“济阳文府”“八千卷楼藏书印”，丁氏印也。“常熟丁钧字秉衡藏”，“丁氏秉衡”。“杨灏之印”、“继梁”。“寒云子子孙孙永宝”“八经阁”“抱存”“上第二子”“臣印克文”“佞宋”“后百宋一廛”，袁氏印也。“吴兴刘氏嘉业堂藏书记"，刘翰怡印也。

案八千卷楼书后归盋山图书馆，运载途中为人抽取精本，流入常熟。余所知见，有明初黑口本吕岩集，清初内府精抄本曲选，清初精写本《麒麟阁》，张宗子稿本《琅嬛文集》，崇祯本阮大铖《咏怀堂集》等，此《旧闻证误》亦其一也。诸书每有"翁同龢观"印。藏家多有抄本，俱从此出。

里居越言

此《里居越言》一册，石麒遗余者，原书十二册，今分储异地，所存仅八册。前见二册于杭估，为崇祯壬午辛巳岁救荒芜草，以索价昂，遂未之得。此远山堂抄本山阴祁彪佳尺牍底册。近读其日记，所记致诸公函札与此全合。其致于颖长公祖札言及《守城全书》中有"其中尚缺数卷，容另日再奉"之语，是当日原稿，迄未毕功。检日记甲申一卷十二月初三日条云"先是余辑《守城全书》一部，内有防边而未及防江防海，守备袁尚泽请刊刻，予乃以《防海纂要》送孝廉许孟宏补此二种"云云，此后即不复记，乙酉闰六月初六日，遂自沉殉明矣。甲申三月初二日记云"观《皇明世法录》，辑防边一书"，今《守城全书》十八卷已归余斋，无防边书，中佚卷十三、十四二卷，尚为毛订之册，彪佳朱墨杂下，手迹宛然，皆戊寅至甲申六年中所作也。取证此越言致于颖长书，是当日亦尚未毕功也。以其足资考证。遂少记于此。先贤手泽，皆足珍重，正不必有完缺之见存也。壬辰闰五月廿一日，小雨帘纤，夜凉似水，灯下漫志。黄裳。

此《里居越言》及远山堂抄本《尺牍》，共百许册，归华东文化部者五十许册，归中央文化部者亦三四十册，存余家者只此而已。癸巳谷雨前日更跋，小雁。

书集传纂疏

此天一阁朱丝阑抄本《书集传纂疏》六卷七本，玉简斋范目著录洽合。文选楼本阁目亦著录之，云“红丝阑抄本”，薛目无之，是流出于太平之役者。犹是原装，旧写书根尚存，蔡序后有泰定梅溪书院牌记，是从泰定本出者。卷四尾有粘签，题“对书吏郭昂”，亦明人书，岂东明侍郎属吏耶？余得此本于海上，卷中绝无藏记，亦不知何从流散也。余藏范氏书甚富，大半散去，今检箧存，抄刻尚数十种，此本为群经之首，当善藏之。乙未四月二十日，来燕榭检书记。

此书泰定原刻世久不传，诸家藏目著录，唯鄱阳邹氏音释本耳。陈氏带经堂有元刻，是为仅见。然兰邻之书久为虫蚁蚀尽，徒存一目耳。此天一阁写本犹从原本抚出，亦可珍矣。书装成后检书更记。乙未八月廿日，西风初起，秋意满襟。小燕。

甲申正月漫录

（二）读董刻《梅村家藏稿》

余旧曾蓄有此书一部，为料半纸印，天地头狭小，颇不当意，徒备检阅而已。今日于徐绍樵许购书多种，见此罗纹纸印本，阔大可喜，即商绍樵以之见易，更贴补米二升。挟书归来，颇自得意，爰书卷耑。一九四九年十月廿六日，黄裳。

《吴越诗选》卷六收此诗，后有钱允武注云："此为福藩作也。福藩初封之时，先中丞公方抚山东，秉成者欲就封之速，凡有所请，悉皆顺从。至田连三省而承奉之使日至，民不堪扰。先中丞以法争之。今阅雒阳行，备言数朝恩纪之隆，盖亲亲之义，当曲法伸恩，而微言推挽，亦所以著人臣守礼明法之则耳。"（雒阳行）

以顺治刻《明诗归》校。诗后有朱衣注云："滕城七月三日之夜大水，杀人坏城郭庐舍，后公经此，故有此作。水前水后，惨景惨声，非仁人悯衷，岂能摹肖至此。"（悲滕城）

据《吴越诗选》卷六校，初稿简洁，凡所增字，皆定本所添。

叶九来《经鉏堂杂著》有"赠白生璧双序"，可为此诗注脚。白生之先吴人，徙家南通州，凡五世。祖父挟琵琶游塞上，彧如为生之叔父，生祖在湄，从塞上将士授数十曲，皆山坡羊小令，生独得清商杂调于旧才人，曾侍玉熙宫宴者。生戊戌在镇海大将军麾下，统楼船水师，往来海门京口间。

是亦降清而为水师将领者。戊戌是顺治十五年。（琵琶行）

今日午后过博物馆观画。见梅村《南湖春雨图》真迹。图上手录全诗，后题“右鸳湖曲，壬辰三月下浣补此图。吴伟业”。钤二印曰“骏公”（朱文方印）、“吴伟业”（白文方印）。题首有“灌隐”朱文长印。画上端作远山平楚。有屋数椽，烟渚丛树。右下端有竹亭，后缀竹丛，有板桥，渡小溪。左侧有阁双层，下有围墙院落，墙外小屋两椽，笔墨清疏，殊滃郁，而不俭涩，其画必写实而非出之悬拟。题南湖而实无湖，小溪则水乡常境也。壬辰为顺治九年，距来之见法已九载，梅村尚补写此图，其不能忘情如此。昌时非正人，其附周玉绳也，以复社之推毂，藉宜兴以为杀人之柄。昌时固复社健者，梅村亦社盟中要人，时移世换，旧情未泯，党社之胶固，亦可见矣。题诗与今本颇有异字，以记忆所及，校之于此。余为《鸳湖曲笺证》，亦十年矣，今得见此，可为一大掌故，它年重理旧稿，当据此增定之。庚子春清明后一日，灯下漫书。（鸳湖曲）

《读杨参军悲巨鹿》诗。“去年敌入王师蹙，黄榆岭下残兵哭。惟有君参幕府谋，长望寒云悲巨鹿。君初出入铜龙楼，焉支火照西山头。上书言事公卿怒，负剑从征关塞愁。是日寒风大雨雪，马蹴层冰冻蹄裂。短衣结带试羊羹，士锉吹灯穿虎穴。横刀高揖卢尚书，参卿军事复何如。宣云士马三秋壮，赵魏山河百战余。岂料多鱼漏师久，谓当独鹿迁营走。神策毬场有赐钱，征东戏下无升酒。此时偏将来泰州，君当往会军前谋。尚书赠策送君去，滹沱之水东西流。自言我留当昼敌，不尔先登死亦得。眼前戎马饱金缯，异日诸公弄刀笔。君行六日尚书死，独渡漳河泪不止。身虽濩落负知交，天为孤忠留信史。呜呼美人骑马黄金台，萧萧击筑悲风来，乃知死者士所重，羽声慷慨何为哉。即今看君悲巨鹿，尚书磊落真奇材。君今罢官且归去，死生契阔知何处。”此诗补自顺治刻《吴越诗选》卷六，原集以避忌删去者。后有朱朗诣注云：“近年实录未修，尚赖故老遗臣，留信史于词章。吾闻卢尚书死后圣主问于执政，而执政以乡人也，不言。嗟乎，使执政有表扬节义之思，卢尚书岂不能致辍朝赐祭之礼乎。”按执政者周延儒，与卢象升皆宜兴人。甲午五月初十日，晴窗录。小燕。

古里瞿氏藏梅村手书扇，录五律二首。第二首即“成都”，别无异字，第一首未收集。题云：“右旧作二首，录于二十四桐楼之雨窗下，吴伟业。”钤“吴印伟业”“骏公”朱白文印。佚诗录后，不知何题。“花时阴自好，香气暖还添。炫服凝长鬋，清胪倚半帘。折梅搴广袖，解橘冷春纤。含笑牵同伴，窥人学避嫌。”己酉九月十六日录。

久不读书矣。今夕秋爽宜人，新制书橱方就，乃拣旧藏卷帙，研朱漫读，人间乐事，无逾此矣。尝见钱警石家稿本书，钤一印曰，官冷身闲好读书，牢骚语也。当思并世更有欲读书而不可得者，方知此乐大不易致。梅村有句云，黠痴互有才忘世，慨乎言之。漫书于来燕榭中，风来帘蟆有声，凉意深矣。丁酉八月廿一日夜半。

己酉九月十七日更阅。时备战之声方急，此卷中亦多战伐之音，可为一慨。今午食蟹一枚，已数年不近此味，亦可纪也。

庚子清明后一日，见梅村《南湖春雨图》轴，快甚。亟觅此本校而跋之，既竟，抚床支枕，迟小燕归，夜已将半，因漫记之。

《吴越诗选》，顺治中越中冠山堂刻，魏耕、朱士稚、钱缵曾所选也。此书尚在梅村集未刻之前，诗中虏字挖去。以多干新朝大忌而集本未收。凡六诗，补之于此。甲午五月初十日，黄裳记。

“杂咏

居庸千尺蓟门低，八部云屯散马蹄。日表土中通极北，河源天上接安西。金城将吏耕黄犊，玉垒山川祭碧鸡。世会适逢须粉饰，十年辛苦厌征鼙。

边思

都御征西领骊张，黄河不尽塞垣长。火箭哨急防花马，士鲁烽高戍白羊。绝缴乱山填雨雪，诸陵列树尽风霜。承恩宿将皆年老，见说三关鼓角凉。

云中将

蓟门山伏浑河通，犄角骄□两镇中。老大一身兼百战，是非三策任诸公。射雕塞下秋风急，戏马营前落日红。闻说青陂无堠火，嫖姚已立幕南功。（□当作胡，依《明诗归》本）

再忆杨机部

国事艰危倚数公，登城遥望客征东。朝家议论安危外，兄弟关河风雪中。夜月带刀随破□，清秋摇笔赋从戎。书生表饵非无算，谁立军前跳荡功。

送周明府莅任娄东

白马朱羁行步工，放衙伐鼓日曈曈。投刀削记诸曹惧，露板移书属郡通。穷盗即今愁楚北，少年无复横桓东。城阴士女升平曲，尽入元和雅奏中。

送同官王炳藜奉使代藩

射柳城西磴道前，送君匹马度燕然。河移汾口三关雨，雪尽恒山五月天。积弩将军谁控□，胜衣帝子独临边。征车一路羌声起，莫倚高楼听暮蝉。"

顺治刻《吴越诗选》录此诗，前无小传，后有数跋，颇资掌故，因迻录之。

"魏雪窦曰：工部剑器行是分开说，宫尹弹琴歌是参和说。公孙弟子，缘杜不朽；而卞氏玉京亦因吴垂世。然吾闻朗诣言，玉京俊爽明丽，善推测世事，固一才人也。"

"钱允武曰：予于甲申三月三日识玉京于半塘湖舫，沉饮竟夕。次日访之曲中，玉京方起，与坐客弹琴，声彻帘外，排闼就之。玉京舍琴笑曰：吾指下小弦急，知有生客唐突也。忆此已是十年，中间丧乱流离，飘零湖海，重过金阊，则玉京已为豪有力者主之矣。今读学士诗，叙次哀乱淋漓，凄凄欲绝。回思向时，不禁回肠九折也。（听女道士卞玉京弹琴歌）

梅村此诗所记皆从经验中来。乡人称棉花为花，今犹是也。除草俗称踏花，学名中耕。蟹为花患，余未之知，红铃虫之为灾亦已久矣，鸡最喜食之，诗语是也。霜迟则无黄花。

余居乡二年，少知花事。梅村未必躬耕，然能细写花事，亦殊不凡俗矣。已酉重九后六日阅记。”（木棉吟）

昭文孙原湘有《题梅村集》二律，在《天真阁集》卷五。“麦秀蕲蕲四月寒，著书只分老江干。龚生故里方持节，江令新朝已拜官。东海生桑春烂漫，西山采蕨兴阑珊。彦回不肯中书死，脱屣妻孥事本难。”“幕府微书取次催，春风重上郭隗台。露沾天仗新池柳，花落宫衣旧井槐。故友半为袁粲死，内人犹识沈郎来。苦收金粉归诗笔，抵得兰成一赋哀。”子潇每论明清易代时事，持论皆正。其《三桥春游曲》有句云“莫问耦耕堂上事，柳花吹杀不重春”。《媚香楼歌》结句云“气节何论男与女，楼中如花霜可拒。君不见天津二月桃花开，又见侯生应举来”。皆谠论也。因录此二诗更附记之。乙巳六月初六日夜窗晚凉灯前记。

“又案孝庄无下嫁事。而宫中秘事，容或有之。亡友王静安曾见旧档案，审讯多尔衮党羽，有一供词，涉及无礼太后事，惜未全记。此诗所咏，殆指是欤？‘重将聘洛神’谓纳肃王妃也。沉香二句其新孔嘉之感。三首极写深宫望幸之意，而以夜如何作结，所谓诗人微词也。第四首则多尔衮薨逝，南内无人，牵牛谁候，正顶淮王两句也。如此解之，诗意全通。首句西王母一点透出作诗本旨，正不必作下嫁解也。似亦可备一说。然宫禁森严，外间传闻，岂能尽实？尝见《北游录》载梅村谈论，按之事实，亦多有未确者，终不如就诗论诗，泛作写怨，较无穿凿耳。”张尔田论梅村诗札记，有印本，余尽录之书眉，词繁仅存此条。己亥二月初七夜灯下录。

黄裳记。(七夕即事)

此诗序颇记明末士夫声伎之盛，享受之奢。三吴一带类此者几何，焉得不民穷而财匮也。此境如令仇英图之，当绝妙。一副烟波归舫图也。(过东山朱氏画楼有感)

“溪桥夜话

竹深斜见屋，溪冷不分桥。老树连书幌，孤村共酒瓢。茶香消积雨，人影话良宵。同入幽栖传，他年未寂寥。”

此诗家藏稿未收，补自顺治刻朱衣程如婴《明诗归》卷五。

诗后集七，此一卷中皆应召入都道上所作。在在有出与不出一念梗于胸中。“自信”一律，郁达夫学之颇肖。

“过沧州麻姑城

汉皇刻石祀麻姑，此地金支光有无。琼岛楼台迎鸟使，水衡盐铁待龙屠。中原烽火山东乱，军吏诛求海上租。不数戈船诸将在，玉坛缥缈辟兵符。”

“述谈闽事

鹧鸪声急雨生潮，花里摇鞭度石桥。路绕笋江看水碓，人来黎岭半山樵。藏钩小史青丝履，学话蛮姬碧玉箫。为客桄榔庵下好，无端重上木兰桡。”

上二首，据朱衣《明诗归》卷六补。壬寅正月廿七日。

“墙子路

匈奴动地渔阳鼓，都护酣歌幕府钟。一夜蓟门风雪里，军前樽酒卖卢龙。”

此据顺治刻《明诗归》卷八补。

此一绝引出多少故事。梅村当日亦不及料。细味其言，似梅村当日亦与董白素识，既归辟疆，遂叹侯门之阻耳。此类情事殊不少见。殆无可疑。读题画扇二首，更可证余前说。(题冒辟疆名姬董白小像八首)

癸卯小满日灯下校此卷竟。孙无言本能补此刻凡七阙，亦有此有而彼无者。余欲寻求梅村玉京故事，而旧记无多，唯此诸词是绝妙注脚。黄裳小燕记。(卷二十二)

梅村序文失载于文集者，有为项琳人玉《太璞山人集》撰序一篇。集三卷，清初刻。人玉歙人，又号完庵，国变后馆江都，王渔洋甚爱重之。梅村手订其集并为之序。癸卯正月廿九日，灯下据原迹补。黄裳。

《得闲草》一卷（自庚子至乙巳），震泽许振光起文著。康熙宝穑堂刻，前有康熙己酉余怀序，又康熙十年吴伟业序。是年梅村下世，是晚岁最后作。此序集中不载，因为录之。

“往昔启祯之际，洞庭有许茂勋，以诗名。与吴门朱云子张草臣为友。予初过湖时，即其家为主人。许氏固巨姓，所居为高门夏屋，层楼广榭，予既乐馆舍之安，又爱其能诗，与之谈穷日夜不辍。然尔时许君家已中落矣。其为诗清隽淡逸，有山林穷士之思。予窃怪许君向称素封，而为诗若此。诗既工而家日贫，以是信诗之足以穷人也。后十余年予复过湖，则茂勋已亡，其所居亦易主。追念昔时游从谈论之乐，不可复问。予为之扼腕者久之，乃得其兄之子起文，起文少为儒生制举之业，颇为当世所传诵，年五十始弃去，专力于诗学。有子星瑞亦能诗，往往家庭唱和以相娱乐。予观起文之诗，风韵气格，大约与茂勋同。盖平时联床接席，相与讨论，得茂勋之深者也。顾茂勋以诗故遂至于贫且没齿，起文家亦中落，藉星瑞之才以稍衍其绪，诗能穷茂勋而不能穷起文，由此观之，岂其诗原本浑厚，取材鸿博，又有不同者耶？往星瑞归自太学，携其北游草请予为序，其纵观宫阙、远览山川，托诸吟咏者，皆温雅可诵，予益叹起文之学，前既得之于其叔，后又充拓之于其子，起文于是乎深且远矣。既为星瑞序乃复序起文之诗，而并及茂勋，皆不可使其无传也。康熙十年辛亥仲春，娄东吴伟业题。”

谈孺木《北游录》中多记梅村故事。张尔田有读梅村诗笔记，清人评吴梅村杂诗文，此不俱录。壬午春日录毕记。

后记

将一个时期所作的杂七杂八的东西，凑在一起，印成一本书。这是“五四”以来前辈作家习惯采用的方式，也是我一直喜欢的样式。它的好处说不尽，重要的是可以了解作者在一段时期里生活在怎样的时代、社会环境里，可以对作者的创作动机提供极好的研究线索。自古以来作家编年的文集总较分类编成的文集更受读者的欢迎，那原因就在这里。同时这样编成的文集，内容既庞杂又多样，白话与文言并存，创作与译文同在。考订之余，杂以抒情，日记与序跋，杂然并列。不论花样如何繁多，总归散文一体。在读者看来，正是五色杂陈，欣赏不尽。可惜近来此风渐趋消歇，很少见到了，不能无寂寞之感。因此也想追迹前徽，编一本试试看。

这里所收，大抵以近三数年所作为主。也有少数篇章，为过去编集时漏收的，承热心的读者慷慨提供，得以补入，我是非常感谢的。大体以类相从，分为四辑。本来还写有不少古籍题跋，会当另为一书。只选在《读书》上所刊《书林一枝》两篇，以见一斑。

书中有些论辩文字，本应收辑有关文件，俾读者可见全貌，但因故未能实现。只征得作者同意，收入何兆武、黄苗子两先生来信，少弥此憾。

《"山中一半雨"及其他》一文的写成经过，应当在这里郑重交代一下。启功先生是我尊敬的前辈，也是我酷爱的作者，每有新著，总想先睹为快。可惜分居两地，未有奉手机缘，记得他住小乘巷时，曾贸然作书请教"纳兰遗简"流转经过，很快得到赐答，原原本本，垂教甚详，至今感念。他有一肚子旧京文史掌故，是我最为钦服的前辈大家。看见他的新著两种出版，立即买来快读。其论述清代帝室历史诸端，都是人不能言亦不能知的珍异史料。其涉及文物鉴定、"兰亭"事件诸端，更是未之前闻的秘闻掌故。捧读之余，如饱盛馔。但也发现数处疑误，悬想记录失真，遂写一信向先生请益，久久未得复书。实因信息不灵，不知他已病笃住院多日了。因写一随笔，付《万象》编者以献疑。不意《万象》出版之日，正值先生长往之期。衷心愧悔，抱憾无端。未几即得苗子大兄赐长信一通，苗子高年，笔墨矜贵，写此长信，以拙文为启老最好唁辞，其言外痛斥之意，心领而已。因请于苗子，以此信在《万象》刊出，以救其失。因将此信附刊拙文之后，此前后始末也。

书中所收诸文，在报刊发表时，每遭编者删改，失其原意，尽可能加以校补，保留原貌，未加增改。只《常熟之秋》篇稍有增定，亦只关考史，无关原旨。报刊发表时，少量错字是难免的。手稿虽力求工整，终难免草率，至今仍用笔写，不懂电脑，也是我落伍之一端。又尝试取刊文与原稿对校，有时满篇皆经编者改定，密如蛛网。即三家村塾师也未必认真如此。有的编者如廖冰兄笔下初脱泥塑束缚，呆若木鸡之知识分子，动怕得咎，遇有一二“怪话”（“俏皮话”）必删之而夜眠得安，更是不值得大惊小怪的事。尝见读者评论，说我的近时文字，较之六十年前旧作，其凌厉之气已十去其九。不禁惘然。

二○○八．一．十二

图书在版编目（CIP）数据

来燕榭文存：汇编本/黄裳著.--济南：山东人民出版社，2022.2
（黄裳集.创作卷.XIV）
ISBN 978-7-209-13318-0

Ⅰ.①来… Ⅱ.①黄… Ⅲ.①散文集—中国—当代
Ⅳ.①I267

中国版本图书馆 CIP 数据核字(2021)第 116302 号

来燕榭文存
LAIYANXIE WENCUN
黄裳 著

主管单位 山东出版传媒股份有限公司
出版发行 山东人民出版社
出 版 人 胡长青
社　　址 济南市市中区舜耕路 517 号
邮　　编 250003
电　　话 总编室（0531）82098914
　　　　 市场部（0531）82098027
网　　址 http://www.sd-book.com.cn
印　　装 天津图文方嘉印刷有限公司
经　　销 新华书店

规　　格 16 开（160mm×230mm）
印　　张 27.25
字　　数 280 千字
版　　次 2022 年 2 月第 1 版
印　　次 2022 年 2 月第 1 次
ISBN 978-7-209-13318-0
定　　价 74.00 元